本书出版得到法国外交部的资助

Ouvrage réalisé avec le concours du Ministère des Affaires Etrangères

谨致谢忱

封面图片："元大都宫殿全景"（北京水晶石数字科技有限公司提供）

编委会以外的审稿者：毛佩琦

法 国 汉 学

第 九 辑

（人居环境建设史专号）

《法国汉学》丛书编辑委员会　编

中 华 书 局

图书在版编目（CIP）数据

法国汉学 . 第九辑，人居环境建设史专号/《法国汉学》编委会编 . —北京：中华书局，2004

ISBN 7-101-04471-9

Ⅰ . 法…　Ⅱ . 法…　Ⅲ .①汉学—研究—法国—文集②居住环境—建筑史：城市史—中国—文集

Ⅳ .K207.8-53

中国版本图书馆 CIP 数据核字（2004）第 129141 号

书　　名	法国汉学（第九辑）
编　　者	《法国汉学》丛书编辑委员会
责任编辑	张　进
出版发行	中华书局
	（北京市丰台区太平桥西里 38 号　100073）
	http://www.zhbc.com.cn
	E－mail:zhbc@zhbc.com.cn
印　　刷	北京市白帆印务有限公司
版　　次	2004 年 12 月第 1 版
	2004 年 12 月北京第 1 次印刷
规　　格	850×1168 毫米　1/32
	印张 15½　字数 362 千字
	印数 1—2000 册
国际书号	ISBN　7-101-04471-9/K·1914
定　　价	34.00 元

目　录

（人居环境建设史专号）

法国远东学院北京中心学术活动

SOMMAIRE

Aménagement du territoire

l'architecture en France et en Chine

- Liu Jian, Les projets chinois de l'Institut pour la ville en movement
- Bruno J. Hubert, Architecture : mutations des environnements, mutations des pratiques.

  "Paris-Pékin projets", une collaboration entre l'Ecole d'architecture de Paris-Malaquais et le départment d'architecture de l'Université Tsing-hua
- Jean Léonard, Nanfengcun réhabilitation et requalification d'un quartier d'habitation à Shanghai
- Zou Huan, La "Journée de la Chine" à l'Ecole d'architecture de Paris-La Villette
- Benoît Bichet, Un modèle de développement urbain durable pour Pékin, projet Asia Urbs Paris-Rome-Pékin
- Benoît Bichet, "Rencontres franco-chinoises d'urbanisme", une collaboration entre Sciences Po et l'Ecole d'architecture et d'urbanisme de l'Université Tsing-hua

Activités du centre EFEO de Pékin

Colloques

- Lin Shitian, Quan Guihua, *Les Sogdiens en Chine*
- Li Xiaocong, *Hydraulique et société en Chine du Nord*

Conférences HAS

- Chen Ming, *Les nouvelles recherches en France sur l'histoire de la médecine traditionnelle en Asie*
- Zhou Zhenhe, *Henri Maspero et ses contributions à l'étude de la géographie historique chinoise*

7

前　言

刘健　柯兰

鉴于中国的悠久历史和丰富文化,中国人居环境建设从来都是中外学者十分热衷的课题。自20世纪80年代初实施改革开放政策以来,中国城乡建设进入快速现代化的发展阶段,无论在城市还是在乡村,城市化进程速度之快、规模之大在人类历史上前所未有。与此同时,面对可持续发展思想成为国际共识、全球化的影响日趋深化等新变化,再加之中国特有的人口和资源压力,中国城市发展所面临的难题之多、挑战之巨,在人类历史上同样前所未有。在这种情况下,当代中国人居环境建设更加引起了中外学者的极大关注,环境建设和空间开发亦成为中外学术领域的重要研究课题。《法国汉学》第九辑选择"中国人居环境建设史"作为主题,目的就是为了介绍中法学者在该学术领域的研究成果,介绍他们针对中国在城市、经济以及自然领域所进行的环境建设和空间开发所作的分析和评价。

当然,鉴于环境建设和空间开发问题的复杂性,在此不可能涉及到相关的方方面面。本辑《法国汉学》选择了空间及其表现、人居环境的演进、城市形态的演变及其影响、景观的转变、区域发展等五个子题,刊登了来自历史、地理、建筑、人类等不同学科领域的20篇文章,主要分析介绍了自中国政府推行政治经济改革以来,

1

中国部分城市和地区所经历的发展变化,同时介绍了中法学者对于空间环境、历史遗产等概念的认识和思考。

关于空间及其表现,程艾蓝、皮埃尔·克莱芒、贾永吉和刘凤云的四篇文章分别论述了历史上中国的空间环境建设,阐述了空间环境在传统和现实条件下的不同表现形式,以及人们对于空间环境概念的不同认识,并从中总结出长期不变的空间环境要素。关于人居环境的演进,贾永吉、边留久、米歇尔·乐杜克的三篇文章分别探讨了城市演进过程中出现的各种问题,特别是建设现代城市与保护历史遗产之间的现实矛盾,努力寻求迎接21世纪的经济发展与人口变迁的挑战的可能途径。关于城市形态的演变及其影响,兰德和娜塔丽有关上海、陆博有关吐鲁番、布鲁诺·法耀尔·吕萨克有关西安以及张梁有关成都的五篇文章,分别介绍了上述城市在过去数个世纪里的演变历程,分析了城市形态演变对城市发展所产生的影响。关于景观的转变,傅雷的文章针对不同政治文化环境下的空间景观整治进行了历史分析,魏丕信、程若望和白鹭的两篇文章分别介绍了不同历史时期中国政府主持进行的大型水力工程建设,菲利普·若那当的文章则介绍了为保护和利用太湖地区的生态功能而进行的一项工程建设。关于区域发展,董黎明、蓝克利、程若望和纪普鲁的四篇文章分别对中国在过去和当代进行的区域开发实践以及区域发展现象进行了分析。

近十多年来,随着中国城市的快速发展,建筑和环境领域的国际交流日趋频繁,为世界各国的研究者们提供了相互交流各自观点和经验的机会。本辑《法国汉学》的第六部分特别介绍了中国和法国在环境建设和空间开发领域进行的合作交流项目及其主要内容。

空 间 及 其 表 现

中国传统思想中的空间观念

程艾蓝（Anne CHENG）　著

林惠娥（Esther LIN）　译

容我直说，空间的观念实在太广泛了。与其说它是一个话题，不如说它是一个主题。我在本文中将就空间这个话题表达一些我个人的浅思，其中有许多点只不过是提醒读者已经知道的。至于"中国传统思想"，这也是一个无边无际的范畴，特别地模糊难定；这点上，我将把探讨的范围粗略地设定在佛教传入中国之前的时期。佛教传入中国的过程是缓慢的，渐进的，它在公元 1 世纪左右传入中国，到 3 世纪的时候才真的融入了中国人的世界。

佛教传入中国在许多方面为中国历史开启了一个崭新的时代，不仅在宗教上，也在种种的表现形式上，包括表达空间的形式[1]。我就只举佛塔为例，因为中国的佛塔是往上层层相叠的，呈现出一种当时的中国人前所未闻的特殊的建筑造型。我对建筑这一行涉猎不多，我的反省可以用下面这个问题来引出：中国人何以在佛教传入中国之前未曾感到有必要建造佛塔型的建筑物呢？

佛塔和古代美索不达米亚的星象台型庙塔、玛雅人的金字塔以及欧洲中世纪的大教堂一样，在造型世界里传递了一股追求精神的生命力，一种欲望，企盼能超越人世而接近神圣，甚至与之会合。那是向上垂直的生命力，透露出心灵"升华"的追求。我们要勘查的正是中国人的精神层次上，至少传统思想上，是否也通过升华与纵向的造型来表达。我以这个问题为出发点，试着梳理出佛教未传入中国之前的中国思想中对空间的概念。

纵向似乎是一切宗教思想、宗教仪式、尤其是使人与神灵上下交通的献祭仪式所共同拥有的一个恒常的特点。人类试图透过献祭与神沟通，以获得他们的恩慈或者他们的介入。宗教思想因此代表了要建立某种关系的企图（这是拉丁文 religio 的原意），企图在两个原本各自独立的领域里建立某种关系，其中一个领域（属于神灵的，神圣的）虽然"不存在"也摸不着，却被认为优于另一个领域。

在中国，这种上下交通的企图最初是以卜卦的形式出现（即以出现在龟甲上或牛羊骨头上的裂痕作为卜卦问答的内容），卜卦是在献祭仪式当中举行的。汪德迈（Léon Vandermeersch）在他那部已成为里程碑的经典著作《王道》[2] 中阐明了商殷——中国"历史上"第一个朝代（约公元前 18 世纪—公元前 11 世纪）——向大自然里被神化的力量（风、山、大地、河川特别是黄河等等）祭祀，我们可能会把那种祭祀视为宗教崇拜。但是，他也指出，殷人在这样的祭祀当中很早就祈求他们的祖先作为通灵者，甚至按照祖先的祭拜形式来举行祭礼。汪先生为了证明他的看法，特别研究了"帝"这个字。对殷人而言，"帝"是主宰大自然中所有力量的全能神的名称，"帝"对周人（公元前 11 世纪—公元前 3 世纪）而言则指众生原始共有的祖先。此处已出现了一种对神的称呼，那称呼事实上意谓祖先上帝，而且，同样的称呼还被帝制中国的君王用来称呼他们自己，从秦始皇帝开始，"秦朝第一位皇帝"，他在公元前 3 世纪统一了中国。这就是为什么中国宗教"很早就已经发展成为祭祀祖先而不是对神灵的敬拜"[3]，而且古文中用"神"来表示神灵、神化的自然力量、死人的鬼魂或者先人的灵魂。我们因此可以做出第一个观察结论:凡与神(再强调一遍,精神上的神)有关之事物一开始就和祭祀祖先关系密切,并且祭祖似乎是中国文化的第一要素。

汪先生同时提出了另一个重要的观察,即商周之交(公元前11世纪)同时也是中国人对"帝"的概念有所改变的时候,"帝"逐渐被用作"上帝",越来越被另一个更不具人性而且更宇宙化的概念所取代,那就是"天"("天"这个字原意指巨人,亦即太帝)。汪先生从"天"取代"帝"一事当中,窥察出那是将祭祖宇宙化的一个讯号。语汇的幽微变动与朝代的交替于此互相呼应。

周人在其祖先的京城南边向天献祭(起初在镐,东周时在成周)。南方是宇宙之中心,而京城是社会的中心。"献牲于圜丘之上,圜丘形似天。"[4] 这个天之祭祀随后按照战国时代发展出来的众所周知的五行,把天分为几个区域:东区属木,青色;南区属火,红色;西区属金,白色;北区属水,玄色;中区属土,黄色。我们也注意到周人的天划分为几个区域,但不是往上层层相叠的。

祭天的同时也祭地,因为天与地在宇宙间是相对称的。"在夏至日举行祭地之礼,于北郊,水中筑一方块土堆上祭祀。"[5] 的确,天是圆的而地是方的,地所承载的人世间也被认为是方的。我们想到,中国的乡村最初就被认为是方的,因为"田"字指一个格子空间。《孟子》[6] 里就提到古代周人实行"井田"制,这景象倒是有点理想化了。中国传统住宅也是采用方形格局(房舍围着天井而组成一个整体),中国北方,特别是北京,有名的四合院至今还保留着方形格局的痕迹。此外,每个家庭里的祖先灵牌都排成矩形的,那些灵牌是当家之主前四代祖先的。城市的规划也是以棋盘式的格子为基调,汉代和唐代的京城,即现在的西安,便是如此规划的,这点让人想到纽约。最后一个例子是"國"字,这个字是一个方块里包含了象征武力的"戈"字。

方形因此可以说是最能代表俗世的和政治（按这个词的最广义）的一切组织，向土地祭祀的"社"（"示"加"土"）象征了这点。"社"有别于"禅"（地之祭祀），因为"社"所祭拜的土地是滋养众生的大地，而不是作为宇宙力量之一的大地。葛兰言（Marcel Granet）把社坛形容为"代表整个帝国的神圣方形"[7]，它真正象征了帝国的统一，既是领土的统一也是政治的统一，因为四方的诸侯们定期来此坛重申他们对天子的效忠，并且封地的授予典礼就是从该坛上取出一把土，然后把它递给受封的诸侯。此时的祭祀基本上是具有社会意义的，甚至是政治意义的。

与此同时，这个俗世权力的象征却又被赋予了宇宙力量的象征，因为社坛是顶端覆有黄土的土堆，根据五行之论，黄土代表地，象征中央；土堆的四边分别覆有青土、红土、白土和黑土，它们依循天上的区域，各自代表其他四种元素并且象征四个方位。我在此要引用一段有关礼仪的文献记载，它把诸侯群集于天子周围的景况活灵活现地呈现在读者眼前：

> 天子负斧依南乡而立；三公，中阶之前，北面东上。诸侯之位，阼阶之东，西面北上。诸伯之国，西阶之西，东面北上。诸子之国，门东，北面东上。诸男之国，门西，北面东上。九夷之国，东门之外，西面北上。八蛮之国，南门之外，北面东上。六戎之国，西门之外，东面南上。五狄之国，北门之外，南面东上。[8]

方形的空间意味着某个文明化了的区域，所以是社会化的区域，被四海环绕着，四海代表四种夷族居住的不确定的边疆。由诸侯环绕天子而构成的方形象征中国的政治空间，四方交会于独一无二的中心点，即天子。天子乃作为天地人宇宙三才之间的轴心。

后人以此来解释"王"字,尤其常见于汉代,认为"王"字里的三横笔划代表天地人三才,中间那一笔贯穿三才的竖笔代表天子。

对中国人而言,空间不是抽象的中立的单一概念,而是以两种主要的形态呈现:一种是宇宙的空间,中国人称之为天,是圆形的空间;另一种是世俗的空间,中国人既称之为地也称之为人(作为宇宙中的一才),是方形的空间。这两种空间虽然性质不同,却共同组成一个大空间,因为它们在无止尽的、多元而变化的关系网络里彼此呼应和对照:区域、方位、颜色等等的相通对照。在它们之间,天子扮演了中心轴和中介的角色,因为他同时是出于天及祖先和众人的君王。正是他保证了天地人三才之间和谐的相通,他具体地重现了天地的运转和它们运转的节奏,《礼记》如此说:

> 天子者,与天地参。故德配天地,兼利万物,与日月并明,明照四海而不遗微小。其在朝廷,则道仁圣礼义之序。[9]

"明堂"礼制中对天子在人世间扮演着中介的角色有非常明确的记载。散发王德的明堂在周时甚至已成为中国王室的象征,人们认为君王基本上是礼制和宇宙的代表。于是,中国思想里认为世俗就是政治(再强调一次,最广义的政治),但是这个政治层面最初是由宇宙词汇来架构的。明堂的构图"完全符合宇宙观点,它建于京城围墙之外的南郊,如人所见,祀天之圜丘则为宇宙之极。明堂的茅屋顶圆如穹苍,而明堂的体则方似大地。明堂有四个部分,环绕着中央一所大厅,分别面东、面南、面北和面西。每个部分中间是一间大厅,左右两旁(以人站在大厅里眼睛朝外看来说)各有一间较小的厅,这整排三间厅的后面还有三间房间。……四边加上中间就合成五个基本方位,五个月令,每一边的三间厅则与每一季节的三个月份对应。"[10]

君王就是在明堂里向诸侯们宣布新月,诸侯们随后各自在他们的先人祠[11]里宣布新月。那时代的君王在整个月里按礼坐位子,就是在明堂各厅中与时节对称的位子。如此顺着季节的更换,君王东西南北都面向过了,他在每一年的中间时期(即夏季最后一个月的最后十八天)坐在大厅里,闰月的时候就坐在微开的门之间(阴历年比阳历年长)。周人因此发展了一套宇宙王权礼制,详尽记载于《礼记·月令》里。我们注意到,天子在明堂里的绕行之外,还有另一种规模更大的而且具有政治宇宙意义的绕行。每一年,天子轮流接受四方诸侯的觐见(向中央汇集的动作)。之后,第五年的时候,是天子本人驾访四方,随着季节的转换,春分驻足于东方,夏至停于南方,秋分止驾于西方,冬至憩于北方。

透过这种双重的绕行,天子本人确保了也代表了空间和时间。随着他的移驾,君王从空间的一个方位到另一个方位,同时又从时间的一个季节转入另一个季节。或许更正确的说法是,并非君王在时空里移动,而是时空随着君王的移动而开展。空间和时间因此是分不开的,何况它们所提供的背景从来就不是抽象的或中立的。中国人的空间是"活生生的"空间,被四方(顺便一提,"四方"的方既是"方向"也是"方形")凝聚成一个焦点,作为人之基形的天子便在这焦点上合情合理地坐位子。中国人的时间是生活过的时间,而且由四个季节来定节奏("四时"的时既是"季节"也是"合时,吉时")。

因此,空间在中国绝对不是一个空洞的舞台,任由人们"自由(武断)地"在上面演出他们的命运——我故意用这个词,因为该词遥指西方的自由意志。人类并没有创造知识上纯抽象的空间概念,他们很高兴能布置空间、占有它、住在其中,但从来没有破坏他们与周遭环境之间的有机关系。中国传统思想中对空间的观念因此是一种有机的合作关系,是自然界与人为的世界之间互动互应

8

的关系。人是由类别和宇宙律动生成的。反之，宇宙一开始就是"属于人世间的"，一开始就被人性化了，就为人所居住。这点毫无疑问正是来自远古对祖先的祭祀，并且在祭祖的礼制上，天最后也被看作太祖了。

中国人的思想很可能相当早就脱离了探求一种与神灵"纯宗教性"的"纵向"沟通，转而寻求一种合作性的和谐关系，如音乐共鸣，会自我调适。可是，不会总是想要超越现实或追求绝对，认为那样才是"（精神的）升华"，并不表示中国人的思想只有横向而静止的层面。相反地，大家都知道中国人特别喜爱高山、石碑、垂挂的立轴书法和绘画等等。中国人的哲学和美学里纵向性处处可见。只不过在表现它的种种形式当中，至少在佛教进入中国之前，中国人似乎没有把纵向性表达成一股生命力，一种向上的、超越身体的涌现，以探索另一个世界。纵向性只是很单纯地在两个本质上为纵向的层次之间被用来"召唤空气"：天被想像成一种圆顶盖而地则作为方形的承载物体。所以祭祖的神牌是垂直挺立的并且被排成方阵；画轴也经常是垂挂的，但是画里的视野是高远加上平远；诗词里的对仗也常常使用纵向对仗，但是对仗还是在一个横向图上完成的。这些例子都显示了，中国人所寻求的不是升华而是合作的互动关系。

我们因此可以认为中国人的空间，不论它是多么地合乎宇宙观，仍然是令人窒息的，因为到处看得见人为的迹象，而且从来没有佛塔的塔顶或是大教堂的尖顶穿破中国人的空间，那样的顶尖指向无限，指向某个彼世。然而，使中国人的空间不致于"令人窒息"的方法，就是召唤空气，使空间生动的气息。即使中国人的空间无法用超越来形容，我们也不能因此说它不透气！

笔者再次提醒：中国传统思想中的天是圆的而地是方的。可是我们不应当只停留在方圆的几何图形的字面意义上，而更要深

9

入去看它们的象征意义:圆象征变化或者象征天体周期性的循回变革,方则象征人世间的组织,具有阶级性但围绕一个中心点而运作。我们绝对不能忘记,在中国人的世界观里,方和圆只象征性代表了一个人们生活的空间,这空间的活动则由中国人的所有概念之中心——气——来推动。

最后,我们或许可以说空间的观念是不存在的,惟有创造空间并且同时把生命注入空间的气存在。空间首先是一种活力,一种生命的动力,其中的一切总在成形当中,犹如中国的屋顶不是几何图形的盖子,而是带着翅膀的帷幕。屋顶的意象唤起了中文里用来表示全世界的那个极有诗意的词——宇宙,宇和宙各自带有屋顶,指护庇车辆或是小船的华盖,像中国肖像里所见到的那个形象。庄子用意深远地诠释这个双重特性的词,表示整个时间与空间的宇宙,他写道:"有实而无乎处者,宇也。有长而无本剽者,宙也。"(《庄子集释》)

这段话当然让人看到道家作者向来偏爱的吊诡,不过,道家的吊诡言论总试图透过荒谬来张显真相,而这些真相正好不是人的理智所编造出的类别所能归类的(比如"时/空"、"真/假"等等)。生命之活力,道家称为道,《易经》称作易。《易经》其实把形成空间观念的一切元素放在纯宇宙观上来重新叙述,我上文中已从礼制上描述过那些构成空间概念的元素。《易》里的纵向轴存在于卦的内部变化当中,每一卦有六划,从下往上读,并且每一卦所涉及的不是空间而是其中的每一划处在什么样的"位"上——每一划的"位"事实上决定了该卦在某个特定的时刻所显示的情势。这个纵向轴(这一卦)却立刻和一个横向轴(另一卦)结合,因为从这一卦到另一卦,卦相会改变,情势也随之变化:此处,与其说是时间问题,毋宁称之为"序",即一种情势转为——顺向或逆向——

另一种情势的变化秩序。不过,在一个抽象的纵坐标与横坐标的空间内,这两个纵横轴很不容易辨认得出来,他们却共同说明了一个惟一的变化过程,一种如气般的循回的演化动力。

在本文作结论之时,我们应该谈一谈"神"这个字的本义,"神"相当于西方人所称的"神圣的"或"精神的":"神"的字根"示",最初指放在先人祀庙里的祖先神灵的牌位,引申义指拉丁人所谓的"numen";"神"右边的"申",双涡形图案,代表气息并且暗示阴阳。"神"字的本义提醒我们,在中国,神圣并非不可触及,并非绝对的,并非超越人世的,他是人类的祖先,精神与肉体是分不开的;神不是形而上的,神和体一样,是气。所以不需要设想必须使魂魄"升华"。中国人认为人的魂魄有两部分:在人死后,"魂"回到天上而"魄"回归地下。中国思想将神圣和精神看作人性的一部分,与物质实体共为一体。这种神体合一的观点不是纯宗教的,它是一种互动关系的宇宙观。

〔注　释〕

1　关于佛教和印度对空间的表达的研究,参阅 Erik Zürcher, 1982,
　　p. 78:"道教的结构乃是建立在中国传统的五行观念基础上,即四
　　方加上中央,换句话说,其宗教仪式空间是以横向为基准的。在这点
　　上,佛教传入中国带来了新的空间观念,如层层相叠的各种结构,虽
　　然经过了多次的扭曲和误解,仍旧反映出佛教的二十八层结构。不
　　过,早期道教的神仙世界整体上还是行云流水般地自在的,企图将
　　佛教纵向的三层空间结构和另一个横向的空间结构(在这个横向空
　　间结构里,天堂和乐园甚至地狱都横向地分布在四个方向)结合起
　　来。"

2　Léon Vandermeersch, 1980, Vol. II.

3　同上,p. 357。

4　同上,p. 372。

5 同上。

6 参见《孟子》,Ⅲ, A3。

7 本文原载: Marcel Granet, 1968, p. 81。

8 《礼记·明堂位》(引自, Léon Vandermeersch, 1980, vol. Ⅱ, p. 392 – 393)。

9 《礼记·经解》(引自, Léon Vandermeersch, 1980, vol. Ⅱ, p. 386 – 387)。

10 Léon Vandermeersch, 1980, vol. Ⅱ, p. 383 – 384.

11 这就是为什么明堂又被称作"厉宅", 见 Marcel Granet, 1968, p. 90 et *passim*。

参考文献

GRANET, Marcel, *La pensée chinoise*(中国思想), Paris, rééd. Albin Michel, 1968.

VANDERMEERSCH, Léon, *Wangdao ou la Voie royale : recherches sur l'esprit des institutions de la Chine archaïque*(王道:中国古代制度的精神研究), Paris, EFEO, 1980, Vol. Ⅱ.

ZÜRCHER, Erik, " Buddhist influence as reflected in early Taoist scriptures "(从早期道藏中看佛教的影响), *China : Continuity and Change*(中国:持续与变化)(Papers of the 27th Congress of Chinese Studies), Zürich, 1982.

本文原载: Flora Blanchon éd., *L'espace en Asie*, Paris, Presses de l'Université Paris-Sorbonne, Asie Ⅱ, 1993, p. 33 – 41.

中国:城市的形式与街区的形成

皮埃尔·克莱芒(Pierre CLEMENT) 著

杨金平 译 邢克超 校

中国的建筑和城市,不仅具有非常悠久的历史,更具有一脉相承的连续性[1]。众所周知,生活在公元前 3 世纪的秦始皇统一了中国,他可谓是当今中国之父。公元前 206 年,秦朝被汉朝取代。神话中的中国始祖则更加久远,据说是生活在公元前 2697 年至公元前 2599 年的黄帝。但是,针对上至黄帝下至秦始皇的这段历史,考古和文献为我们提供了有关商朝城邑(公元前 16 世纪—公元前 12 世纪)及其都城安阳或者周朝城市的形成的珍贵资料。而且,考古研究还保存了许多出土文物。尽管在这段持续了至少 3000 年的历史中,政治几经变迁——扩张、兼并新领地、融合新民族、暂时分裂、外族统治,但城市的建设似乎一直遵循着古老的传统[2]。为了证明这一点,我们必须说明这种传统到底如何构成。今天,最杰出的中国城市历史学家们[3]也还在为证明这一点而努力工作。

中国建筑的基础

在研究城市住宅区的形态之前,我们首先必须明确由于某些经典著作的存在而产生的独特背景,长久以来这些经典作品一直是建筑、城市规划和工程建设的基础。尽管至今,建筑本身只留下了极少的遗迹,但人们却拥有非常古老的间接史料。作为建筑师,为了更好地研究古代的建筑肌理,我们从实地观察出发,力图弄清其结构和基础。

中国建筑物所用的材料极易腐坏。根据传统,建造房屋是一件大兴土木之事,由于材料不坚固,所以需要不时重建;在此过程中,建筑工艺和模式却被持久地流传下来,而且如此延续下来的传统保持了强大的生命力。文献中的描述,始于汉代的墓葬的陶俑,亦或是青铜或方砖上的雕刻,都能证明房屋式样的持久性,例如院落民居就已存在了二十多个世纪。在承受压力的木构架中,柱与梁的叠放,在弓形木块间垫加方形木块而形成的斗拱结构,这些独特的技术也表明了这种持久性。《营造法式》是一部撰写于11世纪的建筑专著,于1102年首次发表,有关木构建筑的内容是其中相当重要的一部分。直到20世纪,人们仍然不断再版这部作品,并使之适应技术和需求的发展。它的延续时间之长和适应能力之强,向人们展示了一种优秀的传统。

这种传统不仅表现在住宅的式样的持久性上,也同样存在于城市的格局之中。在世界范围内,"中国城市"是商业城市的象征。而在中国,城市是权力的象征,既是权力机构的所在地也是权力自身的表现。在历史长河中,它并没有自发的吸引居民,而是为了满足当权者的需要,成为政治统治之下的指定居住地。在这里,城市居民没有自由,地方平民缺乏自治,商人在传统的社会等级中地位低下,成为继士、农、工之后的最低等的职业,所有这些都常常被中国社会观察家们视为制约城市发展的因素。中国历史由一个个不间断的时期组成,文人把握政权,以农村社会为基础建立政权,采取粗暴的态度,迫使被认为拥有过多权力的城市和平民遵规

14

守矩。

城市作为政权所在地,是人为创造的结果。城市自身有等级之分:国都、省会、府城、县治。在这个等级体系中城市必须遵循一定的模式,有一定的形式和规模。同时为了保证仪式队伍的行进和军事队伍的调动,遵循拥有不同功能的空间,包括皇权、行政和宗教的功能空间以及不同社会阶层的居住空间的等级居次和象征意义,城市还要遵守一定的区划原则。建设城市,一般首先从兴建皇宫和“城”开始,所以直到今天,“城”这个字指的就是城市。而且这些工程通常需要通过徭役可以征用大量的农村人口。城墙环境的地域范围往往非常宽广,其中还包括大面积的耕地,以备城市遭到围困时有足够的粮食储存,同时也为将来的发展预留土地。

作为国都的城市,其合法性是政权建立的结果。它必须确保政权的安全、持久和良好形象。历史上,国都在国家内部以及在原有城址上的迁移无定反映了政局的不稳[4]。如果前朝的国都在政权交替后依然存在,一个朝代便不能合法地将其国都建设在上个朝代的国都遗址上,人们将摧毁其所有的象征。这种不稳定性还与对风水[5]的信仰密切相关。为了使在世的或逝去的人能够与天地和谐共存,人们选择适当的地方为他们建屋造舍;基于悠久的知识和技术传统,人们发展了这种房屋布局的艺术。人们认为土地上流动着巨大的能量,只有将其汇聚起来才能获得权势与财富,才能确保身体健康和子孙延续。这种艺术的根本在于根据地形和方位,通过对山和水的分析,确定能量汇集之地。这显然与针灸十分相似,同一个“穴”字既指针灸的扎刺点,又指未来建筑的所在地。因此,地点的变化无常可以用两个原因来解释:该地与新的占有者的个人星相相冲;另外,在第一次建屋以后,该地的能量已被耗尽,这种耗尽也许是凭空假想的,但如果前一占有者的命运不济,那么证明能量确实已经枯竭。选定地点后发生的事件可以进一步肯定

根据《周礼·考工记》的解释描绘的国都模式

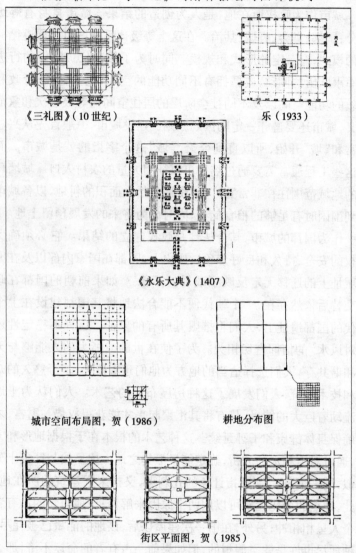

《三礼图》（10 世纪）

乐（1933）

《永乐大典》（1407）

城市空间布局图，贺（1986）

耕地分布图

街区平面图，贺（1985）

（资料来源：Clément，《Cités d'Asie》）

选址的正确,相反也可以使选取的地点遭到质疑,由此证明需要再选新址。在此还必须指出,相信风水表明了祖先崇拜在中国社会中占有的地位和重要性。逝去的人有责任在阴间汇聚能量,传给在世的人。中国的宏伟都城——长安(今西安)、南京或北京——的城市选址以及皇陵的功用,都应该根据这种联系和作用来解释。

城市传统的基础

政局的动荡、建筑材料的脆弱、城市位置在全国范围内的变动甚至是国都的迁移,所有这些都导致中国人要反复重建他们的都城,从而赋予传统以长久的持续性。一般认为,这个传统的基础是编写于公元前 5 世纪至公元前 3 世纪的《周礼》。但是从历史发展来看,针对与我们的议题相关的那部分内容却又颇多争议,即其中的第六部分《考工记》,它对应该怎样建设一个王朝的国都进行了详细阐述。如果像人们所说的,这部分内容后来在西汉时期被添加上去的,但我们却无法确定该文是编写于这一时期,还是重新发现的一篇早先写于春秋(前 722—前 481)末期或战国(前 475—前 221)初期的文章,并用它来替代遗失的文章。《考工记》旨在确定建设者的任务和做事方法。

现在让我们研究一下《考工记》向国都营造者们提出的建议:(1)“匠人营国,方九里[6],旁三门。”(2)“国中九经九纬,经涂九轨[7]。”(3)“左祖右社,前朝后市,市朝一夫[8]。”这篇文章非常明确地描述了城市的外貌、形式、规模以及主要的建设布局,使人充分想像九条纵向或南北垂直走向的大街“经”以及九条横向或东西水平走向的大街“纬”是如何划分街区的[9]。由于缺少图示,对此出现了各种不同的阐释,但往往都是象征意义多于实际意义,如10 世纪的《三礼图》,1407 年的《永乐大典》,18 世纪的《考工记

国都的例子

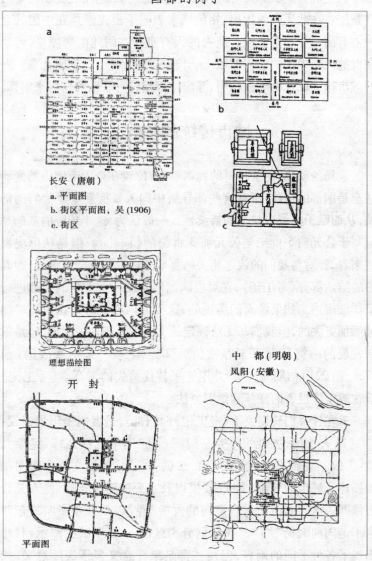

长安（唐朝）

a. 平面图

b. 街区平面图，吴 (1906)

c. 街区

理想描绘图

开 封

平面图

中 都 (明朝)

凤阳 (安徽)

（资料来源：Clément,《Cités d'Asie》）

图》。早期的描绘将每三条大街集中归为一组，由此通向每边城墙的三个大门。1933年，乐嘉藻[10]提出了一个新的图示，认为城市被九条大街平均划分，这些大街同样和每边的城墙相接。

反复再现的模式

如果周代皇都的模式没有形成一种为后人时常再现的传统，那它将只属于古代历史；事实上，纵览城市的历史，人们可以经常看到从整体上或原则上仿照其模式的例子。如果没有这一脉络，将难以理解北京的平面布局。就像上海的住宅区——里弄——一样，院落房屋建造在一块块划分开来的封闭土地上，成排分布，这自然会使人联想到英国或法国北部工人街区的联排住房，同时也联想到中国住宅和邻里的古老形态结构。

在形态上完全参照该模式的城市中，最著名的有北宋（960—1127）的东京开封、金朝（1115—1234）的中都、元朝（1271—1368）的大都——中都和大都都建在北京——明朝（1368）昙花一现的中都（安徽凤阳），以及1416年起明朝的国都北京。开封继承了悠久的建都传统，采用了周代的空间划分原则：四边形的城墙；大街纵横交错，形成方格，划分出大片的规则状邻里地带；注重朝向……汉、魏、隋、唐时期的长安和洛阳亦是如此，关于这两座城市，我们在谈论街区的组织结构时还会提及。

这种仿照古代国都模式的做法为各个朝代将自己融入一个谱系、一种传统的大好时机，不仅汉人的朝代而且夺取政权的少数民族在建立王朝以后也希望如此。因此，来自东北的女真人向开封派遣了观察家、画家或手工艺人，以效仿开封的城市规划[11]。1115年，他们建立了金朝，并在北京西南不远处的辽代旧城之上建造了自己的国都——中都。但是最具说服力的"借鉴传统"的例子来

19

自于蒙古人,他们于 13 世纪末在金中都稍北的方向上建立了大都,以表明自己是中国的主宰者。如果元大都的方形格局是为了令人想到蒙古人的国都,同时也是为了刻意显示对周代理想模式的追随:城市几乎呈正方形,南北长 7.4 公里,东西长 6.65 公里,四周围有城墙,道路正南正北、呈棋盘式布局。由于人们希望在太液池周围营建皇宫,城市的重心稍微偏南[12]。

元代至今的北京居住区

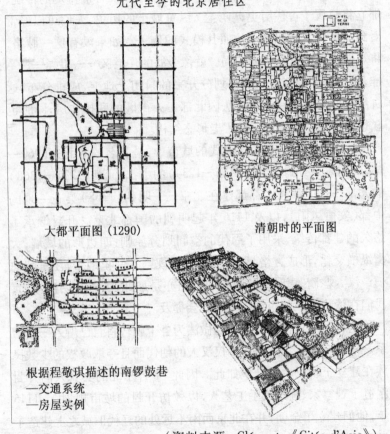

大都平面图 (1290)

清朝时的平面图

根据程敬琪描述的南锣鼓巷
—交通系统
—房屋实例

(资料来源:Clément,《Cités d'Asie》)

在其他情况下,之所以采用这种模式,是因为汉人想一再强化他们的谱系和传统。宋朝就属于这种情况。唐朝衰落后,五代十国的混乱纷争接踵而来;在经过了这段动荡之后,宋朝于960年定都开封。当时,这座城市被称为东京或汴梁,过去即已存在,而且曾经一度繁华。宋朝在原有基础上对这座城市进行了改造,不断赋予国都职能和国都模式:垒建双重城墙,皇宫位于中央,四方形轴线……

明朝(1368—1644)两个国都的建设同样表达了在蒙古王朝覆灭后,再次强化汉族传统的必要性。明朝的缔造者朱元璋于1356年攻克南京后,希望在自己的故乡——安徽省凤阳县——创建新的国都——中都。这座新都城在很大程度上效仿了理想国都的模式。但是工程从1369年到1375年进行了几年之后,城市还没有接纳居民入住便被抛弃一旁,因为朝廷拒绝离开南京,风水先生也不赞成选定的地址,他们联合起来一致反对。然而,1419年当明朝迁都北京时,这座城市依然按照理想国都的模式安排布局。当然,元大都从来没有把城墙以内的所有土地都用于城市建设:长久以来城墙之内都圈有耕地,这对于规模宏大的中国城市而言是普遍现象。明北京城的北城墙被南移了2.5公里,南城墙顺势推移了500米,使得皇宫恰巧位于城市的中心位置上,这样整座城市几乎呈正方形。1543年,为了保护不断扩展的城市发展,又修建了南部的外城墙。城墙赋予北京以独特的风貌,然而在20世纪中期的"文化大革命"中,它被彻底推倒。

街区形态

国都建设无论是对已有城市进行重新整治,如开封、北京(明代),或是创建新的城市,如凤阳、大都,都遵循着一定的模式,并使该模式适应各地的建设。这种传统同样存在于另外一种空间尺度上,存在于像棋盘上的棋子一样布满城市的街区形态上。基于乐嘉藻关于周代模式的假设,并采用原文中指出的度量尺寸,我们曾试图再现街区的划分。假定1里等于415米,那么城市边长9里,也就是3735米;假定1轨相当于8尺,1尺等于23厘米,那么1轨就等于1.84米,大街宽9轨即15.6米。按照这种划分方式,街区的边长约360米。贺业钜[13]为这些街区画出了不同的草图。

然而,城市用地的划分只是土地利用总体结构,尤其是农业土地利用这个更大问题的一部分而已。这些问题的实质在于如何分布农村人口,以确保对他们的控制,并把他们纳入徭役的政治与军事体系中或者是军队组织里。里是一个长度测量单位,类似于法国的古代长度单位(stade),那时它却被用于指代街区,这让我们想起该字最初是作为农业词汇使用的。耕地即"田"的划分,是为了形成最小的农村团体。这种土地划分制度被纳入井田制,将8户人家集中在一块被分成9份的方形土地上,地主从第9块土地上征收实物税。在这个假设中,井恰好以里作为测量单位。关于人口分布,《周礼》以军事制度为依据,提出了另外一种解释。即基于战车的要求,以5倍或10倍的方式确定农村的组织,5家组

1918年的北京城墙(巴黎,国家图书馆,安娜·梅尔·德·奥比涅赠[G·德贡兹德格藏])

22

北京传统街区

（皮埃尔·克莱芒和 S·克莱芒摄）

成一比,5 比形成一间(25 家),4 间构成一族(100 家)。一辆战车需要 25 人,由间里指派,25 家每家出一名士兵。

贺业钜[14]根据周代的文献,对居住区的形式和功能提出了一些假设,从中依然能够感受到思想模式的持久性,长期以来它们世代相传,并在形态上不断适应时代的社会、经济变化。人们通常认为,这种将国都按规定强行划分为方格布局的原则一直延续到 10 世纪的唐代。考古遗迹、城市图示、文学作品、各朝代年鉴及其规章都证实了这种延续性。汉时的长安由 160 个街区组成,四周建有围墙,每边各开一门,所有门口都有人看守。街区本身——里或间里——也被围墙环绕,四周各设一门。间是由 5 个比即 25 个家庭构成的团体,它同样被墙所围,而且只有一个公共的门供出入。正如吴良镛援引的一篇文章指出的那样:“房屋鳞次栉比,犹如嘴里的牙,胡同和入口笔直规则(houses located closely side by side, like the teeth of a comb; lanes and entrances were straight and regular)。”[15]在街道两侧,胡同沿着与街道垂直的方向延伸,两侧并列分布着纵向排列的住宅,延续至今的四合院体系与这种街巷系统十分吻合。

从汉代到唐代的遗迹、图画和描述为数众多,作为国都的洛阳和长安为我们提供了珍贵的资料。其间,城址不断变迁,隋朝(589—618)和唐朝(618—907)兴建了规模宏大、布局规整的新城市。公元 600 年左右,隋朝重建长安。新城东西长 9.7 公里,南北长 8.2 公里,14 条南北走向和 11 条东西走向的大街遍布其中,划分出 110 个大小各异的街区[16],其中最小的南北长 500 至 590 米,东西长 558 至 700 米,面积 27.9 公顷;中等的南北长 500 至 590 米,东西长 1020 至 1025 米,占地 50 公顷;最大的南北长 660 至 830 米,东西长 1020 至 1025 米,面积达 90 公顷,位于北部皇城两侧。

这些街区被夯土墙包围,四周均有门出入。街区内部有主要

苏州

（皮埃尔·克莱芒和 S·克莱芒摄）

苏州北塔寺鸟瞰

（皮埃尔·克莱芒和 S·克莱芒摄）

街道穿过,分别通向各个大门;此外还有一个次要街道系统,通达
更小的单位,并对街区内部进行再划分。唐都长安在极盛时期拥
有近百万居民,因此,这 110 个街区平均容纳 1 万人左右,已经达
到一个真正的小城市的规模。这个例子很好地说明了中国人在治
理空间时采用的嵌套原则。它根据严密的几何学原则,将房屋、街
区、城市融入一个整体之中,便于在不同层面上控制人口的数量及
其流动。

　　里或闾里是源自周代的农村街区,它建立在生产和军事制度
的基础之上,其大小取决于总体的土地结构,以保证对居民的保护
和控制。自周代起,街区的名称发生了变化。在里字旁出现了
"坊"字——坊里或街坊,前者最初可能指皇宫之内的封闭街区,

后者则指街区、街道划区制度。隋唐时期,"坊"字最终取代了里[17]。这种分隔居住区、控制和关闭大门的制度带来的必然后果就是城市里的商业活动被安排在专设的独立区域内,在空间上受到严格的控制;不仅如此,通过非常守时地开关大门,这些区域在时间上也受到严格的控制。在 8 世纪中期的唐朝,尤其是宋朝,城市经济蓬勃发展,而市坊——"市场和街区"这种城市概念却非常不适合经济的发展。唐朝政府曾采取了一系列措施,尽力禁止在市场以外开设商铺,试图以此维持"市坊"格局。然而不久之后,就不得不下决心允许在居住区开设店铺,或在居住区和商业街之间建立直接的联系通道。

在宋朝建立以及定都后——北宋(960—1127)在开封,南宋(1127—1279)在杭州(临安)——这种针对将居住区和市场分隔开来的市坊城市体系的改造终于得以完成。随着城市经济和城中商业的发展,加之城墙内河道水系的治理,最终导致围绕坊里的高墙被彻底推翻。虽然坊的名称依然存在,但已意义全无,只是在巷——一种新的组织单位——的门面上可以看到它,或者是与巷组合在一起形成坊巷,作为这些街区的新名称。这种演变伴随着政治经济中心的南移,在那里,城市和商业贵族发挥着更大的作用。管理制度的灵活带动了商铺、作坊以及消遣场所的繁荣:酒肆、茶楼直接开在了街面上。在北方都城主要交通干线上,萧肃冷寂的大城市以及高墙环绕的街区都已成为历史,取而代之的是形象一新的商业和娱乐城市,街巷活跃,河道繁忙。开封就是这样一座城市,通过张择端创作并被频繁复制的《清明上河图》,我们对这里的生活已经非常熟悉。尽管商业和手工业在市场和被批准的封闭街区以外发展起来,但它们仍然常常集中于特定的街道上。商业和手工业的同业组织被称为行,这个字让人们永远记住了古代市场成行排列在街道上的组织形式。

（图1）-（图3）：苏州的居住区（宋代至今）

（图1）

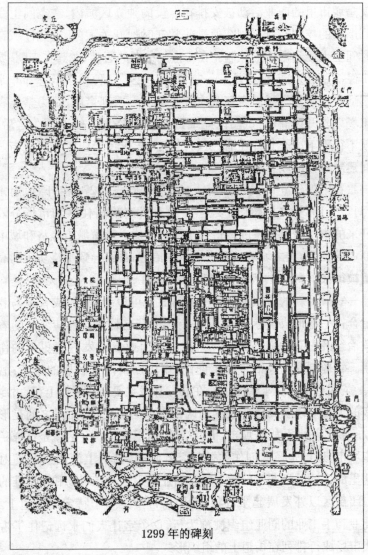

1299年的碑刻

（图2）

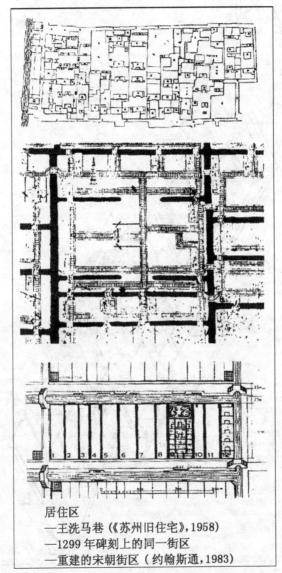

居住区
—王洗马巷（《苏州旧住宅》，1958）
—1299 年碑刻上的同一街区
—重建的宋朝街区（约翰斯通，1983）

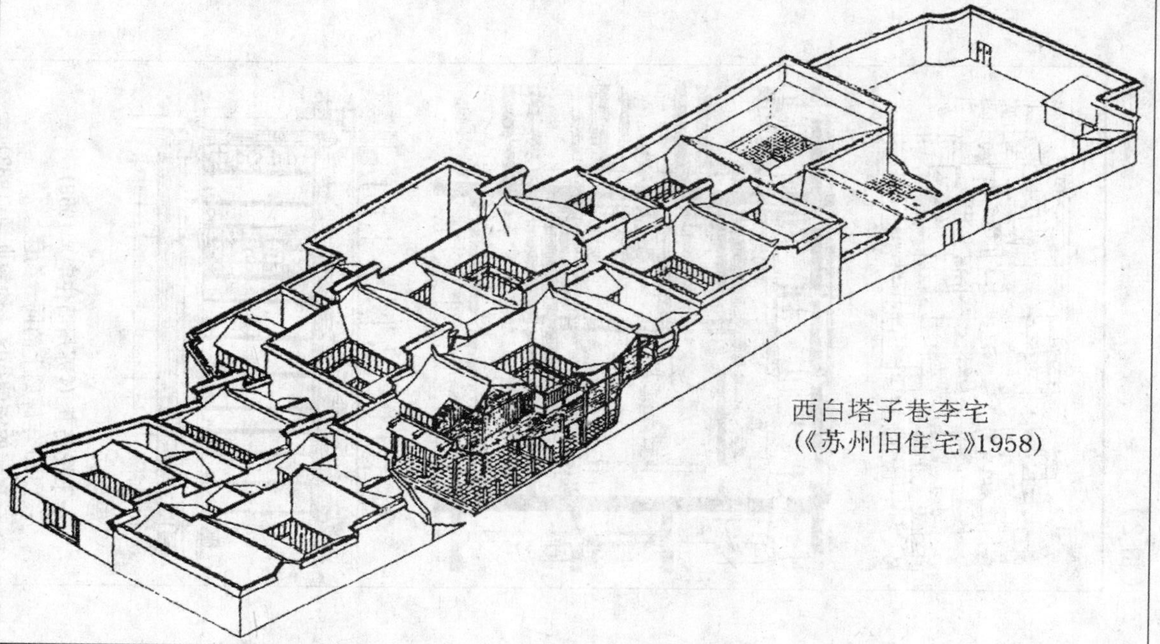

西白塔子巷李宅
《苏州旧住宅》1958

（资料来源：Clément,《Cités d'Asie》）

（图 3）

30

在中国,属于政治计划范畴的城市规划和与工商业紧密结合的城市发展之间建立了一种特殊的联系,对此,南宋的苏州城为我们提供了一个绝好的实例。苏州是江南水乡,位于大运河沿岸,离杭州不远,以其民居和私家园林闻名,是当时的丝绸业中心。它的城市规划同样美名远扬:这座被誉为"东方威尼斯"的城市屹立在河道网络当中,石板路与河道水系纵横交错,布局规则整齐。自10世纪以来,这座城市的城址就一直未变,这一事实对于历史学家的意义可能比对城市本身的意义更为重要。有一块雕刻于1229年的石碑记录了该城的平面图。这块石碑尺寸颇大(1.98 ×1.34 米),通过它,人们不仅可以对当时的城市和居住区的整体结构有一定的了解,还可以将其与今天的城市进行比较。因而,它成为了一份珍贵的史料。但是,为了凸显苏州作为行政中心城市的重要性,石碑上的城市明显被过分扩大、延长了。当然,通过实地考察和对平面图不断地研究,可以纠正这些错误[18]。

在宋朝的苏州城平面图上,居住区犹如一个自西向东拉长的矩形,夹在两条河道之间;住宅的大门都朝南开启,通向一条条沿河道延伸的小巷。这些小巷组成一个街区,在入口处立有高大的石柱和牌匾作为指示,这让人想起旧时坊的大门。房屋侧面毗连,形成一排。俞绳方和约翰斯顿(R. Stuart Johnston)对石碑进行了细致入微的研究,并对宋朝的街区布局进行了分析。通常,住宅的进深都很大。约翰斯顿曾介绍了一个长500米、深150米的住宅区[19],毫无疑问这是一个非同寻常的深度。合院住宅连续分布在南北轴线上。将古今的城市肌理进行比较,可以发现在组合原则、住宅进深、房屋尺度和多进院落这几方面确实存在着一种连续性;但是街区的规模缩减了:深度只有80米。许多河道已经消失,取而代之的是日渐增多的道路。

通过其要素——房屋、院子,在纵深方向上的不断增加,合院住宅可以不断生长,这种建筑形式构成是城市肌理得以持续的基础。合院房屋都是坐北朝南,并列而立,相互连接,形成一排排建筑,笔直地排列在小巷中,分布在四边形的区域内,是整体组织的一部分。在苏州,从 13 世纪——这个遭到毁坏的城市于 1129 到 1229 年间得到重建——到 20 世纪的漫长时期内,都可以看到这种传统,它又显现在城市形态的延续之中。这种形态自公元初期的汉朝起就已经存在,然而封闭的街区——里和坊里——销声匿迹。

1271 年,蒙古人在北京建都。将 13 世纪的大都与当代的北京城作一个历史比较同样非常有意思。我们已经了解,大都的城市整体规划仿效了周代的理想模式,交通干线将城市划分为方形的规整区域,勾画出已不再封闭的街区轮廓。就像在苏州街巷沿南北轴线的两侧延伸,在北京则是东西走向的胡同通达各家各户。尽管目前尚未发现这一时期的房屋遗址,但是通过 1285 年颁布的要求金中都内的居民迁往大都的政令,我们可以了解到房屋占地的尺寸。最先搬迁的是富人阶层和文人阶层的家庭,每家分得 8 亩土地。以 1 亩等于 560 平方米计算,每家能得到 4480 平方米的土地。最近中国建筑历史研究所的科研人员对于元大都中心的一个街区进行了研究[20]。这个街区地处皇宫以北、鼓楼以东,其整体结构至今仍保持原状。这是一个呈东西向延伸的矩形街区,面积 84 公顷,周围被四条大街环绕。在其中部,南北走向的南锣鼓巷大街将整个街区一分为二。同时在街区内部,由北向南每隔 70 米就有一条东西走向的胡同,共九条,将整个街区又划分成九个长条地带。这使我们对元代的城市肌理和最初的地块划分状态有了一个明确的概念,即每块土地纵深约 70 米,宽约 60 多米,面积从 72 ×62 米到 68 ×65 米不等,几乎呈正方形;每块土地的南北都有胡同,这样就可以使入口和主要建筑都朝向南面,用于供货和服务的

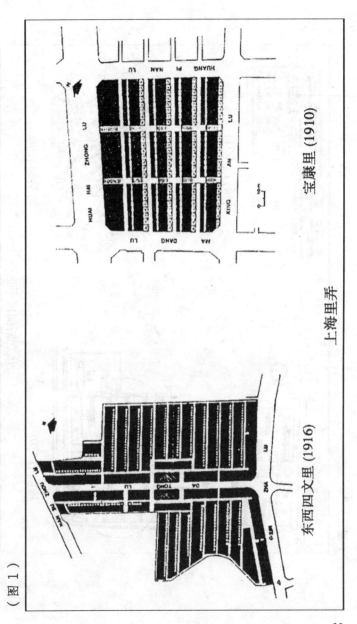

（图 1）

（图 1）－（图 2）：传统的延续：空间布局，成行排列，居住区的朝向。

上海里弄

宝康里 (1910)

东西四文里 (1916)

33

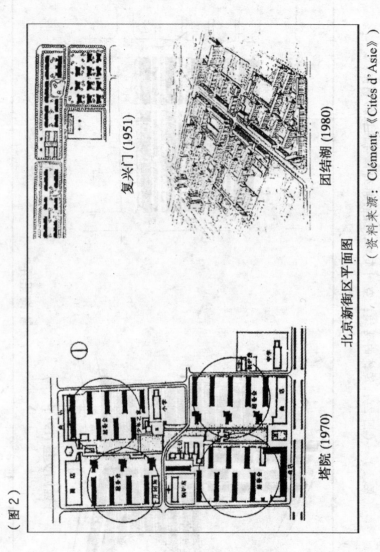

复兴门 (1951)

团结湖 (1980)

塔院 (1970)

北京新街区平面图

（资料来源：Clément,《Cités d'Asie》）

（图 2）

34

门则设在北面。通惠河横切这个区域的西南角,打破了胡同的规则格局。在元代,通惠河是一条货运河道,和西部的鼓楼大街一样,是大都最活跃的贸易中心。程敬琪女士的研究则表明了这个街区的延续和演变[21]。其中,在北部主要道路的沿线街区面貌发生了改变,元代时,这里曾经是为了停放政府机构的马车而保留下来的空地,元代以后这里陆续出现了一些建筑,明朝时又在这里建起了一座宫殿。

虽然建造了一些行政和宗教建筑,但从明清时期直至当今,这个街区一直维持着原有的居住功能。明、清两个朝代为我们提供了许多住宅的具体实例,让我们最终清晰地看到在这些结构更古老的街区内的住宅形式。我们的历史研究将以北京四合院作为结束。所谓四合院是由四面的房屋围合一个院落而形成的院落住宅体系。显然,从现在起应该改变我们的研究方法,代之以实地的直接观察。在这方面,可以借鉴中国当今的历史学家和建筑师们的大量工作。

在此,我们可以得出这样的结论:这段历史见证了长期以来中国城市规划思想及其传统的演变,即按照一种被不时再现和更新的模式建设整齐的城市,重视整体组织结构,遵循等级和嵌套原则划分区域,以使房屋能够与城市融为一体,或者更确切地说,使城市整体规划走向小块土地的具体划分,在这些土地上,住宅形式慢慢成形,落地生根。如果说封闭街区的围墙是在 10 世纪左右被打破的,那么城市的围墙则到 20 世纪才被推翻,它是中国人意欲终结封建时代的标记。自 1950 年起,住宅建筑发生了翻天覆地的变化——多层集体住宅取代了院落住宅,而且作为城市结构要素之一的街道也逐渐消失。尽管如此,古老的传统依旧顽强地延续着,包括地块划分、房屋成排、南向布局等等。街道的消失是引入由前苏联城市设计家传播的国际建筑理念的结果。

法国的北京地图，18世纪（英国皇家建筑研究院）

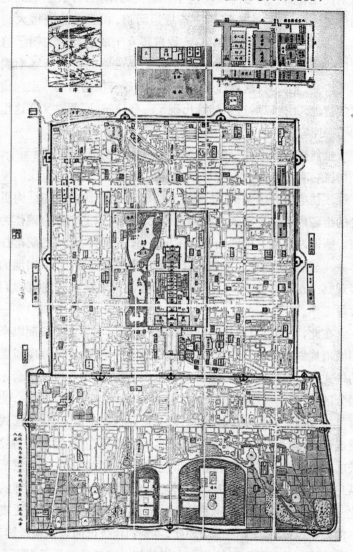

（资料来源：Clément,《Cités d'Asie》）

自 19 世纪中期以后,在被割让的城市土地上,中西方城市设计家在传统和方法上的对照已经显现出来。上海的城市肌理就是一个例子,"里弄"为我们展示了一种非常新颖的地块划分方式。古代的著名街区"里"是指街区的划分,人们通过一扇门由街道进入小区;"弄"原意是死胡同,是指呈梳齿状分布的通向住宅的街巷系统。排列成行的院落住宅既吸收了中国的传统,又借鉴了英国联排住房的形式;由大街、街道、小巷和死胡同所构成的道路等级体系体现了同一原则在公共空间和私人空间的应用。中国的建筑家们为吸取国外经验付出了艰辛的劳动,今天,为了认识和重新认识传统,他们同样在进行着不懈的努力,这预示着在重现老街区的辉煌以及组建新街区的过程中都会出现创新性的发展。

〔注　释〕

1　此文的写作要感谢埃马纽埃尔·佩谢纳(Emmanuelle Péchenart)的大力协助。

2　参见 Pierre Clément,《 Les capitales chinoises, leur modèle et leur site 》(中国的国都,其模式和位置),Ifa-SRA 研究报告,Paris, 1983。

3　例如吴良镛,贺业钜,莫特(Mote),施坚雅(Skinner),贾永吉(Cartier)。

4　请参见 Pierre Clément, 同前, p. 25。

5　参见 Sophie Clément-Charpentier, Pierre Clément, Shin Yong Hak, *Architecture du Paysage en Extrême-Orient* (远东风景建筑), Paris, Ecole nationale supérieure des Beaux Arts, 1987.

6　在长期的历史中,"里"发生了变化。1 里相当于 1800 尺,在战国和西汉时期,1 尺等于 23 厘米,因此 1 里等于 414 米(请参见 Pierre Clément, Sophie Clément-Charpentier, Emmanuelle Péchenart, Qi Wan, 《 Architectures sino-logiques 》(中国逻辑建筑学),Rapport de recherche IFA-IERAU, 1989)。

7　轨:实际上是车轴的长度,相当于 8 尺,即 1. 84 米。

8　夫:成年男性,表示分给每家的土地面积,相当于 600×600 尺,也就是 120×120 米,即 14400 平方米。

9　看一张按上北下南确定方位的平面图时,"垂直方向的"大街指由上到下延伸的大街,东西"水平方向的"大街指由左向右延伸的大街。

10　乐嘉藻,《中国建筑史》,台北:花市出版社,1979(1933 年第一版)。

11　Wu Liangyong(吴良镛),*A Brief Histoire of Ancient Chinese City Planning*(中国古代城市规划简史),Kassel, URBS et REGIO, 38, 1986, p. 50.

12　Wu Liangyong,同前, p. 54, p. 56。

13　贺业钜,《考工记营国制度研究》,北京:中国建筑工业出版社,1985;《中国古代城市规划论丛》,北京:中国建筑工业出版社,1986。

14　贺业钜,1985,同前。

15　Wu Liangyong,同前, p. 19。

16　Wu Liangyong,同前, p. 30 – 33。

17　贺业钜,1986,同前。

18　贾永吉(Michel Cartier)致力的作品:《 Suzhou, des plans à la ville 》(苏州,城市规划),用于中法比较建筑研讨会,巴黎,1987。

19　R. Stuart Johnston, "The Ancient city of Suzhou : Town planning in the Sung Dynasty"(苏州古城:宋代的城市规划),*Town Planning Review*, 54, 42, 1983, p. 194 – 222.

20　程敬琪,杨玲玉,《北京传统的保护主义:南锣鼓巷,四合院街坊》,北京:中国建筑技术发展中心。

21　程敬琪,同前。

本文原载:《Cités d'Asie》, *Cahiers de la Recherche Architecturale*, Marseille, Editions Parenthèses, 1994, no. 35 – 36, p. 173 – 190.

中国"威尼斯"变化真伪考：
苏州城和城图

贾永吉(Michel CARTIER)　　著

赵克非　译

对中国都会城市历史感兴趣的作者,为数甚多,有不少著作写到了北京、长安(西安)、洛阳、开封、临安(杭州)和南京等历代都会[1];这些著作涉及的主要是有关城市位置变迁和城市区划地理学方面的研究,或者是关于名胜古迹方面的专著。最近,几位日本学者还试图制作出反映长安和临安或像宁波[2]那样一些次要城市占用空间的模式,对他们来说,重要之点首先在于,要能够在旧城图或现代城图上划定经济活动区域,或者找到名人居住的遗迹。与此相反的是,城市历史却几乎没有人去研究,如果把最近出版的有关北京几个街区的著作撇开不算,可以说,真正意义上的中国城市考古学还没有出现。造成这种缺失的原因很多,最主要的原因可能是对中国古典城市规划中"唯意志论"一词所持的顽固偏见。确实,多数作者都认为,由于帝王时期的城市都是国家或官府建造的,当时搞规划设计的人不必考虑土地的归属或地理条件。第二个理由和文献以及中国历史学家的习惯有关。我们手里掌握的旧文献和图纸,侧重描绘的都只是某些方面——城区的划分,陆路或水道的路线,重要的公共建筑和宫殿寺庙,实地对照起来总觉得有出入。最后一点,只有少数研究人员敢于拿着原始资料去和如今仍然可见的遗迹进行对照,而自从中国政府开始认真忙于保存自己的建筑遗产以来,大量出现的城市史也只是附带地提了提城区的小规模变化问题。另外还有一点也很能说明问题:即使中国学者在自己的著作里提供了不同时期的城市地图,除了极少数的例外,他们也从来不曾试图把这些地图重叠起来进行比较。

法国建筑研究院[3]有过一个项目,是法中合作对苏州进行研究;这个项目已经实施了五六年,使我们得以搜集到有关这座古老城市的大量资料,并于1987年进行了一次实地考察,让我们意识到了问题的所在。苏州是个和许多西方城市——包括威尼斯——结成了姊妹城的城市,是一处国际旅游胜地;1986年苏州举行了纪念建城2500周年庆祝活动,因此,这座城市完全有理由为自己的古老历史感到自豪。就像遇到这种机会时常见到的那样,举行了许多庆典,市政当局利用这个机会对一些古建筑进行了维修,制定了疏浚水道与修复一个"宋城"的计划,同时,市立历史博物馆还举行了一个规模很大的展览。如同在其他中国城市里一样,"修复"工程都是既要恢复有保存价值或有纪念意义的建筑物,也要建一些仿古街区,旨在为旅游活动提供一个环境,不管对还是不对,旅游活动被认为是能够赚大钱的。

从现有资料的数量之多和质量之好两个方面来看,苏州市的情况是个例外。因为我们未能得到现代的地籍图,测位工作不得不以新出的导游图为基础,但我们依然至少可以参考11种不同时期绘制(从南宋中期一直到当代)的古代平面图或地图可以使用:

(1)《平江图》,长198厘米,宽134厘米,是刻在一通石碑上的,保存在苏州石雕美术馆(原来的夫子庙)里。一般认为这张图反映的是1128—1130年城市被毁重建以后的情况。

(2)《苏州府水道图》,明朝的木刻,城市面貌显得不很清晰,指明城内水道的分布。

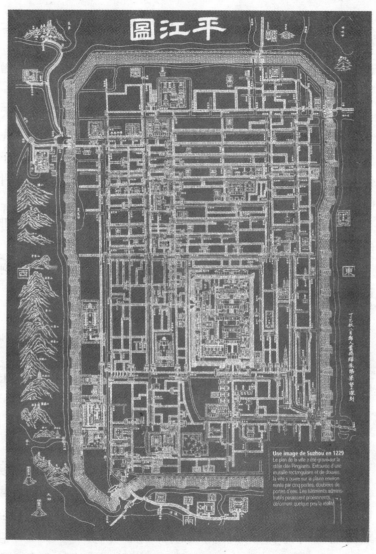

《平江图》,1229 年所刻石碑地图的拓片。石碑保存在苏州石雕美术馆(夫子庙)。

（3）一张叫做"杜赫德图"（Plan dit de Du Halde）的地图，是杜霍尔德神父所著 China illustrata（中华帝国全志）一书的插图。该书根据中国一份描述 17 世纪即明末或清初苏州的原始文献，做了个图解，但随意性很大。

（4）《姑苏城图》，绘于 1769 年，非常详细，藏于日本天理大学图书馆，其拓本曾在苏州石雕美术馆里展览过。法国人劳尔先生（M. Rauls）在中国修学旅行时得到了这份地图的影印件，刊于他 1848 年在法国出版的一本书中，没有提到图的来源或制作时间[4]。该图除了水道和街道，还指明了主要建筑物所在地。

（5）《苏郡城河三横四直图》，1797 年的木刻，描绘的是 18 世纪末的苏州城区。

（6）木刻小图，1862 年版《苏州府志》附件。示意图，指明河道、街道和几个建筑物的分布。

（7）木刻小图，很简单，1874 年版《苏州府志》附件。

（8）《县城全图》，20 世纪初一幅石刻的拓片，在很多地方和《姑苏城图》相似。

（9）《苏州城图》，是日本占领时期（20 世纪 40 年代）由日本人绘制的，相当简单。

（10）1981 年出版的《苏州导游图》。

（11）1987 年出版的《苏州政区旅游交通图》。

这一系列的图，本可以成为详细研究苏州城市历史的根据，但使用起来却相当棘手，因为这些各不相同的图所描绘出来的古城面貌，相互之间很难一致起来。最早的《平江图》把这座古城描绘成南北走向的长方形城市，接着，到了明（1368—1644）、清（1644—1911）两代，该城的平面图反而变得四四方方，或者成了梯形，而在杜霍尔德神父的著作里，又干脆变成了圆的！极具特色的水道网，情况也是如此。水道网以垂直的基准格将城区加以分割,在不同时代的图上,由于变化或移动,水道网好像有的疏些,有的密些;但在几个世纪的时间里,水道网似乎有缩小的趋势,很明显,这是水道大量填塞并最终改成了陆路的结果。因此,那些原来通常是南面以陆路、北面以水道为界的长方形居民区,随着时间的推移,似乎也变得忽大忽小、忽多忽少起来,但又无法制定一个准确变化的年表。简而言之,一张张地研究了上面一系列的图之后,我们得到的印象是,城区不断地在变动,城市面貌不停地在改变。

查阅文献同样使人不得要领。在其漫长的历史发展中,这座城市无疑有过不少的历史学家。那些最容易看到的著作,其中的三部[5]恰好借庆祝建城2500周年之机重印出版。此外,手头还有一系列的参考资料。和中国的其他城市相比,苏州的资料丰富多了。然而,有许多点仍然处于模糊状态。有关苏州建城的传说,把最早的苏州建城之功明白无误地归在了伍子胥(前?—前485)名下;伍子胥是吴王阖闾(公元前515年至公元前496年在位)的谋臣,是他建功立业时期的关键人物。这座城市是作为吴国首都来设计的,同时要反映出吴国的崛起;它被描绘成一座由两重城墙保护的大城,外城有8个"土门"和8个"水门",按照天象图的方位两两地分布在城墙的4面,通往邻近的乡村。内城的规模小得多,是保卫王宫的城墙。关于这些城墙的规模和形状,我们手头的资料在很多点上都存在着分歧。记载下来的长度——外城分别为30、42或47里,"小"城分别为10或12里——和城墙的长度相符吗?如果相符,原来的苏州城势必要比现今的城市大得多;或者,这里说的大小恰好是被城墙围起来的面积?果真如此,则可以把这一点视为城市位置比较稳定的标志[6]。两道城墙的中心是共同的吗?这座城市是正方形还是长方形的[7]?它是严格地呈南北走向的吗?那些土门和水门的准确位置在什么地方?从12世纪开始,治苏州城市史的史学家们即已承认,在有关该城地形的许多问

43

题上,他们一无所知。因此,如今对很多问题就更难于做出令人满意的回答了。根据家喻户晓的传说,那座跨越现在的城墙西南角突出部分的双重门(土门和水门)"盘门",原来就在那个位置。其余的城门,尽管至今仍以吴王阖闾时代的名字命名,却没有证据表明,这些城门原来就在那个地方。

公元前221年中国统一,苏州失去了其原有的都城地位,但只经过两汉(五个世纪),苏州城即再次变成由孙权(公元222年至公元252年在位)建立的吴国的都城。实际上,今日苏州市最具代表性的宗教性建筑物即可上溯到这个时期,特别是佛教寺庙报恩寺、道教胜地玄妙观和瑞光寺塔。报恩寺亦称北塔寺,其间经过多次修复,塔高75米,耸入云端,俯视全城。玄妙观当时成了主要商业区的中心,而瑞光寺塔临近"盘门",俯视着苏州市的东南角。唐宋时期,作为地区经济和政治中心的苏州,又经历了一个繁荣昌盛的新时代,出现了一些新的、规模很大的世俗或宗教建筑物,如位于府衙东侧的双塔寺,原来的泮宫如今成了苏州石雕美术馆的夫子庙,还有沧浪亭。沧浪亭可能是为文人建造的那些使苏州现在如此闻名的著名观赏园林中最古老的一座。关于这座城市的发展变化,我们所掌握的资料并不多,只知道苏州于1128年至1130年间被彻底毁灭过;当时,女真族灭了北宋,攻占了都城汴梁(开封),经常到江南来袭扰。范成大为故乡苏州所作的《吴郡志》成了证明这座城市12世纪曾经被重建的第一手材料,重建工程持续了12世纪的大部分时间。苏州从此改称平江府,在一段时间里成了南宋王朝的驻跸之地。我们因此有理由相信,1229年的那通石碑(《平江图》)真实地反映了这座城市重建之后的情况;这也说明了,《平江图》为什么能被视为南宋时期的真正的城市规划图。

将1229年的地图和在它之后绘刻的一系列地图进行一番比较,可以明显看出,在12世纪彻底重建过的这座城市和现今的苏州之间,存在着许多结构上的差别。美国学者斯图尔德·约翰斯顿(R. Stuart Johnston)的研究主要依据当地建筑师俞绳方的《平江图》石碑说明[8],使苏州那种体现了"水城"规划的独特模式得以在西方建筑师和规划师中间广为流传[9]。根据这两位学者的著作,我们可以在 13 世纪的苏州——南宋时期城市规划的巅峰之作——和今日接待世界八方来客的苏州之间,找出四处重大差别:

(1)城墙以内的空间似乎整个被占用了。

(2)城市拥有双重的陆路网和水道网,可以使行人、车辆和船只水陆并进,既便于货物的交换,又便于货物的运输。

(3)城市的北部被特别密集的陆路和水道分割,构成一系列长长的、呈长方形的街坊。这些街坊长约 500 米,宽约 200 米,一般为东西走向,北界为水道,南界为陆路。

(4)城市南部陆路和水道少得多,一大部分被一座长方形的大府衙占据着;这座府衙是按照皇宫规制建造的,严格遵循着南北走向,面积约为 0.7 平方公里(南北轴线长 1000 米,东西轴线 700米),总之,要比现存的北京故宫(宽 700 米,长 850 米)更大。平江府的这座大府衙——墙内有一座带湖的大园林,呈东西走向,长300 米,双塔寺成了园林的借景——在约翰斯顿的一部著作里被热情地描绘为文人园林之典范[10]。府衙和园林后来毁于朱元璋和张士诚之间的战火,没留下一点遗迹。盐商出身的张士诚是明朝开国皇帝朱元璋最危险的对手,他在长江下游地区建立了一个王国,朱元璋决心彻底消灭张士诚建立的王国,于 1365 年打下了苏州,把张士诚的宫殿夷为平地。

按照约翰斯顿的说法,现在的苏州和 1229 年刻在石碑上的"水城",在形状上是完全不一样的。这不仅仅是那个巨大府衙的毁灭和大多数水道逐渐填塞造成的,也和一些东西走向的长方形街坊明显缩小有关。经过七八个世纪的重建,目前,新街坊的平均面积在长 400—500 米、宽 80—180 米之间[11]。

　　不少人认为,南宋时期的"水城"彻底变成了一个陆地城市,这不是没有道理的。但是,由此即得出结论,认为城市空间结构在宋朝鼎盛时期以后的几个世纪里有很大改变,我们却觉得是个严重的视觉错误。如果我们专心研究一下不同时期绘制的一系列城图,以城门和寺庙一类在宋朝以前就存在、不可移动的建筑物为参照点,我们就不能不注意到,恰恰相反,由那些主要水道界定的区划是相当稳定的。而且,认为这座城市几乎没有什么变动的想法,也与 20 世纪 80 年代末在城东北角重建一个"宋城"的计划不谋而合。此外,这种想法最近在中国的一项地图绘法分析中也已经得到阐明。这项地图绘法分析指出了刻于 1229 年那块石碑上的地图所用比例尺的多样性[12]。这和我以前写的一篇文章相一致,那时我所依据的就是那些主要陆路和残存水道所界定的明确的城市区划[13];《平江图》所用的比例尺不下 20 种。城市面积失真的情况并非 1229 年的那张图所独有,在不同程度上,各个朝代的地图都有这个问题。把石碑的拓片重叠在一张现代地图之上,即可以发现,《平江图》把城市从南到北明显地拉长了,但却不能把城南和城北覆盖住,只是使它们缩小了大约四分之一。从东西向上看,被玄妙观和府衙完全占据的中央部分,又明显地扩大了,是用差不多相当于实际两倍的比例尺表示的。比例尺的改变,其有形结果是把府衙所在的中央部分明显放大——这一部分,比例尺表示的要比实际大四倍——而东西向、南北向都被缩短了的城市"边缘"部分,只露出了实际面积的三分之二,甚至三分之一。这样,就产生了一个虚假印象:这座城市住满了人,市中心有一座很大的府衙,如果相信俞绳方和约翰斯顿所复原的原状,这座府衙甚至比北京的故宫还大。

　　这种地图绘制法上的臆造,并非仅仅限于宋碑上的那张图,在

46

大部分后来绘制的图上都不同程度地存在着,包括《姑苏城图》在内。《姑苏城图》在整体上让人觉得与实际情况十分相符,图的作者们在图书版本记录中也肯定地说,他们力求客观,要努力给这座城市留下一张尽可能准确的图,因为他们的工作依据的是精确的测量[14]。如果我们参考后来出的一些图(20世纪绘制的现代地图除外),我们就会发现,比如,明朝的图仍然把中央部分放大了,原来的府衙——在当时已经消失——地段还是用相当于实际大小的两倍来表示的;同时,扩大的部分明显地移向了城西北,城西北的很多地段画得都比实际面积大。18世纪和19世纪绘制的那些比较新的图,在总体上显得和实际地形更为相符,却依然把北面扩大,把南面略微缩小了。《姑苏城图》上特别受到重视的那一部分,可以准确地判定,就是城西北的区域,以及从北塔寺起的贯穿南北的轴线。正如可以料想的那样,旧府衙所在的那个地段此后是用比实际小的比例尺显示的。类似的情况在水道网这方面也可以发现,不同的图上,水道网的密度也不相同,但这种变化在依次出现的图上却又不是线性的。非常奇怪的是,在1874年出版的府志附图上,水道显得比1769年的《姑苏城图》上的还多,而图系又是一脉相承的。但也应该指出,尽管有水道填塞的趋势——那些图和府志的作者们已经发现了这一点——却也不能完全排除水道的整治或水道之间恢复连接的可能,例如,临顿河的情况就是这样,这条河后来好像就和原来的南临顿河连接起来了。南临顿河起自位于城东墙南段三分之一处的葑门。

城市地图走形变样,并非中国所特有。如果我们忽发奇想,看一眼我们国家的那些地图,就会惊讶地发现,16世纪的巴黎有形成一个完整环形的趋势,巴黎的城墙和圣马罗[15]的城墙一样,绝对是长方形的,但在一幅17世纪的地图上,圣马罗的城墙却完全变成了圆形的!这种变形与城市的历史沿革有关,尤其与政治和经

47

济重心的逐渐转移有关，至少苏州的情况是如此，这应该是毋庸置疑的。很明显，宋代的苏州，市中心由府衙和商业区构成，而且根据中世纪中国城市的习惯，商业区围绕着道教寺观。所以说，这个中心地带被放大了许多，而商业区内的重要名胜建筑，则是用小比例尺来显示的。这也就说明了，这些建筑何以会显得还要大些。苏州府衙比北京故宫还大的错觉，就是这样产生的。苏州城自战国末期以来失去了都城地位，行政级别逐渐下降，从唐代的一个藩镇降到了宋代的一个府，在这样的情况下怎么会出现一个比北京故宫还大的府衙呢？我们因此还可以设想，即使像有些作者暗示的那样，老城的"子城"没有被完全摧毁，官府建筑也只不过占了旧"王城"的一部分。到了元末，张士诚大兴土木，把府衙变成了"王"宫，在这座"王"宫被彻底摧毁以后，情况发生了根本性变化。明朝建立以后，成为直隶府的苏州所辖的新衙门分散到了城区各处，城市重心北移了；同时，苏州变成了一个大型手工业中心，加工附近乡村生产的丝和棉花。到清朝，苏州跨越了一个新阶段。当时，仍然是三大"织造局"所在地之一的苏州，地位只是个"普通"府，却变成了中国长江下游第一个金融与商业重镇，因而成了大清国经济生活的一个主要中心，行会也真正成为这座城市的行政角色。这时，市中心已经位于城市的北部，仍然有水道流过，与大运河相通；因为成了市中心，在图上显示的也就比实际上大，而城市的南部却莫名其妙地缩小了。城市南部没有建房子的空地很多（甚至几百年也不会建造），所以到 19 世纪后半叶"五口通商"之后，外国人开始在那里定居并建立像"租界"一样的街区。

　　只有同时考虑到社会、经济的一系列变化，我们才能更好地理解地图上发生的改变，还城市历史以本来面貌，而又可以不像俞绳方和约翰斯顿那样不慎落入陷阱。实际上，研究实际地形时稍微仔细一点，就能够发现，南宋时期的府衙位于第四区的第四坊之

《姑苏城图》,1769 年绘制,藏于日本天理大学图书馆。

内，充其量也不过是个 0.48 平方千米的长方块（东西约 800 米，南北约 600 米），远非一个什么 1000 米长、700 米宽，面积比北京故宫还大的长方体，所以也就不存在什么知府官邸加园林占地 0.7 平方千米的问题。汪前进在对那块石碑所进行的地图绘制法研究中提出，他认为府衙被放得太大了，其实际占地不会超过 0.12 平方千米（约南北长 400 米，东西宽 300 米）。我们倾向于把 14 世纪中叶被彻底摧毁的那片地方和现在的大公园视为同一个地点，面积还要小些，因为那座直到 20 世纪还占着那块空地的大公园，面积只有 0.06 平方千米（宽 200 米，长 300 米），更符合地区首府规制的面积。如果注意一下宋朝那块石碑比例尺的惯例（位于一个和实际情况相比自身已经被放大了 4 倍的区内，府衙也被放大了）和图的细节，尤其是南墙根的那块面积可能不小、在南北走向上被大大压缩了的空场，居民区的规模和这座较小的府衙间的差别就不会像看上去那样令人吃惊。这显然只是一种假设，有待考古发掘来证实。

把图重叠起来进行细致的对比，还能够发现，城市的位置，尤其是那些北至水道、南至陆路的长方形开阔街坊的位置，非常稳定。那些街坊是宋代苏州一大特色，因此，20 世纪 80 年代末，市政府才有计划（并没有实现）着手修复一个这样的街坊，供游人观赏。如果不借助于对已经缩小了的道路网进行一系列的小规模蚕食，填塞水道，可能丝毫也不意味着城区的调整。所以，一切都使人相信，至少在修复的旧街坊里，旅游者没有受骗，他们可以完全相信自己是在"宋城"里徜徉；可以说，从位置上看，宋城的区划八个世纪里没有改变。俞绳方复元的旧观，依据的是一项对几个中心街坊进行的研究，这些街坊南北向被拉长，东西向也被放大了。与此相反，修复计划划定的三座街坊位于城市的东北角，由于中心区被放大了，这些街坊的东西走向在大部分图上都被缩短了，因此,想准确地再现这些街坊从一张图到另一张图的变化,就相当棘手。例如,1229 年的《平江图》把东北角缩小了,南北向缩小了四分之一,东西向缩小了一半,结果使这个角显得比实际面积大约小了三分之二。在明朝的图上,这同一个东北角南北向与比例尺相符,但东西向则被缩小了很多。在 18 世纪和 19 世纪的图上,这个地方却又被稍稍放大了些。在这种条件下,再现这个地方的演变情况是很困难的。在宋朝的图上,我们可以清晰地看到 5 条东西向水道,这些水道也已经在清朝出的最好的图上清楚地再现出来,但明朝出的水道图上却印着 7 条。如果水道数目确有改变,由此必然得出重新划区的结论。宋代的街坊平均宽度——包括水道与陆路——为 160 米(800:5),那么,到了明朝,这同一个街坊就不得不被分割为一些狭窄地带。可是,拿清朝的图和现今的情况进行对照,可以看出,街坊很可能从未重新划分过,但街坊的面积却又实在各不相同。在为修复"宋城"而进行的初步研究中,发现了一个约为 0.23 平方千米的居住群(东西 520 米,南北 430 米),分成 3 个大约 500 米的长条地带,宽度分别为 85、150 和 190 米[16],似乎和 1229 年的《平江图》上的 3 个街坊相符;其中,两个是"普通"街坊,一个是"双重"街坊——内有一条二级东西向小街,把它一分为二。这个被研究的地区似乎又和内水道网在整体上完全一致,这又使人想到,宋代划分的街坊要比俞绳方和约翰斯顿设想出来的街坊狭窄得多。这一切使我们认为,自宋代以来,城区的结构实际上没有改变过,而且,根据普遍遵守的古代城市建设规则,城里用于盖居住房子的小块土地,原本要在纵深上延长 60 到 100 米[17]。

通过这些发现,我们得出如下结论。首先,和大多数中国城市史学家所想的相反,原来的城市布局一般来说在现代都还清晰可见,依据现代地形测量学重现城市的历史也根本不是什么空想,至少对于像苏州那样有准确位置可寻的城市来说就是如此。第二,苏州 1128 年至 1130 年间被毁,12 世纪的重建"计划"不能说是出自官员头脑,因为官员们用不着考虑用地限制。宋朝的《平江图》应该被当作拓扑学的说明来解读,它间接证实,城市规划毕竟比大多数现代史学家所想像的要稳定得多。几处地形学上的细节清楚表明,那些卓越的、包括街道在内并把城区中心部分分割成若干块的并受到现代城市规划专家称赞的水道,完全不是凭空编造的,不是那些希望把用船运输商品和垃圾变得方便的测量人员凭空画出来的,而是相反,那张图依据的既有最早的由南向北流经城市的河流遗迹,也有和乡村区划有关的土地册。完全有理由相信,现代的城墙和建于古代的城墙基本吻合;古代城墙上的水门,不是正好与河流入口相符,就是正好和排水与灌溉的水沟连接在一起的乡村区划相符[18]。城墙里面,水道可能形成了一个网,靠一条从葑门流入的河流供水;有人根据平江河特有的弧形认出,它就是那条河,平江河是后来变成临顿河的时候才取直、成为一条正南正北流向的河流的。此外,因为有那个奇怪的朝北拐的弯,呈现的又是一条横贯全城、沿葑门一线把城市一分为二的水道形状,我个人就觉得它也是围绕着最初那道"子城"城墙的护城河遗迹的一部分[19]。诚然,宋朝的《平江图》在靠近那条横贯全城的水道附近显示出的那块洼地,比现代地图上的洼地要明显得多,但奇怪的是,《平江图》在平江河遗址上却根本没有标出弧形。这是否意味着水道网本身也被彻底改变了呢?可能根本不是这么回事。相反,这一切倒使我相信,这仅仅是地图绘制上的又一次随心所欲。显然,这些偏差不能推给 1130 年以后的城市重建时期,要早得多,早到修建老城墙的时期,可能远在宋朝以前。

〔注　释〕

　　1　最近几年,关于这个问题有不少用中文写的专著。可参考的主要有

52

中国建筑科学院推出的《建筑史研究》系列;关于都城的题为《中国古都研究》的两本论文集,杭州,1985—1986;以及另外几种著作,如贺业钜的《中国古代城市规划史论丛》,北京,1986,《中国历史文化名城的保护与建设》,北京,1987;阎崇年的《中国历代都城宫苑》,北京,1987;李雄飞的《城市规划与古建筑保护》,天津,1989。

2 斯波义信(Shiba Yoshinobu),"Rural-urban relations in the Ningpo area during the 1930s"(1930 年间宁波地区的城乡关系),《东洋文库》,47,1989。作者在文章中把对中国一个港口城市的研究和这座城市千年来的历史结合到了一起。

3 克莱芒(Pierre Clément)和他的研究小组在法国建筑研究院与巴黎—贝尔维尔(Paris - Belleville)建筑学院建筑科学研究中心合作的项目中,对东亚住宅和城市进行了研究,写出了两篇很长的报告:Pierre Clément, Sophie Clément-Charpentier, Emmanuelle Péchenart,《Suzhou : forme et tissus urbains》(苏州:城市的形式和组织),Département Architecture comparée(法国建筑研究院比较建筑学研究所),1985; Pierre Clément, Sophie Clément-Charpentier, Emmanuelle Péchenart, Qi Wan,《Architectures Sino-logiques》(中国逻辑建筑学),IFA-IERAU, 1989。

4 转载于伊西多尔·埃德(Isidore Hedde)著,*Description méthodique des produits divers recueillis dans un voyage en Chine*(系统描述在华旅行期间收集到的各种产品),Saint-Etienne, Imprimerie Théolier Aîné,1848。

5 1986 年江苏古籍出版社接连出版了两部很难找到的著作:范成大《吴郡志》,1229 年第一版;徐菘、张大纯《百城烟水》,1690 年第一版;另有王乾(音)(1888—1969)一部很长的未刊稿:《宋代平江城防考》。1985 年出版的傅崇兰的《中国运河城市发展史》可以作为上列几部传统性专著的补充。

6 新近出版的一部著作——参阅 Jun Wenren, James M. Hargett, "The measures *li* and *mu* during the Song, Liao and Jin Dynasties"(宋、辽、金各朝的"里"与"亩"的大小),*Bulletin of Sung Yuan Studies*, 21,

p. 8－30——指出,由于用途和地区的不同,"里"的长度也不同,从441米到567米不等,而"建筑师的'里'"为556米。在这种情况下,一道40至47"里"的城墙约合17到27公里,这个长度不管怎样都比现在的15公里略多的城墙长。如果说的是40到47平方"里"的面积,这样的面积即为7.7到15平方千米,和"城墙之内的"12平方千米的面积更为接近。刻在1229年石碑上的那道似乎围绕着府衙的"子城",根据现有的资料,估计长约10到12"里",这可以换算成4.4到6.8公里的长度,或者2到4平方千米的面积,这要比俞绳方和约翰斯顿复原的那个大府衙大很多。因此,古代的"子城"与宋代的府衙可能并不吻合,"子城"的面积可能要大得多。

7　关于这座古城的形状,现代研究人员的说法各不相同。是和古代的典型都城一致,也是方形的,抑或是六边形或星形(根据一段关于城门和罗盘方位标相符的文字记载)。描述原始形状的那些段落说得很简单,只提到每一面城墙上都有两个一组的重门(水门与土门)。宋代的文献明确指出,当时有两座古代城门被堵了。问题是,宋代的苏州有5座重门和外界相通:一座在北面,两座在东面,一座在南面,一座在西面,没有一座重门是和对面的门相对的。再者,大部分城门都还保留着古代城墙原有的名字,从12世纪起即已无法准确确定这些城门的位置,这一点从范成大的著作里可以明显看出。宋朝以后出版的城图提到的那座后开的胥门,是开在东面城墙上的。

8　俞绳方,"我国古代城市规划的一个杰作",《建筑学报》,1980年第一期,页15—20。

9　R. Stuart Johnston, "The ancient city of Suzhou: Town planning in the Sung Dynasty"(苏州古城:宋代的城市规划),*Town Planning Review*, 54, 1983, p. 192－222.

10　参阅 R. Stuart Johnston, *Scholar gardens of China: A study and analysis of the spatial design of the Chinese private garden*(中国的文人花园:中国私人园林空间布局的分析与研究),Cambridge, Cambridge University Press, 1991. 特别是其中的第20—30页。

11 在约翰斯顿1983年写的文章中画的一张长方形区的草图上,陆路与水道都包括在内,东西长500米,南北宽210米,那些可用于建居民房的宽40米、纵深150米的长方形小块土地都标在了上面。丈量现代的一些街区所得出的面积要小得多,那些小块土地的平均宽度为20—30米,平均纵深为60—100米。

12 汪前进,"平江图的地图学研究",《自然科学史研究》,1989年4月第8期,页378—387。他所使用的方法是,拿刻在石碑图上的城区各个准确的点(城门和名胜建筑)之间的相对距离,和带比例尺的地图进行比较;结果表明,府衙区内所使用的比例尺(在1:872和1:1166之间)比城市的其余地方所使用的比例尺(在1:1933和1:2817之间)小得多。

13 贾永吉(Michel Cartier),"苏州的城市和地图",《城市研究》,1985年5月第10期,页41—44。我们对苏州空间的分析方法,以该城的区划为依据,这种划分法把城内的辖区分作22个地段,全部标定在分别由桃花坞大道和人民路构成的两大轴线上;桃花坞大道横贯全城最宽处,长3200米,人民路从南到北,把城市一分为二,长约4200米。把这样标定出来的这些地段绘成图,重合到各朝代出的图上,与这些图上相应的地段进行比较,然后再重合到带比例尺的现代地图上进行比较。

14 保存在天理大学图书馆的那张图的绘制者认为,有必要绘制一张新图,因为清朝中期当局掌握的地图不够准确或有错误。

15 法国伊尔·维兰省。中世纪城堡、教堂等古建筑的旅游观光地。

16 张廷伟(音),"苏州平江旧城保护区详细规划介绍",《建筑师》,1983年3月14日,页83—95。

17 大部分有几重院落的大宅门——其平面图均已绘制在上海同济大学编辑出版的《苏州旧住宅参考图录》(上海,1958)一书中——都有60—100米的纵深。在北京和南京进行的专门研究指出,平均纵深为70米、面积相同、可用于建筑的长条土地的旧区划是很普遍的现象。

18 "城内的"水道网不与外面的水沟直接衔接,城外的水沟把土地分割成了一些大得多的地段,和城区相比,城外的水沟好像移了位。东城墙上的娄门和葑门相距近两公里(1940米),而与这样的一个长度相对应的是被分割成两块的耕地。乡村区划里这种情况很多,因此我们可以认为,那里的状况是相当稳定的。

19 宋代文献里称那道环绕府衙的城墙为"子城",这个词好像应该用于战国时代的内城。然而,正如我们所指出的那样,鉴于这道城墙的长度,"子城"与内城很可能不是一回事。那条弯曲的从葑门附近流过的横向大水道,有可能是河流改道造成的结果,也有可能实际上是一道古城壕遗迹。

本文原载: *Revue de la Bibliothèque nationale*, no. 48, 1993, p.2-9.

清代北京的城市社区及其变容

刘凤云[1] 著

社区,通常是指由地域空间序列所构成的平面形态,它以政治、经济和文化的个性特征展现着一个地区的内涵,并作为区别于另一个地区的界定。而社区的形成,既有行政手段的干预,也有文化交融的组合,它虽然存在地理、地域的概念,却也有着许多的不为地域所决定的因素。而本文研究清代北京城市社区的目的,不仅仅是为了了解和揭示传统城市空间格局的主要形态,更主要的是力求探讨融入其中的带着历史沧桑的城市发展轨迹以及文化与传统的变迁。

一 传统行政社区——坊的衰落

从历史上看,坊乡都鄙的行政社区,行之久远,可谓古代中国最为普遍的社区规划形态,而"坊"尤其在中国城市的发展史上占据了重要的地位。然而,"坊"在经历了唐、宋、明的兴盛之后,在清代走入了衰势。这是本文首先要证实的问题。

"坊",在古代也称"里",二者并称"里坊"。"里"的含义主要是指居民聚居的地方,所谓"里,居也。"[2]《汉书·食货志》记载曰:"在野曰庐,在邑曰里。"也就是说,在汉代,里是指城市的社区而言,但在名称的使用上,里的概念却并非城市专属。首先,乡里、里闾、里闾等称呼无不与农村相关。其次,我国古代自秦朝始,即在郡县之下设乡、亭、里,至明清时期仍以里社为基层组织的命名,表明"里"的最初意义,主要还在于它曾经是对广大农村按地缘进行社区划分的一种行政措施。

而后,与"里"相应出现了"坊"。"坊"更近于城市化,或者说专就城市而言。就目前所见到的资料而言,有关"坊"的记载,最早见于唐代的文献。如《唐六典》曰:"两京及州县之郭内分为坊,郊外为村。"《旧唐书·食货志》曰:"在邑居者为坊,在田野者为村。"唐人苏鄂在《苏氏演义》中则进一步指明:"坊者,方也,言人所在里为方。方者,正也。"这里不仅说明了"坊"由"里"演变而来的事实,而且指出了"里"何以又称作"坊"的原因,以及"坊"的空间形态,即"坊"是一个正方形或长方形的地域空间。

有关"里坊"的情况,以及"里"与"坊"的关系,明以前无人考证,而清人在地方志中却作了不少的论述。如乾隆《绍兴府志》曰:"在城皆曰坊。"[3]嘉庆《山阴县志》曰:"坊里之名见于唐书,武德初定均田法,百户为里,五里为乡,在城邑为坊,在四野为邨,此殆坊里所自始。"[4]光绪《宁海县志》曰:"邑里之名谓之坊。……唐制,凡州县皆置乡里,以百户为里,五里为乡,郭内为坊,郊外为村,里及坊者皆有正。"[5]

总之,自汉至唐,地方社区规划的一个重要特征是"里"与"坊"的设置及其制度化。里坊制,或者称"坊制",不仅将城市划分出若干方形的空间,而且对每个空间都作了适当的安置与有效的管辖,而且"坊制"在唐代已经趋于成熟,表现为坊的四周有坊墙,设有坊门,坊内除三品以上高级官员及权贵之家而外,余者不得面街私开门向,夜间坊内有宵禁之规,凡鸣鼓警示后,坊门关闭,行人不得出入,违例之人视犯夜禁者而论。清人还记载当时的坊曰:"坊者,立木为表,加衡木其上,书厥名,示地界限。"[6]这实际上是农村户籍相伍制度在城市的复制,是城市乡村化的一种表现形式,它不但限制了城居者的行为自由,而且构置了一个封闭的居住空间。可见,"坊制"仍属于自然经济的产物,它符合封建专制政治对人民进行严格控制的要求,因而也为封建统治者所认同。南宋大儒朱熹就曾经说过:"唐的官街皆用墙,居民在墙内,民出入处在坊门,坊中甚安。"[7] 这也道明了坊的社会功能之一,即在于控制居民,维持社会治安。

此外,坊在划分城市居民居住空间的同时,也划分了城市的社会结构空间。《易经》中有"方(坊)之类聚,居必求其类"的论说。可见,坊的另一社会功能就是对城市居民在地域上完成类别的区分,分类的标准自然是反映身份与等级的职业,即官僚、手工业者、商人等。因而,坊的实质是封建等级制对城市居民居住环境与范围的限定,它在一定程度上反映了早期的中国城市完全从属于封建政治的特点与属性。

宋代以后,随着坊墙的毁坏、倾圮,坊制已不复存在。在统治阶级倍感"宫殿街巷京城制度……不佳"[8] 的忧虑中,城市居民面街而居,沿街建房已是司空见惯,这使宋代城市的发展产生了一次飞跃。然而,还应该看到,坊墙拆除所带来的居住自由是有限的。坊仍是一个有效的行政社区,有一定的地界。此外,城居者虽然走出了封闭的居住空间,但却无法逾越已根植于人们头脑中的"类聚"与"群分"的等级观念。在居住上,伴随坊的名称的延续,坊的"分类"功能,仍然制约着城居者对居住地点的选择。它不仅成为人们行为的价值尺度,而且以一种惯性延续下去。如南宋杭州的坊,仍是人们划分居住范围与城市社区的一个单位。《都城纪胜》云:"都城天街,旧自清河坊,南则呼南瓦,北谓之界北,中瓦前谓之五花儿中心,自五间楼北,至官巷南御街,两行多是上户金银钞引交易铺,仅百余家,门列金银及见钱,谓之看垛钱,此钱备入纳算请钞引,并请作匠炉鞴纷纭无数,自融合坊北至市南坊,谓之珠子市头,如遇买卖,动以万数,间有府第富室质库十数处,皆不以贯万收质。"⁹这显然是由几个行业相关的坊组成的商业区。

但是,宋朝的坊在熙宁朝行保甲法后已在管理上发生了变化,坊以上复设厢,各府"治地为坊,其郭外仍以乡统里。又分府城里为五厢,仍领坊"¹⁰。而后,自元至明,坊的行政位次再作调整,元朝"改厢为隅,县各置隅,乡为都里、为鄙,俱以一二为次。府城四隅不隶于县,别置录事司掌之。"也就是,在城市中,于坊之上去厢代之为隅。"明罢录事司以四隅还县,而隅都之名不易。各县隅或领鄙,鄙或仍为里。然应役者,城皆曰坊长,乡皆曰里长。……县治所统,内曰隅,外曰都。"¹¹在这里,城市的坊里与乡村的乡里相对应,均为国家的基层管理组织。其区别在于"凡置之城市之内曰'坊',附城郭之外者曰'厢',……编户于郊外者曰'乡'"¹²。降及清代,这种"坊、厢、乡"的城乡划分方式依然被沿袭了下来,在地方府、州、县各大小城市之中,仍以"坊"为纲进行社区的规划。

可以说,坊乡都鄙是古代中国户籍乡里制度的延续,它是对中国传统文化的继承,正如明人所说:坊里,"古都鄙乡遂之遗也"¹³。清代虽已进入封建社会的晚期,而传统的社会形态依旧,所以,坊作为城市社区单位的名称没有改变,大小城市也多有坊的划分,所谓"坊里之分以定井疆"。城下有司、有坊,坊下有牌、有铺,或坊下即为街巷。城门之外为关厢。但是,清代的坊已明显趋于衰落,在证明这个问题之前,是需要对明代北京的"坊"稍作说明的。

自明代以来,北京便有五城与坊的划分,有文献记载曰:"京师虽设顺天府、大兴、宛平两县,而地方分属五城,每城有坊"¹⁴。又曰:"明制,城之下,复分坊铺,坊有专名,……铺则以数十计"¹⁵。城区的划分是管理的需要,而五城之分则是人们从儒家方位观念出发划分城市的习惯方式,所谓"唐麟德殿有三面,故称三殿,亦曰三院。今京都五城,兼中、东、西、南、北而言,盖即此意。"[16]也就是说,五城即为五方之意,含东、西、南、北、中五个方位。五城之下设坊,明代共计三十六坊,"中城曰:南薰坊、澄清坊、明照坊、保大坊、仁寿坊、大时雍坊、小时雍坊、安福坊、积庆坊。东城曰:明时坊、黄华坊、思城坊、南居贤坊、北居贤坊。西城曰:阜财坊、咸宜坊、鸣玉坊、日中坊、金城坊、朝天坊、河漕西坊。南城曰:正东坊、正西坊、正南坊、崇北坊、崇南坊、宣北坊、宣南坊、白纸坊。北城曰:教忠坊、崇教坊、昭回坊、灵椿坊、金台坊、日忠坊、发祥坊。"[17]连附县宛平亦设坊。而且,北京的坊铺分布也系根据商业民居多少而不等,所谓"每坊铺舍多寡,视廛居有差。"[18]如内城西城之阜财坊,在"宣武门里,顺城墙往西,过象房桥,安仁草场,至都城西南角",其下"四牌二十铺"。南城正东坊,自"正阳门外东河沿,至崇文门外西河沿",辖"八牌四十铺"[19]。表现出,明代的北京城,"城内地方以坊为纲"的行政区划特征。

从表面看,"清承明制"也适用于清人在京城布局及管理上对明制的接纳。确切说,清朝也像明朝一样,在京城设立司坊,即坊上有"司",所谓"司"即五城之"司",也称"司坊司","司"下设坊。但是,清代的坊无论在数量上还是作用上都发生了很大的变化。而这种变化首先是从清人对五城划分的改变开始的。换言之,清朝虽然仍以五城规划城区,只是分法与明朝不同。根据明人张爵的《京师五城坊巷胡同集》记载:明代的中城在正阳门里,皇城两边;东城在崇文门里,街东往北,至城墙并东关外;西城在宣武门里,街西往北,至城墙并西关外;北城在北安门至安定、德胜门并北关外;而南城在正阳、崇文、宣武门外,即外城。也就是说,明代的北京城,中、东、西、北四城均在内城,只有南城在外城。

那么,清人又是如何划分的呢? 对此似有两种说法,一种说法是内外城通分五城，另一种说法是内城、外城各有五城之分。主张内外城通分五城之说的主要是根据康熙年间朱彝尊所编的《日下旧闻》，所谓"《旧闻》考据本朝定制，合内外城通分五城。"[20] 对此，乾隆朝大学士于敏中在他主持纂修的《日下旧闻考》中作了解释，他说："朱彝尊原书因仍旧制，合内外城分中、东、西、南、北为五城，故前三门外俱谓之南城。今制，内城自为五城，而外城亦各为五城。正阳门街居中则为中城，街东则为南城、东城，街西则为北城、西城。"[21] 并指出了清代在划分上与明代的不同，如书中列举了明代"自宣武街西起至西北城角，俱为西城。本朝定制，自泡子街南则隶南城。""又发祥坊，护国寺街起，至德胜门街西城墙止，原书（朱彝尊《日下旧闻》）隶北城，今隶西城。"[22]

但由于五城的划界，"或凭以墙垣屋址，或凭以胡同曲折"，很是复杂。在雍正五年（1727），就有令御史"查勘建立界碑"之旨。乾隆二年（1737）又有"划清界址"之令。至乾隆三十八年（1773），终于厘定各城各坊界址[23]。光绪时人朱一新的《京师坊巷志稿》似比较简明，又"比较全面地辑录了明清两代北京坊巷胡同的名称变化，掌故传说。"在是书中，朱一新由坊的隶属关系对五城的分界做了说明[24]：

> 中西坊，隶中城。凡皇城自地安门以东；内城自东长安街以北，王府街以西，兵马司胡同以南；外城自正阳门大街，西至西河沿关帝庙、煤市桥、观音寺前石头胡同，南至西珠市口大街，又南至永定门西，皆属焉。
>
> 中东坊，隶中城。凡皇城自地安门以西；内城自西长安街以北，西大市街以东，护国寺街地安门桥以南；外城自正阳门大街，东至打磨厂、萧公堂、草厂二条胡同、芦草园，南至三里河大街，皆属焉。

朝阳坊,隶东城。凡内城自东大市街以东,东直门以南皆属焉。外厢则东便门、朝阳门、东直门外,其分地也。

崇南坊,隶东城。凡内城自崇文门街、王府街以东,交道口、北新桥以南;外城自崇文门外三转桥以东,左安门以北,皆属焉。

东南坊,隶南城。所属皆外厢,南则永定门、左安门、右安门外,东则广渠门外,西则广宁门外,其分地也。

正东坊,隶南城。凡内城东自崇文门街,西至太平湖城根,北至长安街;外城自崇文门大街,西至打磨厂,萧公堂,北至三里河大街西,南至永定门东、左安门西,皆属焉。

关外坊,隶西城。凡内城自西大市街以西,阜成门街、护国寺街以北,德胜门街以东,皆属焉。外厢则阜成门、西直门、西便门外,其分地也。

宣南坊,凡内城自瞻云坊大街以西,报子街以北,阜成门街以南;外城自宣武门外大街迤南至半截胡同以西,皆属焉。

灵中坊,隶北城。凡内城自德胜门街以东,地安桥、兵马司胡同、交道口、东直门街以北,皆属焉。外厢则安定门、德胜门外,其分地也。

日南坊,所属皆外城。自煤市桥观音寺前石头胡同、板章胡同以西,宣武门外大街、半截胡同以东,皆属焉。

这条资料清楚地说明了清代内城与外城各有五城之分,内外城的中城、南城、北城均互不搭界,惟内外城的东西城则有连接。而且,坊的变化尤其显著。

其一,清代的坊,合内外城共计十个,相比明代的三十六坊减少了二十六坊。即作为行政区划的坊,在数量上已明显地减少。十个坊,分隶五城。其中,跨内外城的坊有五个,为中西坊、中东坊、崇南坊、正东坊、宣南坊;属于内城及关厢而与外城没有关连的坊有三个,为朝阳坊、关外坊、灵中坊;外厢有东南坊;日南坊则完全属于外城。十个坊中有八个坊的界区在内城,有六个坊界在外城。但是,尽管清朝将坊的数量进行了缩减,明代的许多坊名仍然被当作一个地区的记忆符号被保存下来,如乾隆年间官修的《日下旧闻考》中仍按明代的坊列举各个辖区,按明代坊的划分排列城区街巷,兼议及掌故。

其二,坊在内城逐渐向坊表、牌楼、街巷的方向发展。如东江(交)米巷西有坊曰"敷文",西江(交)米巷东有坊曰"振武"。东大市街和西大市街各有坊四,其名相同:东曰"履仁"、西曰"行义"、南北曰"大市街"。其南,东大市街接"就日坊大街",西大市街接"瞻云坊大街"。而东西长安街皆各有坊曰"长安街"。此外阜成门内有"锦什坊街";内城府学胡同有坊曰"育贤"[25]。正如晚清人余启昌所说:"内城各大街多建坊,如东、西交米巷各建坊,东、西四牌楼各有四坊之类。"[26]但这些坊已非行政社区意义的坊了。可见,清代在削弱了坊的行政社区功能的同时,也赋予了坊以新的内涵,特别是牌楼、牌坊,它已构成了京城的一道风景线。遗憾的是,清代所建的这些"牌坊年久失修",而致柱基腐朽。东西单两牌坊就是这样被拆除了,直到民国年间方得重建。

其三,坊虽然是划分城市社区的一级单位,但在实际中,坊的存在只能说是一种形式上的继承,是对前朝"遗物"的保留而没有实际的作用。生活在光绪末年的余启昌就其亲身经历的变化谈到:"清制,于城下有司坊司,设兵马指挥、副指挥各一员,坊设吏目,俗曰坊官,惟坊名久废。"[27]可见,清朝对于传统社区的"坊"不仅仅是将其数量大大减少,一句"坊名久废",清楚地说明,自有清以来,坊已呈明显的衰落趋势,其行政社区的功能可有可无,其作用完全不比从前。

二 满人城的"旗分"社区及其变动

那么,坊的衰落、"坊名久废",其原因又在哪里呢? 取代坊的行政区划又是什么呢? 从理论上讲,任何制度,在传承过程中总会因政治的需要、人们思想观念的更新或现实环境的变迁而发生变化。清代对城市社区的调整也不例外,而且,其改变的原因完全是政治的因素,即取决于在满族社会中关涉政治、经济、军事等各个方面的"旗分制"。

按照只人寸土必八家分之的"旗分制"原则,清人在入主中原之后,随即于京城实施了大范围的"圈地",将明代的中东西北四城作为内城,安置由东北内迁的旗人,而这一举措的重大代价是,将原来居住在内城的汉人不论何种身份地位,一律迁往外城(明代称作南城)。

据记载,清朝"顺治元年定鼎建号诏"中规定:"京都兵民分城居住,原取两便,万不得已,其中东西三城官民,已经迁徙者,所有田地租赋,准蠲免三年;南北二城虽未迁徙,而房屋被人分居者,田地租赋,准免一年。"顺治五年(1648)南郊配享诏曰:"北城及中东西三城,居住官民商贾,迁移南城,虽原房听其折价,按房给银,然舍其故居别寻栖止,情属可念,有土地者,准免赋税一半,无土地者,准免丁银一半。"[28]可见,清朝统治者以法令的形式,将原有居住在北京内城的居民,不分官民,一律强行迁至外城。顺治五年八月,又以减少满汉冲突为由,重申前令,勒令尚未迁出内城的民人限时迁出。其谕令为:"京城汉官、汉民,原与满洲共处。近闻劫杀抢夺,满汉人等,彼此推诿,竟无已时。似此光景,何日清宁。此实参居杂处之所致也。朕反复思维,迁移虽劳一时,然满汉皆安,不相扰害,实为永便。除八固山投充汉人不动外,凡汉官及商民人

65

等,尽徙城南居住。其原房或拆去另盖,或买卖取偿,各从其便。……其六部督察院、翰林院、顺天府,及各大小衙门书办、吏役人等,若系看守仓库,原住衙门内者勿动,另住者尽行搬移。寺院庙宇中居住僧道勿动,寺庙外居住的,尽行搬移。若俗人焚香往来,日间不禁,不许留宿过夜。如有违犯,其该寺庙僧道,量事轻重问罪,著礼部仔细稽查。"内城民人"限以来年终搬尽"[29],居住寺院之外的僧道也要限时搬移。这种以强权手段所实行的带有强烈民族压制与歧视色彩的迁徙,前后经历了大约五至六年。

经过数次大规模的清理,原来居住内城的汉族官员、商人、百姓除投充旗下者之外,全部被迁至外城,北京内城的田地房屋,"赐给东来诸王、勋臣、兵丁人等"[30]。内城由此成了满族人的聚居地,有记载曰:"内城即正阳门内四隅也,多满洲贵家。"[31]以故号称"满城"、"鞑靼城"。汉人中除了僧人外,只有少数高级官僚蒙皇帝恩旨赐宅者方得居住于内城。如康熙年间奉命入直南书房的张英、高士奇等人皆得内城赐第,所谓"张文端英,以谕得赐第西华门后,蒋扬孙、查声山皆赐第西华门内。"[32]而外城由于全部居住着汉人,所以被称作"汉人城",又称"中国城",从而形成了京城旗民分城而居的格局,人称"满汉分城"。

满汉分城的直接后果就是在内城与外城形成了不同的社区管理。按照清人余启昌的说法,就是"外城属司、坊,内城属旗"。"旗下设佐领,以数计之,如某处至某处为某旗第几佐领所辖。"[33]也就是说,清人在北京内城实施了"旗分制"结构的社区划分,并实行旗、佐领两级管理,坊只作用于外城。

按照"旗分制",清人在内城以八旗驻防式的管理取代了坊的行政区划功能,而"旗分制"作用于城市社区,则又体现在对旗人居住的安置是以八旗方位为原则的。据记载,"八旗所居:镶黄,安定门内;正黄,德胜门内;正白,东直门内;镶白,朝阳门内;正红,西直门内;镶红,阜成门内;正蓝,崇文门内;镶蓝,宣武门内。星罗棋布,不杂厕也"[34]。每旗下,满人、蒙古和汉军,亦各有界址,按照佐领依次从内向外排列。如满人镶黄旗界,西自旧鼓楼大街、东至新桥、北自安定门城根、南至红庙。蒙古住区:西自新桥东、东至东直门北小街口,北自北城根、南至汪家胡同西口。汉军住区:西自新桥东、东至东直门城根,北自角楼、南至南部街北口[35]。这种排列方法,使满人紧临皇城四周,次为蒙古、汉军,而皇帝所居的紫禁城则被层层围在皇城的中央。从而使内城的居住结构形成了以与皇帝所居紫禁城距离远近为标准的地域空间的等级序列。

此外,内城居住的等级还表现在房屋土地的多寡上。其时,进入京城的八旗王公贵族乃至各级官员除了占据明朝勋臣贵戚的府邸外,也在内城兴建府第。王府与宅第的建筑规格按亲王、郡王、贝勒、贝子、镇国公、辅国公等爵位的等级各有不同。旗下官员兵丁居住的旗房也按品级分配。据《大清会典事例》记载:"顺治五年题准,一品官给房二十间,二品官给房十五间,三品官给房十二间,四品官给房十间,五品官给房七间,六品、七品官给房四间,八品官给房三间,拨什库、摆牙喇、披甲给房二间。"[36]顺治中后期,因京城旗房需求量增加,房屋短缺,顺治十六年(1659),议准减少原已拟定的官兵住房配额,官员住房按品级递减,级别最低的披甲人仍然保持每人二间。

清人如此规划城市,其目的十分明确,雍正朝大学士鄂尔泰等编撰的《八旗通志》有曰:"都城之内,八旗居址,列于八方。自王公以下至官员兵丁,给以第宅房舍,并按八旗翼卫宸居。其官司、学舍、仓庾、军垒,亦按旗分,罗列环拱。"[37]也即以八旗"群居京师,以示居重驭轻之势"。当然,除了拱卫皇室之外,作为少数民族建立的政权,清人为了维护满族作为统治民族的利益,其政治中的旗民分治的原则必然要影响到城市的空间。这就是,凡有八旗驻

67

防的城市,清代一律实行满人城与汉人城并置的制度,满人城多是自成体系的城中之城或附城,而这种满汉分城而居的社区划分自然是以北京最为典型。

但是必须看到,当清人以"旗分制"取代了内城的"坊"的同时,也将北京的内城变成了一座"兵营",而进入了京城的八旗兵,接受的却是城市的生活。城市生活的消费需求、娱乐需求,城市生活的流动性、奢侈性,以及相对的自由与多变,都与"旗分制"存在着过多的矛盾。而且,这些矛盾几乎是在清人实行"旗分制"的城区规划伊始就暴露了出来,并在不断改变着由"旗分制"所划定的内城社区。

首先,王公贵族的府第无法履行"旗分制"与八旗方位的原则。在清人的笔记中,《宸垣识略》、《啸亭杂录》、《京师坊巷志稿》等,对京城王公府第作了详尽的考察。由其文中可知,有清一代,京城共有王府40有余,《啸亭杂录》一书记载了42所,晚清人陈宗蕃编著的《燕都丛考》中列举了大约46所[38]。笔者比照上述王府,从雍正朝所编《八旗通志》中查到有旗属的25个王府,其中,可知按照八旗方位兴建的诸王府不过是六七所,如饶余亲王阿巴泰府在王府大街,其府在正蓝旗界内,阿巴泰亦隶正蓝旗。又如,"武英亲王府在东华门,今为光禄寺衙门。……豫亲王府在三条胡同。"[39]武英亲王阿济格与豫亲王多铎初隶两白旗,入关后改隶正蓝旗,二人府第俱在正蓝旗界内;恒亲王允祺府在东斜街,隶镶白旗,府址亦在镶白旗。但是,多数王府不在其旗分界内,包括入关之初的王府。如肃亲王豪格府在"御河桥东","江米巷者曰中御河桥",当在正蓝旗界内,而肃亲王豪格虽领过正蓝旗的几个佐领,但其旗属在镶白旗。礼亲王代善府在酱房胡同口、普恩寺东,府址在镶红旗界内,而代善则隶正红旗。巽亲王满达海,为代善第七子,府第在缸瓦市,旗属亦在正红旗,而王府在镶红旗。睿亲王多尔衮隶正白旗,其府第最初在皇城内明南宫,但新府在石大人胡同,已在镶白旗界内。

可见,多数王府并非依照旗分方位兴建,不仅王府如此,即贝勒、贝子、公,以及其他非宗室封爵者,在进入城市后,似也没能考虑其府第的坐落与八旗方位的关系问题。如贝勒杜度(努尔哈赤孙)府在宣武门内绒线胡同,属镶蓝旗界内,旗籍却隶镶红旗;镇国公屯齐(郑亲王济尔哈朗兄)隶镶蓝旗,其府在甘石桥,属镶红旗界内;正蓝旗镇国公巴布泰(努尔哈赤子),其府在西安门大街,地属镶蓝旗。还有,乾隆朝大学士、一等诚谋英勇公阿桂府在灯草胡同,一等诚嘉毅勇公、定边右副将军明瑞第在勾栏胡同,二人之府第俱在镶白旗界内,但阿桂先隶正蓝旗,后因平回部、治伊犁有功改隶正白旗,明瑞旗籍则在镶黄旗[40]。

当然,也可以找到按照旗分方位选择建府的。如惠献贝子傅拉塔(舒尔哈齐孙)府在背阴胡同,地属镶红旗,其旗籍亦在镶红旗;一等恭诚侯明安隶正黄旗,府第在地安门大街,地处正黄旗与正红旗交界处。但这毕竟是少数,不能代表主流。所以可以说,清代以旗分制划分北京社区,从最初就没有在王公贵族等社会上层中得到贯彻实施。

其次,内城旗人不断流入外城,打破了满人与汉人的居住界限。其时,居住内城的旗人,包括满人、蒙古、汉军以及投充旗下的汉人,称京旗。外城居民主要是汉人,称民人。分配给旗人的房屋、土地,统称旗产。其中,土地称官地,或旗地;房屋称官房,或旗房。由于旗产和俸饷是八旗官兵的基本生活保障,因此,清朝统治者对旗产一向十分重视,颁行所谓"例禁"对旗产实行强制管理。而在诸多"例禁"中,尤以禁止京城旗人居住外城(后通融为禁止宗室居住外城)最为严厉,顺治十八年(1661),强调禁令颁布之后,在外城买房屋土地者,"尽行入官","买者卖者,一并治罪"[41]。

《大清会典》中还明确规定:"凡旗地,禁其私典私卖者,犯令则入官"[42]。也就是说,旗人居住内城是受法律保护并为之所约束的。

清朝对旗人居住的安排,以及为之颁发的各种禁令,固然是为了保证旗人的衣食无忧。但进入京城的旗人很快被"城市化"了,商品经济也以最快的速度蚕食着八旗的"供给"制度,至康熙初年,旗人内部的两大矛盾即贫富分化与人口压力已经出现。所谓"曩日满洲初进京时,人人俱给有田房,各遂生计。今子孙繁衍,无田房者甚多,且自顺治年间以来,出征行间致有称贷不能偿还,遂致穷迫。"今"满洲兵丁家贫者甚多",贫困旗人住房问题严重起来。

与此同时,内城旗人典当买卖旗房、旗地的逐年增加,而且,向外城迁居者也越来越多,所有的禁令已形同虚文。康熙二十二年(1683)八月,议政王贝勒大臣等会议,似有承认八旗贫困人员可到城外居住的事实,但康熙皇帝表示反对。他说:"今览所议,无房产贫丁令于城外空地造房居住等语。夫以单身贫丁,离本旗佐领地方远居城外,既难应差,又或有不肖之徒肆意为非,亦难稽察。八旗官员房屋田地虽皆系从前分占,亦有额外置买者,可令有房四五十间之人,量拨一间,与无房屋人居住。"[43]这种以有房人分房给无房人居住的办法,仍然体现了八旗旗分制的"供给"、"均分"等原则。毫无疑问,它无法适应城市货币经济与巨大消费需求的社会生活,而为了解决旗人问题,康熙多次谕令大学士等"议满洲生计",但却始终拿不出解决问题的办法,康熙不得不作出了让步。三十一年(1692)十二月,康熙同意在外城建造八旗官兵房屋[44],并令各旗调查无房兵丁的人数。三十四年(1695)五月,再谕大学士等曰:"览八旗都统所察,无房舍者七千有余人,未为甚少。京师内城之地,大臣庶官富家每造房舍,辄兼数十贫人之产,是以地渐狭隘,若复敛取房舍以给无者,譬如剜肉补疮,其何益之有。贫乏兵丁僦屋以居,节省所食钱粮以偿房租,度日必致艰难。今可于城之外按各旗方位每旗各造屋二千间,无屋兵丁每名给以二间,于生计良有所益。此屋令毋得擅鬻,兵丁亡退者则收入官。大略计之约费三十余万金,譬之国家建一大宫室耳。敕下钦天监相视,汝等及八旗都统身往验看,宜建造之处奏闻。"[45]表明内城旗人不但可以迁往外城,而且政府出资盖房。而需要指出的是,清朝的这道禁令一开,旗人徙外城者便不仅仅是个别的八旗兵丁了。

至乾隆初年,旗人人口的压力加剧,生计问题凸显。正如御史赫泰所言:"八旗至京之始以及今日百有余年,祖孙相继或五六辈,……顺治初年到京之一人,此时几成一族。以彼时所给之房地,养现今之人口,是一分之产而养数倍之人矣。"[46]所以,随着旗人生计问题的迫在眉睫,清廷决计迁移京旗到边地屯垦政策的实施,内城旗人徙居外城居住也在情理之中了。显然,正是旗人生计问题对内城居住格局的变化起了一种推动的作用。由于清廷不再明令禁止,旗人迁居外城者越来越多,至道光年间,竟发展到"宗室人等居住城外户口较多"的程度。清廷迫于现实,以无法"概令移居城内"为由,责令宗室同外城汉人"一体编查保甲"[47],承认了宗室居住外城的合法性。直到同治三年(1862),有人"诡托(宗室)姓名滋生事端",才下令"由宗人府饬传各旗族学长佐领等,勒令即时(将宗室)迁回内城。"同治十三年(1872)再次重申禁令:"宗室住居外城,匪徒畏官役查拿,多串结宗室以为护符,著宗人府严饬宗室,遵照向例在内城居住,除在京城外茔地居住者仍从其旧外,不得寄居前三门外南城地面。"[48]

旗人由内城迁居外城,从表面看,它是人口增加、贫富分化所导致的结果,实质上,它是八旗制度在旗人城市化过程中的产物,是商品经济与供给制矛盾作用的结果。在客观上,它打破了旗民分治的制度,体现了历史发展过程中民族融合的趋势。正如道光

71

年间大学士英和所言:"国家百八十余年,旗民久已联为一体"[49]。

其三,外城的商业区与娱乐场所重新出现在内城。如前所述,顺治初年,清政府在将内城全部圈占的同时,也将商业、娱乐等各种服务行业一并迁出了内城。但是,同无法禁止旗人流入外城一样,清人也无法将内城的商业与娱乐业全部禁绝。在顺治年间,清朝便恢复了大清门两侧棋盘街的朝前市,"许贸易如故"[50]。吴长元《宸垣识略》云:"棋盘街四围列肆,长廊百货云集,又名千步廊。"但棋盘街仅限于内城一隅,又地近外城,自然无法满足整个内城的消费需求。于是,内城的商业在一度萧条之后便以另一种形式发展起来。

首先是庙市。由于清人在驱逐内城汉人之时,惟独保留了庙宇寺观,于是,定期的庙市成为内城商业的重心。据清人汪启淑记载:其时京城以庙市可划分出三大商业空间,即"西城则集于护国寺,七、八之期,东城则集于隆福寺,九、十之期;惟逢三则集于外城土地庙斜街。"[51]三大庙市有两个位于内城,且十天中竟有七、八、九、十,四天开市,足以说明庙市这种"期集"贸易在内城的重要程度。而庙市的贸易状况,在清人的笔记中也多有记载。如乾隆时期的文人戴璐曰:"庙市惟东城隆福、西城护国二寺,百货具陈,目迷五色,王公亦复步行评玩。"[52]同一时期,居于北京的朝鲜使者朴趾源亦就隆福寺庙市日的情景描述说:"是日值市车马尤为阗咽,寺中咫尺相失。""卿大夫连车骑至寺中,手自拣择市买"。而且,他亲眼见到,"内阁学士嵩贵(满族),自选一狐裘,挈领披拂,口向风吹毫,较身长短,手揣银交易"的情景[53]。可见,在内城,庙市在相当程度上取代了店铺。

但是,庙市作为期集,对于城居者而言仍然有很大的局限性,于是,走街串巷的负贩者成了往来于内城的常客。由于内城有定时启闭之制,负贩的小商贩们往往来不及在规定的时间内离开内城,于是,寺庙作为内城少有的公共空间,又有"私庙房间仍准照旧出租"[54]之例,而且还是小商贩于庙市日经常光顾的地方,自然成为他们临时的寄宿场所。久而久之,他们又在内城重新开起了店铺,以经营粮、酒、猪等行业为多。而且,新开店铺不断增加。据记载,嘉庆年间,竟有"山东民人在八旗各衙门左近托开店铺,潜身放债,名曰典钱粮。"[55]做起了旗人的买卖。

除了商业之外,满族人在娱乐方面也照样接受了那些原本属于中原文化的东西。清初虽然将戏园等限制在外城,但乾隆三十九年(1774),"内城统计旧存戏园共有九座",据清人震钧说,"隆福寺之景泰园,西四牌楼之泰华轩皆是"当时开设的戏园。[56]清廷没有明令取缔,只是规定"不准再行加增",同时重申"嗣后无论城内、城外戏园,概不许旗人潜往游戏"[57]。嘉庆四年(1799),由于城内戏馆日渐增多",清廷虽谕令"著一概永远禁止,不准复行开设",但在执行时,又采取了较为通融的办法,即"俾开馆人等,趁时各营生业,听其自便,亦不必官为抑勒"[58]。所以,直到光绪末年,京城的戏园越来越多,清末人崇彝说:内城西"曲班始于咸同之际,至同光间为盛,起初仅三四家,皆本地贫户之女,或大家之婢。其时礼貌甚恭。后渐有天津乐户,渐有江南伎女,皆厕诸京班之内。迨庚子前一年,戴澜为右翼总兵,重编保甲,于是大驱曲班,一朝顿尽。"[59]

虽然戏园曲班最终仍被赶出内城,但是它能返回内城并长期存在,表现出城市生活对文化娱乐的需求以及满汉文化在城市这种特定环境下的交融。满族统治者虽然将汉人逐出了内城,但是,却没有拒绝汉人文化的传播,这就是西城曲院诞生的社会基础。

三 "汉人城"社区的人文特征

事实上,无论是满城与汉城的划分,还是坊的设置,它都是行政干预的结果,而人们对居住区域的选择仍固守着"同类而聚"的传统习惯,于自觉与不自觉之中重新组合着人文社区,这种情况尤其表现在行政干预较少的外城。

外城虽然在行政区划上有城(五城)、有坊,并"设城官(巡城御史)以理之"[60]。但是,对居民的居住选择却并未实行强制性干预。因而,外城的居住体现着地域选择上的自主,其行政社区"坊"是固定的,而坊中的人群是流动的,这也正是与内城旗分制的最大不同。由于外城是一个以汉人为主包括官僚士绅、商贾、匠人、手工业者等在内的社会各阶层的集中居住地,而这些人群中,官僚与商人都具有很大的流动性,他们大都非北京的长久居民,大量外来人口亦皆被限定在外城。因此,在他们选择居住区域、进行人群组合的过程中,我们可以清楚地看到其中的社会分层与文化品位等涉及政治、经济与文化观念等方面的问题在地域空间中的反映,因此,外城社区的变动与组合要比内城的人文色彩鲜明得多。

首先是行政社区五城出现了反映各自文化层次与文化氛围的特征。据文献所言,其时,外城城守官员的巡城口号有:"东城布帛菽粟,西城牛马柴炭,南城禽鱼花鸟,北城衣冠盗贼,中城珠玉锦绣。此五城口号也,各举重者为言。""前门外戏院多在中城,故巡城口号有中城珠玉锦绣之语。中部郡尉所治地,或且因缘为利。"[61]这些口号可谓概括总结了五个社区的社会风气,说明的是人文环境的特征。

其次是作为城市生活必需的消闲娱乐社区集中到了外城。如前所述,北京除了满汉分城居住而外,清代有关"内城禁喧器"的规定,也将一些"违禁"的社区限制到了外城。如茶馆、戏楼曲院区以及灯红酒绿的妓院区等,均属于这种情况。即所谓"戏园,当年内城被禁止,惟正阳门外最盛。"[62] "剧园向聚于大栅栏、肉市一带,旧纪所载方壶斋等处。……外城曲院多集于石头胡同、王广福斜街、小裹沙帽胡同,分大、中、小三级。"[63] 清人所作《京华俗咏》有云:"请客南城戏可观。"[64] 又有《竹枝词》曰:"斜街深处旧居诸,多少红儿百不如。"[65] "正阳门外以西,则改为花柳之窟矣。"[66] 还有记载说:"京官挟优挟妓例所不许",但是麇集在前门外八大胡同的"妓寮则车马盈门,毫无忌惮"[67]。

但是,在外城最重要的应该有两个社区,商业社区与文人官僚居住活动的社区,也即施坚雅所谈到的城市应有的两个中心[68]。从地域分布上说,它们分别在正阳门外和宣武门外。

正阳门外成为清代北京最为繁华的商业区,在很大程度上得益于清人将内城商业通统迁到了外城,客观上促进了外城正阳门一带商业的发展,并形成了以此为中心的京城商业网络。所谓"正阳门前棚房比栉,百货云集,较前代尤盛。"[69] 有记载曰:在正阳门前,连接东西城的是一条大街,"大街东边市房后有里街,曰肉市、曰布市、曰瓜子店,迤南至猪市口,其横胡同曰打磨厂。内稍北为东河沿,曰鲜鱼口,内有南北孝顺胡同,长巷上下头条、二条、三条、四条胡同;曰大蒋家胡同,东南斜出三里河大街,内有小蒋家胡同,冰窖胡同。此皆商贾匠作货栈之地也。""大街西边市房后有里街,曰珠宝市、曰粮食店,南至猪市口。又西半里许有里街,曰煤市桥、曰煤市街,南至西猪市口。其横胡同曰西河沿、曰大栅栏,……大栅栏西南斜出虎坊桥大街,此皆市廛、旅店、商贩、优伶业集之所,较东城则繁华矣。"[70]

对于正阳门外的繁华,文人常常称羡于笔下。如余蛟在《梦广杂著》中说:"左右计二三里,皆殷商巨贾,列肆开廛。凡金绮珠玉以及食货,如山积。酒榭歌楼,欢呼酣饮,恒日暮不休,京师之最繁华处也。"[71]《都门纪略》亦云:"京师最尚繁华,市廛铺户,妆饰富甲天下,如大栅栏、珠宝市、西河沿、琉璃厂之银楼缎号,以及茶叶铺、靴铺,皆雕梁画栋、金碧辉煌,令人目迷五色。至肉市、酒楼饭馆,张灯列烛,猜拳行令,夜夜元宵,非他处所可及也。"[72]由此可见,正阳门外作为京城主要商业区或者说商业中心兼及娱乐中心的地位是不容置疑的。而且这个中心在不断向另一个中心——有着众多消费群体的文人官僚居住活动的中心扩展,换言之,正阳门外的商业区有向宣武门外蔓延的趋势,也正因如此,时人才有"大栅栏西南斜出虎坊桥大街,此皆市廛、旅店、商贩、优伶业集之所,较东城则繁华"的议论。

就另一个社区——文人官僚居住活动的社区,清人也多有记载。夏仁虎于《旧京琐记》中曰:"旧日,汉官非大臣有赐第或直廷枢者,皆居外城,多在宣武门外,土著富室则多在崇文门外,故有东富西贵之说。"[73]即北京东崇文门外为土著士绅与富商大贾的住宅区,西宣武门外为内城乔迁官僚的住宅区。所谓京朝官"所居皆宣武门城南,衡守相望,曹务多暇,互相过从,流连觞咏。"[74]但这种居住格局似乎在晚清时已有所变化。震钧有记载曰:"京师有谚云,东富西贵。盖贵人多住西城,而仓库皆在东城。……而今(光绪年间)则不尽然,盖富贵人多喜居东城。"[75]且持此议者又非止震钧一人,崇彝亦曰:"世言京城东富西贵,由来久矣,不过谓东城大宅多,西城府第多。其实不然,东城王公府第亦不少。"[76]由东富西贵,到东西城皆富贵,似乎可以说明一个富与贵的合流过程,至少在居住空间的选择上表现出士与商的阶级界限的淡化,同时也说明选择东城居住的官僚在清后期逐渐增多,故而打破了传统的居住习惯。但是,这些变化并不影响"西贵"的存在,西城宣武门南由士大夫聚居而积淀成的所谓"宣南文化",已将这一带赋予了"士乡"的社区内涵,也理所当然地成为文人官僚的居住活动中心。

作为文人官僚的活动中心,宣南社区具有如下几个特征:

其一,它有一个文化市廛——琉璃厂。清人富察敦崇记载:"厂甸在正阳门外二里许,古曰海王村,即今工部之琉璃厂也。街长二里许,廛肆林立,南北皆同,所售之物以古玩、字画、纸张、书帖为正宗,乃文人鉴赏之所也。惟至正月,自初一日起,列市半月。"[77]乾隆朝来中国的朝鲜使臣朴趾源亦说:"琉璃厂在正阳门外南城下,横亘至宣武门外,即延寿寺旧址。宋徽宗北辕,与郑后同驻延寿寺。今为厂,造诸色琉璃瓦砖。……厂外皆廛铺,货宝沸溢。画册铺最大者曰文粹堂、五柳居,先月楼、鸣盛堂,天下举人,海内知名之士多寓其中。"[78]每逢会试大比之年,"各省举人,云集都门,多游厂中"[79]。特别是乾隆三十八年(1773年)《四库全书》开馆后,集天下文人学士二千余人于京城,琉璃厂遂成修书士子们搜求书籍的地方。翁方纲在其《复出斋诗集自注》中记载了他们修书的活动,曰:"每日清晨,诸臣入院,……午后归寓,各以所校阅某书应考某典,详列书目,至琉璃厂书肆访之。"[80]以故,朝鲜文人柳得恭说,他经常在琉璃厂得以结识中原士大夫。

其二,作为士人举子们居邸的会馆,也多设于宣武门外,故有"士流题咏率属'宣南'"[81]的记载。徐珂《清稗类钞》曰:"各省人士乔寓京都,设馆舍以为联络乡谊之地,谓之会馆。"[82]据今人统计,北京近四百个会馆[83],绝大多数建于宣武门外。如北京的广州籍会馆共计43个,建于宣武区的有33个;福建籍会馆26个,19个在宣武区;陕西籍会馆28个,27个在宣武区[84]。京城会试期间通常是会馆人数最多的时候,所谓"公车到京,咸集会馆"。道光年文人官僚张集馨说:"是时吾家会试者四人,皆住会馆。"[85]而修史、修书等文化活动也使大批文人官僚逗留于京城的会馆。

其三,正由于琉璃厂文化市廛和会馆的存在,以及修书、修史等大规模的文化活动,宣武门外才吸引了众多的文人官僚。按照吴建雍的说法,当时,宣武门外文人官僚主要居住活动在三个小区:琉璃厂附近的街区;上下斜街一带和半截胡同小区[86]。其论已被学界所认同。如康熙年间,被文人誉为诗坛领袖的王士禛就曾寓居于琉璃厂,故《藤阴杂记》曰:"厂东门内一宅,相传王渔洋曾寓,手植藤花尚存。"乾隆朝,迁居琉璃厂的文人名士尤多,程晋芳、孙星衍、洪亮吉等都曾寄居于此。《孙星衍年谱》曰:"岁己酉,居琉璃厂,校刊燕子春秋,高丽使臣朴齐家为书问字堂额。"《洪江北年谱》曰:"乾隆五十四年,应礼部试,居孙君星衍琉璃厂寓斋。"[87]而程晋芳以诗寄给江宁的袁枚告知自己的住处,诗中有"势家歇马评珍玩,冷客摊钱问故书"之句。袁枚阅后笑曰:"此必琉璃厂也。"[88]此外,在上下斜街一带,康乾时期的学者王士禛、朱彝尊、钱大昕等都曾在此居住。而半截胡同小区中更是名宅错落。据记载,康熙朝给事中赵吉士的寄园在轿子胡同、刑部尚书徐乾学的碧山堂在神仙胡同、礼部尚书王崇简的青箱堂在米市胡同、翰林院掌院汤右曾的接叶亭在烂面胡同[89]。此胡同还有大学士王顼龄的锡寿堂、乾隆朝大学士史贻直的广仁堂等。这些名宅不仅仅是文人官僚的个人居邸,也是当时海内名士聚集的唱和之地。

总而言之,京城社区的划分及其变化,体现了满族入主中原后对传统社区的改造、而自身又被历史传统与社会发展所改造的过程。其中,权力的作用、满汉畛域的社会影响,都以对地域空间即社区的界定方式表现了出来。而我们在关注上述问题的同时,还必须看到,京城作为古代中国的传统大都市,其地域空间形态中所蕴含着的人文特征,以及人文社区在城市社区中的地位与作用。

〔注 释〕

1 中国人民大学清史研究所教授、博士研究生导师、历史学博士。

2 《诗·郑风·将仲子·毛传》。

3 乾隆,《绍兴府志》卷七,坊里。

4 嘉庆,《山阴县志》卷六,土地志。

5 光绪,《宁海县志》卷三,坊巷乡都。

6 光绪,《海盐县志》卷四,舆地志·坊巷。

7 《朱子语类》卷一三八,杂类。中华书局,1986。

8 《朱子语类》卷一三八,杂类。中华书局,1986。

9 《都城纪胜·铺席》。中国商业出版社,1982。

10 乾隆,《绍兴府志》卷七,坊里。

11 嘉庆,《山阴县志》卷六,土地志。

12 顾起元,《客座赘语》卷二,坊厢乡。中华书局,1981。

13 万历,《新修南昌府志》卷五。

14 吴长元,《宸垣识略》卷一,建置。北京古籍出版社,1981。

15 余启昌,《故都变迁记略》卷一,城垣。北京燕山出版社,2000。

16 陆以湉,《冷庐杂识》卷六,三殿五城。

17 张爵,《京师五城坊巷胡同集》。北京古籍出版社,1982。清乾隆时
   人吴长元的《宸垣识略》中所记坊名与之略有差异,如保大坊作保
   泰坊、北居贤坊作朝阳坊、日中坊由西城列为北城、西城无咸宜坊而
   有关外坊、南城无白纸坊、北城将昭回、靖恭两坊合一等。

18 沈榜,《宛署杂记》卷五,街道。北京古籍出版社,1980。

19 张爵,《京师五城坊巷胡同集》。北京古籍出版社,1982。

20 吴长元,《宸垣识略》卷五,内城一。北京古籍出版社,1981。

21 于敏中等,《日下旧闻考》卷五五,页886,北京古籍出版社。乾隆时
   人吴长元虽称"本朝五城,合内外城通分",但所说亦指内外城皆有
   五城之分,并分别列举了内外五城的界址。见《宸垣识略》卷一,页
   21,北京古籍出版社,1981。

22 于敏中等,《日下旧闻考》卷五〇,页788,北京古籍出版社。

23 光绪《钦定大清会典事例》卷一〇三二,页3—13。

24 有关清代五城与各坊的的划界,于敏中在《日下旧闻考》中有记载,但过于笼统,而光绪《钦定大清会典事例》又过于详细。故本文以朱一新的《京师坊巷志稿》进行说明。

25 朱一新,《京师坊巷志稿》卷上。北京古籍出版社,1982。

26 余启昌,《故都变迁记略》卷四,内城一。北京燕山出版社,2000。

27 余启昌,《故都变迁记略》卷一,城垣。北京燕山出版社,2000。

28 朱一新,《京师坊巷志稿》卷上,日南坊。北京古籍出版社,1982。

29 《八旗通志初集》卷二三,《营建志》。东北师范大学出版社,1985。又见《清世祖实录》卷四〇,页6。

30 《八旗通志初集》卷一八,土田志。东北师范大学出版社,1985。

31 《金台残泪》卷三,见《清人说荟》二编,上海文艺出版社,1990。

32 崇彝,《道咸以来朝野杂记》。康熙二十二年(1683年),日讲起居注官朱彝尊"入直南书房",赐居景山北黄瓦门东南;雍正年间,大学士蒋廷锡,赐第李广桥;另一大学士、军机大臣张廷玉,赐第护国寺西,后来,此宅又相继赐给文渊阁大学士史贻直和《四库全书》总裁之一的户部尚书王际华。乾隆年间,军机大臣刘纶,赐第阜城门二条胡同;军机大臣汪由敦赐第东四、十三条胡同(后名汪家胡同)。军机大臣刘统勋,赐第东四牌楼。《四库全书》总裁之一的尚书裘日修,赐第石虎胡同。尚书董邦达,赐第新街口。军机大臣梁国治,赐第拜斗殿。文华殿大学士、军机大臣于敏中赐第兴化寺街。

33 余启昌,《故都变迁记略》卷一,城垣。北京燕山出版社,2000。

34 《清史稿》卷五四,地理志。

35 光绪《顺天府志》卷八。

36 参见光绪《钦定大清会典事例》卷八六九。

37 《八旗通志初集》卷二三,营建志。东北师范大学出版社,1985。

38 参见赵志忠《北京的王府与文化》,北京燕山出版社,1998。

39 昭梿,《啸亭续录》卷四,京师王公府第。中华书局,1980。

40 据吴长元,《宸垣识略》内城及所绘之图。

41 《八旗通志初集》卷一八,土田志。东北师范大学出版社,1985。

42 光绪《钦定大清会典》卷二〇,页5。

43 《康熙起居注》第一册,页一〇四二页,中华书局,1984。

44 《清圣祖实录》卷一五七,页25。

45 《清圣祖实录》卷一六七,页3—4。

46 《清经世文编》卷三五,户政,赫泰《复原产筹新垦疏》。

47 光绪《钦定大清会典事例》卷一〇三三,页9。

48 光绪《钦定大清会典事例》卷一〇三三,页14;卷一〇三一,页15。

49 《皇朝经世文编》卷三五,户政,英和《会筹旗人疏通劝惩四条疏》。

50 朱一新,《京师坊巷志稿》卷上,棋盘街。北京古籍出版社,1982。

51 汪启淑,《水曹清暇录》卷九,庙市。北京古籍出版社,1998。

52 戴璐,《藤阴杂记》卷四。北京古籍出版社,1982。

53 [朝鲜]朴趾源,《热河日记》卷五,隆福寺。上海书店出版社,1997。

54 光绪《钦定大清会典事例》卷一一六一,页1。

55 光绪《钦定大清会典事例》卷一一六一,页11。

56 震钧,《天咫偶闻》卷七,外城西。北京古籍出版社,1982。

57 光绪《钦定大清会典事例》卷一一六〇,页9。

58 光绪《钦定大清会典事例》卷一一六〇,页12。

59 崇彝,《道咸以来朝野杂记》。北京古籍出版社,1983。

60 朱一新,《京师坊巷志稿》卷上。北京古籍出版社,1982。

61 《梦华琐录》,见《清人说荟》二编,上海文艺出版社,1990。

62 崇彝,《道咸以来朝野杂记》。北京古籍出版社,1983。

63 夏仁虎,《旧京琐记》卷十,坊曲。北京古籍出版社,1986。

64 观棋道人,《京华俗咏》,见雷梦水辑《北京风俗杂咏续编》。

65 潘钟寯,《都门竹枝词》,见雷梦水辑《北京风俗杂咏续编》。

66 震钧,《天咫偶闻》卷五,西城。北京古籍出版社,1982。

67 何刚德,《春明梦录》。北京古籍出版社,1995。

68 施坚雅认为:中华帝国晚期城市一般都有两个中心,一个是商人活动中心,另一个是士绅和政府官员活动中心。见施坚雅《中国封建社会晚期城市研究》,吉林教育出版社,1991。

69　于敏中,《日下旧闻考》卷五五。北京古籍出版社,1983。

70　吴长垣,《宸垣识略》卷九,外城一;卷十,外城二。北京古籍出版社,1981。

71　李嘉瑞,《北平风物类征》,页417。商务印书馆,1937年影印本。

72　李嘉瑞,《北平风物类征》,页402。商务印书馆,1937年影印本。

73　夏仁虎,《旧京琐记》卷八,城厢。北京古籍出版社,1986。

74　苓泉居士,《觉花寮杂记》卷一,民国年朱墨印本。

75　震钧,《天咫偶闻》卷十,琐记。北京古籍出版社,1982。

76　崇彝,《道咸以来朝野杂记》,北京古籍出版社,1983。

77　富察敦崇,《燕京岁时记》,厂甸儿。北京古籍出版社,1981。

78　[朝鲜]朴趾源,《热河日记》卷五,琉璃厂。上海书店出版社,1997。

79　[朝鲜]柳得恭,《燕台再游录》,辽海丛书本。

80　朱一新,《京师坊巷志稿》卷下,琉璃厂。北京古籍出版社,1982。

81　夏仁虎,《旧京琐记》卷八,城厢。北京古籍出版社,1986。

82　徐珂,《清稗类钞》一册,宫苑类·会馆。中华书局,1986。

83　北京的会馆绝大部分是官僚文人所建,只有14%左右的工商业会馆。见李华《明清以来北京工商会馆碑刻选编》,文物出版社,1980。

84　参见胡春焕、白鹤群,《北京的会馆》。中国经济出版社,1994。

85　张集馨,《道咸宦海见闻录》,页13。中华书局,1981。

86　《北京城市生活史》,页246—251。开明出版社,1997。

87　朱一新,《京师坊巷志稿》卷下,琉璃厂。北京古籍出版社,1982。

88　戴璐,《藤阴杂记》卷十,北城下。北京古籍出版社,1982。

89　根据《藤阴杂记》、《京师坊巷志稿》、《宸垣识略》。以及陈宗蕃《燕都丛考》,北京出版社,1991。

人居环境的演进

传统的局限

——中国:城市现代化进程

贾永吉(Michel CARTIER) 著

赵克非 译

在中国和外国,不乏那些哀叹城市建筑遗产遭到破坏、进而提出某些在一定程度上适用之拯救计划的建筑师。我们无意把这些人列为发思古之幽情者一派。四合院住宅自有其魅力,而且这类房子能很好地适应气候条件,成为一个很舒适的生活环境;因此,对于四合院的修复计划,我们只会表示同意。中国的城市规划技术有过自己的辉煌,将苏州比作威尼斯,亦不无道理。本文的主要目的,在于指出建筑或城市规划上的某些局限性。这些局限性会把拯救行动变得特别复杂。

竭力鼓吹封建帝国时代中国之现代性的历史学家,惯于一方面强调方格状分布图的规模及其普遍性,一方面又强调城市人口众多和以城市为背景之活动的多样性。开阔的空间被笔直的街道分割开来的中国城市,可以被视为对现代大都会的一种预期。唐朝的长安,城内面积达110平方公里,是那个时代世界上最大的大都会,这一点毫无争议。马可·波罗游历的苏杭,使13世纪的一个商人想起了他所熟悉的意大利城市,但苏杭的规模更大。

然而,帝国时代的中国城市和西方城池,具有许多明显的不同特征。首先,即使通常被引用的那些参考文献流露出一种明显的文化共同性,说中国城市仅有一个惟一的"模式",也是错误的。几年来出现的大量专著揭示,中国的城市是多种多样的。指出存在着两种不同模式的,北京建筑师吴良镛教授可能是第一人。他指出,一方面是普遍存在于华北的格子状的平原城市,另一方面,是起源可以追溯到战国时代的"水城"。实际上,中国北方和南方的城市没有什么共同点。在华北的大城市里,房屋朝向严格、街道呈棋盘状、城四周有围墙;南方城市则不太规则,随形就势,设计上注重陆路交通和水路交通并行。

不管是平原城市还是水城,其规模一般都比我们西方的城市大:省城或地区首府,十平方公里上下,京城则达几十平方公里直至上百平方公里;而且一成不变的是,城市一律呈水平状态。这就导致建筑物低矮,多为带院子的平房,或者是两层至多为三层的小楼房;与此形成对照的,是一些大得多也高得多的名胜建筑,而那些高大的建筑群本身,在空间上也呈水平状态扩展。这个特点在北京的老城区显得非常突出,那里的大多数房屋恰好都是带院子的平房;北京明令禁止建造高度超过官府建筑的房子——和皇宫相连建筑的高度更是特别受限制。南方的水城,其水平状态留给人的印象也很深刻,那里的大部分房屋也都不超过两层。如果说过去存在过多层的房屋,像对南宋首都临安(杭州)的描述所证实的那样,这类房屋恐怕也是个别的,可能也都集中在最繁华的商业街的两侧。这种呈水平状态发展的后果,是建筑面积和占地面积的比例基本持平,城市人口密度较低:每平方公里平均 10000 到 20000 居民,商业区最多可达 40000 人左右。18 世纪的北京正处于鼎盛时期,在 60 多平方千米的城区居住的大约有 700000 人。在很多城市里看到大片未建房屋的空地甚或耕地,并非什么稀罕事。

第二个特点是道路和建筑面积之间的比例非常低,低到了不正常的程度。那些四四方方的格子状城市，以其成直角相互交叉的街道这一表面的"现代特色"，给我们留下了深刻印象；其实，这些城市有严格地分成等级的道路网：连接城门并把城市分割为一些大的街区的南北向或东西向大道，把大块街区分割成边长约500米的小区的次要街道，在小区里面是纵横交错的胡同和小道。如果撇开那些南北向或东西向的轴线大街不走，穿行一座中国城市就特别困难；看起来，城市就像一大片关着房门的住宅，其间分布着无数条迷宫似的小胡同。很有可能，这一特色在最近的几个世纪里变得更加突出了。描绘开封——11世纪末的北宋京城——景色的著名画卷《清明上河图》，几个不同年代版本中的一幅幅城区画面都突出地表现了那些被栏杆封住的一条条小巷。北京城目前的交通困境为这种现象做了最好的说明。城市首先被看作一个个封闭地区的整体，各种社会活动都在封闭场所内进行。正是因为这样的特点，才必然会在围墙内，优先保留给社会交流场所（市场、集会的地点）的用地。

这种用重重围墙把一个地方圈起来的直接后果是，从街上看不到围墙内的富丽堂皇（宫殿、官府、寺庙）。中国的城市，尤其是北方的格子状城市，能够让观光者看到的城市景色异常单调：围着居民区的城墙，四合院光秃秃的外表，中间有些店铺，有些装饰华丽的门和惯有的装饰品，这是些仅有的从外面能够看得见的装饰。大街上有时搭着一些"牌楼"，这是一些纪念性建筑，隔一段距离就有一座。几乎没有公共广场，只是官府前面有时有一块空地。水城的景观显得变化多一些，这主要得益于住家前后都有门：宅前临街有大门，屋后濒河有码头。诚然，有店铺或公共场所（茶馆、饭铺）的商业街显得很热闹，但周围能够看得见的建筑却仍然比较一般；不是缺乏名胜建筑，是这些建筑物都建在了大墙里面，外面也就没有了一个引人注目的门面。尽管塔和庙比较高，这些名

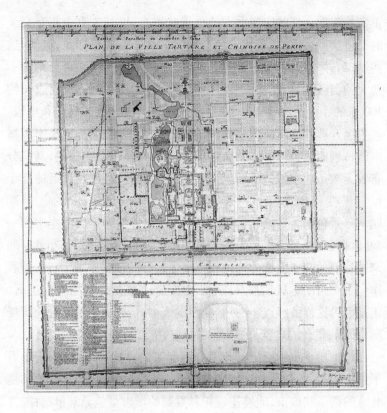

北京内外城图(菲利普·比阿什绘于 1752 年 2 月。法
国国立图书馆藏)

胜建筑从街上还是不容易看得到;和官府的建筑一样,这类建筑也
只是大门比较显眼。装饰讲究的大建筑——像那些高出围墙的
塔——即使能够当作城市风光被人看到,充其量也只是一种标志,
一种和整个城市不协调的标志;因此,名胜建筑物这种景观依然缺
乏。

最后一个特点:地基浅。我们知道,房子都建在小平台上。因

此，城市就有些不够固定，被搬走了甚至都不会留下任何痕迹的北方格子状城市和完全建在"水平面上"的南方水城，莫不如此。无论是南方的城市还是北方的城市，水的管理都是一个最重要的问题。在四边形的城市和水城里，饮用水的供应，通常能够靠水井得到保证，这又使人不得不在含水层接近地表的地方选址。另一方面，排放雨水（中国南方和北方夏季都有降雨量大的特点）和附带地排放污物（粪便总是收集起来做肥料），也是个问题。因此，位置的选择异常慎重，一般是选择水从北向南流的地方；于是，地势相对高些并受到保护的北部居民区，就成了富贵人家喜欢居住的地方。尽管这样的走向更符合习惯上的规定，却也并非一定如此不可。我们知道，苏州就是个例外，由于这座城市的走向和大运河一致，城里的水是从东南流向西北的。

离地下水较近、道路网稀疏、看不见名胜建筑，上述的几个特点使中国城市极难适应现代城市规划风格。另外，这种局限性在北方的四方形城市里和南方的水城里同样存在；一般说来，南方的水城更注重商业和经济活动，交通便利得多。大家知道，现代化的第一阶段——即沿海开放城市的 19 世纪末左右以来，而其他城市则晚得多（1949 年以后）——负责市政的官员只能在这两种办法中做出选择：在城墙外面建新城（欧式的），或者，对传统城市进行改造，这就势必要拆毁一部分旧建筑。这里，我们不打算多举例子，而是仅仅概述一下类型。

"租界"型新城。新区建在城边租赁来的耕地上。这些自成一体的地区，可以把小片耕地，甚至可以像上海那样把一些村子并进来。旧城可以说是被包在壳内了，像上海或天津那样，旧城被那些让出来的土地围了起来；在别的地方，比如汉口，旧城的发展完全被撇在了一边。开始出现的情况是新老城并列，其间，已经失去了行政和商业主导作用的旧城离现代化越来越远，变得贫困了

上图:华南的"水"城:19世纪的宁波。(法国国立
图书馆藏照片)

下图:19世纪的上海:商业繁华的"水平面"城市。
(法国国立图书馆藏照片)

（天津即如此，上海在某种程度上也有同样的倾向）。这样，原始城区就被原封不动地保存了下来。

现代化的城市。现代化所带来的改变是多方面的，从一般的改造，直到程度不同的脱胎换骨；最大规模的改造就发生在南京和北京这样的大都市里。另外，我们还应该把格子状的平原城市和水城区别开来。

格子状城市。在大多数地区的首府，彻底改造城市首先要拆毁部分老的府邸，拓宽马路，像北京的长安街或西安的东西向主干大道一样。老城区变得不多，仍然可以清晰地辨认出来。另外还做出了努力，拓展了一些有纪念意义的场所，如北京的天安门广场，或者至少使一些惹人注目的建筑物突出出来；但是，城市的现代化部分形成了新的城市布局，出现了一些沿街而立的高楼大厦。这样一来，即使还有建筑遗产存在，利用起来也困难了。交通经常堵塞，运输存在困难——小量的货物运输靠三轮车和手推车，因为畜力车有时干脆就不准进城。

水城。城市的现代化会导致河流及一些水道被填堵，这些水道有时就被覆盖住了。这样可以开辟出不少陆路，运来的货物在位于住家后面的码头上从船上卸下来以后，就可以用机动车或人力车拉走，因为中国的水乡役畜很少。不同的阶段是可以研究的：广州的水道完全消失，在这座城市里，珠江边上的"租界"型新区不多，老城的现代化主要是沿交通干道兴建高楼大厦（带拱廊式便道的"单元"型建筑）；像苏州那样的依然保存着古老外貌的城市，还保留着一部分水道，其中的一些航段仍用于运输货物，但是，即使在这样的城市里，也都开辟了南北向的交通干道，街道两边也是高楼林立。

在大多数城市里，大部分古建筑20世纪80年代依然存在，但常常根本得不到维修，同时受着两种因素的影响：人口大量增加和

北京:由平房居住区构成的大都会;一条出口
带门廊(远景)的小巷。(摄影:皮埃尔·克莱芒)

明显的贫困化。近几年来,人们对这类城市遗产表示出来的兴趣
越来越明显。清查登记的工作正在进行。现在的问题是:老区能
不能保存,能在什么样的条件下保存。在新取得的经验中,有两种
办法露出端倪:建造仿古旅游新区,或者围绕着那些重新被开发出

　　上:武汉重建的房屋:商业街上孤零零的仿古建筑。(摄影:贾永吉)

　　下:南京重建的夫子庙区。(摄影:贾永吉)

来的有分量的建筑点重建一些场所。目前,有意义的城市规划反思也正在进行着,而且做法各有不同:例如北京琉璃厂街区仿古街道、豪华店铺林立式的改造;或者,像武昌那样,在黄鹤楼旁边的一座公园附近修几条非常不协调的街道;然而对于南京夫子庙区的改造却并非如此,在这里,旧的城市建筑的修复(包括水道的疏浚和沉船的打捞),娱乐和商业中心的建立,面向的不再仅仅是游客,而是本地居民。无论如何,我们试图揭示的中国传统城市规划所特有的那些局限性,使大都会城市振兴计划的实施变得困难重重,比如,就不能像法国那样实施自己的振兴计划。不过,对这项工作的结果下断语,尚为时过早。

本文原载:《Cités d'Asie》, *Cahiers de la Recherche Architecturale*, Marseille, Editions Parenthèses, 1994, no. 35 - 36, p. 191 - 198.

彻底铲平还是原封不动

——对于建筑形式的现代态度以及对此超越的可能[1]

边留久(Augustin BERQUE) 著

吴隽宇 吴旻 译

一 保护一种文化特性,哪一种文化特性?

从地理学与历史学中,都可以清楚地看出人类居住形式并不是在每一地都相同的,并且它们随着时间推移在不断地演变着。同样显而易见的是,各个人类社会对这些居住形式有着各自特殊的态度。如果将历史上两个时期或世界上两种文化加以比较,对此一定会有所认识。这一点尤其表明现代西方的态度,诸如1972年联合国通过的《世界文化遗产保护公约》中文化遗产的概念,并不是普遍适用的。这种表达方法事实上在世界各国并未以同样的方式被理解,即使在欧洲,它提到的这种"保护",如果真正实施的话,也是以不同的方式,人们对它的理解并不见得就像法国在组织"2001年文化遗产日"活动(2001年9月15至16日)中理解的那样。然而,像这样理解的"文化遗产"概念在我们看来方向是好的。保护历史的物质表现形式已经成为西方社会的一种道德义务,其中也与政治有直接的关联。在这方面,我们可以列举塔斯嘉(Catherine Tasca)在上述的文化遗产日绪言介绍中的开头几行的内容:"从最早的阶段开始,文化遗产便与民主和与公民的基本价值紧密结合。"[2]

而现代化,在西方霸权主义式的历史中,正是这样一种文明导致了世界上各种历史居住形式被大规模破坏,使得全球建筑环境统一化,景观中文化身份的普遍丧失。在欧洲的一些拥有其他文化传统,因此较晚接受现代西方文明形式的国家中,这种统一化与文化身份的丧失表现得更为明显。故而可以说从整体上来看,人们之所以能够在欧洲较早地开始反对景观的统一化与文化身份的丧失,正是因为欧洲较早现代化的缘故。因此,塔斯嘉在前文所表述的种种态度在世界其他区域内出现得更晚,甚至是还没出现过。换言之,如果现代性的形式产生了作用,那么它迟早会产生反作用力或自身的抗体。人们如果去研究欧洲本身或是世界其他地区有关保护居住形式的思想与实践的历史,那么这一点无疑能得到证实。

不难发现,在西方现代范式出现以前,以及它被强加给世界其他地区之后,一直并至今依然存在着对于历史形态的不同社会态度。随着文化的不同,如何理解及如何保护其文化身份的方式也不尽相同。什么是文化遗产、遗迹、文物,哪些该被保护,在各地,譬如说在北京和在巴黎,所指并不相同。

因此当我们谈到这些事情的时候,必须要结合两种看似矛盾的方法:一种是参照现代化形式的作用力与反作用力这样的普遍性概念。意即在某种意义上,相同的问题在世界各地都存在或都将会出现,因此我们应该以相同的概念来处理,同时交流我们的经验,并且为提高世界各地的建筑环境质量而相互竞争;第二种方法则以我们认为应该是一致的概念为基础,如"文化遗产"、"遗迹"、"文物"、"保护"等。而它们总是有着一种特殊的含义,这只是因为人类不是亘古不变,亦非处处相同。正如巴黎不是北京,就是因

96

为中国人不是法国人。我们不应该去忽视这种差异，因为恰恰正是文化身份，即一种特定的存在方式，在文化遗产与文物中起着关键的作用。

然而我们不应该只满足于将这两种矛盾的方法并列在一起。这样无论在国内还是国际上，都只能引起更多的矛盾和误解。对此，我们应该超越这种普遍性与特殊性貌似的不可兼容性。本文旨在提出这并非毫无可能，只要人们能认识到这种超越不仅仅事关经济和政治，同时亦是一个本体论的问题，即一个本质与存在的问题。

二 现代意义上的文化遗产观念是
如何在欧洲产生的？

欧洲的现代经济发展所带动的建筑环境的迅速转变是从英国开始的，马上便产生了反对这一转变的各种反应。在产生物质效应之前，一种反对现代普遍主义思想已经在18世纪下半叶开始萌芽，张扬人类历史中的文化独特性。这在赫德（Johann Gottfried Herder，1774—1803）的作品《关于人类教育的另一种历史哲学》（*Auch eine Philosophie der Geschichte zur Bildung der Menschheit*，1774）及《人类历史的概念》（*Ideen zur Geschichte der Menschheit*，1784）中得以体现。浪漫主义给这两种对抗反应提供了共同的基础。这种思想流派在19世纪发展起来，并产生了许多作品，例如在英国，罗斯金（John Ruskin，1819—1900）和莫里斯（William Morris，1834—1896）的作品，启发产生了1888年的工艺美术博览协会；在法国则有维尔烈-勒-杜克（Eugène Viollet-le-Duc，1814—1879），他闻名于世的成就之一就是修复了卡尔卡松（Carcassonne）中世纪古城的形式，该项修复工作由1844年一直持续到1910年。到了19世纪末期,这种思想趋势发展成为一种建筑设计与城市规划的重要潮流,在奥地利有希特(Camillo Sitte,1843—1903)的名著《基于艺术准则的城市建设》(*Der Städtebau nach seinen künstlerischen Grundsätzen*,1889)作为例证。这种思想的发展也带动了对文物本质及对其在现代社会中所扮演角色的全面思考,正如维也纳历史学家李格尔(Alois Riegl)在其著作《文物的现代崇拜》(*Der moderne Denkmal Kultus*,1903)中所阐述的那样[3]。

可以说在1900年前后,这些作品及其影响已建立起对于建筑环境历史形式的现代态度的基本框架。这一态度在整个20世纪用司法及行政的方式表达出来,特别是体现在1972年联合国教科文组织通过的条约当中。但是我们不能忘记它远非西方世界惟一的主导思想。首先应该强调,在文艺复兴以前,这样的态度在欧洲不为人知。此外,在现代性的本身之中,对于作为文化遗产的建筑环境的保护一直存在着强大的反对因素;这一点同样出现在素艾(Françoise Choay)称之为"进步主义城市规划"[4]的意识形态中。例如勒·柯布西耶(Le Corbusier,即 Charles-Edouard Jeanneret,1887—1965)的态度就是与希特的态度相对立的(素艾将后者视作"文化主义城市规划"的楷模)。勒·柯布西耶在其《一座三百万居民的现代城市规划方案》(1922),即后来演便成为的《巴黎瓦赞计划》(1925)中(通常"Plan Voisin de Paris",在国内翻译为"巴黎邻里计划"。实际上,"Voisin"一词是以出资这一计划的某飞机制造商命名,与"邻居"、"邻里"毫无关系),他都建议铲平巴黎现存的建筑,以笔直相交的大道两旁整齐排列的巨型几何式摩天大楼取而代之,而散布在其中的一些文物古迹,例如巴黎圣母院,则依然保留其原有的形式。

尽管《瓦赞计划》在当时作为一种挑衅,尽管它终究也没有付诸实现,但却不应掩盖其表达的现代化关于建筑环境方面的主旨:

即一方面是彻彻底底破坏,另一方面则是涂涂抹抹保存遗迹。彻底铲除与原封不动实际上是这种态度的两个方面,尽管侧重点会时有不同,它在整个 20 世纪不断地表现出来,尤其是在今天。如果说 80 年前《瓦赞计划》方案既没能在巴黎也没能在别处实施,但它却体现在如今北京“2008 年”(奥运年)[5] 目标中,同样也在世界的其他地区表现出来。

曾经在历史上出现过的,就是彻底铲除与原封不动的这种结合,使得某一特定地点的物质表现形式的“城市构成”,从乡村到城市在各个层次上消失。我将在下文回到这个问题上来,为的是强调“城市构成”在现代性的本体形式中不仅是不可想像的,而且根本就不可能实现。但是在论述之前,我们将挖掘一下在建筑形式的处理中为什么会产生彻底铲除与原封不动这种结合的原因。

正如素艾的经典研究《文化遗产的寓意》(*L'Allégorie du patri-moine*)[6] 中所指出的那样,现代意义上的“文物”(即李格尔所指的 Denkmal)概念的出现约在 1420 年的罗马[7]。在文艺复兴以前,人们面对建筑的或其他的历史形式,并没有任何的距离感。因此在中世纪,人们可以利用古代建筑如著名的罗马斗兽场的石头去满足他们一时之需。这种态度在所有前现代社会都可以看到。例如,阿拉伯人在建造福斯塔(Fustat,即今天的埃及首都开罗)时把金字塔作为采石场来用。在文艺复兴时期则产生了“置身于历史”的理念,也就是说,出现了对于过去的形式的一种距离感,而这一改变,素艾女士意味深长地将之与透视法的出现联系在一起。既在空间又在时间中,在即将到来的事物与直到当时还被认为是惟一的相同的现实事物之间,用本体论的术语来说,即主体与客体之间逐渐有了差异。而在历史上,这种差异是在彼特拉克(Petrarca,1304—1374)的《阿非利加》(*Africa*)中第一次表现出来,其中古代文化本身被视为神圣的,因而也就是本质上的另类[8]。开始时,这种转变只是局限在对古代文学的研究中,但稍后,布鲁内莱斯基(Brunelleschi,1377—1446)在建筑形式的固有身份的探索之中引入了相同的精神,也就是这种历史距离感[9]。

正是在这一时期产生了这种运动、逐渐形成了我们前文所提及的态度,意即尊重古代形式本身的历史性。与此同时文物的概念也正在转变。拉丁文"monumentum"一词由动词"monere"派生而来,该词源自于印欧语词根 men,是指精神的活动[10]。"monere"一词最初的含义是"唤起,使想起"。相应地,"monumentum"是指表示所有能使人想起另一件事物的事物,尤其是以文字的形式出现的事物。例如,贺拉斯(Horace,前65—前8)在其《诗歌集 III》结尾中使用到的该词便是这种含义:

> 我建成一座纪念品,比青铜耐久,
> 比帝王的金字塔更高,
> 贪婪的雨、粗暴的风都不能把它摧毁,
> 哪怕无穷的岁月与飞逝的时间,
> 我不会完全死去……[11]

实际上直到 18 世纪,"文物"一词才基本上与今天的意义相符,即指相对其周围环境来说,一座年代或规模引人注目的建筑;而一直到 20 世纪,建筑群——如城市中的某个街区——才取得了历史文物的身份,因此被保护起来并保留其原有的形式,换言之,被制成了"木乃伊",而其周围的建筑环境却仍然可以改变。

三　现代西方模式的局限

这种现代演变与海德格尔(Heidegger,1889—1976)在《存在与时间》(*Sein und Zeit*)中对"Geschichtlichkeit"到"Historischkeit"的本体论词义逐渐转变所作的分析相符,即从主体生活过的历史到客体观察到的历史。也就是说,这与现代二元论的出现相一致。正是这种逐渐的转变使得对作为历史文物的古代建筑这样一种尊重的出现成为可能,并且因此产生了现代保护政策,正如推动1972年联合国公约的那些政策。

然而这种态度却包含了一种本质上的矛盾。因为一方面它以能够认识某些建筑形式本身的历史价值为前提,即一种客观物质的固有价值,却与今天的人们主观兴趣大相径庭,另一方面又以这同一批人的文化身份为名来推动它;也就是说它否定了现代二元论,而正是这种二元论使文物与文化遗产的现代概念的出现成为可能。

我们举个很好的例子,就是素艾在1987年日法双边研讨会"都市的个性"中对这一矛盾的思考:"侧重在空间中的形式的象征持久性;或是侧重在时间中的物质持久性,无论哪一种情况,实际上是同种类型的保存方式,它涉及到普遍性与身份认同性。"[12]这里的"空间中的形式象征持久性",可以日本著名的伊势(Ise)神宫为例,自古以来,人们便仪式性地每20年用新的桧木按照其原有的形式进行重建[13]。这种形式不朽性的日本式实践方法与欧洲目前的做法是对立的,后者更多地是保护原来的物质,就像那些废墟,也就是说放弃了原有的形式。

素艾的思考不仅很有意思而且很深入,完全处在笛卡儿和牛顿的经典西方现代模式的界限内,即预先假定了时间与空间的普遍性[14],并将之运用于客体的形态和物质之中。这里就产生了矛盾,因为素艾所谈论的这些客体的"身份认同"功能,即对现代二元论中主体与客体的违背。用海德格尔的话来说,一个社会对其文物的身份认同是在主观历史的尺度上,这与时间或空间的普遍性是不相容的,后者是建立在客观历史尺度的基础上,而客观历史则必须以抽象为前提,排除事物的主观方面,将其建立成客体。相反地,在主观历史性中,事物保留着"境域"(Gegend)本质特性,即存在并没有把主体与客体、物质与形式、时间与空间割裂开来。

伊势神宫周期性重建的例子所表明的事物的主观历史性,正与抽象客体的客观历史性相对立,也正如素艾自己所指出的那样,是对这种欧洲文艺复兴时期所建立起来的介于作为课题存在的过去及现在之间的距离的否定。实际上,在伊势神宫,过去的形式在当代无限地重复出现,这就成为了现在的形式。

这还不是全部。这种将过去再现到现在的做法本身,就是对二元论的绝对否定,因为这里所谈到的形式,是指重建的寺庙形式及其重建所依据的仪式形式,二者不可分离。而宗教礼仪是一种社会行为,也就是说事关人类主体的行为,因而只能是一种存在于一定时间中的形式。因此伊势神宫之事并不仅仅是一个客体的形式在空间中的历史重现(每20年),它本身就证明世代相传的关联、历史的关联、事物与人同在存在的"境域"中。

对于现代思维范畴,伊势神宫也代表了某种异类,事实上,一种事物的形式并不被其客观的、物质材料的、可度量的表象所限制,因为它包含了人类主体的存在。在它形而下的限制之外,它包含了人类的存在。

在东亚思想历史中以各种形式表现了同样的直觉思维。有一个著名的例子,就是宗炳(375—443),在其作品《画山水序》(人类史上第一篇论述景观的作品)前几行的内容中提到:"至于山水,质有而趣灵。"[15]这是指景观并没有被限制在其物质形式上:它脱离了形式的束缚,并上升为意境。换言之,景观并没有被限制在一种"空间中的形式"上(用素艾的话来说),中国传统称之为"外形",即"事物外部的形式"。这种思维方式非常古老,我们可以在

《周易大传》(《系辞》)的用语中找到类似的表达方式(《周易》,又名《易经》,其中《周易大传》为战国末年大约公元前4世纪到公元前3世纪儒家学者撰写的注释)。上述的用语即"形而上者谓之道,形而下者谓之器。"[16]也就是说,事物的现实超越了其形式的物质限定,后者只是事物的庇护所、容器。

这种现实的概念,继日本之后,直接地影响了东亚的文化遗产政策。其中包括所指文物或"文化财"(日文),不仅仅局限于物质客体。"文化财"也包含了人类主体。现代这方面的立法始于明治31年(1898),以保护宗教建筑为主题;但现行制度连同文化财保护法律[17]到昭和25年(1950)才建立起来。该法律既保护有形文化财,又保护无形文化财。第一类包括诸如绘画、雕塑、建筑物、自然或历史景点等,即一些我们能够容易地在现代意义上的客体概念中领会到的事物;相反地,第二类则彻底地超越了这个概念,因为它不仅包含了艺术和工艺,还包含了参与实践的人,例如陶瓷制造者或是演员。

这里需指出的是,"有形文化财"或"无形文化财"中的"形"字,更明确地说就是在中国及随后的东亚传统中所称的"外形",事物的"外部形式";正如我们前文所说,只是容纳现实的可见的或物质的容器(也就是宗炳所称的"质",即景观中可见的实体)。在中国哲学中,"有形"的概念指拥有物质的形式的事物这一涵义,早在《韩非子》这部战国末期的作品中便可找到。法家提到的"有形",是反对"无形"这一概念,而道家则刚好相反。如在《老子》[18]四十一章中提到的"大象无形"[19],意指真正的现实超越了事物的物质及可视形式。这也正是几个世纪之后宗炳以他自己的方式,用以支持他的景观定义的观念。而直到现代在文化遗产保护的态度上,在东亚这种现实的概念仍以传统的方式体现出来。这尤其是"无形文化财"的思想根源所在,由此我们看到在这类文化遗产现实的概念中,考量人类的存在成为可能。

事实上,真正的现实是一种超越物体的"外在形式"的"大象",这一思想包含了生命与身份认同存在的概念,在其中人类与其环境形成了一个不可分离的整体,换言之,这排除了二元论,因此,这种思想在将主体与客体彻底分离的经典现代西方模式的本体范畴中无法被理解。然而,这正是这种范式所面临的僵局:它在对物质世界的支配方面尽管有效,却不能考虑到人类存在的现实性——因为它将其抽象化了,它只能将单个的主体和单个客体无限地并列在一起。

四 倡导"天人合一"的文化特性

我在这里使用"存在"一词的原义[20],其词义与海德格尔在其作品《存在与时间》(Sein und Zeit)中采用的"Ausser-sich-sein"(出离自身的存在)概念相一致。这个概念与欧洲同一律是不相容的。同一性概念自亚里斯多德的逻辑学以来,就已建立在理性推论的基础之上,并源自于现代科学思想。在这一概念中,A 不是非 A,在一个事物(A)与不是这一事物(非 A)之间并不能有一种中间状态。要么就是一种物质存在的身份,要么就是以另外一种物质存在的相异性对这一身份的否定。

我们看到,这是决定性的一点,这种存在的身份的概念是与亚里斯多德的"topos"概念相对应的,即一个"外壳直接固定的限制"[21]的事物。这实际上也就是说,事物的身份被限制在其自身场所中,而该场所即中国传统所称的"外形",或是在《周易大传》中所说的"器"。此外,亚里斯多德正是将该场所与"固定的容器"(aggeion ametakinêton)[22]相对照。

同样,道家的"大象无形",或是海德格尔"出离自身的存在",

104

显然都与亚里斯多德的逻辑不相容。而日本哲学家西田几多郎（1870—1945）则指出这种主体身份的逻辑[23]所能理解的只是抽象的实体而非真正的生命世界的具体现实[24]，他提出了与之相对的"场所的逻辑"（basho no ronri），或是"述语的逻辑"（jutsugo no ronri）。这使得世界的现实成为一个述语的整体，我们通过自己的感官、思想、言语与行为来认识事物；而亚里斯多德逻辑学则提及到现实先于我们的述语，并且是后者的基础[25]。从这个意义上来看，这种主体的逻辑否定了世俗的存在；而恰恰是，正如海德格尔或是柯瓦雷（Alexandre Koyré, 1892—1964）指出的那样，由此产生了现代模式，即将整个世界还原为一个普遍客体。

至于西田哲学，日后由它产生出了一种思想流派，称作"京都学派"，其理论基础便是一种"对现代性的超越"（kindai no chôkoku）[26]。与本文的主题相关的则是，这种"超越"旨在说明一个事物的身份是不会被限制在一个客体的亚里斯多德式的"场所"中；它必然以一种相关的存在场所为前提，超越事物与人的个体"场所"。这种存在场所，便是西田所说的"场所"（basho）（在这种关系下该词与柏拉图的"chôra"一词的词义相近）[27]。

西田的"场所"概念与海德格尔的"出离自身的存在"的概念相一致，同样也跟道家中的"大象无形"的概念相一致。也就是说，这三个概念与一般的现代性模式是不相容的，特别是与现代科学的模式不相容。限于篇幅，在此我不再展开说明为什么西田的哲学实际上不是一种对现代性的超越，而是一种颠覆[28]。然而，他所认为的事物的世界性是一种述语性而不是主语性（即实体的）这一思想是关键性的，帮助我们理解在具体的存在中，事物的身份与个人的身份如何组成同一种场所的事实，而该场所既是 A，又是非 A[29]；而现代模式在将主体与客体并置在其所处场所的抽象的个体实体的集合中，这只能够无限地将前者归纳为后者，或是将后

105

者归纳为前者,这样也就顽固地掩去了一半的世界,一半的存在[30]。此外,正是这种掩盖导致了"存在的匮乏"和"怀念感"的产生。这种"怀念感",正是现代社会无意识地去关心、担忧他们的文化遗产,并将此问题与尊重民主原则相联系的最初的本体的动机。

但这样的忧虑在中国和大部分的非西方国家并不存在,并且无论怎样没有以与西方相同的形式表现出来,这让西方人感到非常惊讶(至少是这样)。实际上,自巴门尼德(Parménide,前544—前450)以来,欧洲对现实的看法强调存在与物质,而中国则看重变化与联系。西田哲学就是由此演变而来,将欧洲的观点完全倒置,因为他将柏拉图式的绝对存在,以预设的"绝对无"的概念代替,而他的逻辑则相当于把 A 转变成非 A(主体 A 消失在虚无的述语中,即非 A)。场所的逻辑以现代哲学的方式表达出来的思潮,如禅学,受到佛教与道教很大影响,这两者都是围绕着"空"或"无"的思想[31]。相应地,西田哲学本身也表达了这种倾向,这种在东亚文化圈中占主导地位的倾向,着重世界的述语性,而不是事物本身的实体性,即笛卡儿观念中的物质"res extensa"。

由此导致了两种截然不同的文化遗产概念:在现代欧洲倾向于保护历史遗留下来的材料与物质的真实性(例如,建筑物);而在中国,人们则更致力于保护事物的述语,在此之上一切以"文"的形式被表述;中文里的"culture"即来自于此,"文化"一词意指"以文化之"(换言之,亦即西田观念中的物质主体消失在非物质的述语中)。这就是为什么甚至于那些自然风光要变成(即"化")美丽的景观,都必须通过文学的形式加以颂扬,且不仅仅写在书中,而是直接在大地本身,通过无数雕刻在岩壁上的文字表达出来[32]。只有这样的宣扬才能使其成为文化遗产,也许还值得保护。但这种逻辑——述语身份的逻辑,相反导致了对材料物质保护的不重视。这就是为什么中国人能够非常轻易地破坏建造物的形式,在欧洲则被仔细地保护下来;或相反,不考虑欧洲所谓的"真实性"而任意重建,这种真实性对于欧洲人来说就是原始材料物质的身份[33]。

前文所举的日本伊势神宫的例子,正是表达了述语逻辑的优越性。其不朽性并不在于原始的材料物质中,而是体现在每二十年一次的宗教礼仪中,这种礼仪将神殿场所的真实性表达出来,这样在从现在到永恒的身份认同的变化中,既有人类执行者也有建筑形式。这种现象与现代意义上的真实性概念正相反,后者附着于一座建筑的物质实体当中,不受任何世界变动的影响。这里当然也有着回忆与连续性,但它们是非物质的,并超越了神殿建筑的场所。永恒的形式是由活着的人来实现的,正如西蒙·莱斯(Simon Leys)对中国的描述:"永恒并不是否定转变,而是赋予转变以形式;持续性不是通过无生命物体的不朽得以确保,而是在连续的世世代代的流动性中得以实现。"[34]

然而,我们不能仅仅将以物质体现身份认同的西方模式与以述语化为体现的东方模式对立起来。首先这是因为,即使在西方,文物也少不了人类的存在;同样在远东,仪式与文学也少不了物质的存在。也就是说,实际上,在这两种情况下,具体的身份(Ic)结合着——但在不同的文化中有不同的比例,在不同的历史时期有不同的表现——亚里斯多德关于主语身份的逻辑(lgS)与西田关于述语身份的逻辑(lgP),也就是公式 $Ic = (lgS/lgP)$。

这还并不是全部,现代性强迫世界各地接受其技术系统,这些技术系统都带有 lgS(主语逻辑)的印记,因为它们都来自于现代科学的实体论模式。当这种主语逻辑与以 lgP(述语逻辑)为中心的传统相结合时,如在今天的中国那样,则会产生毁灭性的影响:因为这种传统本身没有对"铲平一切"这一现代主义趋势产生抗体,也没有"木乃伊"去阻塞推土机的道路[35]! 正是这些原因可以解释当前正在进行的对建筑文化遗产大规模的破坏:在北京虽比在其他地方更为惊人,但在整个国家范围里都在进行,这种规模是史无前例的,因而它可能也将中国"文化"的承载能力置于危险的境地。

一种相对缓和的结论:在欧洲,与其把建筑环境的现实分裂为主体的个人和客体的建筑两部分,倒不如我们致力于恢复人类生存环境的协调一致性;而在中国,不应继续让当前的述语状态将建筑环境"吞噬"[36](他们也许是唯物主义者,也许旨在按照旧式重建),而应该记得前人宗炳所提出的原则:景观同时具有质和灵的特征,缺一不可。所以无论是在中国还是在欧洲,都应更加尊重人类生存之所在,也就是说,这种生存超越"个人:个体"的现代场所,并在形成人类的环境的事物上倾注精力。因此,对这种生存的尊重也包含了对那些事物本身的尊重,因为它们不只是简单的客体。

尊重它们,是因为它们参与了我们的存在,但却并不是指将其偶像化。人们从偶像身上认识到一种内在的力量与价值,却不了解给予它人类意义与价值其实是宣传说教。这是一种巫术的原则,但切记这不仅仅只是涉及到前现代社会;恰恰相反,通过将事物归纳为我们生存的抽象客体,现代化模式反过来刺激了偶像化。这一方面是将商品偶像化,正如马克思早已预见的;另一方面则是对不能出卖的文物偶像化,更加狂热地将文化遗产里的种种制成木乃伊,正因为人们破坏了其环境。这正体现在《瓦赞计划》中:将个别纪念性建筑物偶像化,而其他建筑则被全部铲平。

同样,颂扬对这些偶像的保护:一座建筑或是一个物种,譬如比利牛斯山上的熊,这直接说明我们忘了,只有与我们自身存在相联系的时候这种做法才有意义;通过这样的方式,导致了现代社会与其环境一种更大的异化,环境不再是一个场所,越来越客体化(最终归结为一些个体对象的集合)。这样的偶像,实际上只是逃避的借口。它们抽象的身份虽然得以永存,却与对整个实存历史性的遗忘成正比;也即在事物具体的身份和发展(concretus 源自 cum crescere,是指共同成长)中,人与事共同参与的是同一个场所。

从长远意义上来说,这一具体身份,是不断运动着的,是惟一合理的:它是惟一在生态保护上可持续的——因为它考虑了整体生存环境,同时在道德伦理上又是无可非议的——因为它尊重存在而不是将其抽象化。简而言之,它是惟一可活的。而另一种,圉固在自身一成不变,已是注定要死去的。

〔注 释〕

1 本文的最初版本为英文版,是 2001 年 9 月 17 至 19 日在西安外国语大学(中国)人类地理学院举办的国际地理协会会议"古都与其他历史城市的保护"(The preservation of ancient capitals and other historical cities) 中发表的以"Scrap or freeze:on the modern attitude towards urban forms and its possible overcoming"为题的会议论文。

2 参见 *Les Journées du Patrimoine 2001* (2001 年文化遗产日),Publication de la Direction régionale des affaires culturelles de l'Aquitaine (Conservation des monuments historiques) et de l'Union régionale des conseils d'architecture, d'urbanisme et de l'environnement (阿基坦地区文化事务部·历史古迹保管处及建筑、城市与环境地方理事协会),Bordeaux, 2001, p. 2. 关于其他信息,参见 http://www.culture.fr, 及更详细资料 www.renaissancedescites.org (信箱:renaissancedescites @ free.fr)。

3 关于这一问题的详细资料参见 Yannis Tsiomis, *Ville-Cité. Des patrimoines européens* (城市—古城:欧洲的文化遗产),Paris,

Picard, 1998.

4 Françoise Choay , *L'urbanisme. Utopies et réalités. Une anthologie*（城市规划,乌托邦与现实,文献选编）, Paris, Seuil, 1965.

5 正如在 2001 年 9 月拉格诺女士（Sylvie Ragueneau）在北京向我指出的那样,在今天中国的城市规划问题上,最常被提起的建筑师非勒·柯布西耶莫属。这位女士目前正在高等社会科学院准备关于"北京社会空间重建"的博士论文。

6 Françoise Choay, *L'allégorie du patrimoine*, Paris, Seuil, 1992.

7 同上,p. 26。

8 同上,p. 38 *sq*。

9 同上,p. 40 *sq*。

10 在法语中可以派生出像 mental（精神的）, mentir（说谎）, commenter（评论）这样一系列的词语;以及副词的后缀词"-ment", 如comment（如何地）, justement（正确地）等;还有与本文关系更为直接的词语:mémoire（记忆）,montrer（证明）,monument（文物）等等。

11 Horace, *Odes*（诗歌集）, Paris, Les Belles Lettres, 1997, p. 262.
原文如下:
Exegi monumentum aere perennius
Regalique situ pyramidum altius
Quod non imber edax, non Aquilo inpotens
Possit diruere aut innumerabilis
Annorum series et fuga temporum
Non omnis moriar ...

12 Françoise Choay,《 Mémoire de la ville et monumentalité 》（城市的记忆与永存性）, *in* Augustin Berque（dir.）, *La Qualité de la ville. Urbanité française, urbanité nippone*（城市质量:法国城市性与日本城市性）, Tokyo, Maison franco-japonaise, 1987, p. 123;至于对伊势神宫及巴黎的罗马式建筑例如克吕尼（Cluny）浴场永存性的对比,

参见 , Augustin Berque, *Du Geste à la cité. Forme urbaines et lien social au Japon*（从动作到都市：日本城市形式与社会联系），Paris, Gallimard, 1993, 特别是第一章：《 Devenir : ville japonaise, espace-temps 》（完成：日本城市，空间—时间）。

13 寺庙最初是在 5 世纪末或 6 世纪初对太阳女神大和天照大御神（Amaterasu Oomikami）的祭祀仪式向伊势岛迁移的时候建立的, 而之后每 20 年的寺庙重建礼仪制度则是在天武天皇（686 年去世）的统治时期确立的。

14 关于在科学思想历史上的这一问题, 参见经典研究 Alexandre Koyré, *Du monde clos à l'univers infini*（从封闭的世界到无限的宇宙），Paris, Gallimard, 1962（1957）。

15 关于这方面更详细的分析参见 Hubert Delahaye, *Les premières peintures de paysage en Chine*：*aspects religieux*（中国第一批山水画：其宗教因素），Paris, Ecole française d'Extrême-Orient, 1981。

16 《系辞上》, 引自《角川大字源》, 东京：角川书店, 1992, "形而上"篇, 页 600。

17 详见 Claire Gallian, 《Système de protection du patrimoine dans la ville japoniase》（日本城市的文化遗产保护体系），*in* Augustin Berque, 1987, p. 139 – 149.

18 或《道德经》, 道家学派最著名的经典论著。

19 "大象"习惯地译为法语 "Grande Image"（大的形象）；例如 Liou Kia – Hway 翻译的《道德经》在 *Philosophes taoïstes*（道教哲学家），Paris, Gallimard, la Pléïade, 1980（1967），p. 44 中提到的"大象"便是其中一个例子。我个人则倾向译为"形式"（forme）而不是"形象"（image）。这与在日本的用法, 即在此补充的 *katachi* 读物关于"象"这一汉字（日文发音：shô）的意思是相一致的。例如, 在其出版的《老子》（东京：中公文库, 1973）中, 作者小川环树译注"大象无形"："Tai Shô wa katachi nashi" 和 "Ooi naru 'katachi' ni wa（kore to iu）keijô ga nai"（基本意思是："显然, 形式并没有在严格意义上的物质方面的含义。")。而我所认为的比较恰当的法语译词"大象"（Grande Forme）与 *Ooi naru katachi* 的意思是相符的。对于我在本文中引申得更远的"大象"这一译词所收集的本体理由，实际上是为了证明所有这些语义的模糊都归结为"大形"与"大象"之间的词源近邻关系。在柏拉图哲学中，"象"（希腊文：eikôn，即与感知世界相连的存在）与"形"（希腊文：eidos）或"幻想"（希腊文：idea，即超越时间和空间的绝对存在）相比是存在于一个其"模式"的复本关系中。这在现代主义中则演变为二元论。而道家的"一个事物是超越于其客体所限定的形式"这一概念是不会出现在二元论中的。

20　拉丁文辞源学中 extence 是指"被固定在……之外"；也就是说在文字意义上，超越了外部物质形式的限制。换句话说，存在是人与人之间的关系，它不能够被简化为个体物质。但至少这是海德格尔——当然并不仅仅只有他一人——所诠释的"存在"的含义。而我们也确实能够想像与这一词源学含义截然相反的解释：存在，相反地，将与其环境相脱离（正如孩子离开母亲一样），这种解释恰恰就是使用了我们所说的现代主义方式。

21　Aristote, *Physique*（物理学）, p. 212 – 220.

22　Aristote, *Physique*, p. 212 – 215.

这一场所概念正如固定的容器，然而实际上事物总是流动的，其身份并不取决于容纳其的场所。这一概念是现代建筑对环境漠不关心的遥远的本源。而这样的环境在现代建筑及其"国际式风格"中得到充分体现。关于这一问题，参见 Augustin Berque, *Ecoumène. Introduction à l'étude des milieux humains*（风土学序说）, Paris, Belin, 2000, 特别是第一章"场所"（lieu）。

23　在逻辑意义上，"主语"，即所讨论的问题；而"述语"，即所讲述的内容。举例来说，"苏格拉底（主语）是一个人（述语）"；或者，"朗德区森林（主语）是一种生态景观文化遗产（述语）"。我们知道述语包含了人类的判断，因此是属于人类的存在问题，而不属于亚里斯

112

多德逻辑的情况。亚里斯多德逻辑是以主语为中心的逻辑,由此它成为现代科学的基础。因此我们需要注意到在亚里斯多德逻辑中的主语,是科学的客体,而不是人类主体所观察到的事物。

24　我们在此需避免两者的混淆——这恰好是现代模式的毛病——"具体的"与"物质的"。具体化,即不把人类存在从现实事物中进行抽象化,然而正是这种抽象化成了现代客体的基础条件(在这一点,笛卡尔的 *res extensa* 的概念,与物质的外延相类似)。

25　这就是为什么亚里斯多德发明了主语的概念,叫做"hupokeime-non"。字面上解释为"寄居在下面"。与拉丁文"substantia"相对应,(即"保持在下面状态的",它是以希腊语"hupostasis"为本),而罗马人并没有把它翻译为"subjectum"(即"被放在下面")。

26　关于这些问题,参见 Augustin Berque (dir.), *Logique du lieu et dépassement de la modernité*(场所的逻辑与现代性的超越),Bruxelles, Ousia, 2000, 2 vol. 。

27　关于这一点,参见 Augustin Berque, *Ecoumène*, 注释 22, passim。同时也可以把"chôra"翻译为"场所"(milieu),根据 Luc Brisson , *Le Même et l'autre dans la structure ontologique du Timée de Platon*(在柏拉图时间论的本体结论中的异同),Sankt Augustin, Akademia Verlag, 1994。Brisson 采纳了"空间环境"的解释,更详细地说,即"产生变化的环境"(p. 222)。

28　关于这一问题,参见 Augustin Berque, *Ecoumène*,特别是第十二章和第三十章。简而言之,西田的结论是把世界性绝对化。这就是说,述语产生主语。换句话说,就是用词语产生事物。这种绝对的构成主义是完全错误的:事物是不会归纳为我们所讲述的内容,尽管它们亦参与到所讲述的内容中(实际上,在世界的具体现实中,事物不可避免地被我们的存在所述语化)。

29　正如柏拉图所预测到的那样,把"chôra"(场所)矛盾地同时比作一种印记和一种模板(关于这一点,更详细的内容,参见 Augustin Berque, *Ecoumène*, 第一章)。

30 同样的,西田的述语逻辑的局限是没能考虑到事物本质是先于由人类存在而引起的述语化过程这一明显的科学事实;而亚里斯多德的主语逻辑原则刚好相反,是没能考虑到存在的世界性。为了超越现代性,我们应该结合这两种逻辑,人类环境的现实,即其整体形成了居住环境,就是主语逻辑和述语逻辑两者的结合。更多的论据及具体例子,参见 Augustin Berque, *Ecoumène*。

31 但是"无"又潜在地包含了存在的意思,因此对该词翻译得较好的译义参见 Anne Cheng, *Histoire de la pensée chinoise*(中国思想史),Paris, Seuil, 1997, p. 629 : "il n'y a pas, l'indifférencié(无,未分化的)"。

32 参见 Yolaine Escalande, 《 Paysage chinois et inscription du lieu 》(中国的山水与场所的铭记),*in* Michel Collot, Baldine Saint-Girons, François Chenet(dir.), *Paysage*:*état des lieux*(景观:场所的状态), Bruxelles, Ousia, 2001, p. 51 – 83.

33 还是在北京,在其古城中心,人们可以看到在新近实现的像波坦金乡村那样的林荫大道旁:在具有现代功能的大楼前面装扮成仿古建筑的外立面,后面的建筑一般高出 2 到 3 米,同时将这样的空间设置为古老商业街的形式,但是空间实在是太狭窄,其所处的位置也不适合其生存发展。这样的林荫大道实际上是一个大型的交通干线,在那里人们并不能停留下来。总之,汉语中的"古"与"文"两字似乎体现在这种现代材料的仿古建筑上,但实际上,我认为那里的人们只考虑到"文"的作用而已。

34 Simon Leys, 《 L'Attitude des Chinois à l'égard de leur passé 》(中国人对于过去的态度),*in L'Humeur*, *l'honneur*, *l'horreur*(情绪,荣誉,恐惧), Paris, Robert Laffont, 1991(1987), p. 35.

35 《瓦赞计划》在巴黎被遭拒绝,但却在今天的北京被实施,正如蓬皮杜总统的历史性倡议:"巴黎必须要适应汽车的需求!"在巴黎只能会招致一系列的阻挠,而这在巴黎被收回的原则——把人类居住环境转换成机械系统——却在今天中国的大规模建设中不断地显现出来。

36　西田，为了说明在述语中主语的包摄绝对，经常使用"botsunyû suru"（没入）的表达，即"淹没，吞食，耗尽"之意。

本文原载:《Paysages, politiques d'aménagement et recompositions territoriales》(景观、规划政策与国土重组), *Bulletin de la CPAU* (Conférence permanente pour l'aménagement et l'urbanisme), Aquitaine, no. spécial, 2004.

经济发展与历史遗产保护

米歇尔·乐杜克(Michel LEDUC) 著

汪萍 译

1986 年我们在广州组织了由中(华南工学院)法两国建筑专业大学生共同参加的工作室。1995 年在西安举行了一次校际研讨会。开始对高速发展中的中国城市进行研究。此项课题就是以上述研究为基础,提出反对把西方人对历史遗产保护的看法强加于我们认为完全不同的中国现实之上。

中国城市拥有悠久的历史,早在 1800 年,北京、广州和杭州就是世界六大城市之中的三座。但此后城市的发展有所减缓,直到最近几十年才又有了剧烈的变化。今天的中国城市很难解决经济发展与历史遗产保护之间的问题。而人们对历史遗产概念的不同认识也加剧了这一矛盾。

在上述有关在广州的活动之后,我们开始与北京清华大学建筑学院合作,与学生们共同研究故宫博物院邻近街区(南池子、什刹海)的整治。目前我们的课题是研究 2008 年在北京举办奥运会将给城市带来的变化。另外,我们还组织了有关上海世界博览会筹备和太湖游览区规划的学生工作室。最后,我们于 2002 年为被联合国教科文组织列为世界文化遗产的云南省丽江市政府完成了有关该市城市总体规划修编的咨询任务。

处于经济高速腾飞中的中国,城市建设的参与者首先想到的是经济增长,那么保护旧城的意义在哪里?谁会支持这种保护,谁又会参与这种保护?

中国的投资者在经济快速发展的今天首先看到的是短期的利益。为了适应现实经济发展的需要,市政府被迫改变城市的布局。对他们来说,虽然在原则上保护衰败的古老建筑是有意义的,但其首要任务还是保证城市的整体功能。市民和居委会在这方面基本上是无能为力的。

是否存在其他可能施加压力的人或可能被倾听的人?

为了明确历史遗产保护的内容和依据,寻找保护的方式,知识分子特别是建筑及城市规划方面的教师和研究人员的角色是什么?

作为一名与国土规划及经济发展直接相关而与历史遗产保护距离较远的经济学家,我更站在支持经济发展的立场上。

一 如何定义需要保护的历史遗产?

《城市规划》[1]杂志的文章作者们使我们了解到,历史遗产的概念从 1990 年的城市总体规划起才从历史古迹扩大到传统街区及住房。不少作家也强调指出历史遗产不仅涉及到房屋,同样也包括住在里面的居民和他们在那里的日常生活。仅仅保留建筑物或城市的外形,而把原来住在那里的居民迁往郊区,这就破坏了北京的特征,也就是说破坏了市民传统的生活和社会组织方式。

一个拥有一千至一千五百万居民的大城市怎样在保证现实经济、社会及技术发展的同时,在一定程度上保护它的历史特色?是否存在一种管理城市形态的方式能够使今天的北京保留过去北京的踪影?哪些是应该保留的踪影?这种保护的含义是什么?

为此吴良镛教授在菊儿胡同[2]颇有创新的设计是极有意义

117

的。他试图在传统住宅中选择可重新利用的元素,来建立一种适应今天生活的城市形态,从而体现一种对历史和社会的继承。

传统的中国城市是传统政权的代表。今天这种传统政权已经消失。那时人民的生活被局限在院墙内,在受到监控而较为封闭的街区里。这正是权力和阶层的象征。他们居住的房屋不可超过故宫外墙的高度[3]。如果保留北京低矮的城市风格是否意味着这种屈从的继续? 是否还应该对这些街区进行监控? 应该不用,那么保护历史遗产的意义是否在于对过去记忆的保留或对一种舒适的生活模式的寻求。这种模式与生活和城市中其他方面的优势密切相关,同时又远离日常生活中的种种危害。是否应该重新制造那些"细枝末节"的象征物或者重新制造一种精神?

设置城门是为了迎接人们的到来,也是为了方便对不同城市街区进行监控。今天,此项功能在欧洲已在很大程度上被与计算机相连的监控方式所取代。在城门边设置门卫而达到对市民监控的方式已被无数监控功能更强的密码、信用卡、磁卡取代。那么今天城门的含义在哪里? 是否应该把它作为古老政权的遗迹而仅仅保留它的建筑外形? 当我们由北京国际机场前往市区的时候,在机场高速路上迎接我们的收费站吸取了中国传统牌楼的风格。若干年之后,当收费完全可以由磁卡来完成,人们甚至不用停车即可交费的时候,这个牌楼是否还有存在的意义?

今天众多文化古迹如同城墙一样消失了。但居住在市区的居民日益增多,并且他们都变成了北京人。就像现在住在巴黎的居民已经变成了巴黎人一样,尽管他们的来源比北京更加复杂,比如有为数众多的北非人、东欧人,甚至中国人和其他地区的亚洲人。这些新北京人或巴黎人变成了城市历史遗产的新守护神。

显然,是保留现存历史遗产,还是对其进行改造,或是由一新因素彻底取代它,其中的判断标准还远未明确,比如将标志性的现代化建筑融入城市中时应该怎样保证文化的持续性？今天的城市充斥着现代的象征，它们无论从体积上看，还是从豪华悦目的外表上来说，都比历史的象征明显得多，即使在北京这样的城市，必胜客、肯德基、麦当劳等，比具有历史特征的传统住宅更加醒目，那么是否需要把它们也列入 20 世纪的文物清单？大型立交桥、体育馆、飞机场、新客站、新歌剧院、奥运会新设施无疑是城市有力的象征，它们是会破坏还是会有助于城市个性的建立？

今天，北京这个拥有上千万人口的大都市是否能够保存过去若干世纪遗留下来的，历经不同朝代以及民国、人民共和国的不同时期的"历史遗产"？人们应该更尊重历史的哪一个阶段，是旧城墙还是二环路？是否应该保留柏林墙或至少保留一部分？历史留下的不只是美好的记忆……柏林就遇到了这个问题，因为重建过去，意味着抹杀后来的事物；保留过去，也会阻碍未来的发展。

总而言之，问题在于怎样明确有保护价值的历史遗产，并且通过它的传承来反映人们的衡量标准随着时间、文化和社会的价值观在不断变化。在这个问题上是否应该采取谨慎的态度？是否只有在证实了没有其他保护方法或所要采用的是最好的保护方法的情况下（但在哪种标准指导下？），才可以改变一个文化遗产。

二 城市规划和发展与历史遗产保护之间的矛盾

日益引起人们关注的历史遗产保护问题与现行规划精神之间存在着很大的隔阂。这种规划精神旨在安置日益增多的城市居民，同时满足经济参与者的新利益。这些经济参与者寻找城市中心地段用以建设办公楼、商业中心、酒店、豪华住宅或中等收入水平的住宅。他们强大的支付力使他们具有重要的发言权，因为他们的建设项目在改变城市面貌的同时，还不会给市政府带来任何经济负担。

这使得规划者面临着某些很难解决的历史遗产保护问题:

当某些文化古迹失去了它们的经济或社会效益时,它们的出路在哪儿? 这是今天我们时常遇到的情况,而且这也是各类废弃用地(特别是工业废弃用地)形成的原因。人们很难接受这种古迹无用武之地的状况,但又找不到解决问题的方法。对于历史遗产来说不是因为它的一种用途消失了就一定会产生另一种用途。而且,古迹修复的价格在当前的市场条件下经常显得极为昂贵。

怎样保证对城市历史遗产的持久维护? 这些历史遗产可能属于个人或单位,但他们并不具备能力保护这些有公共价值的古迹。

在新项目的建设与现存古迹的改造之间是否存在更好的平衡机制? 这个问题在大众化经济住房及整个房产业中都特别受到关注。

怎样在新的建设项目中引入持续性的准则? 如果以城市肌理作为判断标准,今天我们建筑设计的大部分产品都会被淘汰,而且对项目设计的适应性和灵活性重视不够。

我们在 1990 年的北京城市总体规划中可以看到保护历史遗产思想的出现。如果中国政府和各级市政府已认识到保护物质和人文遗产对统一民众和防范未来的重要性,那么应该用什么方式对它们进行保护呢?

吕俊华教授对北京城市改造中的四个局部带有矛盾性的目标进行了说明(《城市规划》,1994 年):

(1) 使每个市民的居住消费水平与其他方面的消费的水平相当(小康水平)。

(2) 实施北京城市总体规划(也就是说尽可能使北京适合经济发展的要求)。

(3) 建立一个有效益的经济循环(也就是寻找能够产生效益

的城市改造方式）。

（4）保护首都的历史风貌。

这篇文章和该杂志中其他几篇文章对该问题的深入思考深刻体现北京城市改造的重要性。如果我们对历史遗产的界定达成共识，把居民维持在原居住地就应该显得很重要。但如果没有高额补贴或可带来经济效益的资金协调手段来为项目提供经费，这一点是很难做到的。问题在于人们很难想像在郊区的住房项目有可能比在市中心的项目更有效益，而且很显然从长远的角度看，市中心的房产价值应该比郊区的价值高。

解决问题的出路在于加强发展以便为没有经济效益的文保项目获得足够的资金。在不影响房产开发商的建设热情的前提下，应该有可能在他们的利润中获取部分资金。

中国城市的现状表明，面对城市的急剧发展，各级政府部门针对城市改造的焦点问题没有找到解决矛盾的出路。这些问题在《城市规划》杂志上已探讨了十余年。

三　欧洲的经验和借鉴

在此问题上对欧洲经验的借鉴可能是远远不够的。

在原则上，对城市规划的经济效益与历史遗产的保护与传承之间的关系的研究在欧洲是一个新的课题，除了相对简单的保护和定级的行政措施与法规制定以外，对相关问题和理论的研究进展不大。

在实践中，如果说我们获得了较好的经验，并且在法国比较好的解决了市中心石结构房屋的保护问题，但从社会平衡的角度来讲，我们并不是那么成功。总体上看，对市中心破旧房屋的更新改造导致了居民向郊区迁移，从而破坏了当地的社会结构。

欧洲特别是法国面临的一个很大问题是城市爆炸。巴黎市内部分名胜古迹和历史遗产的修复对旅游业的发展效益卓著,但无法阻止城市爆炸现象的产生:

(1)由于经济决策机构与城市管理机构之间距离的日益增大所导致的经济爆炸。

(2)由于前一原因以及人口迁移的后果所导致的社会爆炸。现今社会被分割为利益各不相同的社会阶层,而且这种分割将日益明显,很难想像这种分割在一定时期内会有所减弱。即使中国没有来自外国的移民现象,但它所遇到的来自乡村的移民和外向移民问题正是国家内部差距日益加大的体现。

(3)由于对城市组织工作越来越难以控制而导致的城市形态的爆炸。

这些存在于西方的现象在中国也同样存在。在人口增长的压力下,中国城市应该加快城市周边发展区的建设。虽然城市的外围不断扩大,郊区离市中心越来越远,但交通与网络的问题并没有得到解决。怎样缓和城市形态爆炸现象与保护老北京市中心部分文化古迹两者之间的关系?吴良镛先生多年来一直主张在北京市中心保持低矮住房[4],而在城市周边发展高层住房。从理论上讲这当然是可行的,这与美国城市以 CBD(中央商务区)为中心的城市景象恰恰相反。但应该说即使北京停止所有的建设项目,它想成功地面对这一挑战也已是很难了。

一方面经济发展不允许这样做,另一方面市政府也不会采取这样的措施。在一定程度上脱离现实,我自问,保护北京,是否意味着保留被一片不适于生活的巨大高层建筑所环绕的几个体现着舒适生活旧影的小区,还是应该考虑怎样建设一个能让一千多万居民都能共同生存的空间。当然我对这个问题没有任何答案。但是巴黎市中心和它的郊区之间由巨大的"地狱"包围着美妙的市中心的关系写照,在我看来并不是应该学习的典范。

中国的传统体现在京杭大运河和长城上。今天我们是否可以设想,对中国文化的保护,也应该体现在建设大型交通设施和城市生活所必需的绿地、各类服务设施等其他网络的能力上。如果在允许发展个人轿车的同时,忽略了有力的而且技术已相当成熟的公共交通手段,人们在市中心的正常生活就无法得到保证。计划和网络(交通、给排水、电话等等)在今天的城市^{5}越来越显示出其重要性。或许保护历史北京的惟一渠道在于同时关注城市的整体功能。

愚公移山这句中国成语,意味着"有志者事竟成"。愚公为了使他的房屋能见到阳光而挖土移山的故事有着多种不同的解释……

今天我们面临的挑战是在保护城市历史中心遗迹的同时保证城市向明天舒适生活的发展。

〔注 释〕

1 "北京旧房改造",吕俊华;"旧城市中心的重新发展",罗汉宾(音译),《城市规划》,1994 年 3 月第一期第 10 册,及众多其他期号。

2 在北京鼓楼和钟楼附近的什刹海地区的试验性住房项目,为容积率较高的新型四合院。可惜该项目仅此一例。

3 这种低容积率正是保护文化遗产所遇到的首要问题……以奥斯曼式建筑为主的巴黎比旧北京城的容积率要高 5 倍。

4 这也是他 2000 年 9 月在巴黎联合国教科文组织的一次报告中所持的态度。

城市形态的演变及其影响

对无序状态的管理与发展综合症

兰德(Françoise GED)　著

水木　译

如果说上海是古希腊神话中的七头蛇,那么首都北京则扮演着赫拉克勒斯[1]的角色;然而上海又如水中的灵蛇[2],具有极大的灵活变通性。上海城中,黄浦一江贯穿两岸;截至1989年,在这片300平方公里的土地上衍息着890万居民,人口密度达3300人/公顷[3]。上海从未停止过发展前进,无论在都市化进程上,还是在经济和人口上,而且她既有迅速发展的时期,又有必要的休整阶段。在本文中,我们不直接讨论正在实施中的这一中国最大经济城市经济复兴腾飞的辉煌计划[4],我们将追溯近代史上这个城市的发展脉络:最先是中国人自己的城市,后来中外分据管理,最后又重新回到了中央政府的手中;不同管理当局的更替,使不同的城市发展模式先后交织出现在上海这片土地上。

1989年,上海市政府提出关于城市发展模式的问题曾久议不决。这项讨论由来已久,上海应该继续有条不紊地开发浦江西岸,还是应该跨过浦江,从头建设一个崭新的城区,以图重现昔日辉煌? 为了理解这个复杂的命题,我们需要简要回顾一下往昔上海城市扩张的历史及其背景因素。

根据上海的历史发展我们可以看到这座城市总是借助其历史沉淀开始新一轮的发展。但是在至少两个世纪内,在文化、政府乃至政权更迭不断或者互相叠加的情况下,究竟哪方面因素对城市发展起了决定性作用呢? 考察、探究上海城市发展模式:增建、替换新城等等,这些都是不同的管理模式和政策变更的结果。这一系列为解决同一问题而采取的政策和管理模式的变通贯穿于整个世纪。通过考量这些变化,我们可以着手讨论上海从明代至今的发展。

对上海历史的简释

许多人习惯于把 1842 年开埠前的上海比作一个小渔村,认为如果没有外国资本的注入,上海绝不可能在 20 世纪初成为一个璀璨夺目的大都市。在中国国内也有许多持此论调者,因为这一论点可以和当时资本主义制度在这个城市的蓬勃兴起相印证。但这一简单的表示抹煞了无比丰厚的文化遗产;普通住宅和纪念建筑所反映出来的城市建筑风格不过是这笔文化遗产中可见部分的冰山一角。否认城市的历史,就是摧毁城市本身,更不用说没有一项投资只是单纯为了完善城市的功能。虽然上海人不得不容忍这种对过去辉煌历史的鄙视,但却使得这一座城市不同于北京及其他大城市,直到 20 世纪 80 年代初,上海的城市形态一直未被改变。

明朝:上海城市发展的第一个黄金时代

明朝(1368—1644)曾定都南京长达一个世纪之久,使这座位于扬子江畔距上海 300 公里的城市成为中国经济文化中心。公元 12 世纪,上海只是南京辖下的一个县,没有任何举足轻重的行政地位;然而作为商业活动中的重要一员,沿江城市的优越地理位置使其在河道水系密布、水上交通发达的江南地区,即所谓的黄金三角洲地区占据主导地位[5]。1654年，上海开放海运港口，促进了城市商业贸易活动扩大和产品生产的工业化发展。当地的县志和明末出现的百科全书记载了当时经济文化繁荣的景象，工艺参考书籍则收录了针对这座城市的调研报告和有关由来华传教士带来的国外技术的报告。

尽管古老的县志插图的表达方式使我们这些习惯了笛卡尔直角坐标体系的眼睛感到无所适从，但它们还是很好地表征了这样一个事实：水网在上海占据着主导地位。图中对水网的构成特别进行了详细的描绘，其中包括：流经上海境内、宽400米的黄浦江干流，在15世纪之前曾逐步整治；以苏州河为代表的多条支流和整齐密布的人工河道。图中的注释还标出了一个市场和一个交易场所，表明在河桥附近形成了一个聚集场所；尽管图中尚未使用比例尺的概念，这些插图可以称得上是今天交通路线图的雏形。图中的上海县城被一条人工运河包围着，这条护城河与数条东西方向的河道相通，环绕着1553年建起的老城墙，以保卫这座富饶的城市不受海盗侵扰。县城南北纵深达2至2.5公里，东西宽约1.5公里，东南郊区是城市赖以生存的港口作业区。与北京、南京及其他中国城市相比，上海的行政地位显然要略低一等，因此在城市没有明显的以标志性建筑组成的城市几何轴线。

与西方列强入侵上海几乎同一时期的近代中国地图展示：上海的城市结构几乎从未改变过。城墙、河道、桥梁等城市主要标志以及公共建筑、城门、人行通道等被一直延用下来；其中后者主要用虚线表示，河道则用实线勾勒，从中反映了河道在交通运输中的优势地位。相比之下，关于民居和城市基础设施的资料记录非常有限；作为历史记录，县志主要记载了历史上的盛事和古迹，对当地名胜、津梁要建亦有所记载。从文艺复兴直到工业革命初期，西方旅行家的描述，向我们展示了上海的木制房室和狭窄巷陌。此

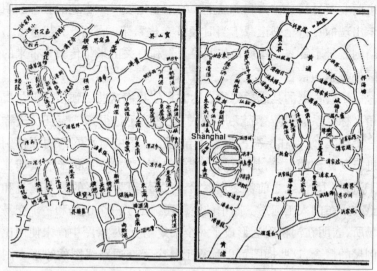

（资料来源：《上海县志》，1873 卷，第一部，页 46—47）

外，19 世纪下半叶，清朝步入衰亡之际，火灾和叛乱在这座老城里时有发生[6]。但是不管怎样，城市的形态风貌却一直延续下来：不高的木制建筑，一楼向外突出，底层做经商用途。至此，这座城市一直处于常规的发展模式之中，即城市及其郊区在统一的政权管理下，在黄浦江沿岸渐进扩张。

同一屋檐下的三个政权

1842 年《南京条约》结束了鸦片战争，并把上海等五个通商口岸向西方开放。自此直到二战前夕，上海地面一直被数个行政当局把持着。在 1863 年公共租界建立之前除中国外，法、英、美等国各自为政了数月；其间，每个列强都和中国行政当局进行协商，要

130

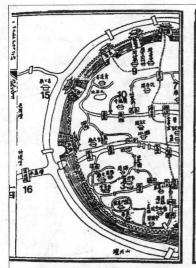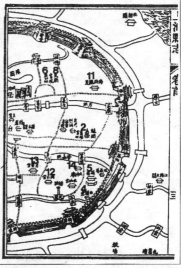

(资料来源:《上海县志》,1873 卷,第一部,页 52—63)

求为其侨民提供一个区域,并且可以根据需要扩大侨民聚居地的范围。上海是当时中国惟一一个满足了上述条件的城市,天津、青岛、汉口等城市仅是同意西方人在一个特别指定的有限区域内居住生活。1914 年随着上海法租界的最后一次扩张,原先归中国当局管辖的城区分别划归了不同的西方租界,其中包括上海老城及其两个郊区,即位于黄浦江畔的老城郊区南陶,以及在火车站周围,随着苏州河沿岸的工业发展而形成的新郊区闸北。尽管 1911年辛亥革命时,上海老城的城墙被拆毁,但这座城市的卵型轮廓几乎从未改变。至于外国租界:法租界逐渐由东向西扩张,南面与华界接壤,北部则是面积为其两倍的国际租界。

　　毫无疑问,面对当时的地图,我们可以想像外国租界包围中国

1932年租界控制下的上海

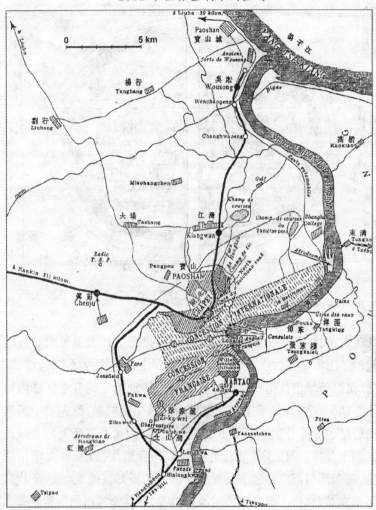

（资料来源：R. Jouon, *Géographie de la Chine* ［中国地理］, Paris, 1932）

"母城"的情境。华界似乎成为一个健康肌体中无法融合的异物或者是无法愈合的伤口。或者换个角度看,新辟的租界似乎成为对原有城市结构的不断迭加。由于开辟租界而形成的城市扩张往往是依循相邻地区农业生产的脉络直接发展起来。对比分析现在上海及其周边地区的道路图和水系图可以发现,过去和今天的情形如此相似,令人惊讶:同样的道路走向,城市化和工业化地区的方格网形态和大片的滩地。如同通常的租界规划图所表述的那样,这种城市脉络与乡村脉络的一致性是为了适应土地利用的需要而不是为了控制城市。更令人惊讶的是,即使上海被分割成三个独立的自治分区,由不同的当局分别管理,即中国管辖的华人区域、法领馆和市议会下辖的法国租界区、市议会治下的国际租界区,这座城市依然保持了其道路系统的整体性。

通过了解法租界发端时期的土地转让方式[7],可以比较容易的解释上述现象。例如,一个法国侨民看中了一块土地,他首先同土地的中国业主商妥,然后要求法领馆向地方行政当局发出申请;后者如果同意,将签发土地永久使用权证。从清朝的法律上来讲,普天之下,莫非王土,而只有外国人才能居住在租界里;因此这里只涉及了土地的直接转让问题,其他条件没有任何改变。然而,对于市议会决定的公共道路建设,沿线的土地所有者则被要求将毗邻道路的部分土地转让以用于道路建设。因此在这种情况下,旧有的水路、道路的拓宽和重新利用就成为顺理成章的事情。随着租界的不断扩张,除农用土地外,被转让给外国人控制、由以前的对外公路联系的泥潭或墓地,以及大量小村镇亦被列为待开发的建设用地。

1860年以后,随着中国内战的爆发,大批来自相邻省市的中国难民涌入上海。上海的城市发展由此出现变化,令投机商们欣喜不已。在租界被西洋人划割成片的土地上,中国家庭能很快找

上海的道路图 (1986)   上海的水系图 (1986)

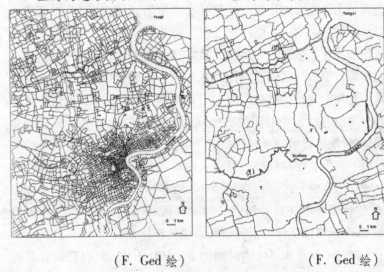

（F. Ged 绘）   （F. Ged 绘）

到一片居所,并且能得到外国人的保护,所以这类交易势头非常之
好。1896年的《马关条约》令上海向外国工业开放,使得这座城市
从洋行变成了生产基地,利用从中国内地采购的廉价原材料进行
生产。在租界里,道路被拓宽,河道被填平,码头被重新规划整治,
水、煤气、电能、电话等城市服务设施也相继投入使用。日本人、白
俄罗斯人、匈牙利人、黎巴嫩人等等也像中国其他省份的人一样,
怀揣着寻找财富和工作的梦想涌入上海。根据租界人口统计,从
1890到1930年,租界人口平均每十年增长60%[8],在40年里翻了
近7倍。1890年,两个租界共吸纳了21.5万中外居民,1930年租
界里的居民数量达到140万。这其中还不包括难以统计的无家可
归者和蛰居在小舢板上的船民。面对如此众多的人口,租界的范
围不断向外扩展。国际租界的面积也从最初的56公顷扩大到20
世纪初的2300公顷。法租界的扩展相对缓慢,经过1914年最后

134

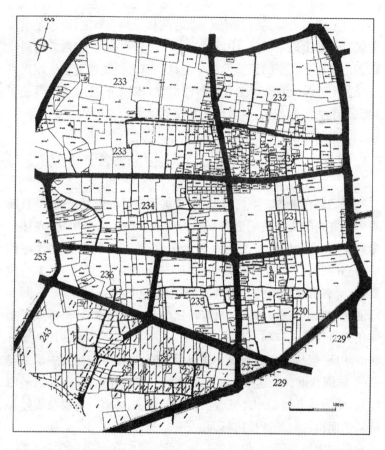

　　1914 年以后,法租界内的农村村落(图中位于道路交叉
品周围的大量小地块)及其用地被逐渐整合到城市用地之
中。(资料来源:《地图籍》,"法租界")

一次扩张,面积达到前者的一半,为 1025 公顷。为了满足上海城
市新贵的需要,租界扩展很快;它以原有租界区为中心,采取了东
西向线形发展的模式和早期租界的格局形态。

至于中国当局控制的地区,即老城厢和两个郊区,则像是被现代化遗落的土地。于是,中国成为一个被分割的国度:西方的科技和文化在这个国家的经济发展中应该占有怎样的位置? 清朝尚未彻底覆亡,1911 年的辛亥革命即已爆发,1919 年五四运动激发了知识分子的活力,随后中国就被军阀割据了。

住宅的特性与文化的融合

我们现在来看一下,这种城市叠加现象是如何发生的,并且随着生活方式的变化住宅形态又是如何演变的。木制房屋,底楼作为商业用途,二层悬挑凸出以利遮阳避雨;三开间的乡村含院住宅,充分利用空间,集体生活组织,所有这些为"里弄"的基本构成要素;所有房屋均由同一个开发商建造,它们成行排列,与不同等级道路构成的路网相连通,具有特定的建筑风格或装饰;形成了集体化的居住模式。那么是谁建造了这些里弄呢? 尽管缺乏档案资料的印证,但从其中的建筑方式可以判断,这似乎应该是中国人建造的[9]。那么谁又是这些工程的业主呢? 在租界里,业主应该是西洋人,因为只有他们才是被合法授权的业主,才有可能参与因随经济繁荣而出现的地产投机行为。

就城市肌理而言,里弄所应对的是,被四条街道界定,覆盖一块或若干地块的城市空间的网络结构。从街道到里弄,只有一两个入口。很少有里弄是相通的;但是,通常有一条人行道路将数条里弄联系在一起。里弄的规模相异,在城市东郊的沿河地带即最早的城市化地区,道路所限定的街区的边长大约是 100 到 150 米。大多数情况下,一个中等规模的街区边长为 50 到 70 米并且由若干里弄组成。在临街一面,里弄的立面通常是连续的、规则的,功能上常为商业用途。这种围合的布局方式和北京的胡同一样,成为中国城市经典布局的写照。至于里弄四周道路的宽度则是通过市议会由西方人决定。在上海人眼里,外围的道路及临街立面构成了里弄的外部结构,而内部联系通道构成了里弄的内部结构。

通向内部住宅和通道的弄堂入口数量稀少,在边长 150 米的街区里,一般只有两三个入口。虽然穿过门廊的过道有二三米宽,但在路人的眼里非常隐蔽,有时即使某条弯弯曲曲的巷道通向一个较大规模的宅院,它的入口也常常被商业和占用空地的流动商贩堵住,将那些不约而至的访客挡在门外。在里弄内部,所有巷道根据它们的规模和出口情形(是开敞的还是死胡同),被划分为不同等级并承担不同作用:通道,集合、会客(邻里交谈)的场所,抑或是从事家务(洗衣、宰鸡烹鸡的)、家庭(看孩子)活动的场所。

第一批建成的里弄不仅是依循农村住宅模式的结果,也是市场规律作用的成果。它们位于城市东部,临近黄浦江,属于第一批租界的管制范围;其中的"兆福里"颇具代表性。兆福里的所有住

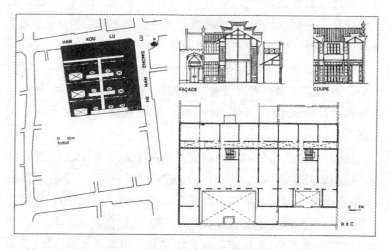

里弄——兆福里,一住宅的整体,剖面与正面图。(Qi Wan 绘)

宅围绕一个南向的中心院落呈"U"形布局;像其他普通里弄一样,房屋有三个开间;但是对于某些比较大的地产业主,有时会出现五个开间的情况。高高耸起的防火墙上饰有依地区不同而富于变化的装饰图案,比如马头或观音服形状。房屋的构造理念是传统式的,木制梁柱,木工细活,砖块或者是更加简朴的材料如柴泥填实墙体,木制楼板,铺瓦屋顶。现存里弄中,大部分建于20世纪初期。这一方面与《马关条约》签订后城市经济快速发展有关,同时也与租界的大规模扩张相关;其中包括1899年公共租界的以及1914年法租界的扩张。

由此,租界不再仅仅面向西方人,但是他们仍承担着租界的主要管理职能。居住在租界的中国人见证了工业发展和城市规划带来的优越物质条件,如公共交通的发展(铁路、马路、有轨电车),电力、自来水、煤气、电话等设施的安装,所有这些条件都是华界所缺乏的。相比之下,法租界因其住宅和休闲场所而闻名,而国际租界更加注重商务活动的发展,在苏州河沿岸建起了工业区,在黄浦江畔修筑了仓储区。另外,经济发展催生了新的社会阶层,出现了工人以及在外国公司和中国公司间就各种事务牵线搭桥的洋行买办。知识分子和大家族则把他们的孩子送到海外名校学习,以便他们能将先进技术和管理经验运用到他们家族的公司上。其结果是导致了社会风俗的西化,这一点在住宅观念的变化上就有所体现。

在同一时期,居住形态的演变是由两个方面的原因造成的,即地产投机以及生活方式的西化。由于地产投机,房子变得愈发窄小,虽然保留了围绕前后两个院落布局的原则,但房屋的宽度只有一个开间,东西四文里即是如此[10]。当然,房屋的砖木结构没有改变。至于土地划分,占地面积则取决于其在租界所处的位置;其中最大的面积达到5公顷。此外,房屋的外部装饰也因为建筑商不同而呈现变化。实际上,里弄以一种奇特的方式将房屋的规则性和外部形态的变化融为一体,构成了上海老城城市景观的基础。

自1910年中期即"中国中产阶级的黄金年代"[11]开始,生活方式的西化趋势日渐明显。住宅的房间都有了各自的用途区分:入口、餐厅、卧室、书房、厨卫等;自来水,有时还有煤气,也进入了家庭。传统上,厨房都设在房屋的后部,而现在得益于新技术的应用,利用混凝土楼板,甚至可以在厨房上部设置浴室。房屋的承重结构通常是钢筋混凝土和砖块组成的混合结构,细工木活被金属替代,楼梯则可根据要求设计成"L"形或"U"形,如凡尔登花园;由于保持了同样的城市特性,尽管建筑风格非常不同,这类房屋一直都被叫做"里弄"。和以前一样,里弄内的地块通过二三米宽的巷道体系相贯通;其中在中间一排房屋的南面是一个庭院或花园;北面,是为厨房或者储藏室采光用的小院子。

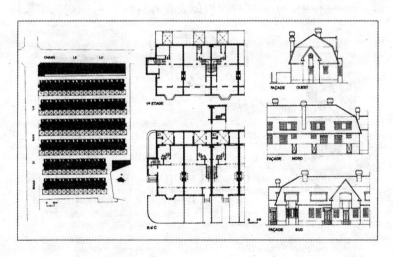

　　里弄——凡尔登花园,一住宅的整体,剖面与正面图。
（Qi Wan 绘）

此后,伴随法租界最后一次扩张,在它的西部出现了另外一种城市形态。它由一组独立房屋组成,其中每栋房屋里住有一到两户居民,住宅区里还设有公共车库,每家都有私人花园,通过内部的通道相互联系。在这里,不同的创意灵感被发挥得淋漓尽致。其中有些房子被上海人认定为"西班牙"式的,或者"法兰西"式的,如福禄新村。在西化进程的最后阶段出现了一种坐落在田园般景色之中的三层小楼,让我们想起了20世纪20年代在巴黎周边建造的花园新村。这个时期的建筑作品显示了受过西方教育或在上海的外国学校接受教育的上海本土精英们同在上海的外国建筑师之间的交流。

作为居住街区,这些里弄成为了中国与西方国家之间就建筑文化和建造技术进行相互交流的场所。最初,在两层(或三层)里弄住宅里,一个家庭通常占有一个开间的空间。相反在工业区附近,里弄往往由厂方组织建设以便安置各自的工人。这样,房屋转

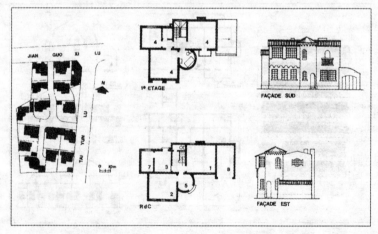

里弄——福禄新村,一住宅的整体,剖面与正面图。(Qi Wan 绘)

租的情况不断增加,而且房屋的内部空间又被分割,以便安排从乡下来到上海寻找工作的亲戚或朋友。这种做法在当时非常普遍,1930年北京大学进行的一项社会调查对此就有过评论,而且广为流传的"二房东"的称谓亦是对此的佐证。这种通过增设阁楼、增加临时隔断改变住房格局的办法意味着潜在的人口增加;对他们来说,拥有人均6.3平米的居住面积已经是心满意足了。在中国,里弄通常还和另一个概念联系在一起,即居委会,它们管理着几条里弄数千居民的日常生活(负责人口登记、组织娱乐活动和保健门诊、充当五六万住民社区服务的调解人和对话人)。

新的城市发展模式和管理模式

直到20世纪30年代,上海的城市发展主要表现为两种模式:一是在中国或外国当局授权下,增加已有土地的建设密度;二是扩大土地面积,进行快速建设——租界的不断扩张以及华界新郊区如闸北的开辟均属此类。20世纪初的上海,依照规划,一丝不苟地完成了城市面貌的改变,通过所谓的替代工程,一栋栋建筑逐渐被另一些建筑所取代,但城市的道路结构并未改变。这里所指的主要是外滩。在航空运输普及之前,这条著名的滨江大道一直是众多游客到达上海的终点站而且至今仍是这座城市的标志。她位于租界边缘,沿街矗立着许多代表城市实力的建筑:英国领事馆、银行、怡和洋行、和平饭店等等,还有19世纪的带有长廊的殖民住宅。在20世纪的经济和工业发展浪潮中,各方都想通过尽可能大胆的房屋建设来突显其在城市中的实力和地位,而延绵1公里长的外滩则是在自我驱使机制下形成的典范。

1927年中国进入国民政府统治时期[12],公共管理权力再度集中,并日渐威胁到租界的管理体制。同年,大上海"临时特别市政

城市控制权的变化 (1850—1930)

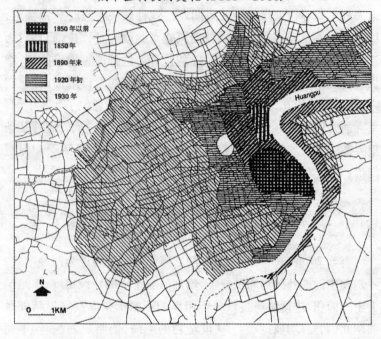

图例:
- 1850 年以前
- 1850 年
- 1890 年末
- 1920 年初
- 1930 年

Huangpu

N

0   1KM

(F. Ged, Qi Wan 绘)

府"宣布成立,对上海各华界地区加以整合,扩大了管辖范围并加强了对外交通的控制。同时,对城市空间的规划整治亦成为当时政府首要考虑的问题之一,对住宅卫生状况的调查,开辟新的道路,特别是推出著名的"大上海计划"。根据孙中山先生提出的在毗邻杭州湾的上海南部地区建设一个东方大港,从而把城市规模扩大一倍的计划,市政当局决定在黄浦江上游建一个新城,以避免城市空间的拥塞,促进交通、住房和货物集散地的扩散。该计划完全按照中国化的目标展望了未来的城市发展,而不是让外国人独占鳌头。这样,包括一位德国和一位美国城市规划专家在内的评

142

大上海计划(1929)

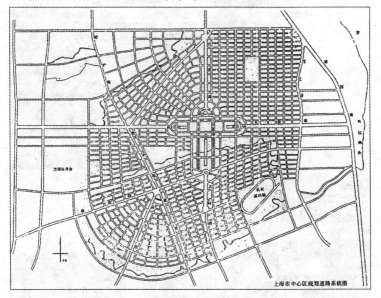

（资料来源：同济大学城市规划教研室，《中国城市建设
史》，北京：中国建筑工业出版社，1984，页130）

审委员会通过竞标，选中了一位曾在美国接受教育的年轻建筑师
的方案。地址选在江湾地区，地势平坦、人烟稀少、地价低廉，新城
中除了行政中心和住宅区外，还包括一个客运车站、两个货运车
站、一个带有附属设施的新港、数条宽60米的主干道。后来，部分
主干道得以建成，但其宽度只有原来的一半。1933至1935年间，
一些大型公建，如市政府大厦、体育场、图书馆、医院相继落成。但
因为远离商业经济中心，银行出资兴造的住宅区却一直被空置。

　　按照规划，上海的景观依然是延续着其独有的特点：沿对角线
方向延伸的笔直大道，各类公共建筑在成行排列的方形住宅中鹤

中山南路,20 世纪 50 年代建造的大型住宅群。(F. Ged 摄)

立鸡群。随后,日寇从北郊攻入上海并扶植了傀儡政府,"大上海
计划"因此被搁置;1932 到 1935 年的经济衰退、日寇的侵略、战争
的爆发、外国人的撤离,最终导致"大上海计划"被遗弃。20 世纪
50 年代,为了解决尖锐的住房危机,上海周边兴造了大量的工人
新村。1958 年,随着苏维埃模式的终结,上海市政府的行政权限
被扩大了,政府决定建设"卫星城"。卫星城位于距离上海 30 公

里的地域内,在原有基础上发展起来并被赋予了特定的工业生产职能[13];其理想的人口规模应在 50000 到 100000 居民之间。然而,由于缺乏市政基础建设和公共服务设施,卫星城更像是单纯的居住区,而不是一座真正意义上的城市,但它降低了难以控制的强劲的人口增长带来的负面效应。"文化大革命"造成了建设停滞,直到 70 年代中期,城市建设才又随着高层建筑的引入重新开始。当时,人口密度的增加被认为是发展的主要瓶颈,因此城市空间开始扩张,在城市周边建成了一个由高层建筑组成的环状地带,而且在80 年代末,高层建筑开始进入到中心老城区。

当前的发展状况

众所周知,近十年来,上海的城市建设重新加速发展。在1979 到 1989 年间,上海新增建筑面积达 6 千万平方米,其中 2/3 是住宅。根据 1980 年的国家标准,上海仍有 45 万家庭,即 150 多万人口没有达到人均居住面积 4 平米的住房水平。1980 年提出的在 2000 年达到人均居住面积 8 平米的目标似乎并不能实现[14]。长期以来,由公司或单位提供的住房资金亦已不复存在。近年来,上海日渐关注中心城区的发展:修缮外滩的建筑、制定历史遗产保护规划、分期改造里弄。这种对历史的评价也可以指向上海一个世纪以来非常成功的私人首创精神。实际上,今天这个大都市仍然面对着同当年一样的问题:交通饱和、住宅匮乏、人口爆炸,这些问题使政府财政捉襟见肘。国内或者海外华人的私营企业是否会参与国家经济的发展? 上海既是中国国民收入最高的城市,同时也是中国工业结构最为老化、住宅条件最为紧张的城市。

一个半世纪以来,上海面临的现实问题之一就是如何开发建设这座城市。在不同时期执政当局的推动下,这座城市不断扩大,密集度日趋增高;城市里出现了众多更新改造工程,人们并曾试图将这座城市迁移。今天,为了修建新的城市轴线和公共设施,以满足当地官员实现现代化的意愿,大量街区被整体拆迁。四十多年来,上海的城市规划专家们曾多次提出跨越 400 米宽的黄浦江,在河对岸进行城市扩展,并且对此提出了不同的发展建议。1990 年5 月,中央政府同意了开发浦东地区的计划,不久两桥飞架浦江东西。接下来要看中央的决定和城市的意愿如何在方圆 350 平方公里,即相当于现今上海城市面积的土地上得以实践了。

〔注　释〕

1　译者注:希腊神话中的英雄,以非凡的力量和勇武的功绩著称。

2　译者注:法语中的 Hydre 有两解,一作希腊神话中的七头蛇,另作水蛇解。

3　参见上海计划设计研究院,《上海城市发展纲要》第一阶段报告,上海,1989。

4　G. Fabre,《 Le réveil de Shanghai 》(上海的觉醒),*Le Courrier des Pays de l'Est*, no. 325, 1988 (janvier), p. 3 –40 ; Institut d'Aménagement et d'Urbanisme de la Région Ile-de-France (IAURIF ; 巴黎地区规划院),《 Shanghai se développera sur la rive est de son fleuve 》(上海将在黄浦江东岸发展),Paris, 1987;以及巴黎地区规划院、Groupe 8 (8 人小组)、Œil (视点)、Ifa (法国建筑学会的其他研究成果).

5　Marc Elvin, "Market Towns and Waterways: The County of Shanghai from 1480 to 1910" (水道与贸易城镇:1480—1910 年上海乡村的发展), *in* G. Skinner ed., *The City in Late Imperial China* (中国王朝晚期的城市),Stanford, Stanford University Press, 1977, p. 441 –473.

6　1850 年至 1864 年间的太平天国运动是当时主要的一次起义。1853 年,当前身是"三合会"的小刀会占领华埠后,英国人和法国人协助清王朝军队收复了失地。

7   C. Maybon et J. Frédet, *Histoire de la Concession française de Shanghai*
    （上海法国租界历史），Paris, 1929.

8   P. Clément, F. Ged, Qi Wan,《Transformations de l'habitat à Shanghai》
    （上海住宅变迁），*Contrat de recherche Plan Construction, Rapport final*
    （建设规划研究，总结报告），Ifa, Paris, 1989, p. 80.

9   某些里弄是由外国公司建造的，例如帕尔默—特纳公司（Palmer &
    Turner），特别是在现淮海路沿线。

10   见本书皮埃尔·克莱芒一文中的"北京新街区平面图"。

11   Marie-Claire Bergère, *L'âge d'or de la bourgeoisie chinoise*（中国中产
     阶级的黄金时代），Paris, Flammarion, 1986.

12   C. Henriot, *Shanghai 1927—1937. Elites locales et modernisation dans
     la Chine nationaliste*（上海 1927—1937：国民时期中国的地方精英和
     现代化进程），Paris, EHESS, 1991.

13   1949 年后毛泽东关于城市建设的思想："将消费城市转变成生产城
     市"。

14   译者注：作者成文在 1989 年，上海 2003 年人均居住面积达到
     13.8m^2。

参考文献

陈敏之，《上海经济发展战略研究》，上海，上海人民出版社，1985。

Feetham R., *Report of the Hon. Mr Justice Feethman, C. M. G., to
    the Shanghai Municipal Council*（Feetham 法官的报告，G. M.
    C. 为上海公共租界工部局作），Shanghai, Shanghai North
    China Daily, 2 vol., 1931.

Frédet J.,《Enquête sur la composition constructive de l'habitat à
    Shanghai》（上海旧居建筑结构调查），Paris, IFA, 1988.

Plan cadastral, Concession française（地图籍，法租界），Imprimerie
    T'ou-se-we, Zikawei, 1941, 1/23000.

Shanghai Street Directory（上海市行号路图录），Shanghai，The Free Trading Corporation，1947.

《上海县志》，1940(1973)。

Tao I. K.，Yang S.，*A Study of the Standard of Living of Working Families in Shanghai*（上海工人家庭居住状况研究），Peking，Institute of Social Research Publication，1931（New York-London，Garland，1982）.

同济大学城市规划教研室，《上海里弄住宅》，《城市建筑材料研究集》，1979，第2—5 期。

王绍周，陈志敏，《里弄住宅》，上海科学技术文献出版社，1987。

本文原载:《 Cités d'Asie 》，*Cahiers de la Recherche Architecturale*，Marseille，Editions Parenthèses，1994，no. 35 – 36，p. 199 – 214.

"夺回大上海市中心区"

——针对具有百年历史的上海城市建筑遗产的保护政策

娜塔丽（Natalie DELANDE-LIU） 著

程晓青 译

1992年,邓小平做出了向国外投资企业开放浦东的决定,以之作为带动上海经济现代化的启动机,使上海成为重要的国际大都市。由此,上海掀起了自20世纪初叶以来史无前例的城市改造运动。

从20世纪80年代末到2000年,上海的人均居住面积从4平方米增加到10平方米,这是解决城市问题特别是生活场所问题的核心政策之一。从1992年以来,这项政策的实施使旧城市中心区的人口密度大大降低,同时使基础设施落后的破旧街区得到了整治。由于缺乏改造所需的资金,市政府便以大量拍卖市中心土地的方法筹资。拍卖活动从1988年开始,1993年以后不断加速。这一政策带动了包括传统居住区在内的城市旧建筑的拆除。拆除活动在1995年上半年达到顶峰:共有134万平方米的传统住宅被拆除;32510个家庭被重新安置在市郊[1]。市政府还计划拆除365万平方米的危旧房,并将1亿平方米的土地改为住宅用地[2]。今天,这项政策的实施已接近尾声,市中心的人口密度降低了。同时,在家庭房地产买卖政策的鼓励之下,搬迁成为居民的一种选择。

在此条件下,究竟什么是上海市中心的建筑遗产呢? 是出现于 1842—1949 年间现代工业时代的传统私有住宅? 还是 1949 年以后,在居住建筑计划中占 80% 以上的典型集合住宅形式——里弄呢?

在上海,对数量庞大的原有房屋的改造和维修问题,以及在恢复原状的区域如何重新利用传统住宅建筑的问题日益尖锐。长期以来,文物保护建筑的登记主要是针对纪念性建筑,而并不包含此类传统住宅建筑遗产,而在 1999 年以后所颁布的最新一批文物保护建筑名单中,重新归还了传统住宅建筑的历史地位。

对于上海市政府来说,建筑遗产的保护不应仅仅通过文物建筑保护法来实现。1997 年以来,一项主要针对传统住宅建筑维修和保护的政策在中央的支持下得以出台。今天,市政府正在执行此项政策,以保护上海的建筑遗产。传统建筑由政府进行统一管理,其中包括 1949 年以前的私房和 20 世纪 50—80 年代所建的板式住宅,这些建筑的维修和改造均列入了重要的计划。最近,为了辅助和加强亚洲第一大都市的改造,政府还制定了一套新的规定[3]。通过从深层次清理城市空间肌理,完成对原有房屋的改造。1997 年,市政府出台了一项关于城市改造的三年计划,要求拆除违章建筑[4]。1999 年 6 月,又颁布了旨在加速对违章建筑进行拆除的法规。

作为现代化大都市的上海是否应保护其传统建筑呢[5]? 回答看来是肯定的。

一　旧建筑的拆除和重新整治

1990 年时,上海有 32 万个家庭人均居住建筑面积只有 4 平方米;1995 年至 2000 年底,市政府计划修建 5540 万平方米的住宅以达到人均居住建筑面积 10 平方米的指标[6]。这一措施成效显著。到 1997 年,7.3 万个家庭中有 62.8%(合 45844 个家庭)被重新安置在较大的住宅中,而余下的 27156 户的安置问题将在 1999 年底前得到解决[7]。此项改造涉及 128 个单位,其价格也不断提高[8]。1995 年,上海用于市中心区拆迁和基础设施建设,以及 1500 万平方米新住宅建设的费用为 70 亿元[9]。1993 至 1998 年间,市政府共投资 1125 亿元(合 136 亿美元)用于住宅建设,所建住宅面积超过 2900 万平方米[10]。从 1992 年到 1995 年,20 多万个家庭被政府重新安置;由于修筑环路还导致 1.4 万个家庭搬迁;在成都路段高架路南北轴的建设中,为了安置当地居民共修建了 119 万平方米的新住宅[11]。

人口的迁移使市中心的人口密度得以下降,但是为了空出房地产开发用地和启动市中心的改造,导致了大量传统街区被拆除,城市土地的买卖成为市政府重要的经济来源。1988—1991 年之间,共有 18 个区域被拍卖,1992 年达到 200 个,1993 为 174 个(1993 年底以前共 392 个)。在被拍卖的土地中有 60%(合 1230 万平方米)被有计划的重新确定用地性质,其中 640 万平方米用于商业,250 万平方米用于居住,240 万平方米用于公共建筑,93 万平方米用于工业[12]。房地产的开发首先从商业建筑入手,同时恢复了部分传统住宅区。这一进程在 1993—1997 年间加速发展,市政府拍卖了 1334 个区域(合 7840 万平方米),共获得国内外投资 80 亿美元[13]。在国外开发商的投资中有 50%—70% 是用于安置市中心的居民的[14]。

1995 年,城市开发活动达到顶峰,市内数以千计的街区被拆迁,这一状况引起了社会各界的广泛批评。很多居民幸运地迁入带有自来水和现代卫生设施的大房子中居住,而一部分掌握在高校、医院和商业机构手中的公房不可转让，这使新居住区的开发陷入困境。当然，对于那些位于郊区且交通不便的街区来说，问题尤其严重[15]。居民们拒绝拆迁的主要原因是差价问题，因为从市中心到郊区共有1—5种价位。人们越来越多地依据拆迁法，通过司法诉讼来解决矛盾[16]。随着最后的城市道路基础设施建设的完工，居民的重新安置工作在1999年似乎也接近了尾声，市中心延安路的拓宽使10万个家庭被拆迁[17]。

如今，房地产开发的形势发生了变化，大量的上海居民更愿意自己购买住宅。1997年，全市686万平方米的房地产开发面积中有83.8%转为住宅，其余16.2%仍为办公和企业用房[18]。现在，拆迁只是居民的选择之一[19]。

二　关于文物建筑的保护政策

上海市中心的建筑风格表现为国际化的特点，这是由于其独一无二的地理位置所造成的，作为一个幅员辽阔之国家的大都市，解放前上海受到民国政权左右和具有中国特色资本主义经济发展的影响，逐渐形成了其独特的政治和经济特点。直到20世纪最初的十年，上海完全受外国租界约束；到20世纪20—30年代，出现了中国固有式建筑复兴的现象[20]。这一建筑遗产一直保留到20世纪80年代。在解放后的三十年间，也就是毛泽东时代（1949—1979），上海的建筑停滞在某种奇特的状态之中。大部分的中心城市在大力发展工业，而上海却被忽视了。

上海的特殊性，尤其是曾经作为国际大都市的特点，使其在中国建筑史上占有一席之地。很多年以来，政府和专家们争论的核心都是外国租界的问题，中国人长期以来将上海近现代的建筑和文化遗产看作是帝国主义式的，而排除在中国历史之外。上海城市特色的矛盾性向人们提出了这样的问题：是否应将其作为亚洲社会民族文化遗产中不可或缺的一部分？抑或是应将其等同于解放后所建的粗俗和混乱的民族形式建筑？

1982年，国家司法部根据1949年制定的文化遗产保护法颁布了新中国第一批历史文化名城名单，上海未被列入这24个重点城市名单中。1986年，中国政府最终明确自门户开放时代以来的文化遗产也是中国文化遗产的一部分，上海被列入第二批历史文化名城的名单，同被列入这批名单的还有厦门和福州等38个城市。这不再是笼统意义上的历史文化名城观念的问题，而是关于上海城市复杂的空间肌理的问题。历史保护区的概念就此出台，共确定了11个保护区，对这些区域和其中的建筑要根据其文脉和现状进行修复（包含每座建筑周围50—100米的范围内）[21]。

为了保护文物建筑而进行的外迁行之有效，上海市获得了对于其建筑遗产进行保护的自主权。制度的管辖权限涵盖复杂的保护系统，市文物管理委员会、市房产管理局和市规划局三家单位共同执行文物的确定和保护工作。1986年8月30日，上海颁布了第一批官方确定的保护名单，59个现代建筑被登记保护。新的文物保护政策包含两方面的内容：其一，是批准保护区的名单，特别是在11个受保护街区中增加的文物古迹；其二，是强调了中国社会主义国家的典型建筑文物。1993年，又有175项新的现代建筑被列入保护。文物确定的标准大大改变，主要有五个基本条件：（1）历史意义。（2）项目特点。（3）建筑形式。（4）建筑师或工程师的声誉。（5）结构和构造的重要性等。分类工作强调建筑项目，以便恢复和描绘出城市经济、政治和社会的历史发展轨迹[22]。

早在20世纪90年代上半段，上海市政府就已启动了一项雄心勃勃的文物保护政策。前两批保护名单中共有234组建筑登记在册，约有1000个单体建筑[23]。1999年12月底，第三批文物保护建筑名单出台：在原有的 234 组建筑之外又增加了 162 个新项目[24]，合计 396 个项目。市政府还最终强调了传统的居住建筑即私人住宅。实际上，在此次登记表上有 60% 即 108 个建筑属于住宅建筑。1960 年所建的上海第一个卫星城梅龙新村作为第一个此类项目被列入第三批文物建筑保护名单[25]。162 项在册的建筑中有 35 项已被授予了责任书，标明其保护水平。其余项目的责任书要在 2000 年 6 月末以前完成。对这些传统建筑遗产的保护同时也是国家政策的基本组成之一。1997 年，中央在五年计划中抽出 300 亿元资金作为对上海文物保护工作的支持[26]。在上海的现代化发展过程中，市政府意识到了文物建筑对于其城市规划政策的重要性，并且越来越重视向专家们请教，以帮助他们完成这项紧迫的任务。今年 2 月，市人大对于老城的保护状况表示了担忧，并组织有关专家和政府官员就如何保护这一最古老的城区的文物建筑进行了研讨。会议达成一致决议，即传统老城是上海城市发展的摇篮，应借鉴苏州、绍兴和宁波等城市的保护经验，对其保护应达到其他大城市中心区的相应保护水平[27]。上海在现代工业阶段（1842—1949）的过度膨胀，以致成为黄金时代的市政府和经济象征的问题在文物保护政策中被确实的反映出来。这一情况使上海的文物建筑范围在时间和空间上均具有局限性。第三批文物保护建筑范围涵盖了 1950 年以后和 1842 年以前的项目，原先的措辞如"上海优秀近代建筑保护单位"也被"历史建筑"或"优秀历史建筑"所取代[28]。这种政策上的转变在后来对于 1950 年以后所建的住宅建筑的分级工作中得以体现[29]。

对于市政府来说，对文物建筑的保护不仅仅是一项关于纪念性建筑的政策，从 1997 年起，政府大量的政策涉及了历史街区的改造，并原则性地提出了对传统居住建筑的保护问题。

对城市中未列入保护名单的建筑的改造

过去在上海,有超过 1300 万的居民居住在租金低廉的住宅中[30]。1994 年,上海市政府开始出售市属公房,到 1998 年正式出台了住宅出售政策。1997 年 11 月,有 67.9 万套公房被出售给居民,合计 320 万平方米[31]。

购买政府公房的居民担心的首要问题是建筑的维修。1996年,市政府表决通过了一项有关政策,明确旧的公房和市属建筑的维修将由有关部门承担[32]。同时推出的还有一项到 2010 年以前关于旧住宅的改造和增加设备的 12 年计划。1998 年,共有 30 万平方米的没有独立卫生间和厨房的老式住宅得到改造[33]。这项改造计划还列入上海市为庆祝建国 50 周年所作的旧城改造项目之一(又称“为城市化妆”、“美化城市”活动)。计划的实施由市容办负责[34],其主要措施包括对上海 30 条主要交通干线的改造(市中心的路段有延安路、肇家浜路和高安路)。同年 4 月底,高安路、复兴路、威海路和苏州河两岸均完成了改造。这四条交通干线确定了改造的样式和色调,成为今后改造的典范。其余 26 条干线的改造在 1999 年 9 月之前完工。此项改造的任务书是一个专家委员会的研究成果,它提出了关于建筑立面、城市环境和夜景照明方面的问题,改造强调建筑立面的修复是此项计划的重点(包括对立面的重新粉刷和改造修复老式装饰等)。此项改造还包括用彩色地砖重铺人行道,维修绿地、行道树和广场,以及拆除侵占道路的建筑等内容[35]。

1999 年,上海提出了一项关于城市环境和交通网络的政策,并延长了两项正在实施的计划(两年计划和关于庆祝建国 50 周年城市改造计划),这使上海的城市改造活动进入最重要的历史阶段。新的政策包括：修复 102 条主要交通干线、推倒政府机构的围墙、重新粉刷公房和传统建筑立面、维修公园树木以及安装照明设备等。1999 年，共有 5 万户上海居民的住宅得到改造；共有 50 个政府机构沿 24 条交通干道的围墙被推倒，以向公众开放绿地；共有 500 万平方米传统建筑的立面得到重新粉刷和修复[36]。上海原有古老房屋的改造和维修对象被划分为两类建筑范畴：典型的五层板式住宅（建于 1949 年以后，特别是 20 世纪 70—80 年代），和 1949 年以前所建未列入保护名单的传统建筑。对于第一类建筑的维修由上海住宅发展局负责[37]；第二类建筑则由上海房地局安全技术管理处负责。

这三项计划直接触及市中心老式住宅的改造，对于 20 世纪 70—80 年代典型的板式住宅屋顶的平改坡即是此项政策的核心。

1. 维修和改造 1950—1980 年间典型的五层板式住宅。

上海典型的板式公房为平屋顶的形式，主要建造于 20 世纪 70—80 年代。从 1999 年开始，实行了一项核心为增建坡屋顶的改造计划。作为这一计划的起点，市政府关于住宅建筑屋顶平改坡的规定从 1999 年 9 月初开始实施[38]。市政府认为以前的建筑形式缺乏对上海城市特定的技术上的考虑。事实上，在上海潮湿的气候条件下，多数住宅建筑中采用的平屋顶形式往往导致防水的困难。此外，屋顶厚度只有 6 厘米，这对于在气温常常维持在40℃以上的夏季进行隔热，和在冬季气温很低的条件下进行保温都十分不利。

在技术角度的考虑之外，还增加了一个审美方面的问题。市政府认为现有大量住宅建筑的形式均未被纳入市中心的整体城市景观效果中加以考虑。由于此类建筑大多建于 1980 年以前，正是中国政治的困难时期，那一时期的建筑缺乏前期的研究，施工也很粗糙。而市中心的传统建筑则大多采用中国传统的坡屋顶形式，或采用处于同类气候条件下其他地区的西方建筑形式[39]。因此，市政府认为平改坡有利于将困难时期所建的建筑纳入城市整体的肌理之中。此外，随着目前高架路的修建，许多平屋顶建筑都露了出来。事实上，双坡屋顶或屋顶加建阁楼的形式更符合中国人的评价标准，是理想的建筑形式，然而在大都市里，中国传统形式的住宅只是为那些精英人士准备的。

1999 年 9 月 18 日，市第三建筑工程公司开始着手对五幢建筑进行平改坡施工。这一计划首先在十三个区实行，如长宁、徐汇、浦东、卢湾和静安区等（共有 42000 平方米的房屋，屋顶面积占 7000 平方米）。此项改造涉及那些主要交通干道如高架路两侧的建筑。市政府打算在此项改造的实施中采用新的技术和材料，由同济大学建筑设计院、建工和房地产办公室共同完成此项工程的设计工作。各区的房地产和设备办公室则直接负责这项受到居民一致支持的工程的实施[40]。在此项目的实施范围内，浦东世纪大道两侧超过半数以上的老式公房被加建了坡屋顶。由华东设计院承担了这项快速和廉价的修复工程[41]。上海市政府预计在 2000 年内完成 1000 个建筑项目的平改坡工程[42]。文物管理部门对于平改坡工程的益处并未达成共识，2000 年 1 月将要召开一个有市政府有关部门参加的委员会[43]。

与改造 1949 年以后所建的公房建筑同时进行的还有对于解放前所建的居住建筑的保护和改造工作。

2. 维修 1949 年以前所建的未列入保护名单的私房：以静安区的政策为例。

静安区是第一个实行 1995 年关于拆除危房和无卫生设施住宅的城区。在两年内，共有 39 万平方米的旧建筑被拆除，仅 1995 年底以前就拆除了 15 万平方米的旧建筑[44]。

这个区的面积相对较小（约 7.62 平方千米，共有居民 38

万),它是上海第一个真正按照市政府要求在 1999 年开始实施针对其区域之内的文物保护政策的城区。

静安区的建筑特色在于区内的集合住宅:这里有大量新式里弄住宅(1930 年以后所建),区内还有 450 个花园洋房。静安区政府反对将现代化的发展与大量拆除传统建筑联系起来(即"一讲现代化就是拆了旧的造新的,一讲城市化就是办工厂、造高楼")。近几年,静安区在拆除方面取得了重要的经验,将土地空出来并卖给房地产商虽然增加了收入,但是区政府意识到为了这笔得来很容易的资金必须面对新的问题:文物建筑的消失和改造价格的平稳上升。静安区区长认为,在改造过程中如果这一地区独特的建筑遗产丧失殆尽,取而代之的是现代化的城市肌理,这里就不再是上海的静安区,而成为一个文化和历史上的空白。现在,区政府希望能将静安区的改造与文物建筑的保护联系起来(即"开发是保护的开发,必须走保护性开发的道路")。

静安区的范围可以分为南京路以北和以南两部分。在南京路以南,集中着大量新式里弄和花园洋房,这是市政府要求保护和改造的。因为改造价格的上升(至少 4000 元/平方米),政府希望与投资商合作,并在改造中采用科学的方法。对于那些人口过多的住宅,将分层划分公寓,一部分居民将被迁至北部地区。对于南京路以北的地区,里弄建筑非常稠密,建筑质量也很差,政府计划对此类建筑进行拆除,仅保留 20%—30% 具有代表性的建筑。对于其中占 10% 左右的石库门建筑则将进行立面的维修,并在内部进行现代化的改造,安装现代化的设施如空调等。此外,静安区还产生了 41 个建筑保护区,保护 27.2 万平方米的花园洋房、14.2 万平方米的公寓以及 64.1 万平方米的新式里弄和 14.4 万平方米的旧式里弄。

详细清查区内文物建筑的工作已经布置下去,区政府希望对未列入文物保护建筑名单的建筑进行更严格的控制:一些建筑将根据房主的意见保持其特色;结构状况较差的建筑则将采用现代技术进行维修,前提是保持原有的立面形式;对那些状况过差的建筑则将在原址重建。对于静安区来说,文物建筑的保护政策面临的最大困难不仅仅是资金的问题,同时也包括如何满足居民需要的问题[45]。

今天,静安区作为此项雄心勃勃的保护政策的开拓者,完成并强化了市政府的保护政策。但是,不管怎样,建筑的选择总是由房地产的技术部门所推动的[46]。

四 清理和重新规划市中心的城市空间肌理: 以关于拆除违章建筑的新法规为例

像许多西方国家一样,改造往往是通过拆除违章建筑实现的,违章建筑使城市空间肌理和建筑丧失了其原本的通透性。1990年,市政府估算全市共有约1500万平方米的危房和无卫生设施的旧房[47]。到1998年,市政府计划拆除40万平方米的危旧房[48]。

今天,伴随着1999年6月15日由市人大通过的一项关于违章建筑的新法规的出台,开始了这场清理市中心违章建筑的战斗。市政府希望建立一套具体的法律框架并尽快实施,拆除违章建筑的活动应能早日见效并产生长远影响[49]。

与这一新法规框架相一致的是一项到2001年前完成的两年计划,清理16片以上人口最稠密的城区的违章建筑,如:火车站区、人民广场、徐家汇、五角场和陆家嘴等;在这些改造区中包含16条主要交通干线,如南京路、延安路、西藏路、四川路等;此外,还有100多条二级交通路线和41条沿河岸道路,如川杨河、新开河、虹口港、小吉浦,以及位于这些地区的住宅新村等。根据这项

159

法规的规定,国有机关和企业必须在法规通过后一月内拆除违章建筑[50]。违章建筑的勘测和确定工作由市政府、区政府和村乡政府负责,市规划局和各乡规划部门则负责拆除违章建筑的工作。这些机构通过现场研究确定了一系列应拆除的建筑。此项法规共有10项具体的内容涉及违章建筑的拆除、法院的管理和诉讼的存放模式等。

市政府希望此项法规在界定违章建筑方面足够清晰,以避免发生偏差。关于违章建筑共有7种定义涉及27类建筑,都会对城市空间肌理造成影响。违章建筑的定义包括:违章侵占公共危险地段的建筑、影响卫生和公共交通以及市容景观的建筑等,这些文字是为了更容易地确定违章建筑。此套新的法律系统还控制正在建设和报批中新的违章建筑[51]。这些条款首先使市政府找到了管理城市肌理和房地产业的方法,政府致力于培养城市管理方面的专家和形成城市的管理模式。市规划局明确指出一切违反此项新法规的行为均应受到严厉制裁,法规还建立了相应的刑事处罚手段和诉讼程序。1999年末,市规划局和上海市法院合作着手制定与城市规划法相关的刑事处罚办法,上海正在寻找一种科学的城市管理办法。

到1999年底,上海市政府已发布了300万平方米的违章建筑拆除许可证,涉及以下四种建筑类型:

(1)小区内占用通道、弄口或绿地搭建的建筑。

(2)占市政公用管线以及在河道两侧搭建的建筑。

(3)在城乡结合地区占用尚未开发或者规划预留土地搭建的建筑。

(4)逾期不拆除的临时建筑。

这些建筑的拆除程序主要依据以下三种模式:

(1)以双方和解的方式。

（2）由行政机构管理的方式。

（3）由行政机构和司法机关共同管理的方式。

如果拆除活动以双方协商方式进行,规划局将在规定时间内制定明确的标准,并与业主协商有关拆除的事宜。如果业主不接受这种协商,他可以提出申请并对管理机关进行法律诉讼。但是,在上诉期间,拆除工作不得停止。如果业主在规定时间内拒不拆除违章建筑,规划局有权向市政府申请强制拆除。有关拆除的决议应在拆除活动开始7日前公布。如果拆除工作是由管理机构控制,规划局应向业主要求在规定时间内拆除违章建筑,这种协商应公开发布。如果违章建筑不能在规定时间内被拆除,市政府和各区、乡政府有权进行拆除,并在拆除活动开始10日前发布公开决定。对于正在建设的违章建筑也可执行相同的程序。如果这些违章建筑的拆除并非由业主直接管理,则将由市规划局进行控制,各区、乡规划局将依法执行[52]。

对私搭乱建建筑的拆除是上海新的城市政策的一个矛头所在,根据市政府的看法,集中着失业和流动人口的私搭乱建房屋是城市脏乱差的一个主要原因。

目前,市政府加强了对违章建筑的拆除和管理工作,使这项工作更加严格。拆除工作涉及的单位有28个,包括:规划局、市政局、园林局和水利局等。然而,这些部门往往资金不足、权力有限,特别是在区或乡一级的管理部门往往只有10个人从事这项工作,不同单位之间目前所缺乏的联系也尚在建立之中。新的法规明确了拆除程序和违章建筑的确切定义,正在建设中的违章建筑也涵盖在内[53]。

按照市政府的统计,市中心拆除的旧房中有70%—80%属于危房和无卫生设施的住房,对那些保存条件好的旧区则应全力加以保护[54]。那么旧区内的居住建筑是否也应当依据此项新的规定呢？事实上，在南市区有五个街区共 10.1 万平方米的旧房需要加以改造，其中包括 3.96 万平方米的简易房。在原址上将建起面积达 61.5 万平方米的新住宅[55]。

最近，为了加速市中心区的改造，政府又出台了其他的相关新法规。同样，按照 1999 年的一项新法规的规定，市内二级马路沿线的马路市场将迁至室内。1999 年，共有 77 个马路市场已经迁移，市政府计划在 2000 年底以前迁走所有的马路市场[56]。

五　传统住宅的重新利用问题：以香港汇安房地产　　公司所作的陆湾区中共一大会址的改造为例

从 1990 年初开始，旧建筑的重新利用问题就摆到上海市的面前。上海市房地局与法国及荷兰政府联合进行了两项涉及里弄改造的项目，分别是徐汇区的钱家堂和静安区的张家宅[57]，为其后更复杂的街区的改造开辟了道路。

中共一大会址的改造涉及 0.52 平方千米范围内的各类建筑，这一改造代表了一项建筑和经济方面的挑战，它清楚地表明了上海目前传统建筑改造和重新利用的政策[58]。

1996 年 6 月，陆湾区和香港汇安有限公司以及中国复兴有限公司[59]聘请美国 Skidmore，Owing & Merrill（SOM）公司进行陆湾区内淮海中路以南、西藏路以西的一片 0.52 平方千米用地内的建筑设计。这项工程用地的北部包含一片上海非常重要的商业区，南部则是住宅区。目前，这一区域内的交通有地铁 2 号线、南北轴线和南环路相连通。此项国际合作的目标是在尽可能多地保留传统建筑的前提下，设计一种与众不同的城市空间的新模式。在这一区域中心将形成一片内有 4 万平方米湖面的大型休闲空间，位于湖的西面的中共一大会址是一组被登记入文物建筑名单的典型的里弄建筑,这组建筑将被作为一个旅游和现代商业场所而完整的保留下来。湖的南面则是一片由塔式和板式建筑组成的居住区。湖的东面,靠近传统中国老城的一侧按规划为商业区。湖的北面的高层办公楼则是淮海中路办公区的一部分。

1998年5月,市政府通过了本项目的控制性规划和第一阶段计划。用地被拍卖了50年的使用权。本项目在淮海路南侧,建筑面积为3万平方米,其中包括中共一大会址。项目中共有23组住宅,是淮海路南侧的第二片住宅区。市规划局和陆湾区,以及参与此项改造的其他部门负责协调本项目中居委会和开发商之间的关系,保证了项目的顺利进行。通过一个市属公司的投资解决了当地居民的搬迁问题[60]。开发商为了避免引起居民的不满,搬迁活动共用了近一年的时间,且拆迁费用较高。本地段内原有的街区空间肌理由里弄组成,建筑年代为20世纪初期,建筑采用木结构填充砖墙。

项目由美国建筑师Ben Wood率领的一个国际建筑师小组完成[61],由香港汇安公司投资,同济大学建筑设计院受市政府的委托负责提供地段内需改造的建筑名单[62],工程的施工由市属美大建筑装潢公司承担。

本项目地段内的传统建筑主要是老式住宅,经过改造将变为文化和休闲场所,改造的目标是保护大部分的传统建筑和里弄,因为它们代表了本地区的建筑特色。在里弄专家的鉴定和开发商的资金赞助之下,未来还将在与一大会址相邻的一条通道内修建一座里弄博物馆。为了使改造进行得更仔细,传统建筑的拆除是有选择的,一大会址周围不允许出现现代建筑。市属的一家公司专门对地段进行了细致的调研,了解地段的周围状况,测绘和确定了每座建筑的状况(如:材料、结构等)。在建设过程中,针对每座建筑的不同保存状况进行了不同的改造。对于建筑保存较好的材料

（如：砖、瓦、地板和装饰门套等处的石材等）进行清洗除垢。而对于其他的部分，在陆湾区规划局的帮助下，则利用从别处拆来的传统建筑材料代替。对于许多木骨架的建筑经过前期的分析，进行了拆除，同时回收拆下来的传统材料以全面重建。里弄内的传统建筑中原本没有自来水，也没有电，开发商在保持建筑原貌的基础上增建了这些设施。此项改造每平方米的费用为 10000 元人民币，远远大于新建建筑 3000 元/平方米的造价，其主要原因是因为采用了从意大利进口的价格昂贵的设备。根据对历史建筑的保护法规，要求一大会址附近的建筑保持原有特色，里弄内部的建筑及其室内应尽可能地避免破坏（但关于其内部设施却没有任何规定）。设计方案由多个建筑组成，围合成一个新的内部空间。

一大会址所在的兴业路也将改成步行街，形成一条东西主轴线，与小区内的各条里弄形成新的交通网络。设计方案还提出了一个地下停车库，以清除道路上的停车，停车库的面积可供停放目前汽车和出租车数量的两倍。在一期方案的南部，将修建几幢新建筑，在马路一侧的一片空地上将形成一大片现代和传统建筑的混合区。

本项目开发商的意图是出租经过改造的建筑空间，以期最终革新能保持传统建筑的水平。目前，在一个公共机构的组织下，正在面向广大顾客征求对于改造的意见。用地内每平方米的价格目前尚未确定(2000,1)[63]。

本项目的开发由市政府委托外国开发商承担，其目标是城市发展，这是实现建设 21 世纪新的城市中心所必需的。然而，这并不意味着此项开发的最主要的投资者是上海市政府，新的房屋建设正在通过新建筑的落成而实现。由此看来，传统建筑的改造是不容忽视的，上海市政府正在趋向开发一个新的房地产市场：传统建筑改造。

结　　论

从 1992 年起,上海掀起了一场前所未有的城市改造运动。

1992 年到 1995 年间,通过降低市中心的人口密度,为市民增加了绿化空间,这是对居民进行重新安置的重要意义之一。伴随着对旧城空间肌理进行重新规划的第一阶段行动,政府将土地卖给外国开发商,从根本上获得了资金来源。

通过以前颁布的两批文物建筑保护名单,市中心的建筑遗迹虽已得到了有限的保护,但是,自 1997 年以后,对建筑遗产的保护已成为城市规划政策的中心,市政府希望未来上海的成功是建立在其特有的城市历史、文化和地理条件之上。

伴随着第三批文物建筑保护名单的出台,历史建筑的保护政策有幸在市政府直接领导下,通过旧城改造政策得以加强。这项在人力和财力方面的巨大投入立即演变为对传统的房屋的改造和城市空间肌理的整合上。在此过程中,各区政府轮流地对市政府进行帮助,通常它们共同构成了一项新政策的基础,市政府十分明确在这项雄心勃勃的政策实施中保证众多机构之间协作的重要性。

对市中心区的改造和调整行动引发了传统建筑重新利用的问题。同时,市中心的大量住宅转变为商业区、办公区或娱乐区……为了获得未来的成功,房地产开发商向市政府提出了新的挑战。

在市政府对上海城市建筑遗产的保护中,被广泛接受的解决方法是部分建筑和街区以旅游为目的而保护下来;同样,许多名人故居也通过整修向公众开放;此外,还有整条街的重修,如 1999 年改造的两条路:上海老街和多伦路[64]。

先于全国的规划政策十年[65],上海市通过其庞大的文物保护计划展示了它的创新精神。因此,上海充当着新的城市规划政策开拓者的角色:在某种程度上,它成为全国学习的榜样,更重要的是,它是中国城市发展的代表。

上海的发展道路在城市规划政策方面究竟有什么经验呢?首先,上海希望成为亚洲的国际大都市。1999年成立的上海住宅基金会曾经仿效新加坡的发展模式[66],但是上海是否还需要模仿新加坡在城市改造方面的经验呢[67]?现在看来,可以学习的经验是很多的。

城市的重新规划同时引发了住宅区的类别问题,新的居住区和旧的聚居区之间存在着差异。确切地说,新的住宅区应能为日常生活提供所有设施,如:卫生设备、绿化、超市、学校、服务设施、休闲和健身地点等[68]。

上海的城市改造运动涉及市中心旧城区,如今,上海市政府已将其文物政策与交通活动和人口密度联系起来。2000年2月春节,位于人民广场中的一座新的上海城市展示馆将正式开放,这标志着上海的建筑文化遗产和正在建设中的项目将被抬到同样的高度[69]。

〔注 释〕

1 Chen Qide,"New rules to aid relocates:utility coordination seen as key"(有助于转租的新规定:通过协商的办法),*Shanghai Star*,1995年8月。

2 Chen Qide, 同上;Chen Qide, "Enlarged living room : special housing fund to aid most crowded families"(扩大居室:对最拥挤家庭的帮助资助),*Shanghai Star*, 1995年8月25日。

3 "违法建筑末日到了",《解放日报》,1999年9月15日。

4 "立法北京",《解放日报》,1999年6月。

5 马菱美,"要保护传统建筑和街区:市人大代表大会上坦陈己见",《文汇报》,1999年2月4日。

6　1991 年,上海市居民人均居住建筑面积为 6.7 平方米;1997 年达到 8.7 平方米;2000 年的目标是 10 平方米。见:Chen Qide,"Larger living room : more spacious housing goal of newest bureau"(大居室:更多的特别住宅转为新式办公用房),*Shanghai Star*,1995 年 2 月 28 日; Chen Qide,"Overcrowded families get bigger, new homes"(拥挤的家庭搬入又大又新的家),*Shanghai Star*,1996 年 9 月 6 日;Chen Qide, *Shanghai Star*,1995 年 8 月 25 日。

7　Chen Qide,"Shanghai modernizes housing"(上海现代住宅),*China Daily*,1998 年 2 月 16 日。

8　Chen Qide, *Shanghai Star*,1996 年 9 月 6 日。

9　Elaine Chan, "Resettling to cost Shanghai ＄6.4 billion"(上海花费64 亿元用于重新安置),*South China Morning Post*,1995 年 4 月 19 日。

10　Chen Qide, *Shanghai Star*,1995 年 2 月 28 日。

11　Elaine Chan,同上。

12　《房地产报》,1994 年 1 月 15 日。

13　Chen Qide, *Shanghai Star*,1995 年 2 月 28 日。

14　Chen Qide, *Shanghai Star*,1995 年 2 月 28 日。

15　Reuter(路透社),"Residents evicted in Shanghai boom"(住宅是上海繁荣兴旺的源泉),*South China Morning Post*,1995 年 4 月 29 日。

16　Agence France Presse(法新社),"Re-location"(重新安置),上海, 1995 年 8 月 10 日。

17　Asher Bolande,"Shanghai to open elevated highway system"(上海建设高架道路系统),法新社(上海),1999 年 9 月 14 日。

18　Chen Qide, *Shanghai Star*,1995 年 2 月 28 日。

19　Agence France Presse(法新社),"Housing privatisation fuels 90% sales growth in Shanghai"(上海住宅私有化增长了 90%),上海, 1999 年 8 月 5 日;Agence France Presse(法新社),"China announces tax breaks to boost housing market reforms"(中国宣布对住宅市场进行减税改革),上海,1999 年 8 月 10 日。

20 早年的殖民地建筑源于西方国家,这种随着城市工业和经济的发展逐渐消失的建筑形式是适应当时上海的城市发展需要的。从 20 世纪 30 年代开始,面对要表达中国民族形式的压力,建筑师们逐渐转向了传统。于是,三种建筑形式在上海同步发展着:上海的艺术装饰风格(海派),民族风格和仿古建筑。见 Natalie Delande,《Shanghai 1927—1937:Chronique d'une Ambition Architecturale Chinoise》(1927—1937 年:上海现代中国民族形式建筑),Mémoire de Maîtrise de l'Histoire de l'Architecture(建筑史硕士论文),Paris I Panthéon-Sorbonne(巴黎一大,索邦大学),1993,p. 257;及 Natalie Delande,《Une Culture d'Ingénieur:origine de l'architecture moderne de Shanghai》(上海的本地建筑师文化),Mémoire de DEA(DEA 论文),Paris I Panthéon-Sorbonne(巴黎一大,索邦大学),1994。

21 11 个区包括:外滩,四南路和革命历史纪念地,传统中国城,人民广场,淮海路,江湾区(1930 年大上海计划之市中心),传统商业区,南京路,法租界西侧的别墅区,龙华寺周边,虹桥(旧郊区)的传统住宅。

22 Natalie Delande,《Shanghai:un patrimoine aujourd'hui en peril?》(上海:处于危难之中的遗产?),*Monuments historiques*,Paris,Caisse des Monuments Historiques et des Sites,1996(mai – juin),p. 112.

23 陆炎,"留住我们身边的历史:上海风貌建筑保护工程中的一点遗憾",《文汇报》,1999 年 4 月 24 日。

24 对赵天作先生的访谈,上海市规划局文物建筑管理处处长,2000 年 1 月 10 日。

25 对赵天作先生的访谈,上海市规划局文物建筑管理处处长,2000 年 1 月 10 日。

26 会议论文集,文物专家罗小未、阮仪三、吴江(同济大学),法国巴黎一大、法兰西岛地区文化委员会和同济大学及上海市规划局共同举办,1997 年 12 月 14 日至 23 日。

27 马菱美,"要保护传统建筑和街区:市人大代表专题会上坦陈己见",《文汇报》,1999 年 2 月 4 日。

28 对赵天作先生的访谈,上海市规划局文物建筑管理处处长,2000 年 1 月 2 日。

29 事实上,一个景点建筑研究小组正在对大量建筑进行分类工作,小组的成员中有 50% 的专家(含规划局)和 50% 的上海市民,通过在报纸上公布名单,征求意见,再由规划局对这些入册的建筑的分类方法进行讨论,入册的建筑应当有超过 20 年的历史。见:赵天作先生访谈,上海市规划局文物建筑管理处处长,2000 年 1 月 2 日。

30 "City dwellers to pay for housing"(居民支付住房),*China Daily*,1995 年 6 月 21 日。

31 Agence France Presse(法新社),"More Shanghai residents buy houses"(更多的上海市民购买住宅),上海,1996 年 8 月 21 日。

32 Agence France Presse(法新社),"Shanghai residents buying their own homes:report"(上海市民购买他们的住宅:报道),上海,1996 年 7 月 23 日。

33 Chen Qide,"Shanghai modernizes housing"(上海现代住宅),*China Daily*,1998 年 2 月 16 日。

34 对上海房地产技术委员会领导的访谈,2000 年 1 月。

35 王鹰,"申城马路'洗脸''化妆'30 条道路年内完成大整容",《文汇报》,1999 年 3 月 17 日;"以崭新的城市风貌迎接国庆五十周年:上海道路建筑'整容换颜'",《文汇报》,1999 年 9 月 16 日。

36 "上海更漂亮了:全市市容景观环境综合整治掠影",《文汇报》,1999 年 9 月 24 日。

37 这个单位建立于 1995 年 2 月 27 日,适值对市中心危旧房居民的重新安置期间,其工作目标是提高住宅的质量。在其成立后的第一年内,共负责了 800 万 m² 新住宅的开发。见:Chen Qide, *Shanghai Star*,1995 年 2 月 28 日。

38 "平房面改坡顶试点工程正式启动",《上海住宅》,1999 年 9 月,页 45。

39 平屋顶的形式产生于 50 年代,代表当时新的建筑学派(芝加哥学派、国际式和油轮式……），上海的房屋建筑演变成为摩天大楼，这种现象在传统小公区、外滩区和传统商业街（南京路）一带尤为严重。此外，一些其他建筑项目亦紧跟这种新的建筑审美潮流，所以同样归入此类风格。

40　"平房面改坡顶试点工程正式启动"，《上海住宅》，1999 年 9 月，页 45。

41　陈惟，"浦东世纪大道两侧公房改造工程表明：旧房也能着新装"，《文汇报》，1999 年 10 月 14 日。

42　上海电视台时事报道，2000 年 1 月 10 日晚；及对赵天作先生的访谈，上海市规划局文物建筑管理处处长，2000 年 1 月 10 日。

43　对赵天作先生的访谈，上海市规划局文物建筑管理处处长，2000 年 1 月 10 日。

44　Chen Qide, "Shanghainese moved from 'shabby' homes"（上海现代住宅），*China Daily*, 1998 年 2 月 16 日。

45　卜百平，"古村落：可资借鉴的历史经验在城市建设和改造中"，《上海住宅》，1999 年 9 月，页 28—29。

46　对上海房地产技术委员会领导的访谈，2000 年 1 月 4 日。

47　Chen Qide, *Shanghai Star*, 1995 年 2 月 28 日。

48　Chen Qide, *China Daily*, 1998 年 2 月 16 日；"立法北京"，《解放日报》，1999 年 6 月。

49　蒋树芝，"拆除规定本月 15 日实施：市政府昨召开贯彻规定现场工作会议"，《文汇报》，1999 年 6 月 10 日；马菱美，"认定有据拆违有法：有关规定昨起在沪施行"，《文汇报》，1999 年 6 月 16 日。

50　马菱美，"不把违章建筑带入 2000 年：本市各区县整治违章建筑取得大成效"，《文汇报》，1999 年 1 月 21 日。

51　马菱美，"坚决遏制新违法建筑"，《文汇报》，1999 年 7 月 8 日。

52　"违法建筑末日到了"，《解放日报》，1999 年 6 月。

53　"立法北京"，《解放日报》，1999 年 6 月。

54　Reuter（路透社），"Residents evicted in Shanghai boom"（上海围栏

下的居民被迁走），*South China Morning Post*，1995 年 4 月 29 日。

55　马菱美，"南市区打响旧城改造大战役"，《文汇报》，1999 年 12 月 29 日。

56　王蔚，"静安区率先消灭马路集市，明年上海市区的马路集市将全部迁入室内"，《文汇报》，1999 年 12 月 14 日。

57　"City refits more old housing"（城市重修了更多的旧房），*Shanghai Star*，1997 年 2 月 14 日。

58　此项目的第一阶段尚未完工，文件还处于保密阶段，尚未在报纸上公布。

59　开发商几乎从未单独从事一个项目的开发，如果中国政府需要由外国开发商来进行房屋建设和郊区开发，尽管其在项目中所起的作用很小，也会对开发商给予很大的支持。

60　土地的购买有以下几种形式：1. 购买土地，开发价格中包含搬迁当地居民和拆除现有建筑。2. 购买净地，开发价格包含居民的搬迁、现有建筑的拆除和铺设水和煤气设施。

61　波士顿 Ben Wood 建筑师合作事务所，在传统建筑的改造和重新利用方面经验丰富，曾在日本和新加坡等地做过类似的项目。

62　街区可以出租给外国企业，由某个中国的施工企业协会或建筑企业邀请进行项目建设，由市政府负责对其进行管理并发给施工许可证。

63　对工地首席建筑师 Albert Chan 先生的访谈，1999 年 12 月；项目由瑞安房地产开发公司负责施工；同济大学建筑设计研究院负责设计和制作模型。

64　陆炎，"多伦路文化名人街撩开面纱"，《文汇报》，1999 年 10 月 23 日；马菱美，"'上海老街'将重现上海"，《文汇报》，1999 年 1 月 29 日。

65　1987 年 11 月 29 日，上海市政府提出关于上海市土地之所有权的补偿转让、国有土地之使用权的转让两项决定，新的住宅政策的提出和实施均早于中国的其他地区。

66　Chen Qide, "Housing unfolds", *Shanghai Star*, 1994 年 10 月 28 日。

67　Charles Goldblum,《Singapour, modèle de la métropolisation planifiée en Asie du Sud-Est》(新加坡：东南亚大都市的榜样), *Techniques Territoires et Société*, Ministère de l'Equipement, des Transports et du Logement (法国设备、交通和住宅部,科学和技术研究处), Direction de la Recherche et des Affaires Scientifiques et Techniques, Paris, 1998 (Octobre), p. 69 – 81.

68　马菱美,"南市打响旧城改造大战役",《文汇报》,1999 年 12 月 29 日;新华,"One million Shanghai Residents live in Civilized Communities"(一百万上海居民住在郊区),上海,1997 年 7 月 15 日。

69　SUPEH, Shanghai Urban Planning Exhibition Hall (上海城市规划展示馆), Brochure officielle du projet de musée de l'urbanisme (城市规划展示馆工程的政府小册子), Shanghai, 1999, p. 36.

附图：

2004 年的"新天地"街区：传统居住建筑经整修转变为具有统一的商业和文化功能的建筑。(图片来源：Delaude-Liu)

2004 年的"新天地"街区:传统居住建筑经整修转变为具有统一的商业和文化功能的建筑。(图片来源同上)

2004 年的"新天地"街区:由香港汇安房地产公司开发的同一项目中的新塔式居住建筑。居住区邻近传统建筑改造区"新天地",围绕一个人工湖布置。(图片来源同上)

　　2004 年 4 月,杭州"新天地":上海"新
天地"的翻版,已成为一个学院区,2003 年建
成,位于杭州市,面对西湖,被称为杭州的
"新天地"。本项目并非一项改造,而是模
仿:完全复制了其模仿对象的城市功能。相
反,在上海许多新项目由区政府接管,正在
根据其街区的重新确定和其功能纳入原有
的居住区建筑肌理中。(图片来源同上)

本文原载:《 La refondation mégapolitaine, une nouvelle phase de
l'histoire urbaine 》, *Techniques*, *Territoires et Société*, no. 36, 2002.

文化遗产作为城市发展的筹码:以西安为例

布鲁诺·法耀尔·吕萨克(Bruno FAYOLLE LUSSAC) 著

邹欢 译

中国正处于一个快速发展阶段,城市的现代化进程加速。20世纪80年代开始的改革开放使中国在发展观念、模式以及进程等方面都已融入了国际化和现代化的轨道。文化遗产(包括建筑遗产和城市遗产)保护的概念最早出现在欧洲,在联合国教科文组织的积极推动下,尤其是在1972年制定的人类文化与自然遗产保护公约的促进下,已经在全世界范围产生了影响。在这样的一个国际背景中,中国对于建筑遗产的保护也成为一个不可回避的话题。1949年中华人民共和国成立以来,国家在文物保护立法方面广泛吸取了其他国家和地区的经验,而不是只局限于传统的对于文化遗产的认识:在中国传统文化思想观念中,城市和建筑从未被当作不可触动的文化遗产,正如李克曼(Pierre Ryckmans)所说,这个文明"没有将其历史写在建筑上"。在中国传统文化观念中,历史是由非物质的、精神的与最古老的过去相关连的文字所保护和传承的。历史存于思想和文字中,是由士大夫们通过继承和保护"珍宝"来延续的。建筑的目的只是为了提供空间的使用功能。我们所面对的是一个在传统文化观念中从未把城市和建筑,包括庙宇和宫殿,当作不可触动的文化遗产的民族,现在要吸取应用西方的文化遗产保护模式[1]。因此,我们在这里以陕西[2]省会城市西安为例,通过对西安城市总体规划的分析研究,与实际城市遗产保护的执行情况进行对比,找出规划条例在实际执行中所发生的变化,来分析理论以及政府的意愿与现实情况之间的差距。

作为省会城市,西安市从 1983 年开始对其周边的农业地区实行管辖权。1992 年,市政府面对城市内部已经没有可建设用地的现实,制定了在城市周边地区建设开发区的政策,这些开发区包括工业园区、居住区等等。20 世纪 90 年代初,市政府提出了将西安市建设成为一个国际城市的目标[3]。为此需要通过新建筑来树立城市的现代化形象,然而这个措施却对列入国家历史文化名城保护名单的西安古城的保护构成了很大的威胁。与此相对照的是,作为享有国际声誉的文物保护单位,如 1987 年列入世界文化遗产名录的秦始皇陵等考古遗址,得到了修缮和恢复,这也是中国特有的一种模式。

古城西安

在 1949 年西安还被明代修筑的城墙所包围。郊区在四座城门的外围。位于渭河右岸的这座具有两千多年历史的古都分布着丰富的考古遗址,最早可以追溯至史前时期[4]。西安城周围的古都遗址有周朝的丰和镐,秦朝的咸阳和汉朝的长安,而隋朝和唐朝的都城就在今天西安城的位置,从城市考古的角度看西安是非常有价值的。公元 6 世纪由隋朝建立,后又作为唐朝都城直至公元 9 世纪的长安城在中国文化中具有极其重要的意义。唐长安城面积约 84 平方公里,全部被城墙所包围,平面非常几何化:棋盘式的街道格局,贯穿南北的轴线,道路按等级划分。包括北部的皇宫以及它所控制的府衙,各有自己的城墙,皇宫和府衙的东西南三面是 108 个坊,每个坊也都有围墙。长安城是盛唐时期的都城,也是丝绸之路的起点,同时也是日本奈良古都建城时所参照的两个都城之一[5]。10世纪时,在唐长安府衙的位置重新修建了驻兵的城市,成为明朝长安城的雏形。现在西安城的城墙是明朝时期的城墙,形成于1557年。连接东西南北四座城门的两条轴线把城市分成四部分:东北是衙门所在地(清朝的满族区),清朝时期曾修筑城墙,与其他三片城区分开。城市的商业沿着东西大街布置,位于城的南部。

1949年的西安已是一个以其历史驰名中外的城市,但是大多数的历史建筑已在1866年回民起义和1911—1912年的革命中遭到毁坏。保留下来的记录西安悠久历史的建筑有城门、钟楼和鼓楼,还有一些庙宇,其中著名的有当时被作为陕西省考古博物馆的孔庙,以及中国最重要的石碑收藏处所——碑林。临近鼓楼有8世纪建造的大清真寺,是穆斯林(回族)居住区的重要标志。

从1950年开始的城市规划将古城西安定为现代化大城市的中心。然而古城的规模(11.5平方千米),城内众多的历史考古遗址,以及想要保留城墙,将老城和新区分离开来的愿望等等,使这个规划的实施受到了很大的约束。

从对城市遗产的消极整合(1953)到重现城市遗产价值政策的制定(1980)

1953年西安城市总体规划受到前苏联城市规划思想的影响[6]。总平面以古城钟楼的十字路口为中心形成棋盘式的格局。南北向的城市主轴线和东西轴线在钟楼交汇,分级的城市道路沿着旧城墙向东、南、西三个方向伸展,将城市分割成规则的街区,无意中与唐代长安城的布局吻合[7]。这个规划主要强调的是在拆除和重新建设的基础上建设一个新城市的长远目标,但是另一方面城市和建筑遗产的保护也是不可忽视的。为了将棋盘式的街区和

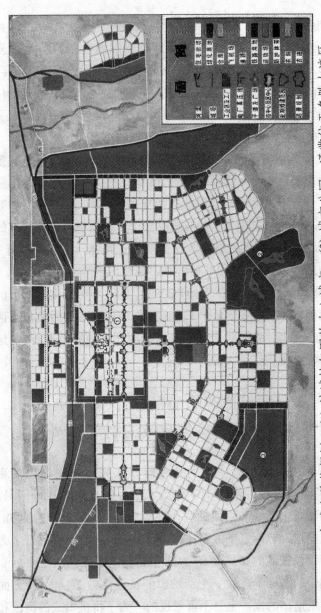

1953年城市总体规划。(1) 被城墙包围的中心城市；(2) 城市公园，通常位于名胜古迹区；(3) 环城绿化空间。(资料来源：西安市政府)

城墙外的新区通过道路连接,在旧城墙上开洞就不可避免。当时文化遗产的问题还没有被提到议事日程上,但是幸运的是,在主要的考古遗址区并没有进行新区建设。尽管不是有意识的,这种发展政策在当时还是解决了工业化和遗产保护之间的矛盾。1961年,因为要在城墙外围修建一条大道,城墙得到了保护[8],原来的护城河被改造成为环城绿带:城市总体规划中规定,一些重点文物保护建筑周围应该设绿化隔离带,如当时已经在进行整修的大清真寺和大雁塔。

1983年批准的西安第二次总体规划(1980—2000),目标是在工业(高科技工业)增长和文化以及旅游业发展的基础上建设一个168平方公里的现代化大都市。在这次规划中,城市遗产的保护意识在几个方面得到了体现:对城市和古建筑历史的明确调查,从市域的范围界定保护区的界限,制定详细的明代城市遗址的保护条例,以及发展旅游的政策等等。在总体规划说明书中详细地描述了明代城市的结构和唐代城市的规模与布局,强调了保护考古遗址,尤其是古都,保护文物建筑的目的是为了发展旅游业。参考唐长安城的规模和布局,显示出西安市意欲成为中国西北地区大都会城市的战略目标。值得一提的是1974年在秦始皇陵附近发现了秦兵马俑(1987年被列入世界遗产名录),1982年西安被列入中国首批24个历史文化名城名单,促进了陕西省的文化遗产保护政策的发展[9]。这其中需要强调的另一个积极作用因素是联合国教科文组织从1985年开始的国际性的丝绸之路计划。

对于唐长安城模式的参考在总体规划中体现为两点:对城市南北轴线的重新强调和扩展以及用绿化带将古都城墙遗址保护起来。这一保护措施和在整个城市划定五种文物保护区域的措施一并形成了总体规划中城市保护的条例:革命纪念文物、历史遗址(考古发现)和古迹周围的三种保护范围(绝对保护区、协调保护区和影响保

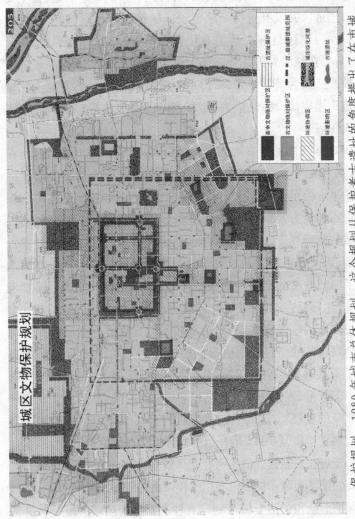

城区文物保护规划

保护规划，1980 年城市总体规划。这个规划从保护考古遗址的角度提出了在市域
范围内保护隋唐长安城遗址的思想。（资料来源：西安市政府）

护区¹⁰）¹¹。因为要考虑建设的可能性,古迹周围的保护条例十分复杂,但是国家级文物保护单位周围,即绝对保护区除外。保护条例的主旨是在城市范围内保护古迹的可视性,但这只是理论上的愿望。由于在不同的保护区对于建设活动的控制力度不一样,在实际中对古迹周围视线范围的保护并没有完全实现,不断增加的建筑高度阻碍了视线走廊。20世纪70年代末国家制定的政策中关于改善风景名胜区环境质量的规定,在地方的实施过程中转变为在城区和城区周围几个考古遗址和古迹四周建设公园绿地¹²。

对于明朝城市格局的参考主要体现在三个方面:修复城墙,开通一条旅游线以及制定建设条例。这些措施是在城市总体规划中根据西安城市的中心地位所确定的,但是实际证明在这样一个特定的环境中难以实施,尤其是这些措施和西安城作为一个一百五十万公顷区域的中心所需要的城市功能之间有很大的矛盾。旧城墙已经破败不堪,从1982年就开始进行整修,拆除四个主要的城门周围的建筑,修建广场,使城门重现往日的风采也被列入计划。为了和城市的道路网连接,需要在城墙上开洞。在旅游规划中,修复后的南城城墙纳入了西安最著名景点的旅游路线:从大清真寺沿着朝向南门的方向到达碑林博物馆。沿着城墙的南段和环形路成为散步和举行各种文化活动的场所。这个文化市场包括四条街¹³,和这种过于人造的文化气氛相对照的是这个街区在明清时期曾经是居住区¹⁴。这一计划将采用两种模式实施。现存沿街的建筑(4—6米)被拆除重建,形成一条仿古的街立面,底层作为商业用途。街区被拆除,沿街修建的仿古建筑比以前略高,挡住了后面的十层左右的住宅¹⁵。实际上,根据建筑限高的条例,从城墙的高度(12米)向市中心逐渐增高至36米,应该保证能够看到城墙。但是,重塑城市结构的愿望只是基于拓宽主要街道和修建广场,修复名胜古迹和建设大型公共建筑。这项计划提出在拆除现存城市

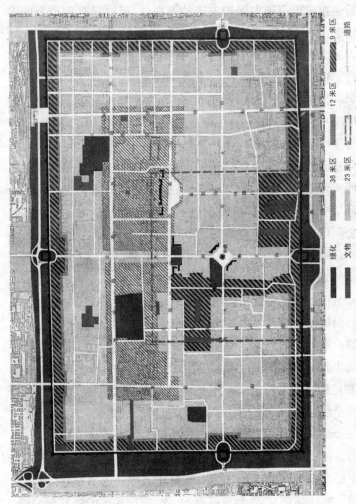

城市中心保护和高度限制规划，1980 年城市总体规划。最高限高 36 米。

（资料来源：西安市政府）

绿化　　文物　　36 米区　　23 米区　　12 米区　　9 米区　　道路

肌理的同时,应该探求创造具有中国传统城市文化精神的新的城市公共空间形式。从发展旅游的角度出发的保护文物的政策引发出在建筑设计中寻求一种新的具有地方特点的建筑形式的探索。这就是在 80 年代,由文物建筑保护与修复建筑师(张锦秋女士)所做的努力。这项工作,最初目的是重建唐代的文物建筑,发展成为一种"新唐风"建筑风格,即用预制水泥构件来模仿传统建筑的构件形式。

1995—2020 规划:文化遗产成为城市发展和树立大都市形象的筹码

　　1995—2020 年总体规划所面临的是快速的经济发展和人口增长,城市化地区扩大了许多[16],城市的功能要求也增加了,在明朝古城中不可避免地要对现存建筑进行大规模的现代化改造。西安城市发展的目标是成为国际化大都市,为了吸引世人的目光,现代化的城市面貌和高效率的工业体系是必需的,而闻名遐迩的文化遗产也是非常重要的。文化遗产被认为是吸引投资的筹码,作为市场经济条件下的一种手段,来赢得旅游业的发展。在这项政策中,历史成为西安城市发展目标的论据,因为在唐代长安城就已经是一个国际城市(长安盛景)[17],是联系亚欧大陆的丝绸之路上最重要的城市。作为一个历史悠久的城市,西安的历史可以追溯到史前[18],这些遗迹一直保留至今并且已经成为西安本身的特点,现在这个城市要成为东西方之间文化交流的枢纽,在历史和现代化的进程中寻找平衡[19]。

　　政府的目标是通过保护历史遗迹和环境,降低旧城的人口密度,改善城市功能和城市基础设施条件等措施,提高中心区(明朝长安城)的城市质量。总体规划重申了延续历史和古城城市格局

中心城市历史文化名城保护总图

1995 年城市总体规划中的保护规划。这个规划确定了在市域范围（1）历代皇宫遗址的作用，包括西部（丰、镐、阿房宫，汉长安）和东部（临潼），也肯定了从 80 年代以来对大雁塔地区进行的旅游和文化整治计划。（资料来源：西安市政府）

图例：
- 城市建成区
- 九米以下区
- 二十米以下区
- 三十四米以下区
- 三十六米以下区
- 建筑风格区
- 城市道路
- 对外交通
- 唐长安城建遗址范围

- 五十米以下区
- 六十米以下区
- 古遗址
- 古遗址保护区
- 城墙
- 宫殿区
- 河湖水系
- 城市绿地
- 防护绿带

的原则:规模宏大的城市范围、从 1953 年开始建设的规则的城市路网结构,但是在城市空间发展方向问题上则参考了周朝时期的都城丰和镐的城市遗址。这两个在西安历史上最早出现的城市,现在又被纳入了城市的发展范围。根据这个规划指导思想,总体规划中确定了在中心城市周围沿着城市的主要发展轴线和环城发展带,建设 11 个面积在 20 万公顷左右的卫星城。老城仍然是区域的形态和行政中心,城市向北发展。沿着城市主要发展轴线的地区的基础设施条件将会得到很大的改善,这条轴线穿过老城的城市遗产保护区,把旧城和开发区联系起来。这项基础设施改善工程将会对西安市树立现代化国际大都市的形象起到积极的作用。1995 年的规划基于以下的原则:通过在城市规划中延续历史城市的遗迹来传承遗产,新旧建筑可以共存。对于名胜古迹的修复和利用必须尊重历史的本来面貌,尤其是在旧城内。同时,"城市应该展现现代生活的一面,展现现代建筑的魅力"[20]。

文化遗产保护和利用所面临的挑战显然来自经济方面。1994年西安接待的游客数是 415000 人,对旅游发展的预期非常高。这种预期从中期来看是理性的,因为一项调查表明,2020 年中国将成为世界第一旅游大国[21]。政府作出这个预期的论据是西安 108平方千米的文物遗址保护区所存在的潜力(相当于城市面积的7%),以及 2944 个名胜古迹旅游点,这是 1989 年的统计结果[22]。基于这个目的,此次规划加强了 1980 年总体规划所制定的在历史古迹周围开辟绿地的政策:即在已经消失了的两个唐长安城的城门之间建设一条绿化道路将它们联系起来。新的举措是从旅游的角度出发,在新的城市规划范围周边划定了四个考古区,在这四个考古区通过大量绿化使其和附近的旅游度假村结合起来[23]。同时文物地层也被作为旅游市场开发新产品计划的重要因素:像大明宫(唐代)遗址考古开发一样。大明宫遗址位于西安城的东北部,

185

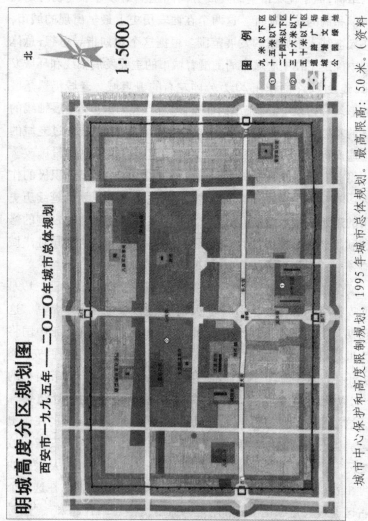

明城高度分区规划图

西安市一九九五年——二〇二〇年城市总体规划

北

1:5000

图 例

① 九米以下区
十五米以下区
二十四米以下区
② 三十六米以下区
五十米以下区
道 路
广 场
城 墙
文 物
公 园 绿 地

城市中心保护和高度限制规划,1995 年城市总体规划。最高限高:50 米。(资料
来源:西安市政府)

186

其考古开发包括修复临德殿,修建商业设施和丝绸之路微缩景园,这些工程都是在联合国教科文组织的支持下进行的。这种政策考虑到在城市周围新居住区的建设将很快地波及到考古保护区,正如在大明宫附近一样[24]。历代古城的遗址现在都被新建成的社区包围或限制。必须坚决地采取措施将主要的考古遗址整合起来,并且防止这些区域在今后的建设开发过程中变得平庸。

加强旧城中心的城市功能的意愿表现为保护城市肌理,得益于第三产业的发展和公共服务设施的建设,并和行政管理的发展相适应。然而更新计划所涉及的拓宽街道和建设新的居住区等措施所面临的是非常艰难的现状:旧城内85%的住房的质量很差,缺乏必要的基础设施[25]。如果我们把这项更新措施和城市南北轴线改造计划放在一起来看,就会发现规划中制定的限高要求变得十分脆弱,实际上在实施过程中已经被突破。结果是只有两个传统街区得到了保护,作为世代相传的城市的见证:大清真寺周围的穆斯林居住区和碑林博物馆附近的三条街巷,这两个街区之所以能够被保护下来,其中的一个重要因素是法国和挪威的学者和机构在这方面进行了多年的研究[26]。但是在大清真寺周围,由于当地的回族居民有着较大的自主权,一些自建的房子已经突破了规划所限定的高度和体量。人们可以想见在今后几年的建设发展中传统的城市肌理将会逐渐消失。

作为筹码的文化遗产

西安的城市遗产保护政策经历了从单纯的保护和保存向利用和作为文化继承的标志的转变。今天,遗产保护已经成为一种必须,尤其是自20世纪70年代世界文化遗产概念的提出:文化遗产已经变为一个城市跻身国际大都市之列的形象代表。对于遗产的保护和利用不仅是为了吸引旅游者,也会吸引来国外的投资。这是文化遗产的文化内容和形象价值所带来的经济价值。

事实上,西安的文化遗产保护政策采取的策略是确定名胜古迹的名录,划定名胜古迹的范围,制定名胜古迹范围内的旅游发展计划,有时候还会涉及到居住区的发展计划。这种规划是一个嵌合的过程,是一个长期的城市空间整治工程。另一方面,周边地区对于规划限制的突破(往往是经常的)遮挡了名胜古迹而且使得该地区变得平庸,这种局面成为西安新的城市肌理。大的考古遗址被新的建筑所包围,其自身的完整性受到了威胁。由于文物建筑本身的物质性没有太大价值,所以仿古建筑或者是仿古一条街纷纷出现,而且得到认同。

在 1995 年规划中得到加强的旧城改造(明朝古城)计划,几乎将传统城市肌理拆除殆尽。成为一个现代的城市中心的目标被加在古城身上,转变为经济发展和遗产保护之间的矛盾,如同在众多快速发展的中国城市中一样。

但是透过这种现象,也可以看到一种新生事物,那就是中国旅游者和居民——这些新的参与者——对于文化遗产的悄然的再适应过程。在现场的调研工作中我们发现,文物工作者对于老街区的保护十分敏感,同样对于在改造过程中如何做到最小限度的改动和谨慎的物质改善非常敏感。这就是今天中国城市和建筑遗产保护所面临的真正挑战。尤其是对于中小城市来讲,旅游的发展成为对可持续发展的挑战,就像上海附近的水乡那样。

〔注　释〕

1　Guy Burgel, 1996, p. 12 ; Simon Leys, 1991, p. 47.

2　这项研究是由波尔多建筑与景观学院的陆博(Jean-Paul Loubes)和作者领导的 1990 年到 1998 年间与西安建筑科技大学的合作项目,并因此在 1995 年(中国)和 1996 年(挪威)与清华大学以及挪威特龙德海姆(Trondheim)大学建筑系合作举行了中欧旧城改造和发展研讨会。

3 Guanting Chen, p. 25.

4 西安城的东边有新石器时代仰韶文化的半坡遗址;西安城的西边有周王朝的丰和镐;渭河北岸的与现在西安城相望的是公元前 221 年由秦始皇建立的咸阳城;此后很多皇帝和王公(大约 60 多个)埋葬在此周围;西安城东边 50 公里是皇家温泉名胜风景区(华清池),有很多和秦始皇陵相关的考古发掘;现在城市的西北、渭河的南岸是西汉都城的遗址。

5 参见 Nancy Shatzman-Steinhardt 和 Kye Cheng Heng 的研究。

6 这个规划是在北京由前苏联专家领导的一组专业人员完成的。1954年由国家建设委员会批准。见 Leon Hoa, p. 64 – 69; Ya Ping Wang et Cliff Hague, p. 2 – 5。

7 Ya Ping Wang et Cliff Hague, p. 6.

8 "西安城墙"列入 1961 年 3 月 1 日公布的第一批全国重点文物保护单位名单,编号 104 – 57(见 Jocelyne Fresnais, p. 592)。1961 年同时列入名单的还有碑林博物馆、大明宫、周朝(丰镐遗址)和汉朝都城遗址、大雁塔和小雁塔、半坡遗址以及秦始皇陵。从 20 世纪 30 年代初开始已经对其中的一些文物进行了修缮。1936—1938 年,在梁思成的领导下,碑林博物馆得到了修缮(见 Wenhui Ren, 1998,II, p. 240 – 245)。

9 Jocelyne Fresnais, 1990, p. 620 – 634, p. 643 – 644.

10 协调保护区是指被保护的名胜古迹在城市景观中的视觉走廊。影响保护区内的新的建设应该在建筑风格上与被保护的建筑取得协调(限高 23 米)。见 Wenhui Ren, 1998, II, p. 260 – 264; Jocelyne Fresnais, 1990. p. 130 – 135。

11 《文物保护规划》,《西安城市规划图集(1980—2000)》,西安,1981。

12 Jocelyne Fresnais, 1990, p. 149 – 152. 古迹名单,见 Wenhui Ren, 1998, II, p. 265.

13　北院门街、书八市、德福巷和书院门。

14　Pierre Clément, 1989, p. 38 – 40.

15　书八市街的新建筑在形式上更加丰富。1992 年到1995 年间北院门街的改造引起了大清真寺周边回族居民的反对。1992 年完成的书院门街的改造允许在碑林博物馆周围设立一些底层商业铺面，经营和书法有关的商品，现在已经成为该地区的特色商业。书八市街的改造从1994 年开始，到1999 年还未完成。

16　1995 年，城市面积是15324 平方千米（5600000 公顷），中心城区面积是440 平方千米（4350000 公顷）。

17　"西安的经济从1990 年开始腾飞，因此在西安1995—2000 年总体发展规划中强调了西安在欧亚大陆桥和中国西北经济带中重要的历史、地理和经济作用。"：*The Preservation and construction of Ancient City Xi'an*, p. 12。参见高夏吉 Gao Xiaji, tome I, 1995, p. 8。

18　*The Preservation and construction of Ancient City Xi'an*, p. 7, 8, 12.

19　*The Preservation and construction of Ancient City Xi'an*, p. 6 – 8："西安是中华古老文明的诞生地"（页6）；"西汉时期的长安城……成为和西方世界的罗马城遥相呼应的著名国际城市"（页7）。西安市政府引用了一些西方学者关于唐代长安城的比较研究。

20　*The Preservation and construction of Ancient City Xi'an*, p. 17："历史遗迹……外观还保留良好，代表了西安城的传统和重建的形象……几公里外（距离明代都城），城市则体现了现代生活和现代建筑的风采"。

21　预计2020 年游客将达到13700 万（1998 年为2400 万），根据 *Courrier de l'Unesco*（联合国教科文组织通讯），1999, juillet-août, p. 26 – 27。

22　*The Preservation and construction of Ancient City Xi'an*, p. 17, 23, 25.

23　*The Preservation and construction of Ancient City Xi'an*, p. 14, 20, 28：曲江旅游度假村（77 平方千米），浐河两岸新石器时期遗址周围的半坡湖旅游度假村，渭河、灞河与泾河交汇处的未央（汉代长安）湖旅游度假村。还有其他位置更远的旅游度假村有待发展。

24 被纳入建设部的一项全国计划中："2000 年全国城乡小康住宅示范小区"（*The Preservation and construction of Ancient City Xi'an*, p. 39）。

25 *The Preservation and construction of Ancient City Xi'an*, p. 39："超过 85% 的需要改造的住房是低标准住宅或者是破旧住宅"。

26 "钟鼓楼地区的两个列入保护的传统居住区,北院门地区的化觉巷和书院门地区的三学街,这两个街区的建筑形式独特,代表了明朝时期的市井生活……反映了明朝典型的建筑风格和城市面貌（紧凑的院落、青砖房子、街巷平直、广种树木）。"（*The Preservation and construction of Ancient City Xi'an*, p. 20）。在大清真寺街区,由特龙德海姆（Trondheim）大学建筑系和当地政府以及大学合作的住宅改造项目正在实际进行中。

参考文献

Architecture de la Chine du traditionnel au contemporain（从传统到现代的中国建筑）, Catalogue de l'exposition de Paris – La Défense, 1996.

BURGEL, Guy,《Chine : l'étonnement urbain》（中国:城市的惊叹）, *Villes en parallèle. Villes chinoises*（中国城市对比）, no. 23 – 24, 1996（décembre）, p. 11 – 15.

CHEN, Guanting（陈观廷）,《Modernisation et internationalisation urbaines》（城市化的现代化和国际化）, *Villes en parallèle. Villes chinoises*（中国城市对比）, no. 23 – 24, 1996（décembre）, p. 25 – 39.

《Chine Patrimoine architectural et urbain》（中国城市和建筑遗产）, *Cahiers du réseau Architecture et Anthropologie*（建筑学与人类学联络网手册）, no. 2, 1997.

CLEMENT, Pierre,《Métamorphoses de la rue Liulichang》（琉璃厂街的形态变化）, *Courrier de l'UNESCO*（联合国教科文组织通讯）, août 1989, p. 38 – 41.

DEBAINE-FRANCFORT, Corinne, *La redécouverte de la Chine ancienne* （重新发现古老的中国）, *Paris*, *La Découverte*, Gallimard, no. 360, 1998.

FRESNAIS, Jocelyne, 《Au regard de l'histoire contemporaine : la protection du patrimoine culturel en République Populaire de Chine》（根据当代的历史:中华人民共和国的文物保护）, Thèse de doctorat （法国社会科学高等学院博士论文）, EHESS, Paris, 1990.

GAO, Xiaji, "The Directive Function of Urban Construction Strategy on the Development of Modern Xi'an"（城市建设政策在现代西安发展中的龙头作用）, *in Renewal and Development in Housing Areas of Traditional Chinese and European Cities Proceedings*, tome I, 1995.

HENG, Kye Cheng, "Kaifeng and Yangzhou. The Birth of the Commercial Street"（开封和扬州,商业街的诞生）, *Streets Critical Perspectives on Public space* （街道公共空间的透视评判）, Berkeley, Los Angeles, Londres, University of California Press, 1994, p. 45 – 56.

HENG, Kye Cheng, "Visualizing the Tang Capital Western Chang'an"（唐代西长安城想像）, *Computing in Architectural Research proceedings of the International Conference on Architectural History* （计算机在建筑研究中的应用,建筑历史国际会议）, Hong Kong, 1996.

HOA, Leon, *Reconstruire la Chine trente ans d'urbanisme 1949—1979* （重建中国:城市规划三十年 1949—1979）, Paris, Editions du Moniteur, 1981.

LEYS, Simon, *L'humeur, l'honneur, l'horreur* （情绪、荣誉、恐惧）,

Paris, Robert Laffont, 1991.

The Preservation and courtruction of Ancient city Xi'an（西安古城的保护和建设,西安市人民政府）, Xi'an, 1997.

Renewal and development in Housing Areas of Traditional Chinese and European Cities Proceedings（中欧传统城市居住区更新与发展）, Peking-Trondheim, vol. I, 1995 ; vol. II, 1996.

REN, Wenhui（任文惠）,《La ville à l'intérieur des ramparts. La protection du patrimoine et l'amélioration de la ville historique en Chine : le cas de Xi'an》（城墙内的城市:中国历史城市文物保护和城市改造:西安的情况）, Thèse de doctorat d'études urbaines（法国社会科学高等学院城市研究博士论文）, EHESS, Paris, 1998.

RICŒUR, Paul,《Culture universelle et cultures nationales》（国际文化和国家文化）, *Esprit*, 1961（octobre）, p. 439 – 453.

SHATZMAN-STEINHARDT, Nancy, *Chinese Imperial City Planning*（中国皇城规划）, Honolulu, University of Hawai Press, 1990.

SHATZMAN-STEINHARDT, Nancy, "Why where Chang'an and Beijing So different?"（为什么长安和北京这么不同?）, *Journal of the Society of Architectural Historians*, vol. XLV, no. 4, 1986, p. 339 – 357.

WANG Ya Ping, HAGUE Cliff, "The Development of Xi'an since 1949"（1949 年以来西安的发展）, *Planning Perspectives*, no. 7, 1992, p. 1 – 26.

本文原载: Maria Gravari-Barbas et Sylvie Guichard-Anguis éd., *Regards croisés sur le patrimoine dans le monde à l'aube du XXIe siècle*, Paris, Presses de l'Université de Paris-Sorbonne, UNESCO, 2003, p. 643 – 660.

规则性:汉化空间的策略

陆博(Jean-Paul LOUBES)　著

林惠娥(Esther LIN)　译

人类学上对空间所探讨的课题之一,是记录当今不同文化中的人类是怎样透过种种基本结构来思考空间并且创造空间。本文将以中国为例来探讨这个课题;我们检验了一些能够让人辨认出"中国空间"的例子之后,观察到一个重点,即中国城市的基本结构的特性之一是规则性,而且这个特性是中国改造空间并且使中国突厥地区(新疆)的绿洲城市汉化的手段。

一　空间的基本构造

我们相信为了创造空间形式,"人的精神借助于一套已经定下来的造型目录"[1]。那么,这些造型的源头是什么呢? 在种种不同的文化当中,它们是如何形成的? 又是如何流传下来的? 以上这些课题是本文试图通过"中国空间"的研究课题来阐明的。

中国人的空间观念既清楚又一致,因此很有效率。我们都知道中国人对他们的空间观念非常坚持,换句话说,当他们接触外来的事物时,不太喜欢和那些外来者"混杂"。中国人的空间观念是来自中国古代传统的宇宙起源论,以及宇宙起源的种种神话衍生出来的具体造型。这些观念产生了一些深具中国思想特色的价值

194

观和结构类型,在这些结构类型当中,有一种特性似乎在中国人对空间的思考和安排渐渐人性化、文明化的时候,扮演了决定性的角色,我们把它叫作规则性。对我们来说,规则性意指主宰空间观念的整体构造特征的法则,这些构造特征可以表述,可以记忆,可以传授,还可以复制,于是它们定下了一个规则。所有的规则必然会调整了某些点、又排除了另外一些点,因为规则是运用在现实里的。我们要探讨的领域是建筑,是城市化,也就是说是一个人们建设的空间,这空间本质上总是位于某处。

“定居在某个重复述说宇宙起源论的领域里”并不是中华文明特有的,在某个地方居住就决定了我们在这块地上要创造的世界。“可是,我们所创造的世界总是跟众神们已经创造的并且住在里头的模范世界一样”。不过,中国人的特殊之处,很明显地是用重复宇宙起源论来建设一个地方,然后使它被人们认可。

这种“复制”的种种方法都牵涉到一些形象,这些形象事实上表现了更深层的结构,她们也引导着人们如何思考并且如何实现建筑空间以及城市空间规划。

按照我们的研究方法,我们在重新提及宇宙起源论诸多论点之后,将找出呈现那些论点的众多形象,这些形象分属于不同的类型:

(1) 有实体的物体,它们是小宇宙,或者代表宇宙的外形,或者至少表达了宇宙组成的某些基本特征。

(2) 建筑的物体,它们是依照宇宙起源论的原则而建造的,于是具有模型的价值,作为未来其他的建筑物参考的对象。

(3) 城市规划的物体,或者它们(考古上)的遗迹。

只有当这些大小不同的物体,一方面和谐地使人不断记起它们共同拥有的宇宙结构,另一方面让人想到它们在地上所衍生的复制物品的时候,这些物体才能使种种的基本结构更加巩固而且更能持久,而人们正是透过这些基本结构来思考空间的。

工业社会里,人们不再把宇宙视作神圣的,同时也不再将人类的住所看作神圣的。有关万物起源的神话可能消失了,人们用来参考的宇宙起源论也可能被人遗忘了,或者失去了它们原来的意义了。但是,正因为上述的种种基本结构是有实体的物体,即使它们所象征的原始概念已经消失了,它们会比已经消逝的意义更坚固持久(此处我们或许可以说,形式可以独立存在,不再需要依附某个意义)。它们过去一直作为典型,作为工具,使人们得以制造空间。这点上,我们不是说时下的中国人认为天是圆的而地是方的,而是说过去反映天圆地方的实体的形象继续以象征形象而存在,而且在今日中国人思考如何安排空间的过程当中,它们仍然起着作用。

中国特例:作为参考的宇宙起源论

天地人三才之中,中国人用圆来代表涵盖万物、超越万物并且以气滋养万物的天,用方来代表地。这种宇宙观结果产生了许多空间形象。譬如,天坛既是一个作为皇帝举行祭天仪式的建筑,又是一个让人想起宇宙构造中的大圆盘。"中国古代的宇宙起源论里,人们认为天是圆的而地是方的,人住的空间则被想像成是层层相套的格子,类似以京都为核心而分布的各种等级的空间。京都是由朝向东西南北的四个大门围起来的方形,也是宇宙种种影响力的汇合点。于是产生了世界几何的形象,由空间里种种互通构成的整个基本网络来推动……中国的建筑就是要反映这个理想的秩序,因此保存了古人的某些基本原则,像方位、纯粹的几何造形或是对称,这些都是宇宙二元论的结构留下的记忆。"[2] 这些产生了我们称作建筑规则性或城市规则性的"基本原则"是由一些众人熟悉的形象表现出来的,它们使宇宙和人世间的联系不停地延续下去。

二　中国空间的象征形象

某些象征形象具有奇特的力量,既能够集合中国人的宇宙观又可以使这些宇宙观集中于一个焦点。正因为它们经常出现于中国的形象和意象世界里,所以我们会认为它们使空间的基本观念得以凝聚,并赋予空间形状。

1. 小宇宙

(1)马车(图1)。"宇宙是主人的马车或房屋。人们常把世界比作一辆有盖有棚的马车;车盖是圆的,象征天;方形的车厢则代表地,承载着车上的乘客。"[3] 葛兰言(Granet)也强调了这种造型的马车与宫殿里的接待大厅的建筑造型是平行的,它们之间的相似点首先可从名称上发现,譬如,轩指马车前主人的座位,这个词也指接待大厅里主人的座位。"当人说地载而天盖,他既是指着房子说的也是指着车子说的"[4]。

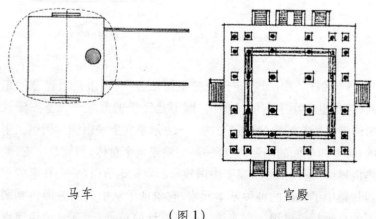

马车　　　　　　　　　　宫殿

(图1)

（2）乌龟（图2）。从前总共有八根柱子承载着天,并且把天和作为支撑体的方形的地连接起来（"八柱连接天圆地方"[5]）。但是这个世界最早的时候被想像得比较简单,因为它只有四根柱子和四方的山对称。乌龟是神话中的动物,它使人想到人们对宇宙本源的看法,同时还几乎忠实地再次呈现了那个宇宙观:龟甲形状像马车车盖,而且圆形的龟甲使乌龟得以代表天;乌龟的四肢（四极）则在地上画出"地之方"。"中国人很长时期内认为,他们能够用雕塑的石龟承载沉重的石碑,因此在地上获得稳定。山也好,柱子也好,使天地连接的柱子给宇宙这个建筑带来了坚固稳定"[6]。在中国,寺庙和宫殿的花园里都有载着石碑的石龟,石碑则使乌龟更能完善地引发人们想到宇宙形象。

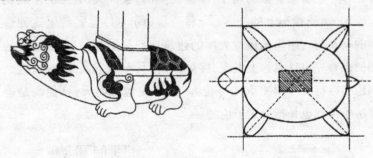

（图2）

（3）铜币（图3）。在传统的中国社会里,铜币是极卑微的东西,它却也有小宇宙的价值。"圆形是完美的意象——圣杰隆认为圆形是所有形象当中最美的——方形事实上是由圆形引申出来的,即有四个面的圆形,象征一种完满或某个总体,那就是宇宙,就是世界。"[7]铜钱虽然只属于中国独有的象征语言,这一个朴素的东西却集中了象征的种种基本元素,它象征了从中央到方形再到圆形的整个礼仪过程。它简洁,朴素,设计简单,但却有效地传递重要的讯息,我们可以说这东西本身就是象征。在钱币周围突出的圆边(天)和钱币或形状与它近似的纪念章(辟邪物)中央的方洞(地)之间,常常出现其他一些作为补充的象征物,诸如神话中的动物、星宿与星球。

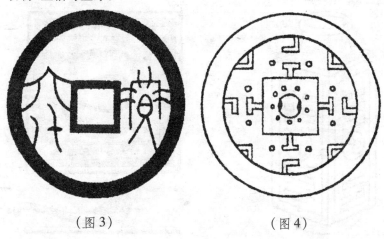

（图3）　　　　　　　　　　（图4）

（4）铜镜（图4）。铜镜的形状与铜币相似,但是面积比较大。中国古代用来驱邪避魔的铜镜可上溯至公元前7世纪,这些铜镜的装饰代表某个难以解释的象征世界,这个象征世界还随着时代的不同而变化。西汉流传下来的铜镜展现出某种简化了的宇宙图形,一些几何图案出现在外围的圆圈(天)和中央的方块(不仅仅指某个明显的方形)之间。这些几何图案使用了远古的符号语言,而开启这符号语言的钥匙已经遗失了,所以我们现在很难肯定地解释它们。不过,有些汉学家认为西汉铜镜的中央方块四面的T形字母代表承载天的四根柱子或四座圣山(上文谈论乌龟时已经说过了)。

（5）琮（图5）。凡是中央圆心是空的而外围部分是方的礼器都称作琮。商代人(公元前17到公元前11世纪)制造了玉琮,此外,从这种造型延伸出来的一底边封闭的祭器也叫作琮。中国古代还有其他的器皿也属于琮的造型(我们的目的不是要列出所有的属于琮造型的器皿)。琮象征宇宙的形象,譬如卜问用的示,示乃是罗盘的前身(图6)。

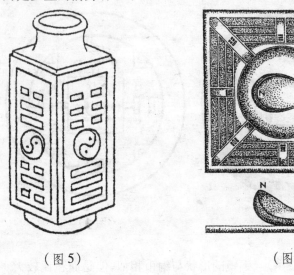

(图5)

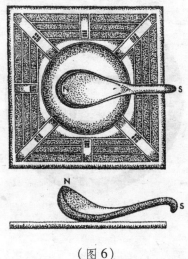

(图6)

　(6)某个现代形象(图7)。我们可以在中国的餐馆里,桌椅的摆设上(方椅子绕着圆桌子)看到某个重新展现上述的宇宙象征的现代形象,这是把圆与方的象征应用到日常生活中。椅子差不多总是十二把,分成四组围着一张圆桌子。我们不知道这种摆法究竟有多久的历史,对它所含的象征意义或十二这个数字,我们也不做任何结论。这个例子显示出,今日的中国人虽然用同样的方式摆设桌椅,却可能不知道这种摆法事实上与宇宙起源论有着密切的关系。正是如此,这更能说明某种"无意识的表达"揭露了人们事实上是以某种方式来思想来构造空间。这种无意之中流露的表达正是空间人类学家所要捕捉的。从本身就是小宇宙的小物体,到建筑和城市计划的大领域,空间的结构都循着一些固定的基本形象。

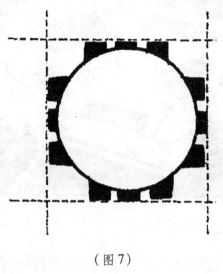

（图 7）

2. 建筑上的种种形象

（1）天坛（图 8）。"天坛是某种世界形成的概念在空间上的具体展现,两千年来,帝王的君权正统性的根基,就建立在这个既有宇宙起源论也有政治性质的概念上"[8]。它是曼陀罗的诠释。北京的天坛建于 1420 年（明永乐朝）,此后经历了几次的修建,尤其是 1530 年和 1751 年中的维修。这个形状上承周代礼制,经过儒家详细规定,再于公元前 4 世纪到公元前 2 世纪得到法家的提倡,随后秦始皇帝、西汉相继使用,最后 1889 年大火之后照原样重新建造,这个形状不停地被用作建筑造型,显示出中国人对空间的规划事实上是有常规的。

天坛属于以南北中央轴为主而排列的建筑物体中的重要元素。天坛里还看得到台的遗迹,自远古以来,台是祭祀天和地的所

（图8）

在。天坛外围有方形栏杆，祈年殿也是如此（祈年殿的算是假方块），天坛的外墙是方形的，祈年殿的外墙也是如此（但祈年殿不完全是这样），而方形正是地的象征。中国人对大宇宙的观念和象征这些观念的建筑物的例子很多，这一整组建筑物便是其中的一个例子。袁世凯计划在1916年按照传统礼仪在天坛举行改朝换代的祭祀仪式，他若真的举行了，那恐怕是最后一次的皇帝祭天吧。袁世凯1916年6月6日去世，永远无法在天坛向天求得对他的帝位正统性的认可。皇帝在天坛进行祭祀以求得上天的认可，这个仪式曾经维持了几千年的宇宙起源观念的形式。

（2）明堂。毕梅雪（Michèle Pirazzoli）给明堂的定义是："明堂是一座宫殿，其理论观念可能在公元前4世纪左右就出现了，它的目的是，作为彰显君王美德的处所，属于天的世界（年，季节）和属于地的世界（人民的管理）要运行得好，都得依赖君王的美德"[9]。1956年在西安（汉代长安城南）发现了西汉时期的遗迹，复

202

原整修过后看起来像是一座明堂,这个遗迹正是透过建筑来表现天地人三才(即把三才的关系放到空间里)。在这种情景当中,建筑作为物质载体的形象,帝王在那里透过仪式冥想着他在天地之间身为天子的特性与角色。认识了这种世界观的建筑造型,我们就很可以明白像天坛那种造型的建筑物的涵意,它的造型和宇宙观念的表达有直接的关连,也和在那里要完成的礼仪程序有密不可分的关系。

上述的建筑物的整体规划与帝王获得治理天下的天命息息相关;"明堂的格局不论含有五间厅或九间厅,它必定再次呈现了营寨和城市的格局,甚至因此展现了天下和天下九省的分布情形"[10]。要给明堂下个明确的定义可是很难的事,它是被专家们讨论的中国人空间布局的最基本形象之一。斯坦因(Rolf A. Stein)强调这一点说:"这个形象很可能是虚构的,但是它于公元前 2 世纪就已经出现了。与它相关的理论有所变更,但是最基本的形状,仍旧是面向东西南北的四间厅所共同环绕着的中心方块。"[11]斯坦

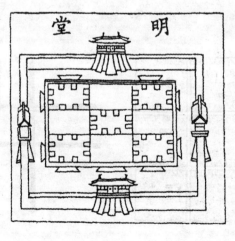

(图9)

因进一步阐明说:"人们对明堂的定义随时代而不同,几个朝代的众多皇帝诏令所建的明堂也不一样。"[12]整体说来,明堂像一个露天的平台,划分为九个格子,君王随着季节在颜色各异的格子上移动,不同颜色的格子乃代表天下九州。平台的中央可以有一座无墙的楼阁,有的时候平台的四周也有流水环绕,平台的中央有时候也会有一座叫作昆仑的塔,代表昆仑山,即世界的中心,也就是与天建立关系的中央柱子。明堂也让人看到带有天井的中国房舍的某种原型,天井是位于中央的格子,其他围着天井的格子应该是房屋。

此处的重点不在详细讨论明堂的种种起源和其精确的造型,而是要指出明堂这个形象不仅是中国礼仪的基本形象,它还是中国建筑空间上的基本形象。根据一个宋代明堂的复制图(图9),九个格子的划分正符合天下九州。这些形象阐明了《周礼》中的记载,那是孟子所鼓吹倡导的理想的井田制度(图10),井田制即将可耕地划分为井字形,"共用一井的土地"[13]。

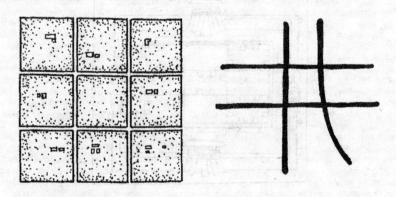

(图10)

三 中国城市的模型

从建筑模型(明堂,天坛)延伸到城市模型,众京城的都市规划都应用了相同的宇宙观。汉代京城长安可以被称作最原始的模型,因为由之产生许多造型,使某种形式得以流传并且不断地复制。这个模型将可以在中国本土上重新出现,也可以在远离帝国中心的边疆地区出现。克莱芒(Pierre Clément)引用了李约瑟(Joseph Needham)的话:"中国城市不是人口自然的聚集地。"[14]他写道:"城市不是由乡村演变而来的,不是由农民居住的村庄自然发展而成的,也不是商品中心,或资金汇集的地方或是生产集中地。城市兼有政治与行政管理两种职能,那里设有公共行政部门,代表中央政权,因而取代了昔日的封建郡主。这个城市因此得按组成规则来运作,所以它有标准蓝图作为城市规划参考。"[15]

创造、规则、典型的蓝图,这些正是城市规划领域的议题。长安这个模型也将升级为"城市",升级为人们想发展推广的已经存在的城区。升级为城市意味着,除了政治及行政方面的特征与能力之外,城市在整体上必须使人清楚看出它的模型来源(图11)。

《周礼》

《周礼》很可能成书于公元前4世纪至公元前3世纪之间,书中记载了周以前(公元前11世纪至公元前3世纪)的种种传统,这些传统最早也许商末(公元前17世纪至公元前11世纪)就存在了。《周礼》第六章《考工记》[16],提供了建造京城的一个理想模型。《考工记》收集了公元前6世纪至公元前3世纪中国城市的重要变革,特别是那个嵌合相连的空间,从王宫的城墙到保护工匠民居和商业区的国垣,及垣外的耕作地,这个理想模型一直保存着

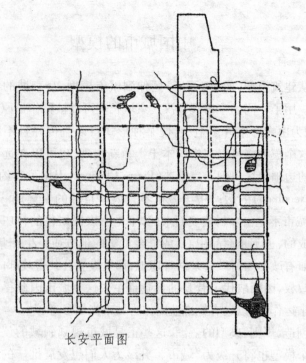

长安平面图

（图11）

"中国空间"特有的规则性。

《周礼》中精确记载了京城建筑的步骤：

（1）"建筑者先划出王城的位置大小，它是一个每边有九里，三个门的正方形。"

（2）"王城内有九条直路和九条横路，这些直路有九条车道（九乘八，七十二尺）。"

（3）"祖先祀堂在左方（即东方），土地宫则位于右方（即西方），晋见殿堂面向前方（即南方），公共市场在后方（即北方）。"[17]

《周礼》的确提供了精确的记载，却没附上任何说明图，后人

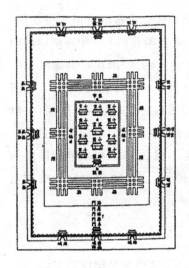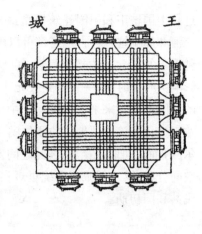

（图 12）

于是提出了各种诠释的图表（图 12）。这些图表让人看到如《周礼》所记载的南北向和东西向的路，象征的数字在图上也清楚可见：十二个门代表一年的十二个月份，宇宙三才则汇集于治理九州的帝王身上。以上这些形象都曾使王城成了某种更高秩序的原型代表，因此建立了中国空间实体的和心理的轮廓。

四 外销的规则性

正因为中国的理想城市是扮演着模型的角色，所以能够向外输出。这个模型就成了汉化空间的工具，而且透过汉化空间的过程，中央政府能使边疆地区的少数民族的文化渐渐汉化，像西藏、新疆或蒙古地区。我们接下来要以新疆维吾尔族自治区的吐鲁番作为例子来探讨这个议题。

中国在西汉武帝年间（前 140—前 87）开始在新疆设立军营，

这是中国城市和中国建筑模型最早在该地出现的时期。像高昌、交河和库车这些考古遗迹都可以用来证明我们上文中所阐明的种种形象共同含有的规则性[18]。自汉朝以降,中国在东突厥斯坦的影响力时续时断,一直要到公元 18 世纪,东突厥斯坦才归入中国的版图。如此来来去去阻碍了中国使东突厥斯坦真正地汉化,以致汉文化及该边疆地区的原住民文化(公元 8 世纪以后便是维吾尔族)面对面地并存着,彼此之间互不相混,这点可从他们居住的空间分布,及二元城市系统里观察得到。这个系统一直持续到人民共和国初期。

突厥斯坦地区的二元城市

所谓的二元城市,指的是一边是中国模型的城区而另一边是回民(或突厥人或维吾尔人)居住的城区。麦亚尔(Ella Maillart)在 1935 年穿越玉田的时候就观察到这种很明显的二元城市区分:"如同在突厥斯坦地区大多数的城市,玉田的城市也是分为突厥人城区和汉族人城区,玉田现在的压迫者就住在汉族人城区里,中国人把 Khotan 叫作玉田,即玉的城市。"[19]赫克鲁斯(Elisée Reclus)在他的《新版宇宙地理》的第七册《东亚》书中附上一张亚尔康的地图,地图上就有两个城区,一个是不规则的突厥人"旧城区(kohna chahr)",另一个是汉族人城区,被称作"新城区(yangi chahr)"(图 13)。赫克鲁斯写道:"市集位于市中心,所有种族的人和各种语言的人都会在那里相遇。市区里崎岖不平的街道和充满腐水的沟渠使整个城市像个迷宫。一只两边有中式屋顶的楼塔的大墙却把这城市堵住了,那墙上还搭有高耸架子的绞刑台,而且墙的西端还建有保护新城区的要塞,这个要塞是为了叫亚尔康地方好事分子不敢妄动而建造的。几乎突厥斯坦地区所有的汉人都有他们的新城区(即中国城),新城区里主要是行政大楼及军营。"[20]这类的二元城市在喀什也看得到。

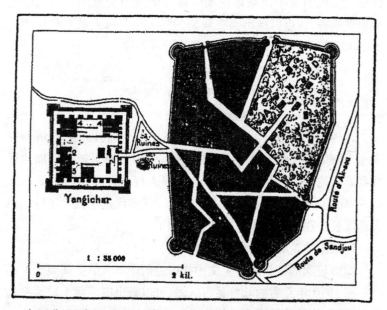

突厥斯坦地区的二元城市 1. 学院 2. 可汗故居 3. 库房 4. 城堡

（图13）

以上这些旅游者的讲述说明了中国边疆地区城市发展为两种空间并存的局势，而且这两种空间之间维持着一段距离，证明两种文化在当地是各自分开发展的。永哈斯邦（Francis Younghusband）1887年在他写吐鲁番的时候也提到"维持一段距离"这个特点，他说："吐鲁番有两个很明显的城区，汉人城区和突厥城区，两个城区都加强了戒备，而且突厥城区位于汉人城区西边一英里处。突厥城区里的居民比较多，约有12000到15000人，而汉人城区里的居民乍看之下不会超过5000人。"（因为永哈斯邦在这篇文章里用了突厥城区或维吾尔城区以及汉人城区,笔者就沿用了这些称呼。)这段引文中清楚地说明吐鲁番的两个明显地分开的城区都加强戒备,这点就指出了在新疆的汉人和突厥人虽然已经相处了一千多年了,他们的社区却是各自分开发展的。

五 吐鲁番的改变

这种二元城市分开发展而表现在城市空间分布上的情形在20世纪40年代终于结束了。那时候,中国开始了把人口加速迁移到新疆地区的移民政策。1957年汉人仅占新疆自治省的总人口的10%,1988年时汉人却占了45%,90年代这个数字还继续惊人地增长。往日的平衡现在全被推翻了。

1. 城市的轮廓

城市轮廓的源头来自上文中探讨过的中国人的空间观念。通过一张1970年左右的吐鲁番市区图,可以看出市内两个城区平衡状态,我们能够从地图上分辨出上文中所论及的两个城区:

(1)突厥城区。我们看到街道不仅不直,还大小不一。许多民房都建在死胡同里,这些民房使人想到传统伊斯兰教徒区(medina)的死胡同。城区里的民房使用着不规则的通道,它们的外墙也是顺着街上大小不一的公共空间而搭建的。

(2)汉族城区。在吐鲁番旅馆所在的岛状地带的南边还看得见旧汉族城区的部分遗迹。地图上更南边的地方,几乎和种菜的园区同等高度之处,有层次分明的众多街道所形成的正交路线,民房便顺着这些街道有条理地分布。这条正交路线往南延伸到绿洲地带,菜园农业区的尽头也在绿洲地带。这里的维吾尔人的住宅(当中有些是最近才盖好的)都建在正交的岛状地带上。这点就证明维吾尔人的建筑沿用了汉族对空间格局展现的规则性,他们

的建筑物还保留了中国人过去的某些痕迹,像有些大门的屋顶的
屋脊被加高了。

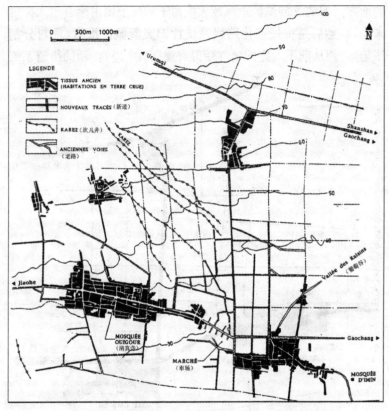

吐鲁番: 突厥地区、汉人地区和现代扩展

（图 14）

2. 吐鲁番市区的改变(图 14)

吐鲁番市区内的路线规则化的过程,首先是要把 1950 年之
前分开的"汉族"城区和"突厥"城区结合起来。接下来,这个规则

化的路线所形成的系统将作为城市发展的基础（过去住在旧汉族城区的中国人就迁进新系统的格子里，那是吐鲁番市比较"现代"的地方。旧的汉族城区里汉族人所留下的房子则由维吾尔人接过来住）。然后是将规则化路线系统往旧突厥城区推展，重新分割该地区，使从前不规则的地方变得有规则（图 15）。新的街道系统

吐鲁番近代扩展结构

（图 15）

逐渐地取代了旧的街道系统，譬如，20 世纪 80 年代变得非常重要的汽车车道都在新的街道系统里。街道上生气勃勃是很重要的，1985 年之后自由交易快速地发展，自由交易又是不能没有实用性

212

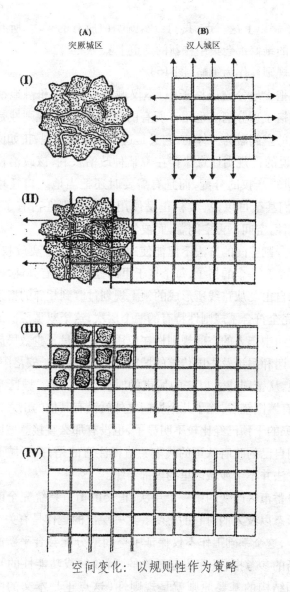

空间变化：以规则性作为策略

（图16）

的汽车,了解以上这三点,我们当然就明白所有的买卖、所有的修护及所有的维修都会集中在新的街道上。

3. 以规则性作为策略(图 16)

古代把土地分割成格子型,不仅城市里,村庄和耕地都是如此。这种格子型分割法也用于所有的住宅地,这个规则性是与人为的文化的空间融为一体的,它又是这个整体的显现,正如谢和耐(Gernet)说的:"规则性意味存在着某种政治权利,该政治权利规划用地,进行产权的分配,而且有需要时还把当地人口迁移到别处。"[21]我们甚至可以说,政权正是使用这个规则性占有了空间。透过规则性,空间不再空闲着,而被分配了。

这种分割空间的方法不但能使边疆领土归顺中央政权,它还创造了一个又一个的格子,每个格子里的控制可以有弹性,容许某种程度的自由。从路线所形成的领土规划过渡到相邻的格子空间的过程,完全符合了规则性特有的两个层次;这个双重层次的特色正可以阐明中国人的空间规则性在应用上是考量了少数民族的文化特征。谢和耐论及中国传统的城市,诸如唐朝的长安洛阳,或更广泛地说,从帝国建立以来的城市的时候,他写道:"城区和村庄一样,都有墙围绕着,除了几个城门之外就没有其他的出入口。在城里,国家的干预已经比较不明显了,也没有那么直接。城区的居民有他们自己的政府认可的代表。值得注意的是,关于城市内的规定的立法并不干涉城区里的内部组织。"

吐鲁番市区改变的第一个层次,正交的街道系统完全改变了空间的形态以及人们对它的感受。这一层次的运作是有关空间的基础工作,这个基础工作不仅保证了空间的分配会合乎新的表达形式与新的参考指数(宇宙起源论的,行政的或功能性的),还强调了空间结构的基要原则就是规则性(这点正是本文的中心议题)。这样的街道系统构成了城区(如:城区里的市场,与政权及

214

行政相关的建筑物），因而发展出一个非常特殊的直线式的公共空间，也就是中国城市的空间。这个在吐鲁番绿洲地带以规则性建造空间的第一阶段约在1950年到1980年之间，有三种做法：

（1）扩展农村空间。把街道、农作区和灌溉渠道画成一个又一个的格子，以占据土地。这个占据沙漠地的过程是根据规则性的策略来进行的，它使街道、灌溉沟渠及农作物都依次排列整齐，于是农村空间的扩展的原则就完全符合城市的街道系统形成的原则。这个制造一个新的环境面貌的过程，使绿洲地带的面积取得了惊人的扩展。应用这个规则性的过程当中所牵涉到的气候问题、环保问题、环境美化问题还有经济资源方面的问题，本文将不作深入的探讨[22]。

（2）创造新的城市化空间。"规则地"划分的村庄住着务农的维吾尔人，这里，人们最注重文化平衡的感觉，也就是说，在汉人画好的格子里，维吾尔人的伊斯兰式建筑特征得以表现。

（3）吐鲁番市区的改变。这里指的是把城市里不规则的结构变得规则，因此改变了二元城市的面貌。

吐鲁番市区改变的第二个层次则是关于格子内部的空间，即建筑本身。岛状地带看起来理所当然地是构成该城市的基础单位，而且是行政上认可的，但在某个程度上，它也是一个容许当地居民表现其独特性的空间。在这个层次上，某种宗教特色（像伊斯兰教）或某个种族文化特征（像少数民族）得以成形，某种特殊的空间文化得以表达（如中国边疆地区城市的维吾尔族文化或蒙古文化）。

我们甚至可以认为上述的两种层次有某种程度的自主性，住在每个格子里的小团体就像独立的个体，而切割格子的线条本身就属于领土规划的层次[23]。新疆省有计划地改变空间面貌的过程当中就采用了这两种层次的策略。

对中国人而言,规则性如果不是城市属性之一,至少也是文明化了的空间的属性之一。吐鲁番1913年的时候升为县级。1985年,该地区(而不是该城区)升为市级[24]。"市"的等级是具有行政和政治的认可,加上该地区的竞争能力,使得当地居民愿意把他们的城市空间建设得符合汉族人的城市特有的形象。规则性就是这个形象含有的属性之一,汉化空间也是通过规则性而达成的。这个汉化空间的过程已经在西藏、内蒙古和新疆进行着。建筑将在格子里扩展或继续存在,这看起来已不再是最根本的问题了。

〔注　释〕

1　Lévi-Strauss Claude, Eribon Didier(列维史特劳斯,艾力鹏)合著, 2001, p. 181。这句引言原出处是神话场域,此处被应用在空间场域。

2　Pirazzoli, Michèle, p. 341.

3　Granet, Marcel, 1988, p. 284.

4　Granet, Marcel, 1988, p. 284.

5　Granet, Marcel, 1988.

6　Granet, Marcel, 1988, p. 286.

7　Petit, Karl, 1988.

8　Boulanger, Robert, 1985.

9　Pirazzoli, Michèle, 1970, p. 95.

10　Granet, Marcel, 1988, p. 264.

11　Stein, Rolf. A., 1987, p. 224.

12　Stein, Rolf. A., 1987, p. 141.

13　Clément, Pierre, 1994.

14　Needham, Joseph, 1954, p. 71.

15　Clément, Pierre, 1983.

16　《考工记》是西汉时被人附加于《周礼》的,其来源争议纷纷。参见,

Clément, Pierre, 1994.

17 Biot, Edouard, 1851.

18 Loubes, Jean-Paul, 1998, p. 379.

19 Maillart, Ella, 1989, p. 182.

20 Reclus, Elisée, 1882, p. 182.

21 Gernet, Jacques, 1994.

22 Loubes, Jean-Paul, 1998, p. 273.

23 "比起人群和群体实际的生活,整治层次则具有超越的特性"
    (Gernet, Jacques, p. 26).

24 Zhou Jingbao, Hu Xinnian, 1988.

参考文献

BIOT, Edouard, *Le Tcheou-li ou Rituel des Tcheou*(周礼), Paris,
    Imprimerie nationale, 1851.

BOULANGER, Robert, *Chine. Les guides bleus*(中国旅游指南),
    Paris, Hachette, 1985.

CLEMENT, Pierre, *Les capitales chinoises, leur modèle et leur site*(中
    国京都的典范与位置), Paris, Institut Français d'Architecture,
    1983.

CLEMENT, Pierre,《Chine: Forme de villes et formation des quartiers》,
    Cahiers de la Recherche Architecturale(中国都市的型态和市区的
    形成), Marseille, Editions Parenthèses, 1994, no. 35 – 36.

GERNET, Jacques, *L'intelligence de la Chine*(中国的智识), Paris,
    Gallimard, 1994.

GRANET, Marcel, *La pensée chinoise*(中国思想), Paris, Albin Mi-
    chel, 1988.

LEVI-STRAUSS, Claude, ERIBON, Didier, *De près et de loin*(近处
    和远处),Paris, Editions Odile Jacob, 2001.

LOUBES, Jean-Paul, *Architecture et urbanisme de Turfan , une oasis du Turkestan chinois*（中国图尔克斯坦的一个绿洲：吐鲁番的建筑与都市规划）, Paris, Editions l'Harmattan, 1988.

MAILLART, Ella, *Oasis Interdites*（禁止的绿洲）, Paris, Editions Payot, 1989.

NEEDHAM, Joseph, *Science and Civilisation in China*（中国科学与文明）.

PETIT, Karl, *Le monde des symboles dans l'art de la Chine*（中国艺术的象征世界）, Bruxelles, Editions Than-Long, 1988.

PIRAZZOLI, Michèle, 《Chine. Àrchitecture. L'organisation de l'espace》（建筑与空间规划，中国条）, *Encyclopedia Universalis*（宇宙百科全书）.

RECLUS, Elisée, *Nouvelle Géographie Universelle*（新宇宙地理，第七册东亚）, vol. VII, 《L'Asie Orientale》, Paris, Hachette, 1882.

STEIN, Rolf A. , *Le Monde en petit*（小小世界）, Paris, Flamarion, 1987.

ZHOU Jingbao, HU Xinnian, *China. A Guidebook to Xinjiang*（中国，新疆指南）, Urumqi, Urumqi Education Press, 1988.

本文原载：*Plurimondi*, juin 2001, no. 5, Bari, Edizioni Dedalo, p. 237 –258.

历史文化名城保护规划的
阅读和批评:借读成都规划

张梁 著

城市规划,无论创建新城的规划,或对现有城市制定发展和调整方针的总体规划,都将作用于作为对象的城市空间。历史城市的规划,主要是针对现存的旧的城市制定综合的治理方针,使它在世世代代积累的建造事实中继续向未来延伸。城市是历史产生的结果,但今天,旧的城市或叫做"旧城",多少被看作代表了某种与现存的城市脱节的涵义。

在汉语中,特别是当代的政治术语中,"旧"容易令人想到并非中性的指称,暗示一种消极的意义,涉及一种需要改造的状态。在中国近代以来渐渐占主导地位的意识形态话语权中,也即通常代表较为激进的思想革命和社会动荡事件的观点中,过去与未来存在着某种不可调和的对立。这种对立首先体现在对"现代性"的接受和鼓吹,以及对"传统"的批判上,表达一种"五四"式的思想批判立场。然而,现代性的输入,同时也给东方国家输入了一套西方式的对历史文化遗产持保护政策的民族国家立场。这个立场在当代政治制度中仍然发挥作用,并且体现出民族主义色彩。

这里,一旦涉及到历史文化遗产的问题,也即涉及了认知观念的异质性和不同的向度,甚至悖论。一般而言,那种蕴藉于材料和历史信息的真实性和完整性的人类建造物,被认同为历史遗产;这种由"石头"镌铭和携载的原真性的信息，代表了欧洲国家奠立的历史纪念建筑概念。它最早建构在历史与艺术这两种价值上，而有别于里格尔论述的纪念建筑的那种"追思"的价值[1]。通过"现代性"的传播，历史纪念建筑概念也输入到远东国家。但在中国这样的亚洲国家，更注重一种历史书写遗产的传统，由史书和文学文本而传袭的建筑比建造材质的不朽性更昭彰显明。在中国，保存过去建筑的知识相对保存建筑物本身而言更具有传统的意义[2]。这种看法，代表了西方学者建立的比较学范畴的立论。中国建筑与城市历史遗产的保护实践，从近代以来，可以说是处在一种"文化主义"与"民族主义"立场之间的非常矛盾的双重实践[3]。

在早期的古典汉语中，"昔"往往替代了"旧"。"昔"——过去，内蕴着审美和精神的传统。中国的儒家曾在崇尚古礼中创造了文化经典体系。这套帮助建立文化性格与身份识别性的学术系统，也通过礼制的规划思想培育了中国城市的形态和人居环境。过去传统中有着对"昔"的乡愁式的视点。"昔我往矣，杨柳依依，今我来思，雨雪霏霏"，过去总蕴含着美好的场景，使我们的情感找到滋养的源泉，而今天，我们总在失去什么，这几乎是永恒的美学主题。城市，如同自然和人文景观，是这种文化性格的载体。中国文化中不朽性的诱惑，常常通过片段的意义和不完整的建造元件：碑碣、题铭、碎瓦、断垣、残基，来重建过去的生存环境的完美性。对"昔"的追忆形成一条从将来回视"今"的链锁，传达繁盛与衰落的必然性思想[4]。追抚昔事，一方面对失去的完整，对被摧毁的建造事实伤恸造就了最感人肺腑的艺术成就，另一方面也反观了破坏性的根源，断裂的传统。尤其在中国古典诗歌中，充满记载废墟的事例。杜牧的《阿房宫赋》是一个例子，公元5世纪诗人鲍照写下对广陵城凭吊的《芜城赋》是另一个例子；那里，文本书写获得了无与伦比的力量。那种力量将废墟上所有失去的城市摄取

220

进文学视野的重建里。历史对残垣断壁的拷问获得了时间的永恒尺度,也同样对这一审美因素中包含的破坏力量进行了揭示。

长期以来——当我们在长期这个时间概念上稍停顿一下,会联想到1949年这个定为新中国的诞生日期——"新"的中国的城市政策倡导对旧城的"改造"或"改建"。这种城市政策的专业术语,自20世纪50年代的战后建设时期起,一直指导了城市实践,同时也主导了城市政策的意识形态。通过这种意识形态,引导了中国人在居住方式和心理上的转变。将旧城从内在于它的城市中分离出来,把它作为创伤性手术的对象,甚至作为政治事件,事实上,是现代主义规划思想始作蛹的结果。这种在中国与舶来的"现代性"同时输入的思想,尤其后来通过前苏联的途径所建立的规划方法和技术框架,是源于一种基于审判历史,并发展功能主义的机制的模式。将城市的土地进行使用功能分区,将城市结构抽象为速度、距离和流量的交通概念,城市生活简化为居住、工作和娱乐的功能[5]。而情感、历史性、文化识别性等因素从城市中被祛除了。在规划者的潜意识中,总存在着一种两分法,一种现状的城市,多多少少受旧城这一毒瘤概念牵连而萦回不散,一种将来的城市,总表现为一种理想模式,一种透视图式的光辉前景。

对历史长时段概念的摒弃与对短时期突变事件的制造,结成了政治权力与经济权力的联盟。这一联盟在当下的城市空间重造中尤其获得强烈的推动。历史曾经表达了抵抗这种权力结构的努力。50年代,城市历史遗产思想表述为挽救受到政治权力和发展工业压力的北京的历史性城区[6];"文化大革命"结束的70年代末,这一在50年代未能实现的思想被重新提了出来。在开始现代化发展的同时,也在国土范围内保护著名的历史城市。一方面对"文化大革命"造成的文化遗产破坏形成思想反弹,另一方面历史文化遗产以历史事件形式,进入话语权力范畴。将遗留的"旧城"

中遴选出最含文化影响力的那一部分，创立"历史文化名城"，便是曾经受到挫折的历史抵抗获得了某种政治权力上的认同。然而，就在这一权力发挥自己的影响力的时候，却把自己从真实的历史人为事实上带开，重新引入一种失去可辨识的时间性和空间性边界的循环运转中。

本文的主旨，借历史文化名城保护规划的阅读来讨论城市与历史遗产的问题。成都的例子提供给我们一个很好的分析文本，可以在两方面加强一般性的阅读：其一，对这个具体的例子可进行范式的分析；其二，一时一地发生的事件尽管透析出影响范围内的普遍性——在北京菊儿胡同改造项目上发生的，或在安徽屯溪老街保护设计上发生的，可以看到一种互阅性的模式的传播——但更能微观揭示建立历史文化名城保护体系的结构性因素。规划文本是以1980至1990年作为时间界定的。虽然当时历史文化遗产已受到世界性的影响，尤其是一些国际宪章和城市形态学方法最初的介入，而后者经常被率意地引用进保护规划的实践，但最终能体现的不论理论上还是成果上仍是一种本土化的努力。正是这一努力建立了带有非常中国特色的体系。而最近的事实却更表明了全球化力量，与西方国家的学术交流和专业人员培训，甚至欧洲国家像法国的文物建筑师的技术性介入，使规划文本渐渐达到与国际接轨的要求。但是这种中国自现代以来周期性出现的接轨渴望，很少在真正的社会学意义上获得引导，却结合了当下的旅游和经济的利益。建立少量的城市博物馆是以大量的城市历史遗产消失为代价的，这是文物收藏的逻辑，也是对淹没在快速增长的城市新空间中的孤立的城市历史遗产的身世的反照。

城市阅读与历史文本阅读

历史文化名城规划的理论与学术实践,值得一番简要的回顾。历史学在早期城市阅读方法论的建构上扮演了主角。这个理论建立一种历史文本的阅读,城市反映为一系列历史事件,体现了编年史的轮廓。在中国,有一种将地理学与历史学结合起来,形成一种地方志式的城市历史的学术传统。各代史书,明清以降的地方志书,以及《四库全书》集部里各类城市著作:《唐两京考》、《东京梦华录》、《洛阳伽蓝记》、《析津志辑佚》等等,提供了中国主要都市的研究资料性依据。

可以说,对城市的阅读首先体现在对城市进行纵向的历史描述,它被维系在中国城市的一些最基本的形态元素上:包括城廓与城名,被不同城墙包围的由礼制与政治体制决定的空间内涵,城基的迁移,河流的改道等等。历史学家蒙思明于 1930 年发表的文章中,对成都市基址变迁作了综述[7]。成都的阅读被建构起一种结构,一套命名体系:大城,少城,锦城,皇城,满城。这套城市的重构内容是在历史文献的长河中追述城市的结构性形象,呈现一种历时性的语言结构。在《成都城坊古迹考》中,成都城市历史纵向发展得到更好的定位,明清与民国地方志中的城池图得到收集和整理,空间内容与建筑,街道与地名等等,做了更丰富的辑录[8]。这种在现实城市空间中几被擦除的印迹没有进一步在城市现状地图上辨识和定位,或通过对城市肌理的实测来印证,不过通过书写回忆,再现了过去城市的影影绰绰的印象。通过辑录各种文献中的佚事片章、生活场景,通过文学性描述,建构一种城市历史文本阅读理解的感受性部分。在《蜀难叙略》中,我们了解到张献忠于1646 年兵燹灭城后,成都在以后很长的时间里成为一片芜城,在

223

废墟中一二十成群的野虎爬上折断的船桅,出没倾圮的房舍[9]。在《茅亭客话》中,我们读到了有关成都的夜市,以及在全年中的各种市场,正月灯市,二月花市,三月蚕市,四月锦市,五月扇市,六月香市,七月七宝市,八月桂市,九月药市,十月酒市,十一月梅市,十二月桃符市等[10]。而在《成都通览》[11]中,作者为我们收集了所有的地方性特点。这种保留在阅读文本中的已经消逝的非物质形态的城市遗产,民风民俗,或者"特色",尤其受到规划师的瞩目,因为这些元素在再造历史场景方面起着非凡的作用,它们可以在旧街区的保护工程设计中起到"画龙点睛"的作用。

非物质形态的观念可以联系到中国历史文化名城定义的最重要概念:风貌,它概括了这一城市遗产保护理论的逻辑前提和基本语义元素。城市历史学家,建筑师郑孝燮在20世纪80年代中前期对这个概念作了很重要的阐释[12]。在"风貌"词义的解释——风格容貌上,郑通过一种借喻法,将历史文化名城形容词义的意蕴内涵剔示出来。这种修辞学的风格性的城市形象的阅读很好地借鉴了艺术理论的"神似"概念和"意境"概念。中国绘画——宋代形成的界尺画,甚至山水画传统,可以说与建筑和城市有着同源的关系,因而将山水画理论的意境学说运用到历史城市曾几何时的形象再贴切不过了。注重城市的修辞的意义虽然的确反映中国艺术的精髓,即所谓的"意在笔先",但也非常危险。因为城市缩减为一些戏剧场景,而且大部分是假造的,就像对"白蛇传"之于杭州西湖意义的强调一样。但是,在西湖建"白蛇传"的游览景点并不代表一种历史事实。

绍兴府城衢路图

（绍兴府图，18 世纪）

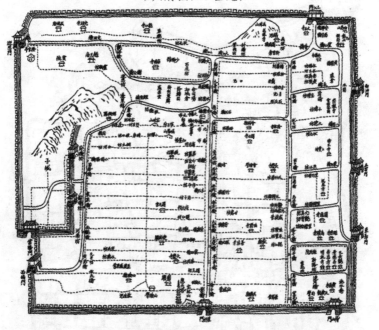

（资料来源：《绍兴》，中国工业出版社，1985）

城市形式的概念和现实
（绍兴府图，19世纪）

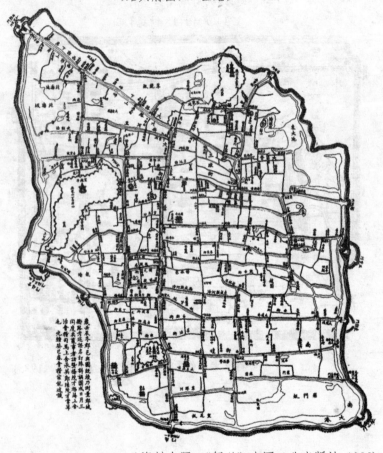

（资料来源：《绍兴》，中国工业出版社，1985）

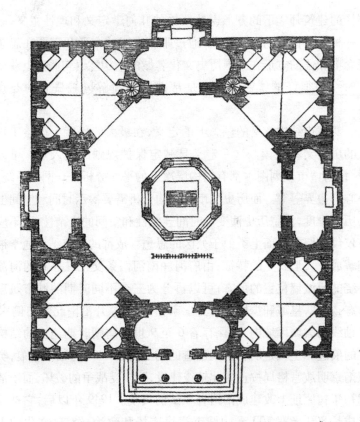

中心平面：Serlio,1547（资料来源：Wittkower,《文
艺复兴建筑要素》）

　　这种借移,或者说换喻的方法,同样也用在城市结构的某种模
式的定义上。郑孝燮发展了一种受礼制影响的中国城市形态的结
构性特点的理论,并命名为"方形根基"。城市平面上并不全然的
方整可以同构于概念上的严格的方正(类似《考工记》和《三礼图》
的模式)。如果我们比较一下文艺复兴时期在意大利出现的中心
平面[13],可以看到非常有意味的不同观点。达·芬奇和阿尔伯蒂

那样的建筑师笔下的方形遵从严格的几何学定义和理性主义,获取一种共时性的同一。因而,通过眼睛直观的方形和需要在思想观念中领悟的方形在中国历史文化名城的结构性语句阅读上获得历时性的很好的统一。这也是帮助我们理解风貌概念的要点之一。

对城市结构意义的概念上的定义,在极大的程度上得益于城市的历史文本阅读。这一定义是制定保护规划的楔入点。可以说,任何城市规划图本都有结构层次上的平面分析——网络系统,中心与边界等等。而历史城市的结构分析需要揭示时间和空间上的历史维度,注重历史演变的时间连续性和空间的交杂性,而不应该仅仅停留在平面上类似于分区的思想。成都的城市结构通常被理解成三大形式上的特征:由府河和南河两条交汇在一起的河流环绕的原城墙位置的形态;可以再分为三个不同时期的城市肌理形态:大城,皇城和少城。历史学家相信,在这片沿南北方向偏45度轴线的大城区域内,还保存着6至9世纪唐朝时期地块的结构性的痕迹。皇城是明朝初期建造的蜀王府(1385)的城市印痕,类似南京明故宫格局按正南北轴线建设,明末受战争的破坏,而于清朝初年在原址上改建成四川省乡试的贡院。1949年以后,它被改造成长800米宽700米的城市阅兵广场和政治、经济、文化的中心;1968年,皇城范围内最后的城市肌理包括明代蜀王府城墙,清代贡院的明远楼,致公堂被铲平[14]。位处西北的少城的城市网络呈鱼脊的特征,源于清朝满族为了监视汉人而建立的军事驻地,它的城墙在辛亥革命后的1913年拆除。

在粗线条的历史结构平面图中,嵌入围绕历史事件的自由平面区域:杜甫草堂,青羊宫,武侯祠,王建墓,辛亥保路碑等。这里的建筑都列入了历史纪念建筑的名单,正式命名为"文物保护单位"。挑选在审美、历史及科学价值方面突出的例子,列入保护名单,这是历史纪念建筑的程序。中国早在 20 世纪初即有了保护意识,1961 年公布了第一批国家级名单。历史名城保护规划对市域内的纪念性历史建筑进行了清点与增加,分为不同等级——国家级,省级和市级——的文物保护单位在 1984 年完成,等待审批的保护规划中清查和登录了 45 个单位[15]。前述的自由平面是以其中最重要的建筑或建筑群为中心形成的公园或风景区域。

在 80 年代历史文化名城阅读结构的学术建构中,发展了一套口语化词汇,把这种阅读方式归纳为“点、线、面”。它最早出现在南方水乡城市的规划文本中:苏州、扬州,以及福建的泉州等。“点”概括了分布在城市平面上的文物保护单位,“线”一方面代表城市道路中含有历史性意义的轴线,也包括近代形成的主要的商业性街道,例如成都市的春熙路;而“面”,则涵括了前述那些风景区域。在 1983 年历史文化名城保护规划中,划出了西郊、北郊、东郊和云顶山四个风景区。在这种城市的和郊外的风光带中,体现“两江夹城”特色的府南河沿岸的整治工程是成都市 20 世纪 90 年代最重要的公共空间改造项目[16]。该项目疏浚了河道,建设了水闸和水坝体系,沿岸建设了绿化带和步行系统,增加了像“传统茶馆”那样的休闲服务设施。

“面”的更重要的内涵是,将一部分的传统住宅区划为历史保留区[17]。中国的现代化历史语境中,保护规划划分的寥寥几块保留区意味着历史城市的其余部分面临彻底铲平和重建。成都市保护规划在 1983 年划出三个历史保留区——大慈寺、文殊院和宽巷子。大慈寺和文殊院保留区是以重要的佛教寺庙这种历史纪念建筑为核心的城市商业和住宅的混和区,显然受到《威尼斯宪章》的影响。宽巷子原来军事鹿砦的形态在后来的城市演变中变为住宅区,保留了一种鱼脊形状的道路体系,长条形的连续的建造地块,和整齐的穿斗木结构,入口常有垂花门的合院住宅这种建筑类型。

宽巷子在 1990 年前后通过拆除重建 65% 的建筑得到修缮、整治和更新[18]，而大慈寺和文殊院保留区虽然在同时期作了保护规划，但现在等待的也许是拆除的命运。

我们这里看到的城市阅读方法，并不注重历史地图的分析和对比的研究。18 世纪以来，耶稣会的传教士为中国带来一套科学的舆地测量方法。以后，在租界城市，精确的城市测量开始代替士大夫因受到礼制的方整平面模式影响而臆测的城市平面。成都市在 19 世纪已出现类似轴测图的城市地图[19]，虽然并不科学和准确，但在街道、地名和一些重要的城市元素表示上要比地方志登载的图完整和详细得多。成都市第一张科学测量的城市地图至少可以推至民国时期的 1942 年[20]。对地图的收集和整理，与现状图的对比研究，能够帮助寻找到城市历史演变的连续性轨迹。历史文本的研究方法在阅读心理上注重对城市起源的探究，以决定城市形象的某种结构模式。很难说这个结构是空间的反映，更多的是一种平面式的阅读理解，而缺乏更深入层次的城市分析和阅读，包括对尺度和体量的实测研究，在微观尺度上对城市元素的空间分析，对居住方式和住宅类型的社会学研究等等。80 年代尚未在中国建立起比较成熟的城市形态学和建筑类型学的阅读方式。最初，常常见到选择典型的例子喻指的方法。比如，用市区周围的传统民居说明市区里的街坊建筑，这种例子在发表的学术文章中可以普遍见到。今天，在中国更小的城镇的保护上，城市形态学和建筑类型学方法获得了更为广泛的应用。

历史文本的阅读方式造成中国的历史文化城市往往被设想为一种概念化的城市形象，其中空间的城市肌理维度和社会内容被抽取了。城市事实的存在特征以及城市活动的感受被抽象的城市历史结构遮盖了，保护规划在这一层次上的分析未能指导真正意义上的空间保护。历史有着服务于政治的传统，只突出结构分析性的保护规划未能控制住空间巨大的变化,事实上,它屈从于城市政策的总体规划。而这个总体规划的目标和框架,在经济改革和国土开放的历史条件下,是要把中国的城市带到一种空间内容和居住方式的普遍性中。

城市政策与空间的动荡

尽管 20 世纪 80 年代初出现了自 1949 年以来的新的政治环境,1983 年编制的成都市总体规划仍然有 1956 年第一个城市总体规划的某些影响。众所周知,50 年代的中国城市的总体规划是在前苏联专家的指导下,完成在国土范围内工业发展的布置。全国 156 项工业基地项目中,在成都布置了 10 项。像其他的大工业城市一样,例如北京和西安的规划,成都的规划图建立了从中心放射的道路系统,这一重新经过安排的道路网络向原来的城市边界外发展了扩展区。城市的土地利用根据分区的原则重新进行了布局。事实证明把"消费城市变为生产城市的方针"[21]同样给旧城空间带来了震荡,但因为中国在此后政治上的波动未能对城市的建设和改造进行大规模的投资,这种空间的震荡还是有限的,主要体现在尺度较小的传统居住与商业用地的城市肌理受到尺度较大的企业用地和政府机构的蚕食。再者,对私有房产的国有化造成了居住区人口密度的极度增长,因为这种建立在社会主义公有制基础上的城市政策未保证房屋维护与保养,也不利于提高卫生条件、改善居住环境,使得城市生活质量下降。空间的衰败是中国 80 年代以来的城市化运动首要改造的目标。

虽然,认识到过去的城市具有历史和文化的重要性,但经济改革初期的城市政策延续了旧城改造的方针。简言之,是将破旧的街区拆除,在上面建造工房特征的居住区。在北京,这种城市破败

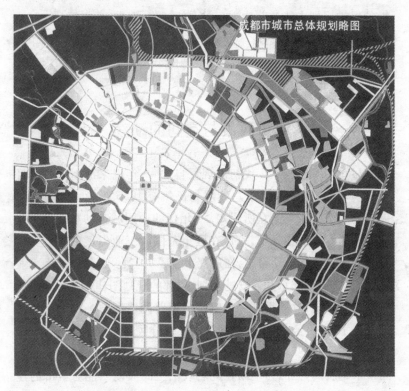

城市历史形态消融在新的逻辑中:成都市总体规划,1982。
(资料来源:《成都,城市规划与建设》,成都市规划设计院,1987)

地区被形容为"危、积、漏"地区;在成都,这种破败的住宅、商业和活动混和的传统城区今天大部分得到了改造,建成新式的住宅小区或办公商业的中心。这种城市政策的继承同样体现在城市规划的平面图上。阅读1956年的成都市总体规划,我们看到这一图案的网络结构传达一种强烈的意愿,要将旧城的道路系统识别性特征消除掉,使其融入一个均质的城市发展的骨架里。接近方形的城市骨架的逻辑,没有作为独立的城市局部的拼贴的部分,而被新

232

凡尔赛市,1755,Constant de la Motte 绘:不同城市局部的印痕。(资料来源:Pierre Lavedan, *Les villes françaises*[《法国城市》],1960)

的城市逻辑消除:从被拆除改造为纪念性广场的皇城作始点,在更大的范围内形成的同心圆与放射线的结构模式。这个规划结构的

233

平面模式后来发展了一重一重的环线,扩展市域面积;它的中心,形成空白,这是一种历史所指的空白,这种空白是用急于描绘蓝图的宣传笔涂在由墙垣环绕保护的封建权力的意义指称的中心。通过对政治权力的诠释,四川省政府、成都市政府的机构以及最重要的文化与商业设施,围绕在空旷的广场四周,通过建筑体量与形式表达了政治愿望。在这里,建筑和城市空间在历史境况中又一次完成了政治话语争夺的纪念性事件。

城市政策作为政治的和意识形态的权力,是一种施加于城市并促使其改变的干预性外力。我们可以在法国18世纪的城市美化运动或19世纪奥斯曼对巴黎的现代性改造的事例上看到它的影响。CIAM和现代主义规划思想未能在西方的城市取得全面胜利,却在社会主义国家获得空前的成功。因为一种单一的话语权力容易使一种思想得到实施。随着二战后的经济复兴和城市建设,城市政策在世界上的一些国家被渐渐引导向社会保护,主要体现在住宅政策上:抑制土地投机,房地产炒作,在社会分配上起平衡的杠杆作用。

在刺激增长率,加强土地开发与经济发展的中国当前的建设模式中,城市政策受到经济政策的制约。我们看到城市总体规划在方法和技术体系以及引入计算机应用方面带来的革命,却很少有对它的原则和理论前提的反思。

城市总体规划毫无疑问是经济发展的重要助动力,历史文化名城规划在规划的层次中受到它的制约。如果说,1950年后中国的城市规划方法自近代以来的输入后出现一次发展,建立了一种从前苏联传来的西方现代主义规划的模式;这套模式并未在西方国家,甚至也并未在前苏联本土带来如此巨大的对旧城的破坏与铲除,相反,却在这里遭遇了本土化命运,结合了中国社会集体心理的"旧貌换新颜"的愿望[22],并遇到了"文化大革命"后经济发展的需求,终于取得空前的表现机会。它通过在所有的中国城市中制定方格网状的宽大路网和大色块的城市功能分区,终于摆脱了"墙上挂挂"的命运,在巨大的工程性改造中获得了历史的定位。

20世纪80年代初城市建制的改革,通过"撤县变市"[23]推动了市域的扩大和发展了一种网络式的区域性城市结构,通过城市极和城市链形成城市经济的协调合作和扩大城市影响力的规模。城市建制和规模——主要体现在人口规模和生产总值上——建立的等级体系:大城市、中小城市和卫星城,推进了农村的城市化过程。乡间规划和开拓道路网,进行连片成群的住宅和城区开发,极大地改变了城市规模的尺度、城市和乡村的关系和城市形态。我们可以在长江三角洲、太湖流域、杭嘉湖平原、台州地区等江浙一带以及珠江三角洲地区看到农业与城市景观的剧烈改变。这种城市域的理论模式,一方面对政治体制下的行政区划的结构进行改革和调整,同时也在更大的地域范围内对城市化土地的使用作分配。分区中的产业调整扩展到市域结构的范围,将造成历史中心损害的工厂迁移到周边发展的卫星城中,如成都市域两极的清白江和龙泉驿,可以减缓旧城的压力;然而,压力的角色马上被市中心出现的各种大型的办公、商业用地以及CBD取代。

城市总体规划的主要目标显然没有把对历史文化的保护放在首位——像欧洲国家的历史城市那样。它首先体现在城市空间的巨大的工程改造上。城市基础设施特别是道路网的拓宽,在市中心增加机动车流量的动脉和高架的干道,造成历史街区开膛破肚的第一道外科手术。在旧城里分散建设中心,加强土地的再开发和利用的强度,配合了主要干道的建设。虽然从名义上减缓了旧城的单一中心受到的密度与活动的压力,然而,事实上,这些中心通过在旧城大面积的拆除后重建,体量庞大的商业设施与办公建筑吸引了更多的车流、人流与活动。成都旧城规划的交通网,从功能主义出发,对密度、速度与机动车流量采用现代化标准城市的指标,进行原有道路的拓宽和改造[24]。这些被冠以文革后期政治词汇中的东风、红星、人民、新华、蜀都来命名的宽衢大道,依据设计新区的道路等级理论,窄35米,宽至50米将城市南北和东西切开形成动脉,切割了市区,并在交叉口、沿路地段,建立现代化高楼大厦代表的新的空间形象,原来城市的空间尺度必然失去了。20世纪80年代末房地产市场的开放,引来房地产开发商在旧城中心居住区争逐地产级差的利润,进一步清除了历史街区的空间和社会肌理。

历史文化名城保护规划仅通过城市高度的控制——而这种控制经常被政治权力和经济权力结成的联盟突破——而未能在城市规划和管理上掌握主导作用。80年代以来的城市实践,失去考虑历史文化名城规划与城市总体规划的兼容性问题的机会。城市政策的主要取向造成中国的城市空间巨大震荡的结果。这种在中国大地上短短的二十年中矗立起来的雷同的城市景观代表了历史城市与城市政策深层结构的矛盾。

空间肌理与空间形象

前面探讨了历史文化名城规划中通过历史文本对城市历史结构的阅读,后者常常给城市保护的理解提供了一份城市格局和骨架的概念略图;当然,城市阅读更借重城市地图的媒质。城市是一个个局部和地段以及市区的总和,它们的形式和社会内涵有着差异性[25],这种城市的空间和社会的肌理,是城市阅读的基本出发点。历史城市的保护规划要对城市的市区和各局部提出长期的对策,保护时间和空间上的历史特征,保证有机更新和社会的持续发展。在这里,应该摈弃简单的功能分区的理论与方法,以及通过大

236

规模的工程改造来实施的手段,而是要保证政策和资金上投入的持久性,坚持一种缓解的长期性政策。

于 1982 年第一批列入"历史文化名城"的成都市,遇到中国城市普遍遭遇的困境,旧街区居住人口的高密度,传统穿斗木结构的合院住宅街区由于缺乏维护与修缮而成了空间衰败的地区,城市的基础设施、居住卫生条件的落后等等。这一后果本来是因政治话语权力的极端发展而带来的,同时,从某些方面说,也是城市政策的缺席所造成。我们看到旧城改造的对策采取的同一个逻辑的政治话语。城市肌理代表一种意识形态上对立的象征,成都旧城在 20 世纪 50 年代被视为代表了旧社会的势力,这种谴责在 80 年代的规划政策中仍然可以找到其影响[26]。

旧城空间破旧的形象成了城市的包袱。"旧城改造"的现代化语义要建立新的空间次序[27],通过政治话语的自我保护制造城市空白,通过对空白的填补,建立新的文化、意识形态和社会次序。空白是一种消除一切空间对立关系压力的途径,也是解决问题的最有效率的手段,对现存的城市局部和空间进行阅读辨认——即对羊皮纸式的城市地图上隐含的各种符号和历史印迹解码,要比制造空白,再进行空间包装困难得多。50 年代建设的工人新村,却没有抵抗住时间在材料上留下的印渍,今天又成了城市中的包袱。一种宽敞的大街和现代化建筑的透视景观,象征 80 年代的城市空间的理想。而住宅区,伴随土地投机和房地产的获利,成为城市更新的空间内容。

住宅一方面代表了人类的生活,同时也是文化的精确的内涵。虽然新的住宅空间模式能为将来的人们提供理解今天的阅读文本,但它却建筑在被擦除记忆的城市空白上。我们看到,一些地方偶然保留了地名学研究的佐证,而大部分地区却表现出具有经济和社会差异以及防范心理的居住模式特点。

这种体现在"旧城改造"政策上的逻辑,也体现在对历史保留区的规划中。名为保护的规划常常拆除百分之八十以上的传统住宅区进行重建。1996年的成都大慈寺保护设计规划即为一例[28]。

毛泽东之后的时代,是意识形态空间化的时代,从思想与文化传统的革命转为在空间中建立大众的精神次序。这是被消费、喧闹、高密度、无序和纷乱,各种感官的饱和状态以及群众化喜庆气氛体现的一种空间形式特征。虽然消费文化、媒体传播、形而上学的淡化注入了空间形态全球化特征。

历史地段保护设计受到空间包装的主题指引,通过障眼法将历史空间减缩成一层做假的表皮,以此抽取空间肌理的意义内涵。建筑类型学还未能形成对学术研究和教学足够的影响力,未能在保护设计实践上赢得从容的时间。移植,是主要的设计手法,常常对最有代表性的建筑和空间的榜样进行移植,不论地域、时间和文脉关系。设计指称一种创造和重建的努力,很少与现存的人居环境和建造事实进行平等的对话。事实上,最早的历史保留区的保护设计中,不仅移植了更典型更完美的当地风格,同时也移植了毛泽东之后的时代的空间意义。历史地段的主要公共空间——入口、广场,被包装了一层喧闹、拥挤的节庆气氛。立面可以提供给各式各样的广告、色彩、灯笼和旗帜;广场可以容纳更多的消费人流,大都是外来和本地的旅游者,他们将疏散到各类特色店铺——那些出售做假的古董或工艺品商店,或者被送进购买香烛、算卦和祈愿的重建或修缮一新的寺庙。这种设计模式的元素,既可以在诸如南京的夫子庙规划,北京的琉璃厂一条街看到,也可以在大慈寺的保护设计中找到其影响。

结　　论

只有对历史文化名城保护规划的一些内在因素的揭示才能对它的体系予以评介。那种认为中国历史城市经历的巨大变迁是因为未能执行好保护规划的看法是失之偏颇的。关于历史文化名城命名和逻辑上的问题的探讨,孙平1992年的文章已经提出了批评意见[29],尽管这一敏感的触点未能引起更大的学术反响。本文仅从三个方面,历史阅读方法、城市政策的权力意志和空间形象的塑造对内在原因进行了分析,以揭示学术方面对宏观因素的倚重。注重书写文本、模式和结构框架而忽略了具体的、真实的城市事实内涵,亲切的人文尺度和社会肌理。这既关系到中国文化心理长时段因素,近代以来政治话语的宣传化的影响,同时也是与城市政策的主导分不开的。在这方面,历史文化名城规划希望做一些补救的工作。但在大范围内的城市化实践中,尤其是经济高速发展的沿海地带以及人口集中的城市地区,历史文化名城已经成为历史文本中的记忆材料。

对一些城市历史地段和住宅区进行保护改造实践,使这些地区实现一定的经济与社会价值,在早期,还多少反映出各种价值力求平衡的犹疑。我们在北京菊儿胡同与苏州平江区,包括成都的宽巷子等一些住宅更新改造中看到了积极因素。但是最近的事件,例如天津的古文化街,将80年代保护的城市肌理再投入城市的土地开发行为中,更显示强烈的为达到经济目标进行的空间包装现象。

最近,中国第一批22个历史文化名村与名镇的公布反映了规模较大的城市尺度上夺回"历史风"的无效性。这些历史集聚地和城市博物馆将孤立地被新的大地景观包围着。对剩下的城市遗

239

产进行挽救,将社会学因素考虑进城市政策中,尤其对身份识别性和文化性格这些对将来具有长远影响,并且也是现代化内容的最重要因素之一的考虑,将决定中国城市遗产的命运。我们拭目以待,在中国大西北的现代化发展中,城市历史遗产观念的衍变。

〔注 释〕

1　参阅 Françoise Choay,《Sept propositions sur le concept d'authenticité》(原真性概念的七建议),*Nara Conference on Authenticity*, UNESCO, 1995,第107,108页;有关"追思价值"(valeurs de remémoration),参阅里格尔(Aloïs Riegl),*Le culte moderne des monuments*(纪念建筑的现代祭仪),Paris,Seuil,1984.

2　参阅汉学家 Simon Leys,《L'attitude des Chinois à l'égard du passé》(中国人面对过去的态度),in *L'humeur, l'honneur, l'horreur*(情绪,体面,可怖),Paris,Robert Laffont,1991.

3　参阅 Zhang Liang,*La naissance du concept de patrimoine en Chine, XIXe-XXe siècle*(中国建筑与城市遗产概念的诞生,19—20世纪),Paris,Editions recherches,2003.

4　参阅 Stephen Owen,*Remembrances*,*The Experience of the Past in Classical Chinese Literature*(追忆),中译版,上海古籍出版社,1990.

5　参阅 Le Corbusier,*La charte d'Athènes*(雅典宪章),Paris,Editions de Minuit,1957.

6　梁思成,陈占祥,"关于中央人民政府行政中心区位置的建议",《梁思成文集》,1950,第四卷.

7　蒙思明,"成都城市沿革",《禹贡》,第5卷,1936年12期。

8　四川文史馆,《成都城坊古迹考》,四川人民出版社,1987。

9　沈荀蔚,《蜀难叙略》,长沙:商务印书馆,1939。

10　张学君,张莉红,《成都城市史》,成都出版社,1993,页17。

11　傅崇矩,《成都通览》,巴蜀书社,1987(重印)。

12　参阅郑孝燮,"关于历史文化名城的传统,特点和风貌的保护",《建筑学报》,1983 年 12 期;"中国中小古城布局的历史风格",《建筑学报》,1985 年 12 期。

13　参阅 Rudolf Wittkower, *Les principes de l'architecture à la Renaissance* (文艺复兴建筑的要素), Paris, Les Editions de la passion, 1996, 第一章,"文艺复兴中心平面的教堂", p. 13 – 47。

14　成都市建筑志编纂委员会,《成都市建筑志》,中国建筑工业出版社,1994,页 90。

15　参阅《成都市历史文化名城保护规划》,1983。

16　何一民等,《世纪末的宏伟工程,府南河综合整治与城市发展》,成都出版社,1995。

17　从"历史地段"、"历史街区"、"历史保留区"以及"历史文化保护区"等语言上的使用可以看到规划概念发展的症候。从中《威尼斯宪章》中译本的影响,西方国家如法国的"Secteur sauvegardé"(历史保留区),"ZPPAUP"(建筑,城市,景观遗产保护区)在时间轴上留下了文化交流层面上的痕迹。参阅"威尼斯宪章",陈志华译,建筑史论文集,清华大学建筑系,1988 年第 10 期;关于法国的历史遗产保护制度,参阅张梁"法国文化资产法规,保护政策和体系",建设部／世界遗产中心,《文化遗产保护培训班讲义,参考资料》,卷 1,(北京,2000,页 75—112。

18　宽窄巷子规划小组,"成都宽窄巷子传统居民保护区规划简介",《成都规划论文集》,成都市规划设计研究院,1990,页 151。

19　《四川省城街道图》,1895,藏于四川省图书馆。

20　《成都市区图》,1942。

21　参阅高亦兰,王蒙徽,"梁思成的古城保护及城市规划思想的研究",《梁思成学术思想研究论文集》,清华大学建筑学术丛书,1946—1996,中国建筑工业出版社,1996,页 53,54。

22　再回顾梁思成于 20 世纪 40 年代对中国集体心理中"不求原物长存之观念"的批评:《中国建筑史·第一章·绪论》,《梁思成文集》3,中国建筑工业出版社,1985,页 11。

23 参阅戴俊良,《中国城市发展史》,黑龙江人民出版社,1992,页397。

24 参阅《成都市城市道路规划说明》,1981。

25 仍可回顾 Aldo Rossi 的理论。参阅 Aldo Rossi,《城市建筑》,中译本,台北:博远出版有限公司,1992,页33。

26 参阅《成都市旧城改造规划说明》,1981。

27 王昌俊,"城市形象的时空序列",《城市规划论文集》,成都市规划设计研究院,1993,页8—12。

28 参阅《成都市大慈寺历史街区保护,更新城市设计说明》,1990。

29 参阅孙平,"从'名城'到'历史保护地段'",《城市规划》,1992 年第2 期。

景观的转变

热河环境史:华北农业文化之扩张

傅雷(Philippe FORET) 著

张宁 译

概　述

中国文明对自然力与社会力的理性认识,及其自身内部的自然环境与文化紧密相连。中国的自然景观展现出的共同特征是,从辽宁到广东的广袤地域中的定居活动、农业活动及密集的社群活动。中亚干旱地区、青海寒冷的沙漠与蒙古高原虽然从地理上产生了阻隔,但却不足以阻挡中国与这些地区频繁的技术、货物、思想、疾病与人口的流动交往。中国文明的地理界限很少与其政治边界相吻合,它更通常的情况是与一种文化景观相配合,而这一文化景观已经将原有的环境改变得面目全非了,特别是峡谷、水域、三角洲原有的地貌特征。密集型的复式耕种虽补偿了可耕土地的短缺,但向有限的耕地索取更多粮食所造成的压力,却使得退化了的土地几乎无力支撑众多的人口。

近代,华北省辖范围向长城以北的地区扩张,伴随着一个短暂而复杂的环境退化的历史。"热河"(Jehol)这个词的出现是很晚近的事:它在四千年的文明史记载中,不过只有三个世纪的历史而已。热河地区就是清朝(1644—1911)承德府辖区之范围[1]。热河疆域的变动是随中央政府控制蒙汉疆域所推行的政策而变动的。

中华文明的北部边疆从 17 世纪中叶以来曾经历了生态系统的剧烈转化。历史上,"边疆"一词指的是中国农业及屯兵地之北部界外之地,而不是一种政治边界。中国北部和南部的疆域扩展,多半取决于朝廷对中亚采取的难以预测的政策,也取决于中国农人与蒙古游牧者之间的冲突所造成的压力。因此,关于边境景观的变动,历史上形成了不少文字,它们反映了两种文明形态在同一境内的动态活动。边疆地区由于地域相邻,也就具有相似的族群杂质性构成特点。满洲里(盛京)就是由一个满人居住区、一个蒙人居住区及一个汉人居住区构成的。热河(昭乌达盟和卓索图盟)境内的汉人比例小,而蒙人比例大,但领土却是根据三个族群来划分的;这种划分的鲜明性可能在热河西南部地区显得最为明显。最后要说明的是,在 17 世纪上半叶,蒙古人的热河与后金人的满州,对以华北平原为基地的明朝汉人政权有着共同的敌意。

边疆的意义

清史学家们在讨论中国北境与热河对巩固中华帝国之贡献的时候一直受着政治与策略性思考方式的主导[2]。在很多世纪中,中国的边境一直由长城来界定;传统上中亚在其门户之外。近代中国的中央政权对边境的有效控制最明显地体现在它对明长城的修复之上。事实上,修建长城的目的是要稳定经常困扰朝廷的边疆地区的不安定状态,它也用作为隔离农业与牧业的传统分界线。长城以北的游牧民族很少在那些牧草繁茂的世界中定居[3]。

介于满洲里、中国境内长城以南与内蒙之间沿长城而形成的边境地区所要界定的,就是中国的北部疆域。这个区域大约长达 2400 公里,宽达 300 公里,从中国长城延伸至蒙古,从柳条边延至满洲里。在此漫长地带内形成的历史上的热河,是不能轻易地与其邻近边境附属区域分割开的,由于社会同质性的缺乏,使热河与边界另一边的满洲里和内蒙古地区相类似。18世纪初,这个由大型的蒙古人居住地与较小型的汉人居住地构成的地区形成了。从族群成分上说,热河被纳入了满洲里的蒙人区域[4]。

热河地理位置的这种重要性,使这个地区在历史上能够多次同时成为中国北境的中心及一个多少汉化了的帝国之中心。热河地处满人与蒙古人的边界交汇处,它一直都是最接近华北平原的地区,也是最接近通向满洲里平原的战略通道山海关的地区。由于它的战略位置,热河支配着边境地区与满洲里和蒙古两"翼旗"

18世纪中国北境之政治地理(示意图)

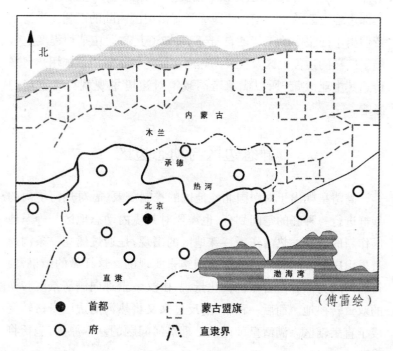

（傅雷绘）

●	首都	⌐ ⌐	蒙古盟旗
○	府	∧	直隶界

间的交往,还支配着明代中国最北的两个省——直隶与奉天府(盛京)(编者按:此处用此称呼不妥)间的往来,这两个省也就是现在的河北省与辽宁省。

热河对于跨越汉蒙边界的帝国的这种意义,足以说明何以该地区在满清建立之前就存在着的错综复杂的行政历史。明成祖永乐元年(1403)以后,热河地区隶属于北平府(顺天府),由都督府直隶卫管辖,辖区至燕山南部,长城以北则留给了蒙古部族。当漠南蒙古汗们承认了满洲汗之最高权力并赋予它博格达汗的帝号之时,就为满清的崛起留下了一次重要的外交成功记录。热河蒙古盟的效忠深得满清皇帝之心。满清皇帝们为了将自己对明朝汉人中国的骚扰变成永恒的占领,首先需要征服招抚的就是位于热河南部山区的蒙古人[5]。因为在中国及中亚历史上,那些原来仅占据北部边疆地区的小王朝往往毁灭了统治中国内陆的王朝。满清皇帝们出于征服中原王朝的自身经验,知道其命运在某种程度上依赖于广义的边疆地区及狭义的热河地区。既然满清帝国用热河来传达其中亚政策,所以满清帝国政策对边境景观就有着直接的影响。

静态边区与动态边区

满清皇朝出于对中国北境地区的控制需要,需对热河境内的族群进行一种新的空间划分,也需要对其境内动态地区与静态地区作新的区别。热河作为特殊地区的出现,是通过建立一条沟通避暑山庄及其附属城市的道路网络来实现的。这样做的结果,使得热河成为那种由自然向文化景观,由汉蒙景观向满清景观转换的双重转换地。而后一种转化,反过来又将热河的边区身份转变成了直隶辖区。满清皇朝谨慎处理热河问题的基本原则,包括将该地区作为军事训练基地，故而注意对其生态的合理利用。清皇朝中央政府在热河的南部与北部保存了为旗营牧马及征猎所需的牧场，在热河组织的征猎活动构成了该后勤基地的训练内容。

满清皇朝对内外蒙古的政策，事实上造成了将边境地区分成动态地区与静态地区的一种情态，清版图所呈现的空间单位即有动态与静态之分。所谓动态地区，指的是其原有的景观发生了变化，与北京和承德的联系变得密切的地方；静态地区，指的是原景观保持不变，可以被忽略的地区。因此，中国北境的两个动态区域经历了剧烈的族群变动及其相应的文化景观的变化。皇朝对这两个地区的规划都是有其军事目的的。清军平定准噶尔部后，就派锡伯族、满族驻守远在中土耳其斯坦的伊犁。而围绕着承德在中国北境重新出现的活力，其重要性也不亚于此。一条御道经古北口关将北京跟大清的特权区域——承德及木兰围场贯通。这使得承德避暑山庄这个位于中国北境的景观转换最为活跃的地区[6]。清圣祖康熙皇帝强调说他的承德环境规划有利于一般百姓，因为它在大片荒无人烟之地鼓励农耕[7]。

在皇朝政治规划中划为非开发、无通道、无居民的地方，就是所谓的静态地区[8]。这些地区有牧场、猎场及由风水宝地环绕着的东西皇陵[9]。这些受到军事保护的静态地区延伸于长城与柳条边之间，有着至关重要的战略价值。养息牧场位于山海关北角、柳条边以南。它将热河与哲里木盟各旗分离开来[10]。木兰围场表面上属于静态地区，但实际上暗地里经历着重组，因此自然成了中国农耕文化渗透过程的活跃前沿。用栅栏围成的木兰保留地，1753年由八百个满蒙旗兵驻守。满清的自然保护区不仅有木兰围场，还有位于满洲里的其他三个大猎场：即盛京、吉林和黑龙江境内的猎场。

在18、19世纪，只需小型卫戍部队沿着长城驻守东西两处皇陵就足以保证朝廷法令规定的休闲地不受移民之困扰。满清制图者在这些朝廷宣布为禁区的地方相应地留白，略去那些不对旅行者开放的路标。空白处还包括那延至东陵北部的风水禁地[11]。不过，朝廷的这些禁令并不总是得到严格遵守，那些要移居到遵化北部去开发燕山资源的农人常常违规。1907年为直隶作图的普鲁士制图师们就已经意识到这样一个禁区的存在，但没有意识到它是禁止绘制的，因此他们无意中将它绘制了出来。他们还绘出了两侧由无名乡村伴随的无名通道，它穿过介于长城黄松峪关及墙子峪关之间的东陵风水地，直接将密云和遵化两县连接起来[12]。满清皇陵风水图在绘制东陵北部地区时，强调的总是热河主要的山脉与皇陵山及其中心神道在一条水平线上，而并不大注重禁地中的非法移民[13]。清亡之际，正是这些人砍伐了皇陵周围的护陵树木，而驻守该地的八旗军也不再能保护陵墓不被盗墓者侵犯[14]。

热河自然地理

不同的地貌与气候条件导致了热河三种自然地形：高原、山丘、河谷。现在河北北部、辽宁西部的山脉，以及标志着蒙古高原东南边缘的最后一座山，形成了热河地貌的主要特征。分散的山在无云的天空下光秃秃的，使得热河的生态区常呈一种骨架状，而这在漫长的冬季中最为明显。这个地区从南到北包括燕山山脉，辽宁西部的丘陵，狭长的白河峡谷与滦河流域，最后还有西辽河及其支流流域。滦河、大凌河与老哈河盆地含括了热河的三个自然区域：西南部、东南部及北部。在抵达渤海湾西岸之前，滦河、白河与西辽河及其众多支流在坚硬的石英岩山脉间冲击出深深河道，这些河道的流向通常是从东北向西南，它们使得热河地区与其他三种地区（即高原、山丘和河谷）的民众间的文化接触成为可能。

作为一个自然区域,河北北部山区跟三个与它邻近的平坦得多的地区明显不同,这就是华北平原、满洲里盆地与蒙古高原。

热河地区的地质复杂,西南是片麻岩和花岗石地质,北部是厚黄土覆盖着的玄武岩地质,西北则又是黄土地质。黄土层对于热河的人文地理曾十分重要,因为从黄土地来的移民(尤其是来自山西省的)知道如何挖窑洞以对付热河的严寒。热河流域的农业土地是冲积土形成的,它们可能也有黄土积淀层。历史上一直属于辽宁省一部分的热河沿海走廊的土质则是砂土,这种砂土质在河口附近变得湿润松软。内陆及蒙古高原的土质则含碱较高。由于过去三个世纪的森林砍伐,土地侵蚀现象也时有恶化。

恶劣的土地、土质及气候并未能阻止一个基于精耕细作的农业实践及水力治理的社会对于热河的渗透。热河南部的两个地区的气候,冬季寒冷,阳光充足,干燥;夏季温暖湿润。气温在冰点以下的日子平均一年有一百四十天。炎热的夏季,季风所带来的大量降雨,主要集中在热河的南部与东部山区。生产季的短暂和降雨的无法预测,使热河无法像河北或辽中那样成为高产的农业区。诚然,旱地农作物与水稻田耕种突出地受到干旱的影响。几乎所有的降雨都发生于夏季,但分布及雨量却年年相差颇大。普通年份只要有六百毫米的降雨量就足以满足热河南部旱地作物的生产。北部年降雨量虽少于三百毫米,但也足以保证干旷草原与沙漠中稀少的植物的生存。热河半潮湿的自然环境对降雨的长期变化会有比较敏感的反应。与 19 世纪相比,20 世纪的平均年降雨量有所降低[15]。

热河北部比南部更呈大陆性气候,一月到七月间的气温变化高达 70 摄氏度。长期的气候变化与中国农耕文化在热河地区渗透的成功可能存在着直接的关联。这一带的气温,18 世纪变得比 17 世纪要暖,因而也更为有利于农业生产[16]。持续低温的夏季对农业生产带来的困难可能比降雨不规则的夏季更大。高温的夏季对农作物的丰收至关重要,而热河地区的农人可以期望该地六月份的气温高达 35 摄氏度[17]。毫无疑问的是,海拔高度与大陆性导致了这个地区日间温差的巨大变化。

热河的自然风景

内蒙与热河之间的边界地区没有呈现出华北与热河之间的那种剧烈的风景变动。燕山山脉横贯热河西南部,这里没有任何大型的平原,而承德就坐落于此。热河的东南部是低丘陵地带,它们连接着含纳大凌河及其支流的广袤平原。尽管其地势相对低缓,热河南部的陡峭山脉还是给游人留下了深刻的印象。山岭给从北京到古北口关前平坦的华北平原带来了些多样性。在古北口关北的热河一边,御道穿过众多山岭与峡谷,使得它像似夹在两道墙中[18]。梵·欧博根(Ernest Van Obbergen)神父曾以赞叹的口吻描述过热河山峰的海洋:承德周围的山峰看起来像无边无际的海涛[19]。

该地区的自然植被构成与动物种类分布明显地因地势、方位和降雨不同而变化。热河的自然植被构成与动物种类分布与中国的主要区域模式相一致:即南部与东部的植被总是比较为干旱的西北部丰盛。森林与灌木草原曾经装饰着热河多树的山林峡谷。热河南部的野生动物有虎、鹿、熊,它们是承德成为早期御猎场的重要原因,这些野生动物由于居住环境变成了秃地荒山而从这里消声匿迹。热河北部过去是马和骆驼的家园。牛与牛制品也曾从这里经长城运往北京。德·布列特(De Preter)神父在他 1917 年写给罗森(Emile Licent)神父的一封信中描写过热河的森林。他提到过都山森林比东陵北部的那片森林大些,大量的木炭从那里

252

输出到长城南部的永平府。他说都山森林中有鹿和红腿鹤,木兰北部还有狐狸、鹿、野山羊和蛇。热河北部同一地区的森林中有野兔和松鸡。再北一点的巴林还发现过稀有的盘羊。热河的南部和西部豹子很多[20]。热河的森林由于它丰富的动物生态及繁茂的植被曾经是马上游人获得感官愉悦的源泉。

热河南部和东部的山峦原来森林密布。需要燃料和建筑材料的汉人居民耗尽了养育那丰富动物群的森林。森林砍伐始于18世纪,到了20世纪初,除了如武陵山那样最为与世隔绝的深山老林外,或者除了衬托蒙古高原外貌的那些陡峭山岭外,几乎所有的原始森林都消失了。随着中国内陆农业文明的逐渐渗入,新的植物与树种被引进了热河的山中。引进的树种被当作防风墙种植在村庄的周围。在河北与内蒙边界地区,国营农场曾经经营了20世纪60年代初种植的大片树种单一的森林。今天承德不再因它的原始森林而闻名,而以生产杏仁、胡桃仁、山楂与蕨类植物的园林闻名。还保存着蒙古名字"呼什哈"的板栗乃是滦平县的骄傲。中国三分之一的栗子生产都来自承德地区[21]。

热河的文化地理

人类的居住以不同的方式影响了热河的自然环境。热河区域分化的出现来自三种不同的民居建筑风格,这在地理学家 Fumio Tada 的专著中有图表示。从族群角度看,热河从汉人最多的居住区延伸至蒙人最多的居住区,这两个区域大致可以用从西北向东南贯穿热河的七老图山脉分开。热河境内这两个族群居住模式的形成始于承德建立之前,那时康熙帝的满族御庭及御队时常在燕山外短期驻留;行宫主要由汉族朝臣随从伴随,因而也带来了汉人移民。两个世纪中,汉人移民从直隶中部向北逼近,经过无人居住的热河东南部,随着御道直达木兰围场。里巴(Matteo Ripa)神父说他在热河西南部的七老图山以南旅行时,在古北口关与承德之间未看到过一个蒙古居民,只有接待来往于京城与夏宫之间旅人的汉人客栈。每15英里他就能碰到用围墙围住专供皇帝与皇室居住的行宫。木兰围场没有永久的行宫,只有严密安排的帐篷宿营地,观念上类似不那么严格的满清军营[22]。

《承德府志》中18世纪的热河(示意图)

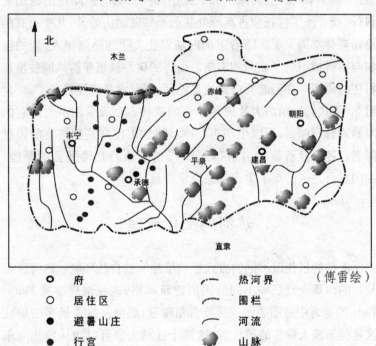

○	府	—	热河界	(傅雷绘)
○	居住区		围栏	
●	避暑山庄		河流	
●	行宫		山脉	

拒绝接受汉族文化对族群内部的渗透的倾向,可以从皇朝地图册的省地图中推测出来,而这正是满清皇朝之热河视野的突出特征。这一视野也许体现了朝廷强烈希望保持族群间的分离并限

254

制汉人向热河南部的蒙人领地的移民。热河环境的汉化最初是由满清皇帝领导的在长城以北的御猎活动引起的。张实斋（Jean-François Gerbillon）神父早在 1688 年就报道过汉人移民在热河建了小村庄和茶馆，因为他们在皇帝征猎季节受惠于来往于北京与木兰围场之间的过客[23]。汉人是作为开拓者、佃户和生意人进驻热河的，他们最终同化了当地的蒙古农业社群。清朝政府试图以交换土地而保持蒙汉社群的分离，但并未成功，因为进驻蒙人领地的汉人构成了新的税收人口，而这深受政府欢迎[24]。皇朝政策的内在矛盾与边境观念及其延伸之间的明显背离，比较一下康熙朝、乾隆朝和同治朝所制的地图就不难发现。

满清的内蒙制图揭示了其满族政策那种有意的暧昧性。尤其明显的是这样一个事实，即现在我们所看到的满清地图中直隶与山西省的汉人府县与同治地图册（即《大清真省全图》）[25]中属于内蒙古的盟旗的蒙人疆域相重叠[26]。18、19 世纪的地图表明了制图者们难以接受热河族群的这种隔离划分。在风景转换初始，康熙地图册显示了长城为直隶省的北部边界；长城以北的地名不用汉语而用蒙语标明，给人汉蒙完美和谐的印象。18 世纪早期的制图者没有给热河划出北部边界，但《承德志》的编撰者们后来弥补了这个空白。同样的，《大清万年一统地理全图》将直隶的边界推到承德以北。中国都市等级的不同制图符号暗示出承德境内有汉人居住，但却是用一条非常不同于标识蒙古边界线的虚曲线标出的。在《同治地图册》中，比较其中的两张地图：《直隶全图》和《蒙古全图》，其内部矛盾更是显而易见。

移民与人口变化

康熙帝在燕山山脉兴建了一系列的行宫，其中两处变成了朝廷的避暑地。像厌倦于夏季北京无法忍受的炎热与潮湿的顺治皇帝一样，康熙皇帝决定在热河建一个城市宫殿以"避暑"。早在1677年，康熙帝就在滦平县的喀喇河屯建了一个小型的娱乐宫，在那里度夏。那里还建起了康熙宫外的很多其他建筑，一些是为他的随从建的，另一些则是由中国商人建的。康熙到热河山林中去纳凉。他常去武烈谷打猎，觉得这地方比喀喇河屯的夏宫更适合于避暑，于是1703年，那里行宫的建设便开始了[27]。

康熙帝的继承者雍正帝，于1723年建立了热河厅，1733年由承德州取代。跟其他府不同，承德府不是由文官治理而是由将军管辖，也许是因为这个城市长期由卫戍部队驻守的缘故。于1742年恢复的旧式行政建制，后又被承德府取代，隶属于直隶省辖区[28]。一般来说，每个府都有它所管辖的县，但具有府级身份的重要的县通常由省级直接管辖，如遵化州，那里坐落有皇朝的东陵墓，该州直属直隶辖区[29]。随着乾隆帝避暑山庄的建设接近竣工，承德市的地位也变得愈加重要，在行政级别上连升数级[30]。

看起来在18、19世纪中，汉人人口的增长速度颇快，人口的大规模增加是使热河南部行政正规化的原因。1782年承德府的汉人平民总数是477404人，而到了1827年增至883879人。伴随这种人口扩张的是长城以北管辖汉人人口的府县规模及数量的扩充。从直隶、奉天、山西乃至山东来的移民并未能长期逃脱人口普查与赋税管制。1778年直隶重组将热河包括进去，因此也包含了承德，承德府有84000平方公里，当时是直隶省最大的府[31]。到1820年承德府的汉人辖区扩展到了辽河以北，与热河西南和中部的蒙古辖区相重叠[32]。1750年至1876年之间，中国农业文明向内蒙古的逐渐扩展只限于承德、赤峰和呼和浩特周边地区，但1876年以后，沿内蒙古高原东南边界的汉人农田则迅速增加[33]。

如边境地区常见的情况那样，热河族群区之间并不完全是和谐的,不过随着时间的推移,这种不和谐弱化了,明显的例子是承德附近的汉人区出现了满人村落,而靠近赤峰的蒙人区也出现了汉人村落。热河北部的蒙古永久民居则采纳了汉人的建筑风格[34]。来自各省的汉人各有其特殊的农业传统。山西、直隶、奉天和山东省的乡村建筑在热河能耕种的地方拓展其空间,不过,新来的社群常常相互保持着彼此的特点。但甚至像罗森这样一个短期观察者也未能注意到传统上区别满人农场与其汉人邻居住房的一些细节,如烟囱及设在西厢房的客厅。罗森神父对承德附近地区的观察报告说,他住的客栈老板跟他说,武烈谷住的差不多一半是满人[35]。热河各社群希望彼此分隔的结果却是,在一个文化镶嵌的风景图中很难分辨出来自不同族群的建筑风格。

热河的环境恶化过程

19世纪中,进入热河的汉人移民修筑了一些通向承德以外的道路。这证明了山庄的中心地位只限于行政设置。独立于御道的第二个交通网络发展起来了;普通通道避开了承德,但使热河中部的赤峰府与东南部的平泉府、建昌府、朝阳府得以连接起来。普通通道始于古北口关之外的其他关口,如直隶遵化县的喜峰口、盛京锦州府的九官台门,经过区域内重要的城市及热河境内不重要的居民点。贫穷的汉人农夫经过俯瞰辽宁大凌河的柳条边进入热河。承德西部有一条路从古北口关通向滦平、丰宁和多伦古城,沿着滦河上游进入内蒙[36]。最后,随着木兰围场向汉人居民的开放及满清反移民政策的取消,御道与普通通道便汇合起来了,而承德的特权地位也因此丧失了。

19、20世纪中,非法移民的进入加速了热河的汉化过程,这些非法移民中也有少数偷猎者[37]。移民的采矿与农耕活动迅速改变了热河环境的林木特征。木兰围场向希望在前皇家森林界内买地的人开放了,而 1863 年,围场县的形成则是为了管理增长中的汉人移民而出现的。早在 19 世纪末一项谕令最终决定将猎场对农业开放之前,土地置换森林的现象就开始了。从那时起,承德就成了一个普通的府地,与平泉、建昌、朝阳或赤峰等府城差别不大,它们都努力在那种对热河自然资源的疯狂开发中求生存[38]。承德府城内驻扎有一个大型的卫戍部队,这对当地经济也许是个负担。该地区的商贸历史进一步显示滦平和朝阳城比承德所处的位置更宜于经商。这个满清朝廷的避暑胜地慢慢地发展起一个独立的经济,它主要基于本地金银铜铁矿的开采。1900 年前后,从热河输出到北京和直隶省内部的产品很少:古北口生产一些黄金,木兰围场输出一些败落了的皇家森林里出产的木料,多伦出的马鬃,赤峰产的黄金与煤,朝阳产的羊毛,山海关出的红赭石。与长城以南诸府如永平府的造丝与造纸工业相反,热河非加工产业的总值甚低。

随着内地新的革命浪潮,最后一个满清皇帝于 1912 年 2 月退位,也使得持续了两千年的古老政治体制寿终正寝。满清皇朝四分五裂,有军阀混战的民国,俄国化的外蒙古,日本势力范围内的满洲里,失控的新疆地区,还有自治的西藏(直到 1950 年中国军队入藏)。名义上热河隶属于新建的民国,但民国对这个边疆省的军事治理十分腐败无能。中央政府发给驻军的军饷不稳定,统治承德的将军们则以盗取皇室财产作为补偿[39]。滥用权力的官僚、无助的僧人及贫困的农民没有能力或不指望保住满清皇朝的避暑山庄以使之免于军阀的掠夺[40]。承德建府两个多世纪后的 20 世纪 30 年代,Shigeyasu Tokunaga 率领的科学考察队分离制作出六种被引入热河并被汉蒙居民改造过的建筑风格。如当时所观察到的那样,热河建筑环境呈现了一种文化统一体的缺失,这主要是从 18 世纪以来出现的同一地区的居民,有意无意的二分隔离的结果[41]。

20 世纪 30 年代乡土热河的农业景观

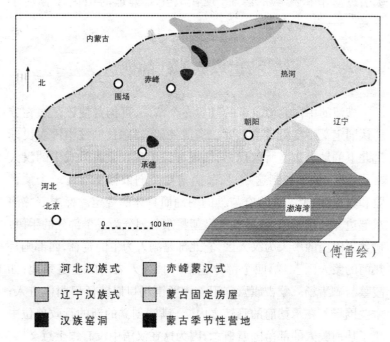

（傅雷绘）

河北汉族式　　赤峰蒙汉式
辽宁汉族式　　蒙古固定房屋
汉族窑洞　　　蒙古季节性营地

　　国家的环境政策对于自然环境的影响结果，可以通过砍伐森林与重新造林的不同阶段来衡量。中共集权政策的影响是，近来形成的森林带与提供木材原料及防止水土流失植树造林所产生的防护屏障。20 世纪 60 年代，木兰围场上半部分开辟了国营农场，它正好是在蒙古草原的边沿地带。从前属于满人与皇室的地方现在成了汉人与平民之地。热河环境的汉化过程一直面对着环境恶化造成的压力，但总的说来这个过程是渐进式的：一会儿是肆无忌惮的森林砍伐，一会儿又是有计划的植树造林。同样的过程以相反的运动推进的却是消除这一环境原有的蒙人印迹。虽然现有的政策是进一步禁止将草原转化成耕地；它也试图防止由畜牧业引致的过度放牧。但不幸的是，热河的多数山坡现在荒芜不毛；曾经吸引过满清御猎队的森林，现在只在最偏远的山区才存活了下来[42]。

结论：边境族群性的创造

满清的中国北境政策的最后一个结果，可能曾使该区域在族群认同定义中变得日益重要。满清一朝，静态长城被中国农民渐进北上的动态边境所取代，其结果导致了现在蒙古景观中的汉人文化圈[43]。为了控制这一过程，满清皇帝们依赖于对每一个蒙古盟和翼，每一个汉人的府与县的明确而具体的规定。标志着热河东部边界的柳条边，就是满清皇朝将东北划分为三个部分的手段：柳条边以南的奉天为汉人区，它北部是满人为主的吉林，西部则是热河的蒙人区[44]。第四个部分包括严禁外人入内的皇室禁地：如陵墓与御猎场。蒙古旗营守卫着木兰围场口以防任何团体进入；木兰围场不在承德府的管辖之内[45]。满清创立的新的行政单位中止了从前蒙人的部落随营概念，因为这在汉语中没有领土意义[46]。

北境地区的实际意义与规模并非对于所有的居民都是一样的。对于汉人来说，这个区域始于长城以北及柳条边的西部与北部；他们要求越过这些界限居住渐渐得到朝廷不情愿的认可。而对于清政府来说，边境有两个部分：界内包括盛京与热河境内的居民，界外居住着现在的或未来的纳贡者。而且，由于更多的蒙古部落寻求归顺满清皇朝，这个外部区域就在不断扩大之中。理藩院在两种区域中划定内部疆界，决定居住权，控制人口流动，任命地方官员，通过强征、纳贡、税收与津贴的发放管理当地财政。边界地区的旗人与驻扎内地的旗人一样属于军册，而税收名册与周期性的人口普查控制的则是普通民众。蒙古人很可能并不认为自己住在汉人邻居所认为的所谓边境地区。从18世纪蒙古人的观点出发,边境地区包括长城以北——承德与朝阳府周围的国境内的外国领土——而那里住的几乎全是汉人。

在中华人民共和国刊印的版图上,热河没有被标识,因为今天这个地区覆盖界于河北、辽宁与内蒙三省的多重行政区域。在河北省与辽宁省新创立的满族与蒙古族自治州,自然证明了热河地区保持了它的人口的族群多样性;也表明了居住在世界最大族群旁边的少数族群文化的弹性与适应性。三个族群间的和平相处,大概没有受到为加强种族隔离而不断出台与废除的法律及法规的很大影响[47]。自18世纪以来,热河境内的大多数满人都住在汉人区:汉人区分布在离长城不远的承德附近与离柳条边不远的朝阳府南部。虽然热河地区的人口现在大部分汉化了,规范的汉语在原属热河地区的河北及辽宁部分广泛使用,但每个社群仍保存着其独特的族群认同感。

〔注　释〕

1　谭其骧,第八册,地图出版社,1987,《直隶》图,图7—8,巴林蒙古。

2　James Millward, 1996, p. 119.

3　Zhao Songqiao, 1994, p. 264.

4　Owen Lattimore, 1934, p. 235 –236.

5　《卓索图:卓索图盟》,同上,页238 –239。

6　Alphonse Favier, *Carte du Pé-tchi-li*,该地图册没有发表,藏于Archives de Vincennes du Service historique de la Marine française.

7　康熙,《御制避暑山庄史》"序":"劝耕南亩望丰稔筐莒之盈茂"。《钦定热河志》,1781,卷二,页826。

8　Alphonse Favier,同上。

9　刘振伟,1995,《锦州八旗牧马图》,"锦州府各旗牧场",页54—55。

10　谭其骧,1987,第八册,《盛京》(奉天府)图,图10—11,"哲里木盟"。

11　"Gebiet des Bannwaldes der östlichen Kaisergräber"(东陵风水地)与 Favier 的《北直隶图》中的"火道禁地"区相应。图 A4。

12　"Gebiet des Bannwaldes der östlichen Kaisergräber", in *Karte von Tschili und Schantung*(直隶和山东地图), Berlin, Kartographische Abteilung der Königlichen Preussischen Landesaufnahme, 1907, 图 9 "遵化州".

13　刘振伟,1995,《陵寝图》,页25—26;《东陵风水全图》,页77;《东陵地图》,页78。

14　Emil Fischer, 1930, vol. 61, p. 31.

15　Zhao Songqiao, 1996, p. 261: 图 16.3, "Changes in Annual Rainfall, 1790 – 1975, in the Eastern Part of the Hulun Buir Sandy Land" (1790—1975 年间呼伦贝尔沙地东部的年降雨量之变化).

16　Richard Edmonds, 1985, p. 31.

17　Sven Hedin, 1943, vol. 2, p. 116.

18　Matteo Ripa, 1844, p. 70.

19　Ernest van Obbergen, 1931—1932, 1, p. 324.

20　Emile Licent, 1933, p. 1236.

21　中文中的栗就是我们熟悉的俗称的栗子。据 Otto Franke 的考证,《承德志》中发现的蒙古语名字指的是胡桃仁而非栗子。《中国历史文化名城词典》,1985,页 149—150。

22　Matteo Ripa, 1844, p. 70. 最重要的行宫当然是《钦定热河志》,卷二五至卷四二详尽描写的避暑山庄;《钦定热河志》卷四三与卷四四有喀喇河屯行宫及热河其他十二处行宫的描述与版图。

23　Otto Franke, 1902, p. 34.

24　Owen Lattimore, 1934, p. 80.

25　同治地图册的全名为《大清真省全图》。其目的是包括所有朝廷颁布的行政单位之官方地图,同治初年需要重新修订康熙地图以便将与俄国帝国间的新疆界包括进去。

26 Claudius Madrolle, 1912, p. 86.

27 Otto Franke, 1902, p. 61.

28 Claudius Madrolle, 1912.

29 遵化的东陵15个陵墓包括顺治、康熙、乾隆、咸丰、同治帝及慈禧太后的陵墓。

30 《承德府志》,1830,页412—413。

31 谭其骧,1987,第八册,《直隶》图,图5—6。

32 比较《直隶》与《内蒙古六盟,套西二旗,察哈尔》两图(谭其骧,1987,第八册,图7—8,图57—58)。

33 Fernand Grenard, 1929, vol. 8, p. 276. 又见 Zhao Songqiao, 图3. 4 : "The Modern Agricultural Reclamation Process in the Inner Mongolia Autonomous Region"(内蒙古自治区的现代农业开垦进程), p. 64.

34 Fumio Tada, 1934, p. 108 ter, 111 bis, 116, 116 ter, 119 sexte.

35 Emile Licent, 1933, p. 531.

36 Evariste-Régis Huc, Joseph Gabet, 1987, p. 30—33.

37 Evariste-Régis Huc, Joseph Gabet, 1987, p. 19.

38 谭其骧,1987,第八册,《直隶图》,图7—8。

39 Sven Hedin, 1940, p. 46.

40 Sven Hedin, 1943, vol. 2, p. 141.

41 Fumio Tada, 1934. p. 108 bis.

42 Vaclav Smil, 1984, p. 17, 19.

43 Evariste-Régis Huc, Joseph Gabet, 1987, p. 4.

44 Richard Edmonds, 1985, p. 58.

45 《钦定热河志》,卷四五,《围场全图》;卷四九,《承德府全图》。

46 Owen Lattimore, 1934,p. 77.

47 《钦定大清会典》,1899,"立法院"(卷七四二),"后部"十四(卷一四一),引自 Owen Lattimore, 1934, p. 86。

参考文献

中文参考书目

《大清真省全图》,《皇朝宣省府庭州县全图》,简称《同治地图
　　册》。《直隶》图,《蒙古》图,北京,1862,芝加哥大学,Joseph
　　Regenstein Library 地图馆。

海忠,《承德府志》(1830)初版,卷一七,台北:成文出版社,中国方
　　志丛书塞北地方,1968,重印。《光绪热河承德府志》(1887),
　　《承德府志》(1830),《钦定热河志》(1781)是该书的三个不
　　同书名。

侯仁之编,《北京历史地图集》,北京:北京历史地图集编委
　　会,1985。

侯仁之,"承德市城市发展的特点和它的改造",载《避暑山庄论
　　丛》,承德避暑山庄研究会编,北京:紫禁城出版社,1986,页
　　267—282。

刘振伟编,《中国古地图精选》,北京:中国世界语出版社,1995。

《钦定大清会典》,北京会典馆,1899。

孙文良主编,《满族大词典》,沈阳:辽宁大学出版社,1990。

谭其骧主编,《中国历史地图集·清时期》,第八册,北京:地图出
　　版社,1987。

文化部文物局和中国城市规划设计院编,《中国历史文化名城词
　　典》,上海:上海辞书出版社,1985。

西文参考书目

EDMONDS, Richard Louis, *Patterns of China's Lost Harmony: A Sur-
　　vey of the Country's Environmental Degradation and Protection*
　　(中国和谐丧失模式:对国家环境恶化与保护的调查), New
　　York, Routledge, 1994.

EDMONDS, Richard Louis, *Northern Frontier of Qing China and To-kugawa Japan*（清代中国北境地区与德川日本）, The University of Chicago, Department of Geography, Research Paper 213, 1985.

ELLIOTT, Mark C. , "The Limits of Tartary : Manchuria in Imperial and National Geographies"（鞑靼的界限:帝国与民族地理中的满洲里）, *Journal of Asian Studies*, vol. 59, no. 3, 2000（August）, p. 603 – 646.

FAVIER, Alphonse, *Carte du Pé-tchi-li*（北直隶地图册）, Archives de Vincennes du Service historique de la Marine.

FISCHER, Emil Sigmund, "A Journey to the Tung Ling"（东陵之行）, *Journal of the North China Branch of the Royal Asiatic Society*, 61, 1930.

FORET, Philippe, *Mapping Chengde. The Qing Landscape Entreprise*（规划承德:满清环境事业）, Honolulu, University of Hawaii Press, 2000.

FRANKE, Otto, *Beschreibung des Jehol-Gebietes in der Provinz Chihli. Detailstudien in Chinesischer Landes- und Volkskunde*（直隶省热河区域说明:中国地区与民俗之详细研究）, Leipzig, Dieterich'sche Verlagsbuchhandlung Theodor Weicher, 1902.

GRENARD, Fernand, *Géographie Universelle*,《Haute Asie》（世界地理,高地亚洲）, vol. 8, Paris, Librairie Armand Colin, 1929.

HEDIN, Sven, *Chiang Kai-shek, Marshal of China*（中国元帅蒋介石）, New York, John Day, 1940.

HEDIN, Sven, *History of the Expedition in Asia*,1927—1935（亚洲考察史:1927—1935）, Stockholm and Göteborg, Elanders, 1943—1945.

HUC, Evariste-Régis, et GABET, Joseph, *Travels in Tartary, Thibet and China, 1844—1846*（鞑靼，西藏，中国之旅），New York, Dover Publications, 1987.

LATTIMORE, Owen, "Chinese Colonization in Mongolia"（蒙古的汉化过程），*The Geographical Review*, 22/2, 1932 (April).

LATTIMORE, Owen, *The Mongols of Manchuria*（满洲里的蒙古人），New York, John Day, 1934.

LICENT, Emile, *Dix années* (1914—1923) *de séjours et d'exploration dans le bassin du Fleuve Jaune et du Pai ho*, etc.（黄河白河流域考察十年），Tianjin, Mission de Sien Hsien, 1933.

MADROLLE, Claudius, *Northern China. The Valley of the Blue River, Korea*（华北，长江流域与朝鲜），Paris and London, Hachette, 1912.

MILLWARD, James A., "New Perspectives on the Qing Frontier"（满清边境新透视），in Gail HERSHATTER, and others, eds., *Remapping China. Fissures in Historical Terrain*（重新给中国划版图·历史地域的裂隙），Stanford, Stanford University Press, 1996.

OBBERGEN, Ernest van,《Jehol, son palais et ses temples》（热河的宫殿与庙宇），*Mélanges chinois et bouddhiques*, vol.1, 1931—1932.

PERDUE, Peter C., *Exhausting the Earth: State and Peasant in Hunan, 1500—1850*（耗尽土地：湖南的政府与农人，1500—1850），Cambridge, Harvard University Press, 1987.

RIPA, Matteo, *Memoirs of Father Ripa during Thirteen Years' Residence at the Court of Peking*, etc.（里巴神甫北京朝廷生活十三年回忆录），London, John Murray, 1844.

SMIL, Vaclav, *China's Environmental Crisis: An Enquiry into the Limits of National Development* (中国的环境危机:国家发展局限的探讨), Armond (New York), M. E. Sharpe, 1993.

SMIL, Vaclav, *The Bad Earth* (恶劣的土地), Armond (New York), M. E. Sharpe, 1984.

TADA, Fumio, *Geography of Jehol. Report of the First Scientific Expedition to Manchoukuo, under the Leadership of Shigeyasu Tokunaga, June – October* 1933 (热河地理,Shigeyasu Tokunaga 率领的满洲国第一次科学考察报告,1933 年 6 月—10 月), vol. 3, 东京, 1934.

ZHAO Songqiao(赵松桥), *Geography of China* (中国地理), New York, John Wiley and Sons, 1994.

军阀和国民党时期
陕西省的灌溉工程与政治[1]

魏丕信(Pierre-Etienne WILL) 著

王湘云 译

位于今西安市以北的关中平原上的灌溉系统是中国古代工程上的伟绩。故事可从水工郑国说起,史载,地处今山西的韩国派郑国去秦国修渠,实指望这项宏伟而终究起不了作用的灌溉工程会把好战黩武的秦王弄个精疲力竭。这个故事发生在公元前3世纪群雄争霸相互吞并的战国时期。据说,当被秦王揭穿并威胁处死之时,郑国却说服了秦王,他确实能够完成这项工程,而且新渠一旦完工,便可使秦国千秋万代兴旺发达。郑国本人因此而得以脱罪。这一灌溉工程即以其发明者的姓名而被称作郑国渠,尽管它只经历了几代人,没有能够持续千秋万代,但是据说它在公元前246年开始使用以后的几十年间所灌溉的农田面积达到四万顷(即400万亩)[2],使得秦国的经济力量迅猛增强;因此,秦王也就更加雄心勃勃,进而在争霸当中以其雄厚的实力逐一征服劲敌,终于在公元前221年统一了全中国,成为秦始皇,即中国历史上的第一个皇帝。

郑国渠到底是什么样子的,已经被久远的历史所掩盖。有关这项建设及其布局的记载,遗留下来的也仅是缩微而成的一小段文字,载于公元前1世纪初成书的《史记》,而约200年后所作的

268

《汉书》，几乎一字不差。考古发掘痕迹甚为稀少，即使有一些，对其解释也是误多真少[3]。但我的这篇论文还是要从郑国渠的传说开始，因为我们将会看到，在这个地区出了另一位像郑国一样有名望的工程师李仪祉（1882—1938），他做出修建一条新渠的规划，力图重新恢复由其先驱的开拓事业而带来的那神话般的兴旺与繁荣。因此，在20世纪最初的几十年当中，郑国渠的传说一再被人们复述。

尽管最初的那条郑国渠的作用几十年之后便已消失，但它所基于的观念却持续未断。千百年来，挖掘和重开了许多渠道，名称虽然不一，但是基本的设计却相差无几[4]。渠道系统的设计包括一个主渠入口装置，它位于泾河从关中平原以北的高山峡谷流出之处，把部分的水流引入主渠；修成的支流（主渠）与泾河平行并且很靠近地流下来，二者进入关中平原时分开；之后，渠道灌溉系统分成几支，各自的水流通过出水闸门（叫做"斗"）分别进入沟渠，流向农田。

郑国渠与它的后继者虽然至今没有根本的变化，但在历史的进程中它们遇到了诸多大大小小的问题，只有定期进行维修才有可能保持其原来的模样和功能。自汉朝、特别是自唐朝以降，渠道主干及其主要支流的流程似乎没有什么大的变化。至少我们对它从蒙元时代迄今的情况还是比较了解的，因为我们手中有关于这段时期的较为详细的资料：现存的最早地图是14世纪元代的，其实在宋代大概就已经存在那样形状的渠道了，后来的有关记载也都显示，没有发生过重大的变更。而所发生的变化大多是沿渠道主要支流而分布的那些"斗"的数目，有时也可能是"斗"的位置不同：在元代的时候有135个"斗"，到19世纪只剩下106个；而在唐代可能曾经高达176个。

渠首工程也有一些相当大的变化，既有位置的变化，也有设计

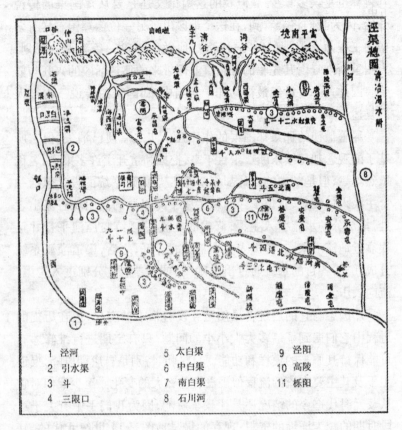

1	泾河	5	太白渠	9	泾阳
2	引水渠	6	中白渠	10	高陵
3	斗	7	南白渠	11	栎阳
4	三限口	8	石川河		

的变化。泾河的水正是在此处被切分,部分水流被导入渠道:主渠顶部是否运作正常,自然对于整个系统的功能起着决定性的作用。技术上的难度相当大,因为泾河的流量不仅季节变化极为悬殊,而且还有十年一度的洪水,其威力可摧毁沿途的一切,必须保护渠道以防止洪水的侵害。不仅如此,泾河中泥沙含量还特别高。泥沙多,导致渠床升高,特别是在渠道上游的部分。当挖泥和疏浚工作

270

做得不彻底的时候,尤其如此,可这又是常有的情形。古代与近代历史学家都谈及,在渠口的位置,由于长期的腐蚀作用,泾河的河床越来越低,但既然泾河在这一段的河底是岩石性质的,所以这点可能不至于很重要,尽管已历经23个世纪之久了。

暂不论具体情况,事实是,渠口的位置相对于泾河的正常水位越来越高,所以要引水入渠也就益发困难。正因为如此,渠首必须向泾河上游迁移,为了不使这个关键部位受到阻碍,需要不断地重新修建。历史记载这样的迁移发生过多次,其中较为人知的是11世纪初、14世纪前期以及15世纪后期的迁移。这些迁移工程包括在岩石上开凿新入口及新的引水渠道,所以这些努力的遗迹至

《泾阳县志》,1778

今仍然可以看到;15世纪后期的那次甚至还在引水渠道的最高地段开凿了隧洞。而最后一个将渠首迁往上游的规划尤为大胆,虽然在16世纪就已首次提出,但是从未付诸实施。下面我们将会谈到,一直到了20世纪20年代人们仍然在考虑这个工程方案,虽然

271

那时工程实施的方式方法已经迥然不同了。

显然,这个渠道网络可以灌溉农田的面积长期以来在逐渐缩小,关键是必须解决水源不足的问题。从历史记载的数字(尽管可靠性有问题)可以看到:秦代的郑国渠灌田 40000 顷(1 顷 = 100 亩),汉代的白公渠灌田 4000 顷,在唐代是 6000—10000 顷,在 11 世纪是 2000—6000 顷,在 12 世纪初完成了一项主要工程之后可灌田 30000 顷,在 1340 年前后是 7000—8000 顷,15 世纪重新修建之后可灌田 8000 顷(可能虚报不实);后来到了明代后期,灌田不过 700 顷,清代情形略同明代(1737 年以后,泾河的水不再被引入灌渠系统,渠道被称为龙洞渠,此名称由隧洞内之山中喷泉而来)。在民国时期头二十年,龙洞渠位置较高的那部分沿渠所能灌溉的农田不出 200 顷。

换言之,到帝国末期,这个神圣的灌溉基础构造已经到了相当可怜的地步。1911 年辛亥革命推翻清朝之后不久就开始讨论,如何通过应用近代工程技术才能使得这一灌溉工程重新恢复昔日的辉煌。本文旨在弄清这些讨论的具体情况及其最终结果。

史料上的问题

20 世纪 20 年代初期的设计方案——更确切地说,是各方案中雄心最小、较为保守的一个,但对帝国时期大部分时间一般存在的那种状况来说,还是一个迅猛的大改观——这些设计及项目的实施却不得不再向后推迟近十年。其中原因何在,我们将会逐步揭示。无论如何,我们研究称作“泾惠渠”的这个近代灌溉基础构造的建设如何最终在 20 世纪 30 年代取得成功的时候,首先出现在我们面前的却是一个饶有兴趣的史料方面的问题。

大体来看,1949 年以后介绍泾惠渠建设的中文资料,大多把

272

它当成是中国近代工程技术的功绩,只是由于两位本地英雄的合作才使之成为可能:一位是这个项目的总工程师李仪祉,另一位是陕西省新上任的省政府主席杨虎城(1883—1949)。事实上,还有一些材料谈及这个项目受惠于西方以及海外华人慈善家在经济上给予的帮助,偶尔也有作者不大情愿地承认西方人也提供了技术上的指导。然而,当时的西文资料却与此正相反,大多数声称新修建的泾惠渠完全是由西方工程师设计、由西方的基金资助的,这样做的目的是在帮助一个财政不支、虚弱不力的省的政府;我们在一些西方当事人后来发表的回忆录当中,也可以看到同样的记述。那么下面我们就来检验一下,同是第一手材料、又是叙述同一件事情,存在着这样两种相互矛盾的说法,在什么程度上它们才能够吻合起来呢[5]。同时我们也力图从社会政治史的角度探索,在那些最混乱的年月中,从军阀时期直到南京国民党政权都力图对之进行巩固,这个有趣的事件究竟能够告诉我们什么。

我先来进一步详细地谈谈对此事两种截然不同的说法。我想,近来"中国的"解说可以称作是泾惠渠的一种"黄金神话"。这些资料包括当时当事人以及跟他们有关系的人士的各种回忆和证词。这些回忆和证词刊登于 20 世纪 60 年代及后来 80 年代出版的《文史资料》系列[6];在 1947—1948 年间编纂的李仪祉先生年谱[7]以及其他当事人的传记材料[8]当中,其实也都可以发现类似的内容。此外,在 1991 年陕西出版了官方的《泾惠渠志》以及全国和地方的水利灌溉工程史中的有关记述,观点和内容都基本相同。[9]在今日陕西,人们所讲的也都大体相同,特别是在李仪祉的葬地泾惠渠一带,他像神一样被人们崇拜着。

这个说法简言之,1930 年底杨虎城将军被蒋介石任命为陕西省政府主席,之后不久即邀请李仪祉返回家乡;这正是国民党军队开进陕西,从军阀冯玉祥的部队手中夺取了省城西安的那些日子。

李仪祉被任命为陕西建设局和省水利局的局长,因此他终究能够对从前的龙洞渠进行修复,使它变成一个近代的能给当地带来繁荣的基础构造。虽然早在 1923 和 1924 两年间,李仪祉带领手下就已经做了几个月的实地考察,并定出一个详细的规划,但是在能够得到经济资助之前,内战和饥荒所造成的混乱局面使得这个规划的实现又向后推迟了若干年的时间(李仪祉看到事成无望,他本人也离开了这一地区)。但是 1930 年国民党在陕西设立省政府之后,关中地区的秩序马上得到恢复,建设工程在杨虎城将军的热情支持下立即展开,杨虎城拨出省政府的专款,并且设法从华洋义赈会(即中国华洋义赈救灾总会,China International Famine Relief Commission)以及其他的基金会寻求到一大笔资金[10]。在 1932 年 6 月 20 日杨虎城和李仪祉主持的剪彩仪式上,这个努力达到高峰,从全国各地请来的贵宾都聚集在现场,这时候,当水渠主闸门一被打开,水立即涌出,从渠道的第一段流淌而过(以后两年又继续把整个渠道完成,并且还开辟了新的支流)。

然而,华洋义赈会的年度报告及许多有关的英文报刊文章上所谈论的却与以上的叙述相差甚远[11]。据英文材料,被称作“渭北工程”[12]的项目,是华洋义赈会在 20 世纪 20 年代和 30 年代的主要工程项目之一。据说,1923 和 1924 两年的初步调查,是由华洋义赈会及其陕西分会(Shaanxi provincial Committee)资助、当时陕西省水利局局长李仪祉做的(英文资料作 Li Hsieh,即李仪祉原名李协)。华洋义赈会的总工程师塔德(O. J. Todd,1880—1974)为总指挥,与李仪祉保持紧密的联系。但是因为此后连续几年政治与军事不稳定,再加上华北地区自 1928 年起发生的大灾荒,所以当时的那些规划均无结果。陕西是 1929 和 1930 两年灾情最为严重的省份。在灾荒最严重之时,华洋义赈会任命贝克(John Earl Baker)为 1930 年的赈灾行动主任(director of relief operations)。

李仪祉,原名李协,陕西省水利局局长

贝克从1916年以后大部分时间都住在中国,是美国在中国救灾最有经验的专家之一。他于1930年6月亲自奔赴陕西,在他的中国助手及自愿而来的传教士的协助下,做过一段时间的救灾工作:无论何时何地,只要有东西可分配,只要当地条件允许、不致太危险的话,他们都竭尽全力分发赈灾物资。贝克积极主张应当开始一个大型工赈项目,认为对生产的基础构造进行改进才是帮助灾民的最好的办法,同时也可以减轻将来的险情(这的确与华洋义赈会1921年创建以来的原则相一致,但是在极其严重的危机条件下,若地方政治局势过于混乱,政府的拨款与慈善机关的基金大多数还是得用来缓和燃眉之急)。贝克极力主张的那个项目当然就是指渭北工程,事实上,复苏这项规划的问题在总工程师塔德1928 和 1929 两年的报告当中就已经讨论过了[13]。

仍据华洋义赈会所言,1930 年 9 月,曾在美国受过教育的挪威工程师安立森(Sigurd Eliassen)从华洋义赈会的另一个项目——绥远的萨拉齐灌溉工程——被调到渭北工地,他来考察泾阳和三原地区,并对工程进行评估。这些举动显然受到当地群众以及当局领导的热烈欢迎。11 月塔德参观了工地(贝克已于 9 月离开陕西);华洋义赈会指派塔德为项目的现场指挥,安立森为"驻地工程师"(resident engineer),塔德设法说服了新的省政府保证提供给耗资 95 万银元的工程近半数的费用[14]。准备工作没有丝毫拖延(要将 12000 吨水泥运送到大坝工地),首先需要把公路修好卡车才能到达渠道[15],一支劳动大军立即组成了,包括一队能在岩石上钻孔的熟练工人(因为在渠道顶部有一段 400 米长的隧道需要凿穿),此外还从美国订购了一台空气压缩机,并由驳船和卡车一路运到渠首(headworks)工地,等等。华洋义赈会的责任是修建这个系统顶部跨越泾河的大坝、分流处的装置、隧道,以及通向平原的导水渠道分支,这条导水渠道全长为 6.5 公里,其中有1.5 公里需要从岩石中开凿出来。陕西水利局则是负责在平原上的灌溉分布系统,需要向东延伸 74 公里,主干及各分支总共长度为 176 公里。

工程如期在 1931 年和 1932 年头几个月进行,尽管由于地势上遇到了平常意想不到的困难造成障碍而需要额外的开支。另外,在 1931 年 9 月又多次发生了旱灾,使得省政府没有完成它在项目中所承担的那部分任务。原因是它曾经保证的 40 万元实际上不过是张空头支票,根本无法兑现。这项金额原打算通过对灌溉工程的未来受益者增加特殊税收而获得,若每亩耕地加税 0.5

276

元,那么预计可灌耕地 50 万亩便能够收回 25 万元。但是我们想想,首先,要从贫困的百姓手中纳税收钱谈何容易,再加上又是处在饥荒年月,以致 1932 年 6 月工程正式剪彩,当华洋义赈会把它所完成的工程正式移交给代表陕西省政府的工程师的时候,灌溉网络分布工程实际上仅有局部是确实存在着的[16]。当秋天发生了饥荒的时候,情况更加糟糕,这种局面在 1933 年又继续了很长一段时间。结果,分布网络上的渠道也需要国外的资助方能完成:五条分支当中,有两条是陕西水利局在"上海华洋义赈会"(Shanghai Chinese-Foreign Famine Relief Committee,是几年之前从中国华洋义赈会中分出来的)所拨给华洋义赈会陕西分会的基金的资助下,于 1933 年动工,1934 年春季完工,而另外两条则由华洋义赈会自己修建,资金来自美国华灾协济会(China Famine Relief, U. S. A.)的捐赠。到 1935 年,灌溉系统开始全面操作,为保证渭北平原的粮食生产做出了极大的贡献(一直到 1970 年代装备了电动机井以后,渠道网络在这个地区灌溉上的作用才相对地减弱)[17]。华洋义赈会于 1935 年 5 月首次在西安召开年会,会议代表们亲临泾惠渠现场参观视察。

在这个圆满的结局之前还发生了一个比较难解之插曲,但在中文记载中也根本未提及。在剪彩仪式之后,安立森被调到华洋义赈会的另一个主要建设项目——位置更向西的"西兰公路"——去当指挥,任务是把西安与兰州(陕甘二省之首府)之间的干线修建成一条适合于汽车运行的近代式道路,这对于帮助在交通封闭又易于遭灾的西部地区进行赈济活动是十分重要的。大约一年过后,他回到渭北工地进行为期数天的视察,对一些维修工作做出决定,但他和他的中国助手在离西安开车不到两个小时的渠首工地上,却被附近的强盗绑架走了。他们在周围的山里曾被换了几个地方,终于在 18 天之后设法逃了出来。那时候华洋义赈会与陕西当局尚未交出绑架者索求的那笔赎金。

在1933年华洋义赈会的年度报告当中,关于此事也不过只有几句话而已。实际上这件事情颇为复杂,很能反映出修建泾惠渠时某些社会和政治的背景,对于华洋义赈会与尴尬的陕西省政府之间的关系也产生了值得注意的影响。不仅如此,由于这个在安立森生活中的戏剧性事件,他在大约20年后写了一本关于渭北工程的历史小说,英文书名为 *Dragon Wang's River*(龙王河)[18],此书以他被绑架的故事为结尾。由于安立森的书为演义性质,因此不足以直接引作历史资料。但是这本书充满了引人入胜的细节与奇闻佚事,虽然有的部分明显是虚构的,或者说是对事实进行了加工与修饰,然而其中也有很多情节都可以拿历史记载来进行对照。最重要的是书中表达了一种激动人心的真实生活的情绪,我们不应当忘记,安立森从始至终都在现场,在很长一段时间里他是那里惟一的西方人,他同几个中国助手一起,亲身处于一群领班和劳工中间,每天他都要带领和管理这群人。在《龙王河》中,比华洋义赈会的记录更有过之,泾惠渠的建设纯粹就是外国人在搞,没有中国人做过严肃的考察,没有中国的工程师在负责,也没有陕西省政府拨给的钱款。

以上就是华洋义赈会及有关刊物所谈到的中国最古老、最著名的一个灌溉工程是怎样实现近代化的。我们将会看到,这些记载基本上是正确的。但是,如果认为今天中国刊物所讲的那些流传很广的故事不可靠、是对事实进行了歪曲的话,那也将是一个错误。尽管它是有缺点的,又有很明显的民族主义情绪,但它也反映了事实的一面,还提到了华洋义赈会及有关刊物的记载里边被忽视的主要机构。事实上,如果对中西方资料都做更深一步的发掘,那么就可能提供出一个比上述两种相互矛盾的传统说法都要完整得多、特别是更为公允、更有意义的记述来。

新的史料

在以下叙述中所谓的一些"新"史料，只是指它们的内容几乎尚未被充分引用来说明任何事，虽然早已发表了。特别是李仪祉本人的著述，其实他对自己 1923—1924 年间的考察以及之后所遇到的困难和挫折都有较为详细的记录，后来随着建设工程的进行，他对其中的具体细节也有讨论。当工程付诸实施的时候，李仪祉对自己的地位与作用是很明白的，下面我们也会更清楚地了解到他的角色到后来实际上很有限。

但这并不意味着，在更仔细地阅读了中文材料与英文中的新证据之后，我有一丝一毫要贬低这位非凡的人物及其成就的倾向。恰恰相反，我将要介绍的材料完全证实了李仪祉不论在哪里，不论在中国人或者在外国人中间，都是受到高度尊敬的：他的人格、他对于家乡和祖国的忠诚、他在专业上的聪明才智，这些都是从来没有引起争论的。而且，虽然中国刊物将他圣人化的材料，有的读起来十分感人，但是以下要讲的这些材料才会使他更加吸引人，更加有人情味。的确，之所以引起我的兴趣，正是他处在那样一个令人难以想像的困难环境之中，仍能愤发图强以实现自己日夜追求的梦想：重建家乡陕西的水利基础构造，使之近代化，驱除饥荒的威胁，为经济的起飞创造条件，而且他在临终前还立志把陕西建设成为一个模范省份、一个抵抗日本侵略的经济和政治的根据地。我们在阅读他所撰写的有关规划的论文——不仅是那些关于水利的论文——的时候，不由得会被他志向之崇高、眼光之深远所感动。同时，为取得他所达到的那些成就，他还必须在相互竞争的政治和军事派别之间周旋，利用他在本地和全国的威望对付反对派（虽然很难给反对派下定义），后者与有多少重要的职位要他担当，时而还要参加中国其他地方重要工程的设计和建设,或是与他接受了多少主席和顾问的位置有着重要关系,偶尔他也会因为对于处理事务的方式不满而辞职走人。此外,再加上他所发表的大批论文、工程论述、报告等等[19],他所做的实在可钦可敬、令人印象深刻,难怪他精疲力竭,仅活到 56 岁就谢世了。

谈到中文资料,我还应该补充一点,虽然基本上都与上述的内容大致相同,但在《文史资料》等刊物中有些记事和见证也提供了很多细节,形象鲜明地反映出李仪祉是在极其艰难的条件下进行工作的。最后,近来一些中文的间接著述,在政治和军事背景方面,也给有关郑白渠的近代历史及在其基础上最终重建而成的泾惠渠提供了大量新鲜生动的资料,如《杨虎城将军传》、《于右任传》等。

至于英文资料,我有幸仔细阅读了胡佛研究院(Hoover Institution)所藏"塔德档案"[20],之后我对此事有了全新的认识。塔德是一个积极活跃的强人,被他的"中国通"同伴昵称为"无所不能的塔德"(Todd Almighty)[21]。他肯定还是一个十分有条有理的人,因为他似乎保留了自己长期工作当中的每一份资料[22],包括每年他不论到哪里所写(或口述)的数百封信件的副本(他从 1923 年至 1935 年为华洋义赈会工作,每年到各地考查、视察,旅程数千英里,他还自豪地在其年度报告中记下了旅程总数)。塔德档案总共 75 箱,其中有 10 箱(#28—37)是他在华洋义赈会任职期间的材料,但与这一时期有关的材料在别处也还是可以发现的。不必说,华洋义赈会文件箱中关于渭北工程那些直接的和间接的材料都相当丰富[23]。

塔德档案不但对于中文记载,甚至对于华洋义赈会的官方刊物都有颇为重要的补充,其用处我们决不可轻视,因为这些材料不仅使我们更好地了解到华洋义赈会在陕西灌溉工程等项目中所起的作用,而且我们能够从更广一些的角度非常具体地感受到在中国 20 世纪 20 年代和 30 年代的民国时期的生活。其中一个方面不必说自然是侨居国外的美国人所处的环境了。这些人的基地主要是在北京、天津、上海以及暑期的北戴河,他们为中国政府或是为慈善组织工作,而且与外国的外交家、商人、传教士以及那些可以称作正在西方化的中国资产阶级(包括政治、商业、慈善、学术各界人士,当然也有与塔德共事的中国工程师们)都有关系[24]。

　　而实际上还远不止这些。档案中有大量的来往信件以及论文,在某种程度上,有可能使我们找出中文记载当中根本没有提及但却与我们研究的主题相关的内容,即在当时中国的主要公共工程之中具体的组织、社会背景、劳动关系,以及日常发生的问题等等。现场工程师不仅是技术人员,而且还得是天生的领导者、谈判者、调解者、总会计、出纳员,有时还必须负责保卫工作。因为饥荒出强盗,违法行为多,安全保卫一直是灾区的一大问题。塔德 20 年代初期在山东以及后来在绥远,安立森 30 年代初期在陕西和甘肃,这些在灾区负责建设工地的西方工程师,通常以为他们既然作为外国人来从事慈善事业,那么自己的生命就不大可能会有危险。当被裁减下来的士兵阻拦列车,或者那些由于饥荒而成为强盗的村民通常在发工资以后便过来抢劫的时候,这些西方工程师们往往凭借自己的威信以及亲临现场这一事实来使他们的中国工作人员安心一些[25]。我们读到一些非常生动的描写,有时候工程在几乎是战争状态的情况下还得继续进行。起码在 20 世纪 20 年代,还有一个问题,是需要对付正处在相互竞争之中的军阀,他们控制着部队及其迁移,通行证是由他们发给,安全的保证也要从他们那里才能够得到。在陕西省,直到 30 年代,正规的省级当局仍然极少能够有效地控制主要城市和交通要道周边狭窄地带之外的地方(即广大的农村地区)[26]。

在民国建立之初的二十年,令中国苦恼的一个问题是中央政府不过是名义上的,实际上并没有控制全国的能力;在这个时期的大部分时间,北京的政府对广大地区行使不了权力,而只好听任军阀相互混战。蒋介石于 1930 年战胜了联合起来的北方军阀,南京的国民党政权得以巩固之后,形势确实有所改观。塔德档案中有不少文件反映出当时的情况已经发生明显变化,有了更自信的中央政府、受到国际联盟(the League of Nations)支持的发展政策以及较少依赖外国专家的决心[27]。最后这点由国家经济委员会(National Economic Council)的雄心壮志及其日见增长的影响作用显示了出来,这个委员会原来就对是否还要华洋义赈会继续进行那些工程项目怀有疑虑,尤其是在没有发生自然灾害的时候,现在它又将自己的规划扩展到了华北[28]。早在 1930 年,民国首都的气氛即已开始改变,贝克(当时南京铁道部的顾问)信中有一段文字很恰当地描绘了当时的情景,他说:"对于此间前景,本人颇为乐观……周围有一种希望与勤勉的气氛,许多大楼正在兴建,士兵们都干干净净、整整齐齐,乘公共汽车时一定买票。街道维修不错,乞丐亦不多见。与官方之间打交道时有一种很明显的直率,且礼貌亦不欠缺。"[29]

然而这种现象只是发生在新诞生的中华民国之首都。而且,贝克才从陕西返回,陕西正在经受历年来最为严重的饥荒,强盗和军阀到处横行霸道。贝克写信前后正是国民党刚刚占领西安之时,其实甚至在国民党占领以后的很长时间,西安城及其周围一带的乞丐仍然不少,士兵们毫无规矩,省级当局与外国人之间的关系不是公开为敌,便是从根本上持怀疑态度。但不管怎样,我们应该顾及,在民国政权统治下,全国大部还是得以统一,秩序开始恢复,给中国的政治和经济环境带来了重大的转变,虽然为期不是很久。陕西尽管远离南京,这个转变也成为古代郑白渠复苏为近代泾惠渠的背景的一部分。

早期的努力

泾惠渠项目的历史与华洋义赈会的渭北项目相比更长久,所涉及的社会和政治的范围也更广泛。在帝国时代,就曾屡次有人大力主张恢复郑白渠早先的生产能力。虽然古代历史及神话说它曾经灌田几百万亩,但是现存的基础构造无论如何仅能有效地灌溉农田几千亩。只要是意识到这种情况,当地一些官员或士绅就会建议开始一项大胆激进的工程计划,再次将泾河水全部引入灌溉渠。这样的计划有些以前也付诸实施了,如我们已知的宋、元以及明代前期的工程。从 16 世纪 30 年代开始,就有一些人大力主张在泾河峡谷深处、称作"钓儿嘴"的河流转弯处引水,以此解决渠口太低而水源不足的长久难题。这个计划在 1737 年仍进行过讨论,当时采纳了反对派的意见,永久封闭渠道顶端的主渠入口。自那以后,灌溉系统完全依赖于 15 世纪开通的运河起始部分一段隧道里从岩石缝隙中冒出的几股"山泉"。对钓儿嘴提议持异议者的依据是这项任务太艰巨,花费也过大,因为需要在钓儿嘴与已存渠道顶端之间峡谷地段的岩石当中开凿出一条等高的运河,劳工们要忍受极其恶劣的条件,而结果如何却还不可确定。显然,这已经达到近代以前的工程技术在这个环境下实施所能达到的极限了。

1912 年中华民国刚成立不久,就讨论了如何利用近代工程技术来恢复郑白渠已往的辉煌。第一个做这样计划的官员是郭希仁,他曾担任过陕西省教育厅厅长,以后又担任省水利局局长,他从 1916 年开始担任这个职务,直至 1922 年去世[30]。1913 年郭希仁以陕西省军政府"高等顾问"[31]的身份被派到欧洲进行考察。他

283

这次出行的随员与翻译就是李仪祉,李当时是学生,他已经拿到西潼铁路筹备处的奖学金赴欧洲,在柏林学习过铁路工程。据说,就是在这次旅行期间,他们决定李仪祉应改学水力工程,以便将来返回陕西为灌溉基础构造的近代化贡献力量;随后,李仪祉前往但泽技术大学(Technische Hochschule Danzig)学习水力学[32]。

学成之后,李仪祉返回祖国,被聘到河海工程专门学校任教。该学校是在著名文人与改革家张謇倡导之下,于1915年刚刚在南京开办;学校的资金来自直隶、山东、江苏、浙江等四个沿海省份。李仪祉从1916年至1922年都在那里,从各方面来说,他都是一位出色的教师,他也十分重视田野工作,亲自带领学生到水利工程正在计划或实施的地方去参观实习很长时间。无论如何,他训练出来一大批学生,有几个日后成为他的助手。

1919年开始制定第一个“近代的”计划,要对那时的龙洞渠整个重新修建,但不是由李仪祉主持的。在那年,省水利局局长郭希仁派了一组调查人员到运河顶部和泾河峡谷去测量绘图。但是他们的工作结果不符合标准,根本谈不上是开始严肃的工作[33]。不管怎样,在当时陕西中部的政治和军事形势下,想要有秩序地实施一项主要的建设工程还是完全不可能的。

早在1917年秋,有几个本地军阀就开始兵变,反对自称陕西督军的陈树藩。在1916年欲称皇帝的大总统袁世凯倒台以后,陈树藩在陕西省一直势力很大。1918年初,自称“靖国军”的反叛军队将关中地区三分之二的兵力联合了起来,总部就设立在三原,三原是先前郑白渠所灌溉的三县之一。正当他们要把陈树藩从西安驱逐之时,陈树藩向邻省河南的军阀刘镇华求援。刘镇华带军进入陕西,迫使靖国军处于防守地位。靖国军的首领们明知若不在一个强有力的领导之下联合起来,他们就不可能生存,因此就把著名的革命家、三原人于右任(1879—1964)请回陕西来当领导。

刘镇华(河南的军阀)

于右任出身于贫困家庭,经过奋发努力,在旧制度下中举,但不久便反戈一击,将矛头转向满洲的统治;1904年他被迫逃离陕西到上海去避难,以后几年成为孙中山的亲密助手,积极参与革命活动。1911年辛亥革命,之后袁世凯和北洋军阀查抄民国政府,他在那些动乱的年月里始终追随孙中山到日本,以后又到上海、南京。1918年于右任再次抵上海,却不大介入政治了;然而,在孙中山的鼓励下,他同意了靖国军首领们的请求,回去领导陕西的拥孙部队。他到那里成为靖国军总司令,尽管没有丝毫的军事经验,但他指挥却十分得力:重新改组了部队,确实保证那些头目对他的服从,经过一番努力,这一运动的影响在陕西中部扩大到14个县,并有效抵制了陈树藩和刘镇华的军队。这种局势时起时伏,持续了将近四年;到了1921年,陕西的军阀与在北平的北洋政府联合,破坏了靖国军的兵力和组织,结果靖国军在1922年5月迫于压力被裁减掉。于右任再次离陕赴沪避难[34]。

我在此概述这些事件,原因是想使读者对纷乱的政治和军事背景有一个大概的印象,正是在这样的环境之下,对灌溉系统进行重建的规划才不得已又等待了十余年之久。此外,连年的旱灾和饥荒,只能导致战乱的影响更加严重,混乱无序的局面不断持续,各种社会创伤接踵而来[35]。尽管条件如此,计划还是做出来了。于右任领导的运动一方面抵抗敌军,一方面很重视发展,力争使所控制的地区近代化,换言之,他们宣称是拥护孙中山的爱国与改革的国民运动,而不可与当时在中国大部分地区抢劫掠夺的军阀相比。在靖国军控制的地区实行了减税;公共秩序得到一定的保证;并且推广教育,开办学校[36];而特别值得注意的是,在灌溉系统基础构造的重新修建方面也采取了重要的措施。

上文谈到,1919年郭希仁曾经派人到泾河及龙洞渠进行实地考察,也把考察结果给上次他做欧洲之行时的随员李仪祉送去,当时李仪祉正在南京教授工程学。那时郭氏任陕西省水利局局长,当然是在西安,在靖国军的死敌陈树藩这个名义上的督军之下[37]。而靖国军的总部设在三原,位于龙洞渠系统的下游。至于郭氏考察之时,泾阳县是否由靖国军在控制——泾阳处于这个系统的中心,经泾阳可达主渠顶部及泾河峡谷——我们尚不能确定。由于这一时期当地政治的性质,即使事实如此,处于西安的郭希仁和控制三原的于右任达成了某种协议是完全可能的:只要是军管不受威胁,那么,比起对家乡陕西的热爱与对改善当地状况的关心来,政治分歧便会显得无足轻重了。

不论怎样,在两年之后的1921年饥荒期间,正在受紧压的靖国军首领们利用"陕西义赈会"给予的基金,在三原创办了"渭北水利委员会",并设立"渭北水利工程局"(陕西义赈会没有多久就成为华洋义赈会的下属组织之一)[38]。同样,虽然军事派别相互对立,但似乎也没有成为障碍:陕西义赈会设在西安,渭北工地在"敌方"靖国军的控制范围之内,然而,由私人慈善机构募捐而来的义赈基金却能够跨越分界线,畅通无阻。这仅是很多例子之中的一个,在 30 年代初期国民党政权下的中国尚不稳定,统一以前的那些内战年月里,这样的空隙是很多的。无论如何,渭北水利委员会和渭北工程局均由当地名人李仲三主管,下面我们将看到他成为李仪祉的助手,后来又成为李仪祉的反对派。三原县的领导想聘请在 19 世纪末曾经与于右任同过几年学的李仪祉当总工程师[39]。据说在同一年,郭希仁也已经邀请李仪祉来替代他担任省水利局局长[40]。

由此可见,陕西很需要李仪祉回来。但他当时的选择是留在南京。当他在 1922 年秋确实回到陕西替代即将去世的郭希仁并负责省里水利建设的时候,给他发请柬的人就已经是新换的督军了,即在西安已经取代了陈树藩的军阀刘镇华[41],而且是在靖国军被打败之后。李仪祉被任命为省水利局局长,同时兼任渭北水利工程局的总工程师,而仍在位的李仲三希望把工程技术方面的指导任务交他负责[42]。李仪祉立即提议进行一次彻底的考察,力图重新恢复郑国渠和白公渠先前的辉煌:他之所以选用"郑国"、"白公"这两个名称来命名这一工程,而不用远不如此名称响亮的龙洞渠来称呼,显然是在表明他要如此解决问题的雄心壮志。

十分巧合,就在他到来的前夕,在北京新组建的华洋义赈会也对渭北项目发生了兴趣。一位名叫吴雪沧(即吴凯)的中国工程师已被派去考察现场,他带着一组考察人员一直上到钓儿嘴。他们得出结论,对旧有的龙洞渠系统进行修复,比在钓儿嘴修建新的主渠入口及隧道,再引水到平原的好处更大[43]。我们将会看到,最终大多数人的意见多少与这种较为保守一点的看法相一致。但在这期间，李仪祉也已制定出一个项目规模颇大的方案，其中也确实包括在钓儿嘴处的渠首工程、一条横穿中山（仲山）的 2630 米长的隧道，还有几个水库；这个方案曾一度受到塔德与华洋义赈会的高度重视。因为这个方案有可能使得灌溉面积扩大很多，所以在这一地区极受欢迎；对李仪祉来说，这是他日思夜想、不断追求的。

李仪祉 1923—1924 年间的方案

李仪祉对于泾河峡谷的考察始于 1922 年底，到 1924 年夏结束。大约进行了三次，分别始于 1922 年冬、1923 年冬和 1924 年春。他的考察测量了泾河水文地理的各种数据，对地形也做了比较彻底的考察，不仅是对峡谷，而且还包括了计划中将要灌溉的平原[44]；同时又绘制了许多地图和表格。由于地形上的问题，考察中最困难的部分直到 1924 年才胜利完成，即在钓儿嘴的上游测出一个合适的地点来修建水库。但是上游水库项目最终仍旧证明是不可行的[45]。

考察的结果发表于李仪祉签署的两份报告书中，日期分别为 1923 年和 1924 年，第二份较为保守，没有前一份那么激进。这两份报告书（不包括地图）后来都收于李仪祉的选集[46]。为方便起见，我以中文形式分别称为甲种和乙种[47]。

1923 年的甲种报告书分为（1）、（2）两个方案。二者均有一条 2630 米长、从钓儿嘴至平原的"灌溉隧洞"（irrigation tunnel），排水量为 60 立方米／秒，此外还有一条 400 米长"泄水隧洞"（cul-vert tunnel），入口位置稍偏向上游，为的是在灌溉隧洞入口下游把洪水送回泾河。二者不同之处在于方案（1）只有一道低坝，水从上面流到灌溉隧洞入口，经修复之后增大了的旧渠，水被输送到平

泾河钓儿嘴略图

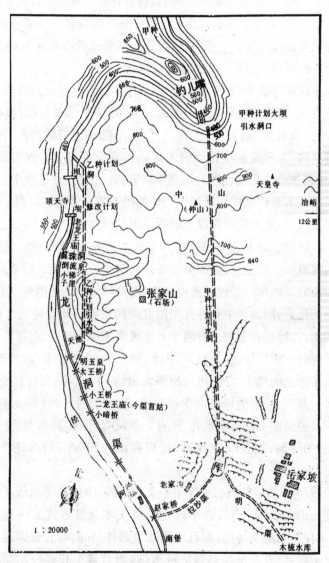

1 : 20000

原;而方案(2)则不但在泄水隧洞出口处建立一道高坝,形成一个能蓄水8000万立方米的水库,而且还要在灌溉隧洞出口处也修一个可蓄水70万立方米的水库(外库),另外在偏北一些更靠近山、地势更高的地方再加一条灌溉渠;这条新渠道的排水量为25立方米/秒,外库可以提供一个水电站的动力。

李仪祉在他1923年的中文报告书以及下面将谈到的英文小册子里面,把那条较高的新干渠命名为"郑国",那条较低的(使用旧线的)命名为"白公"。换言之,他毫不隐晦地借鉴上古时代的渠道名称,力图保证使神话般的辉煌再次全面复兴。而且,方案(2)中可灌溉农田的面积恰恰是400万亩,与《史记》《汉书》中的数字丝毫不差!这样的计划在当地的吸引力自然极其强烈。但不久却发现,由于工程原因以及财政原因,这些计划不得不被放弃。

1924年的乙种报告书考虑到了这些问题,把重点放在低部平原的灌溉——就是说,去掉第二条位置较高的新干渠。后来,华洋义赈会的工程师们经过调查也认为,要那样做的确太困难,而且造价极其昂贵,因为当中有好几个南北向的山谷必须要跨越才行[48]。事实上,乙种报告书内又有两个方案可供选择。其一,包括在钓儿嘴下游的一道堤坝,一条长2700米、排水量40立方米/秒的隧洞,以及平原上的两个水库;可以灌溉农田约140万亩,预计耗资194万元。其二,堤坝地点再向下移很多,选在旧的广惠(即龙洞)主渠入口逆流向上约300米处,还有一条长1550米、排水量40立方米/秒的隧洞,以及一个水库;可以灌溉农田86万亩,耗资178万元。

1923年的甲种报告书除了中文本以外,李仪祉还出版了一本较简短的英文册子[49]。这个薄薄的英文本就其形式来讲很有意思:不仅是用英文写的,而且印刷质量颇佳,并附有几张印在腊光纸上的照片;开卷便是刘镇华将军(陕西省督军和省长)、胡景翼

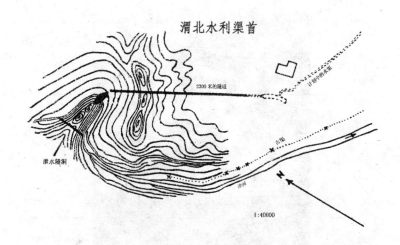

渭北水利渠首

2300米的隧道

计划中的渠道

泄水隧洞

古堰

泾河

N

1:40000

将军(渭北水利工程董事会名义会长)、田润骖将军(渭北水利工程董事会会长)及李仪祉本人的正式照片。刘镇华佩戴着所有勋章,一副典型的中国军阀穿戴;其他两名将军穿着军服,佩戴稍微简单一点,手握马刀;李仪祉则身着正式的墨黑西装礼服,而不是人们所熟悉的他穿着比较随便的中式衣服的样子。显然,这本薄册子是要把渭北项目置于当时的权力保护之下:包括西安的督军和省长(刘镇华)、三原的显贵(胡景翼,1918年靖国军的发起人之一,当时的河南督军),以及当时三原的要人(田润骖);另一方面也表明,这本印制精美的英文报告书的对象是外国人,即在北京与上海的那些慈善家们,离开他们资助的钱款,这个时期在陕西就做不了什么事(在中国其他地方情况也是如此)。

李仪祉当时确实与华洋义赈会有联系,起码是通过它的陕西分会(Shaanxi Committee)。陕西分会掌管着1921年分拨下来的5万元"考察基金",而李仪祉显然是属于这个分会的。1924年4月,塔德来到陕西,与李仪祉一同参观了渭北工地[50]。虽然他要求再做进一步的考察与评估,但他肯定是赞同这个项目的。塔德去

291

田润驹将军(渭北水利工程董事会会长)

见了西安的刘镇华将军和三原的田润驹将军,为的是争取他们的
支持,说服他们捐款:按照计划,在两年内为这个项目各募捐 75 万
元,田润驹可通过向当地商人和地主推销将要建立的"灌溉区改
造"(Reclamation for irrigation district)公债券募捐[51],刘镇华则应从
陕西省的总税收中提取一部分钱来;这笔钱的半数以华洋义赈会
的名义存入可靠的银行。不久,中国官方刊物《经济月报》(Chi-
nese Economic Monthly)发表了一篇文章介绍李仪祉的项目,并援
引了塔德到陕西的视察报告。据这篇文章报道,项目显然是由华
洋义赈会发起;当时还只是在考虑第一个方案(甲 1),可望灌田
140 万亩,耗资 150—175 万元(华洋义赈会"除了提供劳心之工
作",再贷款 50 万元,其余由陕西省省长来负责),工程完成需时

两年半[52]。无论如何,塔德已经让李仪祉再做进一步的调查和评估。这些我们从李仪祉1924年5月24日的回信中也可以看出,塔德来信10天之后,李仪祉复信时说已经按照塔德的建议进行了修改,并对甲种报告书做了新的估算[53]。

塔德档案中这封信的后面附有一份材料,未署名亦未注明日期,有9页长,题为"渭北水利项目之修改"(Modification of the Wei-peh irrigation project)。在这份材料里提出了乙种报告的第二个方案,即上面谈到的1923—1924年间考察时所探讨的四种方案之中规模最小、较为保守的那个。这个方案把主渠入口装置定在离老渠入口处仅约300米远的地方,按照这份材料,结果会比钓儿嘴方案"好得多"。这是因为进一步的调查指出,由于山谷形状及泾河流量的限制,即使是高坝,在上游的水库也不会蓄水很多,所以,要像甲种方案所预计的那样有足够的水来浇灌大片农田是不可能实现的。这份材料提供了新方案中堤坝和隧洞的技术数据[54]、一个进度表(项目可用一年半的时间完成)以及花销估算。耗资总额将达668599元,但是预算没有包括灌溉网络分布系统[55]。我想,这份材料大概是写于1924年底,也可能是1925年初[56]。

有意思的是,塔德在1924年华洋义赈会的年度工程报告中提出,应该聘请一名有在中国工作经验的外国水利工程师,派他到渭北工地去,对已考察的那部分的结果进行核实并将其完成。塔德还提到给李仪祉提供帮助的那些年轻的中国助手,其中不少是李仪祉从前的学生。一般说来,他强调这类年轻的中国工程师的热情,指出他们极想去参加这个可以有效实施计划,并且可以避免挪用盗用现象的新项目——意即由西方工程师领导,用西方的基金,为西方所关注的事业而工作。

停顿时期

1924 年之后,并没有做什么。原因何在?李仪祉 1924 年 10 月 12 日给某一个"董事会"(显然是渭北水利工程局的董事会)的一个讲话极好地说明了渭北项目所遇到的政治与财经两方面的障碍[57]。李仪祉说,经过两年的考察和准备,当务之急是尽快得到所需要的基金才能开始工作。资金来源有三个可能:(1)当地百姓。可是,在当地的募捐活动却没有什么结果(或许是公众缺乏信心,当然更重要的原因是百姓太贫困了[58])。(2)省政府。可是,除非直接控制这个项目,否则便不给拨款。(3)外国人。现在华洋义赈会已派人去考察,表现出很大热情(肯定是指塔德前一年春天的视察),但是他们提出条件:省里应当解决一半开支,贷款一定要有保证,省长和省代表大会本应对偿还贷款有正式誓约,但是他们至今却尚未派人赴京与华洋义赈会进行协商谈判[59]。外国人不信任不足为奇:每件事他们都需要亲自检查,而通讯交流异常困难,安全根本没有保障,地方军阀竞争混战;如果省长不先拨款,显示出省里完成这个项目的决心,外国人理所当然不会受任何方面的约束。

李仪祉在结尾时插入一条西方谚语:"天助自助之人"。他认为这不仅适用于整个陕西,而且对每一个县都是一条真理。因此,陕西省应当发行"水利公债"来收集总额的 60%,该款的另外 40% 则可在灌溉规划涉及的县份募捐。李仪祉说,他已经与省当局讨论了贷款及其规定的细节,陕西省政府不久就会将情况公布出来。

但问题在于李仪祉与渭北水利工程局主管李仲三之间存在着矛盾——此时李仪祉是陕西省水利局局长,同时也是渭北水利工程局的总工程师。华洋义赈会应该会考虑给予贷款，然而是有条件的，那就是必须由省政府负责这个项目；可是省政府并不愿将这个项目交给渭北水利工程局办理，因为渭北水利工程局是"公立"单位，亦即一个非官方组织。省政府只同意把它交给省水利局来办，而渭北水利工程局主管李仲三强烈地反对这样的安排。因此，李仲三一直在北京活动，建议由中央政府成立一个专门机构并委派这个机构负责此项目，他自己在这个机构中担任地方的代表；但他的游说终究未能成功。李仪祉能够提醒听众的惟一的一件事是，北京的国民政府既无钱又无权，而承担淮河或者大运河的修复等类似工程的机构也都没有产生出什么结果。工作还是必须从省里做起。李仲三显然是不愿意让李仪祉负责这个项目，但是他本人却不辞而别，径自离开了陕西。因而，李仪祉建议工程局的董事们自己把握方向，在来年冬季用华洋义赈会的渭北考察基金的剩余款项开始施工，同时请求省政府将救灾基金拨给该项目；然后，可以用"水利公债"的钱来继续这个建设工程。

李仪祉的讲话使我们对当地的政治活动有了一个大体印象，起码可以了解到个人恩怨所起的作用，这在他的著述中是少数几个例子中的一个。李仪祉与李仲三，一个是省水利局局长，一个是在三原很有影响并与军队有关系的人物，他们之间出现不和的原因究竟何在不大清楚：他们一同带队去考察渭北项目之后仅过了一年[60]。据李仪祉所言，有一个细节也许能说明问题，李仲三离开这一地区的原因是在某一个胡将军手下作战。胡将军肯定是当时的河南督军胡景翼，上文谈到他曾是李仪祉的项目的赞助人之一。在李仪祉1923年的小册子上印有照片的那些将军们确确实实是在相互混战。李仪祉在西安的上司、陕西督军刘镇华也于1924年率军离开陕西，却在河南被胡景翼的部队击败。这些军事活动显然与当时华北军阀之间的战争有关。一方是冯玉祥（刘镇华的把兄弟)、胡景翼和孙约的所谓"国民军";另一方则是控制了北京总统的"直系"军阀。1924年10月国民军将直系军阀驱逐出北京(附带把傀儡皇帝溥仪也从皇宫撵出),但后来又轮到他们被直奉系联军赶走。

1923—1924年陕西有一个为时短暂的政治稳定时期,这样,才有可能对渭北工地进行考察,也才可能正式与华洋义赈会开始商讨,但是上述事件的发生打乱了政治上的稳定局面。接下来又开始了政治混乱、国内战争以及自然灾害。混乱持续了六年,在此我只能勾画出一个大概,就直接影响到渭北项目命运的事件简述一下。

1925年5月塔德从汉口写给驻京的上尉康斯坦特(Captain C. V. Constant,可能是美国代表团军方成员之一)一封信[61],使我们意外地瞥见了1925年的混乱局势。塔德在信中给对方概括了他刚从一位"中国老朋友"(塔德是在从河南到湖北的火车上跟他结识的,据塔德讲,他对陕西及河南西部的形势十分熟悉)那里得知的情况。塔德所复述的开头几行文字很能说明,外国人急需知道什么样的消息,以便随时了解变化无常的局势:

> 你已经知道,刘镇华已不再是驻西安府的督军,他的职位被在过去两三年控制着陕南的吴将军所接替。吴将军在西安府一带有两支军队,总共三万人。到潼关(西安以东的一个城市,位于渭河与黄河汇合处附近,在陕西与河南交界,北面陕西,南面河南)的路程有一半是在他的控制之下;另一半显然是胡景翼的旧军[62]从洛阳和开封(在河南)来进行控制。陕西渭河以北(即渭北地区)属于田将军管辖,他有二万人马,总部现设在渭河边上的渭南,而不是一年以前我去见他时的三原了[63]。……刘镇华也有北京的段氏(段祺瑞,直系的一个

296

胡景翼将军(渭北水利工程董事会名誉会长)

头目,被当作北京政府的首脑)做靠山,反对胡景翼。但是被打败了,刘镇华逃走,住在太原府(山西省首府),没有担任官职。似乎陕西中部和南部都在要求罢免刘镇华的职务,因为老百姓和商人们都不愿意让他把前一年秋冬时节带去打胡景翼的两三万人马再领回陕西来。于是他只要见到钱便抓过来供养他的部队,这一地区原本就异常艰难,结果确实被弄得搜刮殆尽,一贫如洗。而这个新上任的督军很可能会招募更多的人马来增强自己的力量,估计可能从三万增加到四万,以压住田将军的二万人马……

这里能从更广的视角看到,大军阀们个个都在互相对打,大部

297

队所穿过之地,资源便被席卷而光。更有甚者,有如下的消息:
"现从西安府至潼关,人人必须经过 11 道军事关卡,这些关卡不
相统属,或多或少各自独霸一方"[64],我们可以想像,在大军阀所控
制的更广的区域范围内,有众多小军阀占据着小地盘,在自己的地
盘都是靠老百姓养活着自己,而且任意抢劫过路行人。

不难理解,在这样的条件之下,渭北工地上进行大规模的建设
项目是根本行不通的:西安的"省政府"以及渭河以北的地区分别
属于两个相互对立的军阀控制,到处都是军队,交通十分危险,充
满着不安全感[65],外国的组织当然是不会在这样冒险的情况下乱
花一分钱的。

看来很清楚,随着刘镇华的退场,李仪祉与省政府所安排的
"水利公债"的计划,本来应当经省代表大会通过的,结果却是付
诸东流。在 1925 年,省当局一心关注的是军事上的问题,李仪祉
派他的学生和助手须恺把他的规划方案带到北京,想从华洋义赈
会那里争取到基金,但是须恺没有办到。后来,李仪祉亲自从陕西
旅行到北京、天津、南京和上海这些慈善机构总部所在的大城市,
可他也没有能够成功。当他于 1926 年返回西安之时,他甚至不能
回到他在西安的办公室,因为城市被围了[66]。

当 1925 年直系奉系联军打在前一年占领了北京和天津的
国民军的时候,北洋军阀吴佩孚提名刘镇华作陕甘"剿匪"总司
令;刘镇华将原手下的副官们重新召集起来,带着他重新组织起来
的军队闯入陕西,在 1926 年 4 月包围了西安城。守城者是刚参加
国民军的杨虎城,他是前靖国军的将军[67]。西安城被困达八个月
之久,才由冯玉祥的国民联合军从内蒙古开过来解围[68]。这期间,
可怕的刘镇华部队以及其他军阀到处行掠,附近诸县所受伤害格
外惨重,例如地处龙洞灌溉系统中心的城市泾阳曾经多次被围困,
其他许多县也都有同样的遭遇。

西安被困期间，华洋义赈会在陕西的分会（李仪祉是名誉主席）只能与城内的其他慈善机构一道，给西安居民以及聚集在此处的难民一丁点救济，除此之外便无能为力了。难民的住处基本上可以安排，可是随着围城时间的拖长，食物供应只能是越来越困难。陕西分会甚至连华洋义赈会分配的 5 万元也拿不到手，而且还要以华洋义赈会的分配额作为附属担保向商人们借贷[69]。我们已经看到，李仪祉本人这时并不在此地，他是在围城结束以后才回到西安的；但是他拒绝担任建设厅厅长的职务，因为这对于渭北项目的开工起不了任何作用。最后他离开陕西仍旧赴南京执教，另外也到其他省份去进行了某些工程项目[70]。他的著述中有一份篇幅很长的请求报告，是写给陕西省"总司令"的。这位"总司令"可能就是他的老同学于右任，那年的前半年于右任仍然处在这个位置上。李仪祉在请求报告中描绘了一个经济发展规划，从修复郑白渠开始，此外还有设立纺织厂、水泥厂，以及渭河通航等计划，其中包括各项数字与开支预算[71]。这份文件的开头部分是文言，以奏书的文体叙述了陕西人民历来所经受的种种苦难和煎熬；悲叹当今的政治在全力以赴地制造革命的声势[72]，却无人来关心怎样改进国家的生产力，减轻人民的痛苦。如果他为陕西的繁荣而奠定基础的计划得不到实施的话，那么孙逸仙先生的三民主义何时才能得以实现？李仪祉希望从罚款的收益当中拨出一百万元来实现渭北项目，但是这个请求显然是被拒绝了。他在 1928 年的一封信中写道，他在陕西的五年（1922—1927）从省政府那里什么也没有得到，只有当资助渭北项目的决定终于能够兑现的时候，他才肯返回陕西[73]。如上所述，这发生在 1930 年底；但是这时，该项目的大部分却是由华洋义赈会设计、管理和资助的了。

事实上，1926—1931 这几年的大多数时间李仪祉都不在陕西，这段时期很可能是陕西有史以来情形最恶劣的年月。在此我只能极简略地概括一下[74]。据1929年的报告,在1927和1928两年,尽管冯玉祥的军队相对来说有一些纪律,但是大大小小的军阀相互混战,使得有时冯玉祥的军队接连好几个月占领着一个城市,抗击敌方的军队[75],给这个地区带来了毁灭性的灾难。村庄被破坏,老百姓苦于饥荒,或成为强盗;秘密结社(如"红枪会"、"黑枪会"、"大刀会"等等)也都活动起来,他们从村庄自卫到不法游民,无所不有,并无明显的界限。泾阳和三原这两个县在龙洞灌溉系统布局当中占据着主要部分,而此二县受军阀暴力的损害程度也是名列前茅的。

从1928年开始,除了军事上造成的毁坏以外,又增添了自然灾害。华北大部均遭受旱灾,并且持续了三年多,有的地方旱灾时间甚至更长。陕西是受灾最严重的省份之一。材料所详细描述的受灾状况跟历史上的大旱灾完全一样,如都是土地干裂、收成不及常年十分之一,或者颗粒不收、连籽种也收不回来,人们只好吃糟糠、树皮和草根,卖儿卖女,到处流浪,全家饿死,尸体遍野,有时甚至人食人,等等。据各方报告,20世纪20年代末的灾荒比1920—1921年间的灾荒更要厉害得多,甚至比1877—1878年间的华北大饥荒还要严重。要想从山西等邻省输入粮食也是几乎不可能的,一方面因为那些地方也没有什么可以购买的,另一方面是因为运输费用太高,要买也买不起。

从1929年夏至1930年期间,陕西被很多人认为是旱灾最严重之省份。渭河左岸的关中地区也就是渭北地区灾情尤为严重,据说是百年以来的最大灾害[76]。1929年8月,于右任到陕西参加赈灾以帮助他以前的亲友和战友,他在陕西停留了约半年时间。他此时的身份已经是国民党的元老了,并且在国民政府担任职务[77];他曾呼吁南京政府和上海的慈善机构给以帮助,但他们都帮不了忙。他在一封信中提到有人告诉他,在河南开封火车站亲眼看到大堆大堆的麦子正在那里等着运往陕西灾区,而且农民们只有几天时间就要去田里播种了,但是却始终不见火车来装载麦子。同年10月份,政府派了一个"西北灾情视察团",他们到了关中的几个县。据报告,西安附近收成仅为常年的十分之一,十之八九的农田已经荒废;百姓吃树根、草根,甚至吃土,每天都有人因饥饿而死亡。泾阳的收成是常年的十分之二,很多农田无人耕种;在三原地区土壤干旱,挖地八丈(20多米)仍不见水[78]。

泾惠渠的修建

1930年情形更加糟糕。关于三原、泾阳、高陵这三个渭北项目计划之内的县以及再往北去的一些县,所报告的情况均是颗粒无收。除了干旱之外,还发生了伤寒和蝗灾,盗贼也相当多。上文已经谈到,华洋义赈会赈灾行动主任贝克于1930年夏来到陕西分发赈济物资,又在渭北地区修筑了一些道路,用"以工代赈"的办法来救济当地农民。他在三原也指挥了一些灌溉工程。当时的治安条件如此之差,甚至连最虔诚的传教士也拒绝保管赈灾基金,因为他们知道如果基金在他们手里,他们马上就会受到成为盗贼的饥民的攻击(外国慈善机构一般都是通过这些传教士来进行援助活动的,其中也有几个是在离西安较远的城市里)。同样,用卡车运载粮食和钱财是极其危险的,因为往往要越过敌对双方军队的界线[79]。

贝克身为华洋义赈会在该地区的代表,他说,他所到之处人们都要求他"对大规模灌溉系统做些努力"。他原以为对此已经采取了一些步骤,因为事实上他在4月份就曾要求塔德找一位工程师赴陕西做初步的研究[80]。塔德确实也在这之前已经聘用了安立森到渭北工地进行调查,但是当贝克来到陕西的时候,安立森正好暂时被派往更西的萨拉齐工地,一时不能回来。不管怎样,当贝克抵达陕西的时候,他发现自己身边还没有一位合格的水利工程师,而正式的考察工作在安立森到来之前是不可能进行的。安立森终于在 9 月 1 日返回陕西,可是几天以后贝克又要去南京铁道部复职了[81]。

贝克在 1930 年华洋义赈会的年度报告中讲述了他与安立森去视察渭北工地时,走到哪里都看到"欢迎"的标语,当地群众表示对他们极力支持。秘密结社"红枪会"的人武装起来保证他们的安全。在安立森确认此项目之可行以后,"召开了宣布性的群众大会……在会上保证官方合作"。我们可以回想一下,当时在西安的"省长"还是冯玉祥安排的人,而冯玉祥正在与国民党政权作战。据中文材料,杨虎城是这个项目的发起人[82],而事实上,他仅两个月之后就要到了[83]。

安立森考察之后所写的报告立即交给了塔德,报告肯定了他与贝克的意见,认为可以马上开工[84]。实际上,安立森要塔德尽快把泵等设备送到,贝克已经在与朱庆澜将军(佛教华北慈联会委员长)协商运送水泥之事宜。之前安立森与贝克同去看了旧渠的渠首部分,并且一直向上爬到了钓儿嘴。安立森认为,李仪祉最初的甲(2)方案(建一个高坝、一条长 2.6 公里的隧道以及两个灌溉渠)开支将会过于庞大,技术上也过于困难,而李仪祉十分重视的水库,则用不了 25—30 年的时间就会被淤泥填满,因此就更不必说了。所以,利用自然河流而不需要水库蓄水才是更加合理的,这只需要花费 50 万元即可完成(假使灌溉分布系统由省里负责)。灌溉面积将是 50 万亩左右,而不是李仪祉所设想的 400 万亩。安立森还提议修筑一道很宽的低坝让水从上面流过(over flow dam),那么以后就有可能在这道宽坝之上再修建起一道高坝(在 1949 年以后还真是这样做了)。

当安立森写这份报告的时候,他以为塔德很快就会到陕西来与他合作;但是塔德直到11月才到达。当时正值杨虎城于10月24日被任命为陕西省主席之后进入西安,冯玉祥军设在晋陕交界处黄河上的最后防线这时也正在瓦解[85](塔德跨越黄河有些困难)。塔德于11月4日抵达西安;他原有的两辆车在潼关被国民党军队劫走,5日他去商讨归还车辆的事项,晚上即被杨虎城请去吃饭。换言之,贝克两个月之前已经开始与杨虎城的前任商讨的那个项目,杨虎城似乎有意接手过来。在以后的几天,塔德带着给他准备好的通行证和保镖去视察这一地区的各项工程,其中也包括渭北工地,那里他是跟安立森一同去的。他看到在安立森的指导下,渭北地区道路的修建已经积极动工,因此卡车把物资运送到渠首工地的日子是屈指可数了。他对安立森的计划予以肯定,这使得有可能在1931年就开始灌溉农田(实际上用了更长一些时间);但同时他仍然希望水库等更重要的工程项目在将来也能够完成(这些以后却都没有再尝试了)。

在11月10日晚塔德离开的前一天,他与陕西当局在西安会面,后者保证为灌溉渠道分布网络的动工拨款40万元。此时,安立森则将他自己的预算提高到55万元,随后塔德要求义赈会给他的工程股留60万元[86]。他在报告中始终说,大家都对渭北项目极为热心,而这个地区灾情还很严重,因此当局渴望看到项目很快能够完成。事实上,他们会面仅几天之后,杨虎城召集了一个会议,将来会受惠于这个项目的五个县都派代表来参加,成立了渭北水利协进会,这个组织的任务是筹集225000元贷款,省政府保证将提供同样数目的钱[87]。

最后,塔德向华洋义赈会的负责人提及,到此时,他只是在遵照贝克的指示办事——根据贝克与另一位省长的商谈——并要求华洋义赈会同意继续进行商谈。不论如何,这个项目很快就公布

303

于众了，报上以"塔德被任命为华北新的百万元项目的总工程师"之类的大标题做了报道，予以庆祝[88]。而大多数报道实际上不过是塔德本人报告的意译：塔德对于宣传他自己的工作和他的工程项目十分积极活跃，这仅是几个例子中的一个。

有趣的是，由贝克建议、已经担任了渭北项目现场负责人的塔德，曾在他的报告中向华洋义赈会做出保证，他大部分时间都能用来投入这项工作，但是在这段建设期间，实际上他几乎都不在陕西，而让他的执行人安立森料理一切事务。安立森在其小说《龙王河》中对塔德在中国各省到处周游以及他到渭北工地来去匆匆还开了一下玩笑[89]。在塔德档案中有关他陕西之行的记录的确极少，而且时间相隔也较远。他在1931年1月致贝克的一封信中，埋怨安立森在灾区招工不足（说"恐怕安氏在招募民工并留住他们这方面尚不太成功"），并且说他下个月去陕西的时候将亲自经手此事[90]。可是再提到渭北工程时却已经是一年之后了，他写信说他正在前往西安的途中"去对我们的灌溉工程做一个简短的视察"[91]。最后一次提到则是他在巡视华洋义赈会在陕西和甘肃的工作以后所做的详细汇报，他说1932年5月12日和13日这两天他是在渭北工地，并拍摄了很多幅照片[92]。这次到陕甘巡视，与他同行的是干德伯里城教堂主任（dean of Canterbury）江声（Hewlett Johnson），江声当时正在周游亚洲和苏联。江声似乎让塔德感到着迷，而他对华洋义赈会的成就也十分赞赏。后来当塔德受到批评、工作难保之时，他对塔德的支持很大[93]。不管怎样，1932年6月20日的剪彩仪式塔德是出席了，并在会上发表了讲话[94]。

剪彩仪式进行得很顺利，尽管渠道还不是很完善。由省里承担的灌溉渠道分布系统的大部分工程始终不能完成，因此到剪彩仪式时，泾河水所灌溉的农田仅达20万亩，而不是规划中的50万亩。此外，安立森在剪彩的前一个星期还遇到了意想不到的困难，他不得不匆忙地结束主渠入口工程的未完部分,例如,将坝上面剩下的最后那个开口关闭[95]。5月份他不得不拖延施工,因为发生了三次洪水,水流突然迅猛上涨,这是泾河山谷下部的水文地理的一个特征;最严重的一次水流量高达 150 立方米/秒,而在这个季节正常的排水量仅有 10—15 立方米/秒(但是安立森承认,总的来说,在建设过程中他还算是幸运的,这期间泾河水量没有太多的反复无常)。后来,在 5 月 26 日,美国工程师斯特罗比(Stroebe)先生没有事先通知就代表上海顾问委员会(Shanghai Advisory Committee)来到现场视察,显然是想确认他们的钱是否用于正处,没有乱花[96]。在 5 月下旬——幸亏是在斯特罗比视察之后——对系统进行试验,当把水引进隧道时,交给陕西工程师负责的主渠道的部分建设的弱点一下子暴露了出来:在王桥镇附近高于地面的一个工段,排水量仅 4 立方米/秒就足以把渠坝冲裂,因此不得不赶紧将水流量减少到 1 立方米/秒,而系统设计的排水量本应能承受 14 立方米/秒[97]。

实际上这是本地工程师受到西方同行批评的罕有例子中的一个。安立森很不满意他们坚持要重新使用从王桥镇向下流淌的弯弯曲曲的旧渠,而不肯另外挖掘一段新渠,因为这需要迁坟并侵占有价值的耕地,并且很可能这些耕地是属于有影响的人物的[98]。又,考虑到工程的可靠性,安立森好几次叮嘱李仪祉及其执行人孙绍宗在他们负责的那部分有些明显不够牢靠的地方一定要加固才行,但是他们却无动于衷,什么也没做,只等着将水引进来,所以在第一次试验时,问题就冒出来了;同样,从一开始安立森就坚持,剪彩仪式那天只应放一小股水进入,如果太冒失了,那将是很愚蠢的,而李仪祉却想让最大量的水放出,以给观众留下深刻的印象。直到试验中出现了问题,这才改变了他的想法。

几年以后,安立森本人承认 1931—1932 年间的工程并不是完

305

全合乎标准的[99]。原因在于缺少资金。例如,紧靠着隧道出口处的渠堤,本来应该再加高2米,才能避免遭受最严重的洪水的损坏,却因为缺少钱而不得不放弃;再者,如果他们掌握更多的资金的话,设置进水闸门启闭机器的安装平台也应该比它最终完成时的高度再高出6米。在1933年8月8日,当水位上升到目前为止的最高纪录的时候,这两处都被水淹过,持续有几个小时[100]。

然而尽管有一些损坏,那天渠首枢纽还是经得起考验的。所以安立森对1933年8月洪水的回忆仍旧很自豪,他1936年10月2日写信,在详细谈论了他和塔德激烈地反对国际联盟的意大利专家奥莫迪奥(Omodeo)对他们工作的批评那些事件以后,他作了如下评论:

> 我想,除去低估了头等质量的工作的预算之外,1930年秋我对情况的总结还是蛮不错的。不管怎样,我做的时候是有些执意,因为好像我要是作估计过高,华洋义赈会可能再也不会去动它了。我觉得那是个很好的建议,知道能给多少钱而不让第一个预算过高。我至今仍然认为我那样做是没有错的。我们那时对于怎样竣工不完全清楚,但是我认为谁都不会后悔。我们所做的一切经历了十分严峻的考验,直到现在它仍然很好地挺立在那里……所以并没有理由担心。

两天以后,塔德的回函也持同样的态度:假若开始的时候所做预算过细(他可能是指过于认真),那么什么也都开始不了。他的结论是:"事实上在中国,任何事情也必须是这个样子才有可能做起来。"

与国际联盟专家奥莫迪奥和"那些从欧洲来旅游的绅士们"[101],以及主持他们的国家经济委员会负责人之间的冲突,在小小的工程界引起了不小的震动。对塔德本人来说则更为要紧,因为他若不能为自己的工作辩白成功的话,他在中国的位置就会大大削弱[102]。日内瓦的国际联盟没有通知原来要求报告的中国政府而发表并出售了他们的专家所写的一份非常严厉的报告以后,情况到了十分紧急的地步[103]。塔德以及他在中外的同事非常气愤。塔德与安立森一同在《中美工程师协会期刊》上发表了一篇措词谨慎而又同样严厉的回答,并且将抽印本分发给了世界各地的工程协会和院校[104]。

对塔德与安立森来说,更为重要的是要赢得中国工程师们的支持,而这点他们是做到了:当时中国最有名的四个水利工程师都对他们的文章做出了肯定的评论,有些甚至还冒着因此而受到他们的中国政府上司责难的危险。在塔德档案的文件中,另外还有不少例子反映出这样的抱团精神在这种情况下也在起作用。事实上,中国工程师们这样做也有他们的理由,因为国际联盟的报告对他们所做的一些成绩也进行了批评,所以他们也害怕会丢自己的面子。但最重要的,塔德和安立森还盼望能得到李仪祉的支持,在最后的时刻他们才得到,这倒不是李仪祉不愿支持,而是由于交通困难而造成的拖延[105]。显然,李仪祉在他们的眼里是中国的资深工程师。塔德在一封信中曾这样形容道:"有一群颇有影响的中年工程师(大多是在美国院校受的教育),他们在过去的15年期间中美之间进行的工程实践当中保持着密切的联系,希望这种关系更加广泛、更加牢固"[106],而李仪祉正是这群人中间最受尊敬的中国工程师。

我们已经谈及,到泾惠渠剪彩仪式的时候,安立森曾对李仪祉在第一次试验时不大谨慎让最大水流进入渠道,以及那些在他手下的陕西工程师不大完美的工作,而表现出不耐心。在其他一些时候他也对李仪祉错误地预测了泾河在发洪水时的最高水位有过讯讽[107]。现在确是该评论李仪祉在泾惠渠的建设中究竟起了多大作用的时候了。若据标准的中文材料对这些事件的描述来看,泾惠渠好像完全是李仪祉靠自己的力量建成的。实际的情况究竟如何?

有一件事可以肯定,在1930年10月底杨虎城抵达西安之前,这些都已经规划并开始行动了。11月份杨虎城的确邀请李仪祉到西安来担任陕西省建设厅厅长,李仪祉也一定很快就到陕西来了,因为据报道,12月7日他与杨虎城(可能还有安立森)一同出席了在渠首举行的开工仪式[108]。但是此后的大部分时间,李仪祉都不在工地。他把灌溉渠分布系统的实际指导任务交给了他的执行人和学生孙绍宗。换言之,孙绍宗的位置是"现场工程师",这种关系正如塔德与安立森之间的关系那样。

事实上,在建设动工的头一年,李仪祉有很长时间甚至都不在陕西。1931年他被请去参加治淮抗洪行动,担任总工程师,他是与他的学生须恺一同去的。当时水灾救济委员会的总指挥是蒋介石夫人的兄弟、国民党政府的财政部长宋子文。据须恺讲,李仪祉组成了17个工赈局,但由于宋子文及其手下制造麻烦,后来他便辞职不干了[109]。李仪祉在1931年似乎还到了其他许多地方。特别是他参加了中国水利工程学会的创建,并当选为学会的第一届会长;这是在全国范围将水利管理统一起来所做努力的一部分,得到了政府的支持,很快又整理出水利建设规划予以出版,发行到全国各地[110]。事实上,李仪祉把他在陕西的责任委托给人代理,自己到别的地方担任其他任务,这样的做法,在他后来担任渭北水利工程局局长的时候也有过几次(特别是在1935年,据说是李仪祉最繁忙最辛苦的一年。他去治理黄河时,因与黄河水利委员会副主席孔祥榕意见不和,最后也只好辞职了)。

1932年的大部分时间,李仪祉还是都在西安办公的,他在这段时间一定与安立森及其同事接触频繁。在他的著述中可以看出,他对渭北建设工地的情况有着密切的监督。例如,我们有他一份1932年的详细报告,这一定是写在剪彩仪式举行之前[111]。他详细地记述了工作的进展、与其有关的各方的分工细节,指出了花销过多的问题,并且建议在将来每年都需要对灌溉渠道进行整修和维护等等。正如他的其他著述,他对他以前那个更加宏伟的项目规划没有能够实现仍然深感遗憾,依旧在设想修建水库来增加灌溉系统的收益,尽管他知道存在着泥沙沉积的问题。

结论:关于近代化

尽管在泾惠渠的实际建设中,李仪祉多半地只是处于边缘并不是中心人物[112],然而事实上,他在整个事务中所起的作用却非常之大,这从上文可以看得很清楚。我已经指出,他是受到他的西方同行高度尊敬的,而且除尊敬之外还有信任。这在一个政治背景频繁转换、处处没有秩序没有安全保证的环境之下尤为重要。有好几次发生这样的情况:当局失信,完不成他们应当做的事情,似乎不能再依靠他们了,但是只要有可能,李仪祉就一定要站出来挽救他家乡省政府的信誉。例如,在剪彩仪式过后不久,有三个外国人和一个年轻的中国工程师在西安附近驾车行驶,却被一群士兵所杀害,显然是受到了杨虎城最信任的副官的默许。其中一位被害者(尸体已经失踪)是瑞典传教士,名叫托恩瓦尔(Tornvall),是华洋义赈会在西兰建设工地的财务管理人员,塔德费了很大气力试图解决此案,从陕西政府那里获取赔偿。在这件事的处理过程中,作为那个政府的一位受尊敬的官员,并且有很大的影响力的李仪祉一直不遗余力地努力帮助他在华洋义赈会的朋友[113]。一年以后,又发生了一件类似的事情,安立森和他的中国助手被绑架;而李仪祉实际上把他自己的钱也押上去,用以保证省政府不大情愿付出的那笔赎金能够按时送到。

更重要的是,1932年泾惠渠的剪彩仪式,开辟了关中地区近代史上的一个新篇章。这个问题我们不可能在这篇文章中进行详细讨论了。而李仪祉又一次起到了极其关键的作用。他在剪彩仪式过后不久撰写了一篇论文,以这个新的水利系统为基础,描绘了需要实施的发展政策[114]。这个发展政策包括各种工业、一个"泾惠储蓄银行"以及教育机构等等,目标是一旦完成渠道的项目工程,就要把渭北地区建设成为一个"整个的经济区域"。几乎是在同时,他还发表了"泾惠渠管理章程拟议"[115],其中列出的规章条例,在他以后数年实际主管的渭北水利工程局已经有效地用于实践了。

尽管这些章程也从当地灌溉传统的管理和维护吸取了大量经验,但它们还包括了新的、显然是近代的概念,经过几年有时是困难重重的试验阶段,已经成为当地水利文化的组成部分[116]。新的"科学的"测量水土的方法得以推行,根据作物的种类来努力使灌溉用水的使用合理化,要求定期按时交付"水费",在灌溉系统范围内财政自立自理成为定例,由三原渭北水利工程局负责协调集中管理。

渭北工程在全国被誉为近代化与改造古代灌溉基础构造的"模范项目"。在陕西,它们仅是一整套类似项目(即利用自然河流依靠重力引水灌溉农田)之中的首建且规模最大的工程。这个"八惠渠"是由李仪祉最早设想出来的。在他1938年去世以前,确实完成了起码其中的一个,其余的则根据在修建泾惠渠时所取得的经验,在20世纪40年代和50年代逐渐修成并且投入使用。在这个阶段已经不再有外国人的指导和帮助了。至少由于这些原因,李仪祉当然应该称得上是陕西近代化的英雄,他在生前已经赢得了这个荣誉,在今日关中地区也还是这样。

〔注　释〕

1　我在美国霍普金斯大学、普林斯顿大学及台湾中央研究院历史语言研究所做讲演时曾用过此文的初稿。这项研究最初是为"华北水资源与社会组织"项目而做,台湾喜玛拉雅研究发展基金会资助,由蓝克利先生(Christian Lamouroux)主持。研究成果曾经在2000—2002年间在法国高等社会科学院(Ecole des Hautes Etudes en Sciences Sociales)由蓝克利与作者本人主持的研究班上做过讨论发言。

2　当时的"亩"究竟有多大,学者们意见不一。因此对郑国渠灌溉面积的估计数字从7.4万到24万公顷不等。参阅拙文,"Clear waters versus muddy waters : the Zheng-Bai irrigation system of Shaanxi province in the late-imperial period",载 Mark Elvin 与 Liu Ts'ui-jung 主编, *Sediments of Time*: *Environment and Society in Chinese History* (时间的积淀:中国环境史), Cambridge, Cambridge University Press, 1998, p. 283—343, 此在 p. 283 注 11。(中文稿收入刘翠溶主编,《中国环境史论文集》,台北,中央研究院,1995,页 435—505,"清流对浊流——帝制后期陕西省的郑白渠灌溉系统"。)本文下面有关其历史的概况以此文为根据。

3　当地的历史学家和考古学家持有各种理论。有些旧渠道的痕迹被说成是郑国渠遗址,但是地理考古学家任德(Pierre Gentelle)从 1995—2000 年间进行了实地考察,证实了那些渠道都是更近一些时期的,属于另外一个系统。参阅白尔恒、蓝克利和魏丕信主编,《沟洫佚文杂录》(北京中华书局与巴黎远东学院,2003),"序言"。

4　在公元前 1 世纪,白公修建了一条新渠,位置更往南一些,灌溉的面积也较小一点,也是因修建者而名为白公渠。后来这个系统被频繁地称为郑白渠,即指最初的两位发明人。最迟至 14 世纪又出现一个常用的名字,叫作泾渠,因为渠水是来自泾河(泾河是渭河的支流)。其他在此没有列举的名字,指的是使这个系统再运作而修建起来的一系列入口(见下文)。

5 据我所知,惟一指出这个矛盾的是 Eduard B. Vermeer, *Economic Development in Provincial China*: *The Central Shaanxi since* 1930(中国省份的经济发展:1930 年以来的陕中), Cambridge, Cambridge University Press, 1988, p. 93,但是对这个问题也没有详细加以分析。

6 见须恺,"忆杰出的水利专家李仪祉先生",《文史资料》重订本,第 84 辑第 29 册(1986),页 76—80,该作者从前是李仪祉的学生和同事;李赋都,"近代水利科技先驱者李仪祉先生"(同上,页 81—89),作者是李仪祉的侄子,有时也作助手。萧小红(Xiaohong Xiao-Planes)向我介绍《文史资料》及其他比较少见的资料,我在此深表感谢。

7 胡步川,"李仪祉先生年谱",收录于《文史资料》重订本,第 84 辑第 29 册(1986),页 90—112,作为《李仪祉水利论著选集》,北京:水利电力出版社,1988,"附录",页 738—758。

8 如陈靖,"杨虎城将军与陕西水利",收于《文史资料选集》第 112 辑第 38 册(1999 再版),页 119—124;米暂臣,《杨虎城将军》(北京:中国青年出版社,1998),页 83—85;徐有成与徐晓彬,《于右任传》(上海:复旦大学出版社,1997)。

9 见《泾惠渠志》,西安:三秦出版社,1991。全书分为两部分,一部分关于古代的"郑国渠到龙洞渠",另一部分是关于近代的"泾惠渠"。在某种程度上可以说是步随着帝国时代所印行的渠志,即 1784 年由毕沅校对和出版的元代增补过的 1069 年版《长安志》附录之李惟中《泾渠图说》(1342 年序),以及 1842 年版《泾阳县志》附录之《泾渠志》。中国水利水电科学研究院出版的三卷本《中国水利史稿》亦有参考价值。卷三,北京:水利电力出版社,1989,页 424—427,477—478。Howard L. Boorman, *Biographical Dictionary of Republican China*(中华民国人物辞典), New York, Columbia University Press, 1971,第 2 册,页 304—305 之"李仪祉"条内容与此相同。

10 华洋义赈会创建于 1921 年 11 月。在 1920—1921 年华北发生大饥荒期间,各省慈善机构纷纷设立,华洋义赈会的主旨是要将这些新设立的慈善机关都吸收进来。它的执行委员会的组成有外国人（主要是美国人），也有中国人（大多是受过西方教育的著名人士），外国人总是稍多一些，因为当时的环境下，列强的政治、经济威力还很大，这样做的话，效率可以更高一些。它的基金来自海关附加税（获得通商条约国家的同意），以及在国内外的募捐活动。见 Andrew J. Nathan, *A History of the China International Famine Relief Commission*（华洋义赈救灾总会之历史），Cambridge, Mass., East Asian Research Center, Harvard University, 1965。关于这次大饥荒，参阅 Marie-Claire Bergère，经典性的论文《Une crise de subsistance en Chine, 1920—1922》（1920—1922 年间中国大饥荒），刊于 *Annales: Economies, Sociétés, Civilisations*（编年杂志），1973 年，第 6 期，页 361—1402。

11 从 1923 至 1937 年间，每年华洋义赈会都有年度报告，英文中文各一份（虽然应当是相互的译文，但是在细节上有一些很有趣的相异之处），报道一年的各种活动；执行书记的报告对工程计划的项目进行一般的讨论，而总工程师的报告则更为具体。华洋义赈会的"工程股"（Engineering Department）每年还单独编纂"Engineering Accomplishments"（中文版即"华洋赈团工赈成绩"）一册。前引内森（Nathan）1965 年一书的附录中有华洋义赈会出版的刊物目录。在斯坦福大学胡佛研究院（Hoover Institution）存有当时华洋义赈会的总工程师塔德（O. J. Todd）的档案（见下文），其中有很多剪报和文章单行本。塔德的文集 *Two Decades in China*（《旅居中国二十载》）（Peking, Association of Chinese and American Engineers, 1938），包括其本人写的以及别人写他的材料，这些英文材料的说法基本相同。

12 "渭北"，即渭河以北，指渭河左岸以及渭河主要支流泾河以东的平原。

13 参阅文件 "Projects proposed for C. I. F. R. C. 1929 construction program"（华洋义赈会 1929 年建设规划提案），塔德档案，第 28 箱，第

7卷宗(下作28—7)。此件未署名,亦未标日期(但可以肯定是塔德所写,可能写于1928年)。文中提到"巨大"的200万美元的渭北工程。同时可参阅1929年华洋义赈会年度报告中塔德所做的报告。

14 陕西省政府承诺40万元,华洋义赈会也动员同样的数目,其余的费用(约15万元)由檀香山华侨贡献。还有一个名叫"华北联合会"的慈善机构(英文名为Associated Buddhist Charities),会长朱庆澜(即朱子桥)捐献价值约10万元的水泥。在华洋义赈会的捐款当中,有39万元来自美国华灾协济会(China Famine Relief U. S. A., Inc.),这个组织1928年创立,基地在纽约,代表华洋义赈会在美国募捐。中介是上海顾问委员会(Shanghai Advisory Committee),其成员都是美国很有影响的慈善家和著名人士,他们的合作对于争取美国慈善事业的基金是十分关键的。

15 在夏天贝克指导进行救灾的时候,这一地区已经完成了一部分修建道路的任务。

16 最终应受益的50万亩农田之中,当时仅有20万亩能够得到水。这方面的细节很少见于中文记载;中文材料中的数字从开始就有50万亩的数字(或甚至60万亩)。

17 国民党政府的国家经济委员会好像拨出了248000元以修建更多的支渠,见弗米尔《中国省份的经济发展》,页490注19。

18 Sigurd Eliassen, *Dragon Wang's River*(龙王河), London, Methuen & Co., 1957;挪威文原版题名为 *Gamle Drage Wangs Elv* (Oslo, Gyldendal Norsk Forlag, 1955)。沈艾娣(Henrietta Harrison)为我提供这本书的信息,在此深表谢意。"龙王",水中之神,沿渠曾建有三座龙王庙,现均已消失。见该书,页168—169。

19 据其侄子李赋都所言,仅在水利领域,他发表的著述便有188篇。其重要著述选编出版,题为《李仪祉先生论著选集》(见注7)。与此类似的选集也已经在台湾出版,题为《李仪祉全集》,中国水利工程学会编(台北:中华丛书委员会,1956);此集中的文章未注明日期,与《李仪祉全集》的文章排列顺序有时不一。两本文集好像都是以李仪祉遗孀 1940 年所编的那个油印本为依据的。

20　塔德档案保存在斯坦福大学的原因，可能是塔德自 1938 年从中国返回美国，到 1974 年去世，一直住在美国加州帕洛阿尔托（Palo Alto）。我在查阅塔德档案时得到迈尔斯（Ramon Myers）的大力协助，在此深表谢意。

21　在各种报纸的文章中都这样称呼他，如 *Shanghai Evening Post & Mercury*（上海邮商晚报）1947 年 11 月 24 日（摘选自塔德档案，28—7），在报道塔德完成联合国难民机构（UNRRA，见下注）的任务离开时即使用此称呼；费正清（John K. Fairbank）一定在 20 世纪 30 年代的北平就认识了塔德，虽然在回忆录中没提他，但是仍然记得他的昵称（与李明珠 Lillian Li 的私人谈话）。

22　塔德 1923 年 6 月被华洋义赈会任命为总工程师之时，他在中国已经有了四年的工作经验。他的良师弗里曼（John R. Freeman，死于 1932 年，是美国一代工程师中享有盛誉的大师）1919 年被中国政府请来参加大运河的修复工程计划，塔德随他到中国来。后来塔德出名是因为他为红十字会在山东修建了 500 英里长的公路，特别是修补了黄河堤坝上一段主要缺口（位置也在山东），这是他在一个叫做 Asia Development Company（亚洲建业公司）的新公司任职时做的。塔德 1908 年在密西根州立大学毕业，已经在加州和法国（在美军工程兵部）从事了各种工程项目以后，才奔赴中国。他于 1923 年曾写过一份简短的自传，作为他在美国为华洋义赈会项目募捐宣传的一部分，根据那份自传，他的经历很不一般：他生在农村，富于冒险精神，为谋生他曾做过各种临时工，直到攒够钱才进入密歇根大学学习工程的（见塔德档案，28—7，致弗罗利克［Froelick］函［1923 年 12 月 27 日］，附件一）。他 1935 年离开华洋义赈会以后继续留在中国三年作某些机构的顾问工程师，其中较著名的是黄河水利委员会。太平洋战争之后，他作为联合国难民救济机构的"黄河项目"（1945—1947）的顾问工程师，后来又为台湾的灌溉工程做事

(1949—1951)。参阅 Michele S. Fisher, "Service to China: The Career of the American Engineer, O. J. Todd"（服务于中国:美国工程师塔德的事业）(Ph. D. diss, Georgetown University, 1977)，对了解总的情况会有所帮助。

23　塔德的生涯梗概,在 Jonathan Spence, *To Change China: Western Advisers in China* 1620—1960（改变中国:1620 至 1960 年间在中国的西方顾问）(第二版, Harmondsworth, Penguin Books, 1980)一书中未提及渭北工程。史景迁（Jonathan Spence）此书的主要根据是塔德的《旅居中国二十载》(塔德所写的一本工作记录编年,由中美工程师协会于 1938 年在北平出版),以及他 1967 年与塔德本人的书信往来,因此他的叙述在很大程度上有赖于塔德自身的形象塑造。而费希尔为写她的博士论文(1977),虽然曾经利用过当时尚未完全编排好的塔德档案;但她并未详细讨论本文要探索的题目,所以她用的材料和研究方式都与我的很不相同。特别是她关于渭北（页 121,122,124,135）的论述颇粗略,有时的确可能发生误导。

24　关于 20 世纪 20 年代和 30 年代侨居北平的美国人的生活佚事见上文引 Fisher, 1977, 页 21。

25　关于在强盗横行的地方华洋义赈会的代表仍能够自由活动的感觉,见上文引 Fisher, 1977 年论文,页 73,其中谈到塔德 1923 年在陕西和山西的旅行。

26　相比之下,塔德常常称赞邻省山西的安全和纪律。那是军阀和"模范省长"阎锡山(1883—1960)的根据地,塔德在 1934 和 1935 两年在那里指导重要的调查和规划工作。

27　1931 年夏长江发大水,国民党政府首次试图表明它将负起责任来。赈灾和重建任务交给了以宋子文为首的"国民政府救济水灾委员会",始终控制着整个的运作情况,尽管须由它来争取各种国外机构(包括华洋义赈会)的经济和技术援助。见上文引 Fisher, 1977,页 128—130。

28　国家经济委员会在国际联盟专家的鼓励下于 1931 年春正式成立,

316

但只是到了1933年秋才真正开始活动。到了1934年,塔德的工作受到几方面的攻击,他很痛心地抱怨那些来自国家经济委员会"雄心勃勃的年轻人"及国际联盟的专家的批评(国际联盟的专家是欧洲的工程师,塔德从不把他们放在眼里)。例如,塔德档案,31—1,与贝克的秘密通信(1934年10月7日)。然而,当时塔德面临问题的原因还不仅是这些事件,他还遇到来自华洋义赈会内部的反对意见,特别是执行委员会当中的一些中国成员,他们似乎不满塔德的傲气,而从塔德来讲,他没有耐心用"中国式"的方法来处理事务。有几个美国朋友(贝克也在内)的确警告过他应该注意对待中国人的态度。从1930年起,他的位置一再受到威胁,他所主持的工程股是否继续存在也成了问题。他不得不游说在纽约的美国华灾协济会以求找到资金支付他自己的工资。但迟至1934年夏,当他正在北戴河与家人度假的时候,总干事章元善(S. Y. Djang)才通知他不再有他的位置了(章氏正是那个他认为在委员会中的头号敌人)。他设法又争取到一年的时间将工作结束。他的档案中有关这些冲突及华洋义赈会内部的勾心斗角的信件和备忘录太多,这里因篇幅关系,无法一一引录。

29 Todd archives(塔德档案),31—1. Baker to Todd(贝克致塔德函),1930年10月23日.

30 关于郭希仁在教育厅和水利局的职务,见《泾惠渠志》,页107。

31 见王智民编,《历代引泾碑文集》(西安:陕西旅游出版社,1992),页77注1。

32 见李赋都,"近代水利科技先驱者李仪祉先生",页82;《泾惠渠志》,页107;《历代引泾碑文集》,页77注1。但还有另外一个说法,说李仪祉早在19世纪末,当他还在西安的一个书院读书准备考试的时候(他于1898年考中秀才),就立志重建家乡的灌溉系统。他从书院辍学,并于1904年进北京大学的前身京师大学堂学习德文,那时他已下定决心,既然德国和荷兰在水利科学方面最先进,他就要去那里学习。1909年他获得西潼铁路筹备处的奖学金赴柏林,先学铁路,后学水利工程。参阅宋希尚,"追念水利导师李仪祉先生——写在中国水利工程学会复会前夕",收于宋希尚,《河上人语》(台北:中外图书出版社,1975),页69—76。宋希尚是李仪祉以前的学生,后来成为一位有名的水利工程师。

33 至少这是李仪祉的意见,见《李仪祉先生论著选集》,页227;《泾惠渠志》,页108中提到,调查组所绘制的1/25000的地图送到当时正在南京任教的李仪祉那里,李仪祉认为地图比例尺太小,基本资料不全。

34 关于陕西靖国军的详细情况,参阅许有成与徐晓彬《于右任传》,页117—139。又,布曼《中华民国人物辞典》,第4册,页74—78,"于右任传"。

35 1920—1921年间发生的华北饥荒中,陕西受灾很厉害;1928—1931年间的饥荒不但时间更长,而且灾情更加严重,这我们将在下文讨论。

36 于右任力图推行旨在"移风易俗"的教育等政策,参阅许有成与徐晓彬《于右任传》,页129—132。有趣的是,这些努力与"五四运动"在中国主要城市的发展正相巧合,据说主张改革的学生来到三原宣传他们的思想。于右任与南方的孙中山也一直保持着密切的联系。

37 陈树藩在1920年被冯玉祥手下的"直隶系"部队驱逐出陕西,由刘镇华取代;见许有成与徐晓彬《于右任传》,页133。

38 这笔5万元巨款被陕西义赈分会作为专款用于渭北工地的调查,当时没有动用,而是存起来了。

39 关于渭北修复活动(参见许有成与徐晓彬,《于右任传》,页132),似乎满足于简单提一下,于右任邀请李仪祉,是他提议进行考察与施工,仅花10年时间便告成了。

40 《泾惠渠志》,页107。

41 北京政府早在1918年就任命刘镇华为省长。1921年,大军阀冯玉祥(安徽人,而刘镇华是河南人)称督军;冯与刘成为结拜弟兄。1922年冯率军离开陕西去参加东部直奉二系军阀之战,刘作执行督军。1924 年末,刘镇华率军出陕西去打河南的又一军阀胡景翼,被击败。关于刘镇华(1882—1955)的生平,见刘国铭,《中国国民党二百上将军》(兰州:兰州大学出版社,1994),页 178—179。

42 据《泾惠渠志》页 108,渭北水利工程局附属于省水利厅,但这值得怀疑。下面我们会看到,到 1924 年,这两个单位相争不和,尽管李仪祉是后者的厅长,前者的总工程师。

43 《李仪祉先生论著选集》,页 227;《泾惠渠志》,页 108。1930 年华洋义赈会年度报告(英文版,页 4)说:"1922 年吴南凯(音,Wu Nan-kai)先生为华洋义赈会做考察",显然是指同一人。塔德在致马洛里(Walter Mallory)函(1923 年 5 月 23 日,塔德档案,33—4)里提到吴氏的考察,他写道:"感谢有关陕西灌溉的报告。显然,吴先生与考察组一起在那里花费了很多时间。我只粗略地看了一遍,还将仔细阅读。"

44 据李仪祉的报告,派往山谷的有水陆二队,水队负责水文考察,陆队负责地形考察。

45 李仪祉最后对于考察的记述,见"堪察泾谷报告书",收于《李仪祉先生论著选集》,页 258—262(1924)。

46 见"陕西渭北水利工程局引泾第一期报告书",收于《李仪祉先生论著选集》,页 207—253(1923);"陕西渭北水利工程引泾第二期报告书",收于《李仪祉先生论著选集》,页 262—281(1924)。原稿可能是手写本形式。

47 甲乙两种及其细分目在《泾惠渠志》(页 109—112)中有简明摘要。

48 见塔德档案,31—6,Eliassen to Todd(安立森致塔德函,1930 年 9 月 6 日)。

49 见塔德档案,28—7,*Report of Wei-Peh Irrigation Work*, *Shensi*(陕西渭北灌溉工程报告),作者为陕西水利局(Shensi Conservation Board)总工程师李协(Li Hsieh)(西安,1923)。费希尔(Fisher)提到西安有一个"领导者出版社"(Leader Press),出版了 *Wei-Peh Irrigation Work*, *Shensi*(陕西渭北灌溉工程),想必指的是同一个报告。

319

50　塔德档案,29—7,内有督军刘镇华发给塔德的中文护照。与塔德同行的还有莫洛里（Walter Mallory）和洛德米尔克（Walter Lowdermilk）。前者是著名的 *China, Land of Famine*（灾区中国）一书的作者,当时华洋义赈会的总书记之一;后者是当时在南京执教的林业教授,后来与威克斯（D. R. Wickes）合作发表了一篇学术性很强的关于泾惠渠的论文,题目为"Ancient irrigation in China brought up-to-date"（中国古老的灌溉系统的更新）,刊于 *The Scientific Monthly*（科学月刊）,第 55 期（1942 年 5 月）,页 209—225。此外,还有两名考古学家,他们正在为位于华盛顿的弗里尔美术馆（Freer Gallery）寻找古物。他们在西安遇到恒慕义（Arthur W. Hummel）,也就是后来为清史界所称道的《清代名人传略》（*Eminent Chinese of the Ch'ing Period*,1943 年在华盛顿出版）的总编,当时他正在山西一个基督教传教士的组织教书。参阅塔德,*The China that I Knew*（我所知道的中国）,打字版,Palo Alto,© Todd,1973,页 35;上文引 Fisher,1977 年论文,页 70—71。

51　这个项目从概念上保证,灌溉工程会大大增加耕地的价值,运河管理也会带来很多税收。

52　见"Insuring Shensi against famine"（陕西抗灾的保证）（未署名）,*The Chinese Economic Monthly*（中国经济月刊）,第 9 期（1924 年 6 月）,页 5—12（抽印本,收于塔德档案,29—4）。关于上文提及资金来源的数字略有不同（两位将军各保证 75 万元）,见文章最后几页所引塔德报告。

53　收于塔德档案,29—7。李仪祉写的信,英文虽不大正确,意思却很清楚。

54　这个坝是让水从上面流过,比高坝耗资节省;而修建可以多蓄水的高坝也能留在以后再说。钻一条"抄近的"隧洞即可放弃旧的系统顶端在岩石中凿开的等高渠道,那条渠道更加易坏,若更新也将更加昂贵（等高渠道在泾河泛滥时期遭受横向的损害）。

55　值得注意又很有意思的一点是,劳动力在开销中占很大一部分,而这与变幻莫测的气候有着相当大的关系,由于收成的好坏决定着粮价,亦即影响到折成现金的工资。我这里引的文件说,粮价在两年时间增加许多,现在又在下雨,有希望稳定下来。

56 1924 年华洋义赈会年度报告提到李仪祉的调查想在上游找到一个修水库的地点,可能不久即将亲自来京汇报最终结果。这里讨论的文件——它断定所有的水库地点终究都不可行——可能就是那一个“最终结果”的报告。

57 见“我之引泾水利工程进行计划”,收入《李仪祉先生论著选集》,页255—238。

58 1924 年华洋义赈会陕西分会的报告(纳入华洋义赈会的年度报告)描述了受灾情形,又对当地军阀造成的破坏很痛心。中文材料比英文本尤为详细。

59 李仪祉也提到:亚洲建业公司有可能给予帮助,公司主任是美国人,李仪祉曾经拜访过他。这个公司可能是基地在上海的英文名为“The Asia Development Co. Ltd.”的公司(包括工程师、承包人等,从事各种发展项目),在 1920—1921 年灾荒期间中国政府曾与之签订合同进行一些重要工程。塔德当时是他们在山东的总工程师。

60 见 1924 年华洋义赈会陕西分会的报告。

61 塔德档案,29—8,Todd to Constant(致康斯坦特函,1925 年 5 月 6日)。塔德这样结尾:“这份资料研究之后,若可能有用的话,请转巴纳德上校(Col. Barnard)。”(巴纳德上校是美国驻京大使军事随员,塔德经常将其旅途所见汇报给此人:见上文引 Fisher, 1977,页73)他还答应到达四川重庆以后会再有报告。塔德显然与美国使馆保持着经常的联系,参与了情报网络,外交官们也只有通过这个网络才能够对如此错综复杂的局势有所了解。

62 说“旧”,是因为胡景翼在一个多月之前于 1925 年 4 月 10 日刚因病去世;他的职位由他的一个副手邱维峻顶替。

63 塔德那次三原之行是在 1924 年 4 月 4 日;他试图说服田将军拨款给渭北项目。见塔德报告,收于上文所引 *Chinese Economic Monthly*

《中国经济月刊》）的论文。

64　西安至潼关距离约 150 公里。

65　据给塔德提供信息的人说："陕西和河南西部还远远谈不上秩序"。

66　须恺，"忆杰出的水利专家李仪祉先生"，页 77。

67　至于杨虎城的性格，争议颇多，不好定论。他出身于贫苦的农民家庭，迫于灾荒而行盗，1916 年他那一伙人被招去抗击袁世凯军队，后来加入靖国军。其后他的生涯有顺有逆，几次变换联盟，当然最高峰是 1936 年的"西安事变"，他与"少帅"张学良一起拘留了正在那里视察的蒋介石，他们也与陕北根据地的共产党领导人有联系，在蒋介石答应了重新实行国共合作的统一战线共同抗日以后才释放了他。在中日战争的后一阶段，他被软禁在战争期间国民党政权的首都重庆，国民党 1949 年逃往台湾之时，杀害了杨虎城全家。由于记载不同，有的把杨虎城说成是左倾的热情爱国者，有的则说他是没有文化、欺诈的强盗（安立森在《龙王河》中这样形容他，并有很多奚落）。塔德对他自然也有很多抱怨，尽管他对渭北项目是支持的。蒋介石极不信任杨虎城，在 1933 年解除了他陕西省政府主席的职务，以后他只指挥军队。

68　冯玉祥的军事根据地在张家口。他出兵是与于右任（代表国民党）、李大钊（中共领导人之一，也是国民党中央委员会委员）在莫斯科（他 1926 年 5 月到那里请求俄国人的帮助）商定的。1926 年于右任返回家乡陕西帮助计划攻打西安，这个任务由冯玉祥的军队（但冯本人不在现场）于当年 11 月完成。1927 年初冯玉祥军离开陕西加入蒋介石的北伐军；于右任作为国民党事务的"总司令"暂时留在西安，6 月底离开。见《于右任文选》（北京：中国文史出版社，1987）后面所附"生平年表"；许有成与徐晓彬《于右任传》（页 149—156）对他冒险从中国到莫斯科的往返之行以及西安解围等事件有很生动的描述。

69　见 1928 年陕西分会的报告（收于同年华洋义赈会年度报告），页 41—43，其中包括 1926 和 1927 两年的情况，在这两年由于陕西省局面混乱,分会没能做出报告来。8 月份华洋义赈会在西安的代表与围城军队的头目商议,让大多数难民安全离城。

70 李赋都,"近代水利科技先驱者李仪祉先生",页 83。

71 "请恢复郑白渠,设立水力纺织厂,渭北水泥厂,恢复沟洫与防止沟壑扩展及渭河通航事宜",载《李仪祉先生论著选集》,页 286—296。关于日期,只注明是 1927 年,没有具体月日,附有两份渭北工程报告书、20 份数据表格以及规章。

72 1927 年上半年西安的革命热潮相当高涨,直到蒋介石一举反共,形势才大变。在这方面有人曾认为西安可与当时的汉口相匹。很有趣,塔德也成了为期很短的国民党左翼政权在"红汉口"机关的热情支持者。尽管他在华洋义赈会的同事反对,但 1927 年 5—6 月他在汉口附近成功地进行了江堤工程;他甚至与共产党第三国际的代表鲍罗廷(Borodin)商谈,得到了新的革命工会的协作(他们要求提高工资,否则要阻止工程的进行)。参阅上文引 Fisher, 1977 年论文,页 81—89。

73 引自李赋都,"近代水利科技先驱者李仪祉先生",页 83。

74 在此引用的材料大多取自李文海等编,《近代中国灾荒纪年续编》(长沙:湖南教育出版社,1993),页 198,及页下注。这本资料集从各种材料搜集精选而成,主要来自官方报告和报刊文章。

75 泾阳从 1928 年 5 月到 7 月被围困,居民遭受的损害相当大。见 1928 年华洋义赈会报告,页 44。

76 据 1929 年华洋义赈会陕西分会报告(见 1929 年华洋义赈会年度报告,英文版,页 42),"今年陕西经历了人们记忆中最为严重的灾荒。……政治和军事状况无疑使得痛苦加重,赈灾工作也更难进行,饥荒的根本原因是因干旱而歉收。连续三年无收成,而且实际上没有可能从任何邻省运送粮食到陕西,以致如今饥荒蔓延。"

77 据李文海等(页 234)所言,于右任是监察院院长,但实际上他是在 1931 年 2 月才被任命此职的。参阅许有成与徐晓彬《于右任传》,页 211。

78 此地传统的井很少有这么深的,但被认为可以用来抗旱,这里是说明 1929—1930 年间干旱的严重性。关于陕西传统的井水灌溉(在 1930 年几乎还根本没有近代化),参阅拙文"'Encouraging agriculture' and the excesses of official mobilization: Cui Ji's 1737—1738 well-building campaign in Shaanxi"("劝农"与官方的过分鼓动),载中央研究院第三届国际汉学会议论文集历史组编,《经济史、都市文化与物质文化》(台北,2002 年),页 141—179。

79 参阅贝克的长篇详细报告,收于 1930 年华洋义赈会年度报告,页 20—28。一次,计划给受灾最重的渭北泾阳、三原、高陵三县的赈济粮在途中受到盗贼的阻挡,大约十天之后,当地"红枪会"杀死了盗贼,赈济粮才得以运进。

80 塔德档案,31—1,Baker to Todd (贝克致塔德函,1930 年 4 月 14 日);同日塔德有两封答复信(他和贝克两个人当时均在华洋义赈会北京的机构办公),4 月 17 日又回了一封信推荐几人——但是要找到自愿于如此危险的地方的人并不容易。塔德也考虑到假若建设工程开始,会同时需要几个工程师(显然指西方工程师)。

81 原计划安立森于 5 月中旬转调陕西,但是屡次延期,原因是萨拉齐工程出现了意想不到的困难,包括 7 月底盗贼的攻击,外国工程师需要留下来,这样工人才安心。见塔德档案,31—1,Todd to Baker (塔德致贝克函,1930 年 4 月 17 日,7 月 17 日,7 月 30 日)。

82 杨虎城本人也这样说:见 1933 年其作碑文"泾惠渠颂并序",收于王智民《历代引泾碑文集》,页 72—75。尽管正确评价了华洋义赈会及其工程师的作用,但把这件事完全说成是杨虎城自己发起的。

83 安立森的报告(见下文)说得很清楚,9 月份允诺的是省里应负责灌溉分布系统的全工程——与后来塔德与新的省政府的安排完全相同。

84 塔德档案,31—6,Eliassen to Todd (安立森致塔德函,1930 年 9 月 6 日)。

85 据塔德向华洋义赈会执行委员会的报告,塔德档案,30—1,1930 年 11 月 25 日,下同。

86 有关方面在这个项目中各自应当负责出多少钱的最后决定,见上文。我们已经看到,结果陕西省政府实际承担的款项仅是它应当承担的一小部分。

87 见李仪祉,"引泾水利工程之前因与进行之近况"(1931年),载《李仪祉先生论著选集》,页298—301。

88 塔德档案,29—2,摘自 *The China Press*(中国报刊),1930年12月8日。

89 可以设想,塔德一定看过这本书(1959年英文版发表——安立森在与他通信时提及),但他对此以及对安立森关于渭北项目的叙述中基本不提他都没有生气。起码,当安立森于1960年过早去世,塔德在悼念文章中深表同情,丝毫没有批评的迹象(塔德档案,31—10,文稿)。虽然塔德偶尔也对安立森抱怨过——主要是在他1933年被绑架以后不久,没有事先通知就离开了华洋义赈会的工作——但是这两个人相互尊重,在很多项目中有过密切的合作。基于他们丰富的经验,两人合作写了一篇关于黄河工程的重要论文,1938年他们离开中国以前在日本占领时期的北平发表。

90 塔德档案,31—1,Todd to Baker(塔德致贝克函,1931年1月23日)。到那时"在渭北项目干的人已经有1000多了",那时主要还是处于修建道路的准备阶段。

91 塔德档案,30—4,Todd to Lawrence Todnem(塔德致托内穆函,1932年2月9日)。

92 塔德档案,30—4,Todd to CIFRC Executive Committee,"Investigations in Shensi and Kansu"(塔德写给华洋义赈会执行委员会的"陕甘调查",1932年6月7日)。我们知道,这时安立森正在为一个月之后即将举行的剪彩仪式而奋发工作,全力以赴使渠道能够及时通水,尽管还有很多未解决的困难,但塔德的报告甚至连他的名字都没提到。

93 塔德档案,29—2,有一剪报是江声(Johnson)对于陕甘之行的叙述,刊登于伦敦《泰晤士报》(1932年7月26日),标题为"Across China. Abolishing the famine Tracts. The Civilized Road"(《穿行中

国·消除饥荒·文明之路》),第二天又接着报道,对"少校塔德"(Major Todd)大加赞美。在塔德方面,他在信中常常提到"教堂主任江声"(Dean Johnson),对其评价甚高。他们之所以互有好感,很可能是由于江声在成为牧师之前曾经是受过训练的工程师。

94 塔德档案 28—7 有一份稿子似乎是讲话提纲,题目为"Wei Pei Project"(《渭北项目》,1930 年 6 月 20 日);另外还有一篇较短的讲话稿,题目为"Wei Pei: Opening Ceremony"(《渭北:开幕式》)。华洋义赈会本应于 7 月 1 日卸任,将其人员从项目中撤出的。

95 见他在剪彩仪式前两周写给塔德的报告,收于塔德档案,31—6(1932 年 6 月 6 日)。

96 斯特罗比(Stroebe)工程师在他那个行业具有一定声望,当时驻汉口,塔德与他偶尔通信。安立森觉得,这位不速之客不通过塔德就突然前来视察不大对头,但是结果他说,斯特罗比对他所见到的予以了肯定,这只能使他们的职位更加稳定,特别是对于安立森本人来说,因为上海的顾问委员会甚至连他的名字还不知道呢。

97 此事发生之时,正好有一位记者与李仪祉在一起,他对此有一个颇好笑的描述。见张季鸾,"归秦杂记",《天津大公报》,1932 年 6 月 18 日。在此,向为我介绍这篇文章的萧小红表示感谢。

98 安立森在《龙王河》中大谈这个项目所引起的土地投机活动,据说有影响有名望的人物,包括有些虽已远离此地的,也被卷入了;但是在档案记载中,我们没有见到直接谈论这方面的材料。

99 塔德档案,31—8,Eliassen to Todd(安立森致塔德函,1936 年 10 月 2 日)。

100 塔德档案,31—8,Eliassen to Todd(安立森致塔德函,1936 年 10 月 18 日)。当我们知道,1936 年夏季泾河泄量高峰达到 3000 立方米/秒,渠道顶端的水位 10 分钟内就涨了 10 米,就可以想像河水猛涨的规模及其残酷了。见拙文"Clear waters versus muddy waters"(清流对浊流),页 286 注 6。1933 年 8 月 7 日至 8 日高峰达 13000立方米/秒(安立森 1936 年 10 月 2 日函)。这些洪水绝非清澈:大量的泥土、石头等杂物顺流而下,如果进入渠道,会对渠道造成很大的破坏。

101　塔德档案,20—15,Todd to Myers(塔德致迈尔斯函,1936 年 11 月 25 日);又,塔德档案,31—1,Todd to Baker(塔德致贝克函,1935 年 2 月 26 日):"当今中国所需要的,是少几个'委员会'和乘坐豪华车厢的'专家',多一些了解中国及其河流情况的爽直的工程师。"美国工程师喜欢强调,他们有在密西西比那样"又长又泥的河流"工作的经验,所以他们能够成为中国的最好的顾问。

102　华洋义赈会的其他一些成绩也受到了批评,首先是位于绥远的萨拉齐的灌溉系统,专家们说它设计成问题,结果会很糟糕。塔德曾经担心过,甚至连山西省长阎锡山可能也会随风攻击他,而他在阎那里还有其他大的项目,需要从中央政府那里请求基金。

103　设在波士顿的"世界和平基金会"(World Peace Foundation)只花了 1.75 元就买下了这份"委员会专家对中国水利和道路问题的报告"。美国的工程师同行把这个消息告诉了塔德及其在中国的同事。

104　见"'Hydraulic and Road Questions in China':a review of the Report by the Committee of Experts of the League of Nations"('中国的水力和道路问题':对各国联盟专家委员会报告的评论)。评论人有 Hsu Shih-ta,Li Shu-t'ien,Kao Ching-ying(这三个人的中国名字不详),与张季春(C. C. Chang),载于 *The Journal of the Association of Chinese and American Engineers*(中美工程师协会期刊),第 17 卷,第 6 期,1936,页 333—357;抽印本收入塔德档案,20—15。1936 年塔德与安立森之间的来往信件(塔德档案,31—8)有很多是关于这篇文章的撰写的;涉及到很多人,包括他们的夫人,塔德还确保美国大使克拉布(Edmund Clubb)一定要了解这些进展。1936 年 11 月 7 日 *Shanghai Evening Post and Mercury*(上海邮商晚报)有一篇题为 "When Engineers Fall Out"(当工程师们争吵之时)的文章对此做出反应,结尾说:"很难看出这场从中国一直到日内瓦的风暴怎么能

大大改进中国的水利工程事业"（收入塔德档案，20—15，剪报）。

105　李仪祉本人没有写评论，但是他在同一期刊物上发表了一篇关于渭北工程的文章。

106　塔德档案，20—15，Todd to Myers（塔德致迈尔斯函，1936 年 11 月 25 日）。

107　塔德档案，31—8，Eliassen to Todd（安立森致塔德函，1936 年 10 月 18 日）。

108　《泾惠渠志》，页 108，116。

109　须恺，"忆杰出的水利专家李仪祉先生"，页 103。

110　胡步川，《李仪祉先生年谱》，页 103。

111　见"泾惠渠工程报告"，收于《李仪祉先生论著选集》，页 303—318。

112　很值得注意的是，在塔德 1932 年 6 月 20 日剪彩仪式讲话的详细提纲中，李仪祉的名字只是夹在一位丁神父（根据安立森的小说，他帮助工地的募捐管理）和一位唐先生的名字之间，被埋没于"其他给予帮助的人"了。

113　关于这件事，见塔德档案，30—4，Todd to Siufeng Huang（塔德致黄秀峰函，1932 年 9 月 2 日）；31—6，Todd to Eliassen（塔德致安立森函，1932 年 8 月 6 日，11 月 23 日，12 月 21 日）；31—7，Todd to Baker（塔德致贝克函，1936 年 6 月 6 日）。

114　参阅"泾惠渠管见"，收于《李仪祉先生论著选集》，页 316—317。

115　同上，页 318—325。

116　关于这些措施及其如何开创了这个地区社会经济的新时代（包括中华人民共和国成立最初几年）的概况，参阅上文引 Eduard Vermeer 1988 年一书，p. 196－204。

太湖,上海潜在的天然公园

菲利浦·若那当(Philippe JONATHAN)　著

范豪毅　译

最新变化的回溯

太湖距上海 100 公里。这片由 40 个岛屿 2500 平方公里水面构成的湖区是今日该城区饮用水的主要水源。这里曾是江南富庶之邦古吴国的中心,留下了数之不尽的物质及精神遗产。直至 19 世纪,上海还只是扬子江下游无数村落当中的一个。而在近 150 年的时间里这里发生了翻天覆地的变化,特别是最近 20 年来,在上海和南京之间逐渐形成了巨大的城市和工业园区。从空中鸟瞰这段长约 300 公里的地带,连绵的城区和工业区被行将消失的田野环抱着。

如今,上海已成为全球大都会俱乐部中的一员,在这个俱乐部中我们可以找到纽约、洛杉矶、东京、伦敦……得以与之比肩而立,使上海与这些大都会既有共同使命又有彼此竞争。在中国,很多大城市都以上海为榜样,无论其是沿海城市还是沿江城市,如武汉及人口最众的重庆。上海终于重新回到了她在 20 世纪初就曾占据的中国最摩登城市的领袖地位。20 世纪 80 年代,上海市政府做出一系列令世人瞩目的决策:高密度建设、垂直发展建 3000 座塔楼,在旧城区建设高架快速公路,兴建地铁、大型国际机场、外海港口等,总之一切有助于经济发展的建设项目。

然而,上海缺少空间和大自然。与大自然缺乏接触是上海市民最主要的话题之一,以至于很快会有扩大上海城市规模的建议。尽管并不完全认可尼采的想法,但他在其《科技社会的变迁》一文中最早察觉到整体毁灭的危险;2001 年 9 月 11 日以后,上海的领导层开始重新打量这座城市。哲学家给出了几个用以逃离这一命运的建议,如"在忙乱的世界中,也就是在大城市中,开辟一个无居所的场地,亦即无人居住的空地,以便灾难来临之际,人们有地方可以逃遁"[1]。

我们原本是应邀就一个区域性旅游项目提出创意,而最终形成了建造"上海世界公园"的原则性构想。我们,吉尔斯·克莱芒(Gilles Clément)和我本人向客户——苏州市建议:在太湖边,人们应以"园丁"的方式生活。当后者进入这片土地时应彻底改变他的生活态度,重新学习另一种生活,摆脱上海都市生活的束缚。

距海 30 英里的湖区效应

尽管上海的字义是"海上",这个城市的居民却远离长江入海口三角洲海岸的滩涂淤泥。新的浦东机场建在江岸上就是一个最新的例证。上海总是盯着她的后院——苏州,一座自宋代 10 世纪形成的具有典型的中国人文趣味的城市。距上海 90 公里的苏州在 10 年前就被挤爆了,现在这座城市已是上海大工业园区的一部分。尽管受到国家的专项保护,尽管某些区域仍保留原状,尽管数座苏州园林甚至在 1998 年被列为世界人类文化遗产,在 20 世纪 90 年代,苏州这座历史名城却未能抵挡加速现代化的潮流。

时至今日,只有太湖可以以其静谧的湖水、山丘、古刹、渔夫、工匠及其一切根植于古吴国的生命方式来承担历史参照的角色,这种生命方式在周边的大部分城市已消失殆尽,在这里却仍在延续。

太湖之所以得以抵挡工业现代化的潮流,有以下三个原因:

(1) 这一地区的农民个性鲜明,仍在继续发展古老农业经营,如池塘式水产养殖。他们十分留恋这片土地。

(2) 太湖水域是战略性饮用水水源而受到保护。

(3) 在该地区东山半岛的橘林掩映中,建有供共和国主席及国家总理的疗养住所。

项目的缘起

苏州的地方领导很愿意委托我们就土地整治和重新制定地方发展原则做一个方案。可以说,总是人际交流促使项目的产生。与苏州市前市长的会晤使我们之间建立起彼此间的信任关系。我们向他说明,我们有能力对该地区所遇到的非常复杂的问题提出解决方案,而现代化进程使我们面对文明的新挑战。我当时建议组成一个专家组[2],其任务是提出一个全面的规划方案以突出太湖的价值。

通过互联网与我们进行常规合作的中方规划师和工程师能力很强,并有强烈的愿望与我们一道在不同层面寻求相应的解决方案,内容涉及土地整治、经济、农业与景观的关系、居住政策、地方文化的发展方式、旅游等。他们向我们提供了大部分我们所需要的文献数据,以便开展好第一阶段的研究工作。

地方领导和技术人员向我们清晰地解释说,由于受到地方过度的牵制,他们很难打开视野,而与此相反,我们作为外来人,可以无拘无束地提出看法对未来发展提供判断的依据。当然,也并非一切一帆风顺。例如,当我们急切地提出停止太湖以南浙江省境内湖州新城的拆迁计划时,我们发现,尽管很多中方专家持相同意见,但认为我们这种"搅局"的做法是很危险的。就此,我们首先提出成立一个民间机构,独立于各省和各大城市,宗旨是保护和发展湖泊和河道。现在,这个想法已取得共识。

合作的实施

我建议苏州和吴县的领导组成一个由中外专家组成的工作组,人员不超过15名。中方合作伙伴组成了由行政干部、工程师、城市规划师、园林设计师和大学教授参加的队伍。我方人员包括我本人在内有两人讲中文,而其他外国专家都讲英文。因此,交流没有问题。

在一周时间里,我们一起参观了太湖、水产养殖场、岛屿和河道;与城市居民和村民进行了很多谈话;品尝当地菜肴、米酒、茶,领略当地的风土人情;不停地讨论。我们尽可能地多听。此行的目的是更好地了解这个广袤地区(50万居民,2500平方千米)的不同侧面。此行还有另外一些令人瞠目的想法,如在10年后为当地招徕来每年1000万游客。

中方规划师在工作中向我们公开全部资料并向我们介绍他们的分析、疑问、目标及正在议定中的整治方案。我们需要消化数百页有关水质状况、污染风险、经济战略等问题的报告并分析数十张地图。此后,我们压缩了这些材料的内容并译成英文以便在工作组内进行交流。

参观后,我们根据中方要求撰文表达我们对这些未来的巨大挑战的理解。中方鼓励我们发展这些初步的想法。他们曾两次来法国和欧洲进行访问,目的是参观那些与他们有类似问题的地区。我们带领他们参观了吕贝隆地区自然公园(le Parc naturel régional du Luberon),在那里,他们参观了一个有六七个人主持的微型博物馆,并拜访了一些协会、议员和发展商。

我们一直在表达我们的信念,无论是与地方环保政策发生矛盾的时候,或是当有人提出毫无意义的开发直升机旅游节目的时候。之所以说毫无意义,是因为太湖地区的静谧感正是使之与其他地方区别开来的一大特点。我们并非好为人师,我们只是努力地理解所遇到的每个事件的成因。不应当惧怕提出复杂的问题。在离开上海十几公里后,我醒悟到我们所面临的是一个发展中国家所面临的问题,我们在与时间赛跑,必须解决污染问题,它正威胁着太湖。

上海的国际花园

我们将这个计划命名为"上海国际花园"。因为我了解吉尔斯·克莱芒有关国际花园的工作,我建议他在这一地区发展国际花园景观的课题。在这个地区,要求人们遵守国际花园的行为准则是当务之急。当然,我们很有可能不为对话者所理解,他们会认为这种变化太彻底。

最初,苏州市的领导要求我就太湖沿岸的旅游整治做一些工作。我对他们解释说如果只从旅游经济的角度去处理事情未免短视,我建议他们制定一个基于发展景观经济的计划,理由是该地区货真价实的资本乃是其景观。此外,不要怕触动当地的地方主义者。太湖只有与大上海接轨才能凸现地区价值,考虑到目前游客主体(几乎1/2来自上海)和国际上对此项目的关注,应当把太湖和上海联系起来。也正是因为如此,我们才把项目名称定为"上海的国际花园"。

上海拥有1500万人口,市政面积6000平方千米,其中1000万人居住在市区。苏州市(人口:600万)土地面积略大于上海市,其中太湖覆盖着 2500 平方千米。上海需要这个湖、这个湖的饮用水以及数世纪以来为画家所称颂的湖光山色。现代化的上海需要苏州的文化、建筑古迹和太湖(那里有数十座庙宇、河边村落还有美味佳肴),这构成了过去几个世纪留下来的文化遗产。就太湖来讲,它需要上海,需要上海的经济实力、科技能力及其交通基础设施,还有上海的权威,这可以在生态保护的决定权上增加砝码。

具体建议

我们用中文撰写的报告中附有我们绘制的与主题有关的图纸。出于景观价值的考虑,在经济方面,我们建议保障太湖地区的经济发展,并向湖区每户居民提供相当于苏州和上海一般居民收入的补贴。在欧洲,我们有自然保护区公园的经验。在一个自然保护区内,不排除某些无污染的经营活动,如国际水质研究中心就可以建在原先位于西山岛的旧水泥厂和监狱的旧址上。在未来数年中,有关环保技术的新职业将在中国成为热门,这可以成为太湖湖区工业的新资源。

保护太湖不受污染是一场战斗。传统上,以"水乡"之称闻名于世的苏州与水有紧密的联系。水通过大运河保障了这座丝绸之路最南端的城市与北京的联系。四通八达的水网构成了长江三角洲最主要的风物景观。对水源出色的控制曾经保障了古吴国的经济发展,其经济基础正是水稻种植和水产养殖。

湖泊淤积造成的水面缩小(平均每两年 1 厘米)导致水面不断上升和严重的洪涝。湖面周围建设堤坝以控制洪水蔓延。但堤坝的建设加重了淤积,更不用说直到 20 世纪初还有穷苦农民以挖河泥为生,而现在已经没有人做这个工作。还没有一种机械手段来替代这种缓慢的手工劳动。现在使用新的清淤技术已被提上日程,投资也在运作当中。

至于计划中公园与消闲的区域,只能允许设置一条机动车流的通道进入静谧的太湖。如果说大部分中国消费者乐于在周末成群结队地奔赴夜总会或游乐园,仍会有一部分上海市民期望远离城市的喧嚣寻找一份宁静。寻求宁静和大自然是一种新的需求,这个需求来自从今后愿意拿出一部分收入享受消闲和文化的社会阶层。

因此,即使这些需求之间有时是相互矛盾的,仍要在太湖周围实现一种空间组织来满足这些新的需求。对于苏州所需的大量建设用地应当在远离湖区并已城市化的区域去寻找,如木渎。一个以低高度建筑物、与河网有机结合的城市建设规划可以满足新的要求。建筑风格的问题仍有待解决。在当地,欧式的独立洋房像英语一样流行。

制定一个全新的交通政策是十分必要的。重新使用慢节奏的水陆交通是可行的,人们用几个世纪建造的渠道可以连接相邻的各大城市,特别是上海。新的旅游方式行将诞生。比如,人们可以在周五晚上乘游船离开上海,在船上享用晚餐并在船舱睡觉,在到达国际花园的某个傍水小村时醒来,在村民家或精致的小店中度过周末。在那里领略过去留下来的令人难以置信的丰富文化遗产或欣赏工匠、艺术家和工程师创作的新的艺术品;这些工匠、艺术家或工程师受到新的生活方式的感召,在四十个小岛中选择其一驻扎下来[3]。

〔注　释〕

1　Jean-Paul Dolle, *Ville contre nature*（城市与自然的对垒）, Paris, La Découverte, 1999.

2　小组成员有:园艺设计师吉尔斯·克莱芒（Gilles Clément）、城市规划师拜尔特兰·瓦尔涅（Bertrand Warnier）、米歇尔·加芒（Michel

Jaouen)、保罗·塞卡来利 (Paolo Ceccarelli)、经济学家亚克·浦瓦松 (Jacques Poirson)、地理学家和行政负责人克罗德·阿涅尔 (Claude Agnel)、总工程师 J. -C. 拉利 (J. -C. Ralite).

3 Philippe Jonathan "From garden to landscape in Suzhou"(苏州:从花园到景观), *World heritage review*, 13, 1999.

附图:

（图 1）太湖地区道路 / 停车系统

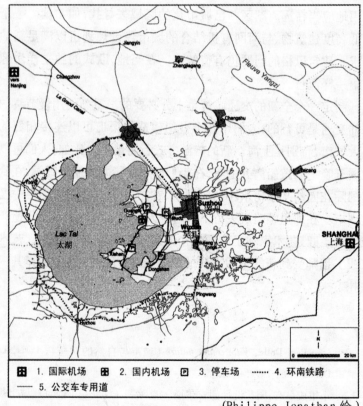

| ⊞ | 1. 国际机场 | ⊞ | 2. 国内机场 | Ⓟ | 3. 停车场 | ⋯⋯ | 4. 环南铁路 |
| | 5. 公交车专用道 | | | | | | |

(Philippe Jonathan 绘)

（图 2）太湖地区水路／港口系统

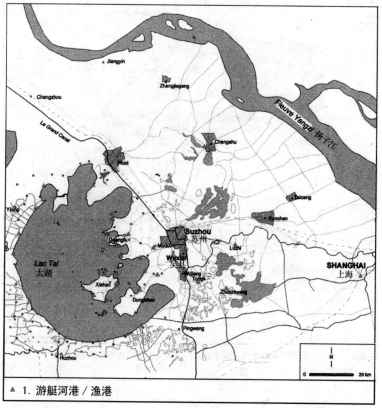

▲ 1. 游艇河港／渔港

(Philippe Jonathan 绘)

337

（图 3）大上海地区城市化趋势分析图

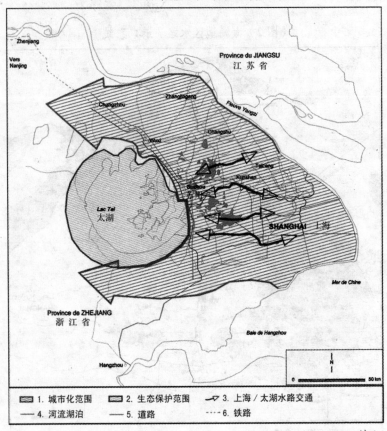

（Philippe Jonathan 绘）

本文原载：《La refondation mégapolitaine, une nouvelle phase de l'histoire urbaine》, *Techniques*, *Territoires et Société*, no. 36, 2002.

区　域　发　展

东方巨龙在这片土地上腾起

——中国国土开发历史简介

董黎明 著

历史、地理学家发现,世界古代文明的发源地,无不与大江大河有密切的关系。在世界四大文明古国中,肥沃的尼罗河三角洲孕育了古老的埃及;中东地区美索不达米亚"两河领域"则是另一个世界闻名的古代文明形成之处;印度河流域同样拥有悠久的文明史;发源于青藏高原蜿蜒于华夏大地的黄河,像一只昂首腾飞的巨龙,这条母亲河用她甘甜的乳汁,造就了中华民族5000年的文明史。

一 黄河——中华民族的摇篮

这片古老的大地上,在几十万年前、甚至更久远的年代,就留下了人类活动的遗迹。例如生活在北京周口店山洞中的北京猿人,距今已有50万年的历史,他们逐水草而居,以狩猎为生,没有固定的住处,过着顺应大自然极其原始的生活。大约1万多年前,我们的祖先发明了将野生动物驯养为家禽、家畜以及将野生植物培育为农作物的方法。农业的出现,首次揭开了国土开发的历史。从黄河中下游大量的古文化遗址可以看到,无论母系氏族社会还是父系氏族社会,人们将居住和生产场所都选择在河流的二级阶地之上，因为这类土地地势平坦，土壤肥沃，既便于取水，又可避免洪水的威胁。由此可见，生活在 5000 至 10000 年前的先人，他们对周围的自然环境及其如何加以利用，已经有一个比较清晰的认识了。

　　黄河全长 5464 公里，流域面积 75.2 万平方千米，她既是中华民族的摇篮，在相当长的时期也一直是中国的政治、经济、文化中心，但由于特殊的地理环境，黄河也是中国历史上洪、涝自然灾害最频繁的河流。中华民族要将黄河流域开发为农业高度发达的良田沃土，其首要任务就是开发治理黄河。早在远古的时代，就有许许多多治理黄河的传说，其中流传最广的就是"大禹治水"的故事。相传氏族社会帝尧时期，黄河经常发生洪水，为了保护部落的安全，尧帝派禹的父亲鲧治水，鲧由于治水失败受到惩罚，舜继尧位后又用其儿子禹主持治水工作。禹是一个十分了不起的人物，他的一生都献给了治理洪水的事业，甚至三次路过自己的家门都没有进去，他采取疏导的方法将洪水引入已疏通的河道、洼地、湖泊，最终入海，从而平治了洪水，人们又可以安居乐业，从事农业生产。从此，大禹成为中华民族家喻户晓的治水英雄。

　　从氏族社会到奴隶社会，再由奴隶社会进入封建社会，在长达两千多年的历史中，随着生产力的不断发展和生产技术的进步，中国国土开发的空间也在不断地扩大，但是只有到了公元前 221 年，秦始皇在中华大地上建立了第一个中央集权的统一国家之后，中国的疆域和国土开发才有一个比较明晰的界线。当时秦朝控制的地区主要是从事农业生产活动的地域，即北起黄河河套、阴山山脉和辽河下游流域，南至越南东北和广东大陆，西起陇山、川西高原和云贵高原东至太平洋西岸的辽阔疆域，虽然国土面积迅速增加，但全国的经济重心仍然在黄河流域。公元前 202 年，西汉王朝建立，汉武帝通过战争的手段，打败了西部和北部的少数民族，将领

342

土进一步扩大到新疆的天山南北和蒙古高原,与此同时,人口、经济也得到迅速地发展。

奴隶社会和封建社会前期虽然生产力水平不是很高,但在国土开发过程中,劳动人民用勤劳智慧的双手,创造出许多奇迹,万里长城的修筑,就是人类建筑史上罕见的古代军事防御工程。万里长城东起河北省山海关,沿着崇山峻岭,向西穿过山西、陕西、内蒙古、宁夏,最终抵达甘肃省的嘉峪关,全长6300多公里(12700里)。修筑长城起因于保护国家的土地资源和生命财产不受北方少数民族的侵扰。秦统一中国后,为了防止北方强大的游牧民族匈奴的进攻,秦王朝征用大量的民工,连同士兵一起,用了9年的时间,沿实际控制的边界修筑了举世闻名的万里长城。其后1500年的明朝,在原来的基础上又进行了三次规模较大的修建,现在我们看到的实际是明代修筑的长城。这项世界闻名的工程,其伟大之处在于,它是无比巨大的工程量和险峻的工作环境的产物,虽然每修建一次都要以耗费数十万劳动力和无数的生命为代价,但换取的却是长期和平、稳定、繁荣的社会环境。

都江堰水利工程则是又一个反映古代中国人民改造大自然取得成功的范例。在地图上可以看到,面积8000平方千米的成都平原,土质肥沃,是镶嵌在四川盆地中的一颗明珠。但流过这里的岷江经常泛滥成灾。公元前256年,蜀郡太守李冰父子带领川西人民兴修了著名的都江堰工程。它以灌县为起点,将成都以上的岷江分为内外两江,外江泄洪,内江灌溉,并通过修建的离堆控制进入平原的洪水。工程竣工后,无论成都上游的洪水多大,入内江的洪水只有总量的1/10。从此,危害极大的岷江成为一条具有防洪、灌溉、行舟等多种功能、造福人民的河流。成都平原被开发成灌渠纵横、沃野千里的天府之国。

二 长江——当代中国经济的大动脉

如果说公元 10 世纪以前中国国土开发和经济发展的重点地区位于黄河流域,其后中国的人口和经济这些中心逐渐向中国的另一条大河——长江流域转移。主要原因是中国封建社会中期唐、宋两个王朝既有繁荣、强盛的一面,但也发生过席卷整个北方的战乱,如唐朝末年的"安史之乱",北宋末年的金兵入侵,均使黄河流域人民的生命财产遭到巨大的损失,大片农田丢荒,水利灌溉工程失修,加上频繁的水旱灾害,迫使大量的人口由北方迁移到长江流域。北宋之后,随着江南地区国土资源的大规模开发,富饶的长江流域取代了中原灌溉农业的地位,成为中国新的经济中心。

按流域面积和长度,发源于青藏高原的长江是中国最大的河流。这条东方巨龙全长 6300 公里,居世界第三,流域面积和人口都占全国 1/3 以上。当代中国最大的经济和金融中心上海就是依靠长江流域富饶的资源发展起来的。南宋之后,长江流域经济中心的地位主要表现在:

1. 京杭大运河的修筑,进一步加强了中国南北的经济联系。

水运是古代重要的交通方式,早在公元前 5 世纪的春秋战国时期,在局部地区就有开凿运河的记载,到了宋朝,长江下游的太湖流域成为我国经济最发达的地区,而此后的元、明、清三朝都在北京建都,为了解决首都及北方地区粮食等消费的需要,从元朝开始便修筑了沟通南北的大运河。它南起杭州,跨越钱塘江、长江、淮河、黄河、海河五大水系,全长 1800 公里,每年通过大运河将长江流域盛产的粮食北运,数量多达数百万石,成为名副其实纵贯南北的大动脉。在漕运的推动下,沿运河出现了许多新兴的城市如扬州、淮安、济宁、通州等等。

2. 一批工商业、港口城市的崛起。

在农业生产的推动下,纺织、陶瓷、采矿、造纸获得迅速发展,从而出现了一批手工业城市,比较著名的有苏州、杭州、南京的丝织业,景德镇的瓷器制造等。我国沿海的泉州、广州、宁波、厦门则是重要的港口城市。当时我国已能制造载重量200吨的远洋船舶,因此宋、元时期,我国通过海上的"丝绸之路"曾开辟了通往东南亚、印度、波斯湾、东非等地区的航线,海上贸易一度出现空前繁荣的景象。

1840年的鸦片战争,随着帝国主义列强的入侵,中国成为半封建半殖民地国家。一方面,帝国主义列强利用沿海作为掠夺大陆丰富的资源、物产的基地,促使沿海和长江流域近代工业港口城市如上海、天津、广州、青岛、大连、武汉的发展。另一方面由于战乱连年不断,加上频繁自然灾害的影响,我国中原地区的不少居民背井离乡,被迫迁往边远的地区如东北、新疆、云南等地谋生,"闯关东"就是反映华北地区农民大量涌入东北最生动的写照。当然,人口的迁移,在很大程度上也推动了边远地区的国土开发。

三 20世纪,沉睡的东方巨龙开始腾飞

中国的社会发展史表明,每当社会发生一次重大的变革,例如从奴隶社会过渡到封建社会,从半封建半殖民地社会进入社会主义社会,都会迎来生产力的大发展。1949年10月1日,中国人民的领袖毛泽东在北京天安门城楼正式宣告中华人民共和国成立。它标志着新的社会制度取代了腐朽的国民党的统治地位。从此,沉睡了几千年的这条东方巨龙,挣脱了半封建、半殖民地社会的锁链,终于在华夏大地上腾飞了。新中国建立的50多年,在中国历史发展的长河中只是很短的一瞬间,但这一阶段无论在政治经济

上,还是国土开发的步伐,都是以往任何一个历史时期无法与之比拟的。以下,可从四个方面加以说明:

1. 地下矿产资源得到充分开发利用。

在中国 960 万平方千米的地下,分布有丰富的矿藏,新中国成立之前,由于科学技术手段落后,地质人才缺乏,这些深藏在地下的财富一直未得到充分的利用。例如作为重要战略资源的石油、天然气,1949 年全国石油的产量只有 12 万吨,以致中国被戴上"贫油国家"的帽子。为了满足经济社会发展、基本建设对各种资源的需求,建国后专门成立了地质部(现为国土资源部),经过大规模的普查勘探,目前全国发现的具有矿藏开采价值的矿物有175 种,建有大中型矿山 1500 多座,2002 年矿业产值占全国经济总量的 5%。中国的地质人员运用自己创造的地质学理论,不仅在西部地区发现了丰富的石油、天然气资源,在东部、沿海也发现了巨大的油田。1959 年建国 10 周年在东北发现的大庆油田是中国石油工人的骄傲,它创造了 27 年一直保持年产 5000 万吨石油的高产纪录,同时也使中国保持了石油产量世界第五的石油生产大国的重要地位。此外,中国另一项能源——煤炭 2002 年的产量达到 13.8 亿吨,位居世界第一。

2. 用占世界 7% 的耕地养活占世界 22% 的人口。

中国是一个多山的国家,平原面积只占国土面积 12% 左右,这就决定了耕地数量的有限性,人均耕地的数量只及世界平均水平的 40%。另一方面,中国又是世界人口最多的国家,早在 2000 年前的西汉时期,全国的人口就达到 6000 万人,到 1840 年的鸦片战争前夕,中国的人口数量已超过 4 亿人。虽然 20 世纪 80 年代之后实行了计划生育政策,由于人口基数大,到 2000 年全国的人口已达 13 亿左右,占世界总人口的 22%。面对尖锐的人地矛盾,20 世纪 50 至 60 年代,国家实施了"屯垦戍边"的政策,由解放军官兵和支边青年组成农垦建设兵团,分别在新疆、黑龙江、内蒙古等边远地区将大片的处女地开垦为良田,使昔日的"北大荒"变成"北大仓",将西部荒漠的不毛之地变为名副其实的绿洲。到目前为止,全国累计开垦的荒地有 3340 万公顷,在很大程度上缓解了人多地少、建设用地占用农田的矛盾。

应该看到,随着大规模垦荒事业的发展,我国可垦荒地资源的数量已经不多,在经济和城市化快速发展的阶段,我国人均耕地面积已下降到 0.95 公顷,如何有效保护宝贵的耕地资源,将是未来国土资源合理利用的重要问题。

3. 全面整治河、湖水系,正在实现"高峡出平湖"的愿望。

由于中国处于季风气候区,雨量的季节分配和地区分配极不均衡,全年降水大部分集中在夏季,其他季节少雨干旱;降水的地区分布则是南多北少,东多西少。这就是为什么经常交替出现全国性的旱涝灾害的原因。从古至今,我国的国土开发一直以防洪、灌溉及河流的整治为中心,也就不足为怪了。与古代的水利工程比较,新中国的水利工程在规模、技术、效益等方面,都无与伦比,甚至达到世界的前列。正在建设中的长江三峡水利枢纽工程,就是反映当代中国人民改造自然、造福人类的一项伟大的创举。三峡大坝位于湖北宜昌市上游 48 公里的三斗坪,坝高 185 米,水库容量 393 亿立方米,形成一个 1087 平方千米的"平湖",是一项集防洪、发电、航运于一体具有多项综合效益的水利工程。建成正常蓄水后,可以将下游百年一遇的大洪水削减为 10 年一遇,从而使长江中游地区不再受到洪水的威胁。长江三峡还建有世界最大的水力发电站,其装机容量达到 1820 万千瓦,可替代 5000 万吨原煤用于发电。长江三峡还拥有世界最大的船闸,由于提高了长江上游的水位,改善了航道条件,今后万吨船队可从重庆直达长江口,使长江成为真正的黄金水道。进入 21 世纪,国家又实施了一项更宏大的水利工程计划,准备用50年时间从东、中、西三条路线,将长江流域充沛的水源跨流域调到缺水的北方,调水总量达到448亿立方米,这个计划在很大程度上解决了几千年来北方一直存在的干旱缺水问题。

4. 西部大开发将逐步缩小东、中、西部的经济差异。

中国西部地区共12个省、自治区和直辖市,国土面积占全国71.4%,拥有大片的土地和丰富的地下资源,由于大部分属于干旱半干旱地区,自然条件恶劣,生态环境脆弱,加上人口稀少,历史上其经济基础又是以牧业为主,长期以来属于经济欠发达地区。建国以来虽然国家加大了对西部国土资源的开发,如修建了陇海、兰新、包兰、成渝、成昆等铁路干线,在黄河上游修建一系列大型水电站,将新疆天山南北的大片不毛之地开垦为良田,发展了一批新兴的工业城市:西安、兰州、乌鲁木齐等。西部地区的面貌发生了巨大变化。但与区位条件优越、自然条件有利、经济实力雄厚的东、中部地区相比,两地的经济差异非但没有缩小,还有进一步扩大的趋势,例如西部地区1978年GDP占全国的比重为16.8%,到2001年则下降到13.6%。为了促进区域协调发展,逐步缩小地区经济差异,国家在21世纪初启动了西部大开发战略。根据发展计划,国家将投资7300亿元建设50项重点工程。当前最引人注目的是西气东输、西电东送、南水北调、青藏铁路4大工程。与此同时,为了改善西部脆弱的生态环境,中央政府还加大了环境工程的投入,避免建设过程中的负面影响。

西部大开发战略刚刚开始实施,就已传来许多令人鼓舞的消息。2003年,西部GDP的增长速度比上一年提高了1.3个百分点;西电已开始东送,仅广西、贵州、云南、三省区给广东省就输送了1000万千瓦的电力;2004年6月,在世界最高的高原修筑的青藏铁路已由青海铺轨到西藏境内,从此结束中国惟一的一个省区没有铁路的历史。

　　中国的国土开发史,就是一部劳动人民不断认识自然、改造自然、最终回归大自然的历史,中国人民5000年前仆后继创造的文明,仅仅是历史发展长河中的一个片段;可持续发展思想,将会促使我们的子孙在这片国土上开创更美好的未来。

参考文献

朱德举,《土地科学导论》,中国农业科技出版社,1995。

周光召,《发展中的土地科学》,山东画报出版社,2001。

葛剑雄,《中国古代疆域的变迁》,中共中央党校出版社,1991。

赵荣,《中国古代地理学》,中共中央党校出版社,1991。

水利部黄河水利委员会,《黄河水利史述要》,水利出版社,1980。

胡焕庸,《中国人口地理》,华东师范大学出版社,1983。

游弋一种地理模式（1965—2002）[1]

蓝克利（Christian LAMOUROUX）　著

刘璧榛　毛传慧　译

　　所有对不同学科有着长久影响的理论，都提供着几种研究的可能，由斯坦福大学人类学教授施坚雅（George William Skinner）所提出的中国宏观区域研究模式也不例外。因笔者为汉学家之故，自然地对其对中国历史研究的影响感兴趣，更确切地说，本文的重点在探讨历史学家如何应用此地理模式。

　　本文题目中所标示的日期指出该模式的开始与结束。读者们不难想象这个理论正在消逝中。实际上此现象开始出现于20世纪90年代中期。今天我们也可在2002年1月份的 *Modern China*（现代中国）期刊中，一篇以《一个地理观念起源与演化：中国的宏观区域》[2]为题的长文中看出。作者卡洛琳·卡迪儿（Carolyn Cartier）非常清楚地在其导论中指出："长久以来被普及的宏观区域概念，使中国研究封闭在理论的狭隘观点里，而现在这个概念在地理学中已经过时了。"此言的确吹响了掩埋与总结此模式的号角。

　　本文先要说明施坚雅模式的创造以及该理论被接受与发展的背景，接着再探讨当他选为美国亚洲研究学会（AAAS）主席时，该理论在20世纪80年代中所占的优势地位，最后再指出此理论兴盛的十五年后，逐渐没落的一些原因。

中国中心论的历史与区域之研究

20世纪前半段，除极少数的专家学者外，中国历史被改写为用来捍卫欧洲之外文化认同的工具，换句话说，知识言论被单一化的目的是提供文化主义新见解来抵制以欧洲为中心的世界进化论的不良倾向。不少史学家认为历史就是西方的发展史，而中国只不过是一个文明。此文化观点将中国认定为长久不变的广大地缘，并依此解释中华民族国家特征与其建构中的困难。

不满文化主义观点的史学家，则把中国史看成一种反应的历史：中国有能力对抗西方1840年以来的侵略活动。此观点曾被中国革命者、民族主义者或共产党认同并宣传。他们重写中国历史，目的是强调他们自己在面对西方所强加的现代化所带来的挑战中所扮演的角色。这个政体及社会的现代化，靠中国沉睡不动的古文明展现出来的生命力来转换，而此转换是在受到外来科学与民主——两个具有普遍性的价值观——的冲击下进行的。受到外来侵犯的强烈冲击之后，被惊醒而企图自救的中国社会正从其历史中汲取相应的必要能量。在当代中国历史学界中，可以看出两个大课题，即中国沉睡的历史原因，以及促使其苏醒的有效资源之使用过程。

直到第二次世界大战后，此种意识仍为研究中国历史的主导，并且有助于促进当时研究中国史的美国历史学家的研究，使美国成为西方1945年后亚洲研究的新重心。然而，我认为这个简化的问题意识从1949年起，随着中华人民共和国的成立开始复杂化。在冷战时期，中国顿然变成一个独立存在的政治与社会的复杂实体，而"亚洲病夫"也开始被认为是危险的。因此为了对付这个"病夫"，得使用社会科学的方法，这是较合理的；于是中国社会由人口学家、经济学家、人类学家及社会学家来分析。社会科学不只限于对事实的描述;要利用社会科学,使这些科学的意图生效必须先进一步阐释其研究方法,必须为收集及综合资料所采用的必然简单化方法提出证据,并为这些资料所提出的解释界定有效范围。

这一社会背景导致了历史研究的两个后果:对历史研究而言,可以利用社会学所提供的资料来分析;因此历史研究必须从社会机制内部出发,并着重专注于此机制的过程。这就是刺激研究中国的学者,再次重新定义他们研究空间范围的原因。从一统的中华帝国或现代中国的层面上,在研究变得愈来愈困难的情况下,我们必须认识到:在长期地以国土政治统一为单一空间范围的历史方法中是否有些中国社会内部的实际运作被忽视了? 中国中心论的历史研究自从公认必须使用社会学方法后非重视区域研究不可。同时,这些社会学方法所提供的概念使中国整体观及区域化的分析达到协调。

中国对区域性事实的关注由来已久。史学家可依据历代官员,特别是自公元 8 世纪后,定期编纂的地方志:它们成为所有重新建立地方史不可或缺的材料,但是如果仅使用此地方资料来研究区域,只不过如前者一般拥有残缺不全的视野。今日的国土空间如同过去封建帝国时期,并非是简单的区域空间总和。事实上,中国史学家必须注意介于以下两个层次的持续张力:发展并表现在广大国土上的国家政治使命的层次以及地方行政组织中集结多元的语言、社会、文化及经济群体的层次。从 20 世纪 60 年代末起施坚雅所提出的宏观区域模式,初次提供了解释中国经济与社会组织的严密分析,同时允许专注于每个组成区域的运作过程。

施坚雅分析的新意及其模式的创造

宏观区域模式结合了两个理论方法:中心地理论(théorie des lieux centraux)与区域分析(analyse régionale)。1964 及 1965 年间,施坚雅先发表很长的论文,分析四川的市场组织,此文章一部分是 1949 年田野调查的成果[3]。作者主要靠根据中国状况而得出的中心地理论[4],来处理这些调查研究的成果。

他认为城乡关系是一种连续性的而并非是断裂的关系,因为他将村镇视为整合商业系统,即"市场空间"的单元,正是这个空间决定了村民的社会范围。他依社会及商业基础建立一个分为三等的中心地等级制度(中心市场、中间市场及标准市集),由此形成了地方市场体系。中心地的空间分配则取决于两个经济上的合理原则:(1)由每单位面积的购买力决定的需求极限;(2)由交通费用决定的商品货物可及范围。

如此,中心地理论使施坚雅可以区分经济与行政的双重等级,而使行政市镇内集结了真实的社会或政治权力的非行政组织显示出来。自此开辟了制作一个独立于行政体系,且将市镇及乡村社会结构划分开的类型。一个研讨会就围绕着这些新的项目,于1968 年召开了。会后本当出版施氏主要的著述,但该讨论会之文集迟至 1977 年,才以《中华帝国晚期的城市》(The City in Late Imperial China)为题出版[5]。此书 820 页中,施坚雅撰写了 1/4 以上的篇幅。他利用经济史资料,再次根据中心地理论来考量 19 世纪末中国整体的空间结构。他也指出一个八个等级的中心地等级制度:标准市集(在 50 平方公里内占有 15 到 30 个村子,约 15000户)、中间市场、中央市场、地方级市镇、地方高级市镇、区域级市镇、区域性城市、核心城市。

那么,施坚雅观察到两个现象:(1)建立在这个等级制度上的城市系统,独立形成了一体化的市场空间;(2)这些系统在帝国规模中并未形成连续的整体。实际上,这些系统呈现出具有强烈的地理基础之功能性实体骨架,亦即划分出九个规模和范围与行省不相重叠的大区域。施坚雅致力于解释每个大区域的功能性整合,及系统间的不连续性。于是他着手重新制作帝国的经济与行政地理,以解释城市系统不连续网络与必然连续性的行政网络之间的关节。

甲　区域系统:整合而不连续的整体

施坚雅藉由经济指针来定义每个区域的结构:由主要成本及经济距离决定的交易网;商品流量大小显示出的集中点与经济区域核心;取决于人口密度的资源集中与购买力,此需求的极限为两个决定性因素,因此而产生与经济资源有所不同的分配。

根据他的见解,地理因素解释了中心地模式的变形:河流水系导致同一等级的中心地沿着水道发展。更常见的是区域系统的稳定性,建立于大河流域的地理基石上。经济运作及其地理特异性造成九个大区域间明显的差别,每个大区域被分化为一个资源(土地、人口、资本)集中的中心地带,及一个资源变少的边缘地带。中心地带几乎常与拥有决定性的交通主轴、易于建筑道路或渠道的谷地重叠在一起,城市的等级系统便在中心地带内的一个或多个极点上组织起来。

乙　经济与行政的等级

每个区域中心同时显现其为一个商品流通、借贷和信息网的枢纽,因此而成为课税的良点。自此我们可以理解为何能够出现如下的双重的等级制度:(1)官僚系统建立并控制的等级制度,也就是国家所专注于用以控制与课征的必然连续性的正式结构；
（2）组织生产与财富流通的等级制度，也就是由经济与地理所决定的社会自然结构。

施坚雅同时也观察到，这两个等级制度的重合相当重要，但也并不总是重合的。此外，因行政区的特性而将该地区的行政职位划分为"繁、冲、难、疲"四个等级的行政制度，明确说明城市的行政等级建立于自然的经济等级之上。实际上，根据施坚雅的看法，当局者最关心的两件事：一是优先考虑领土的策略性，此表现于集权化与行政等级的简化；或者以课税为优先，此表现于密集而为数宏大的分区上。这个区分可以很容易地在空间层次上看出，因为第一个产生边缘化的特征，而第二个则表现于中心化。

现在我们可以更确切地来谈论区域模式如何在将近二十年中，在学术界占有的重要地位。这个模式建构于三个主轴上，其中之一为透过地域组织及定位过程，介绍社会科学融入中国研究的领域里。另外两个主轴则满足了历史研究范畴之需求：一是以中国历史自成中心的观点为依据，二是要求地域史料必须符合中央统治集团的历史观。换言之，此模式自然而然是针对史学而发的。

城市、宏观区域与历史

历史分析必须将宏观区域视为比以省、县划分的行政区域更为正确的范围。事实上，施坚雅强调行政划分的主要目的，在避免行政等级与经济等级的重合：这仅仅便于中央集权者避免行政官员与地方士大夫和巨商大贾之间的勾结。在这个情况下，一个行省内部不同行政网之间的空间差异，可以特别阐释为避免重叠而刻意聚合的系统之混杂。此外，在大区域的范围里较易看出中国农业区域的特性：生产力、技术知识及运输方式。宏观区域模式的历史研究方法,也是惟一从工业化前国家人类活动的地方性出发的方法体系。

施坚雅逐渐确定了一个跨学科的研究方案:甲,明白显示区域间经济发展的差距是必要的,如此则可藉由在系统化的等级制度中出现的变化,而实现城市系统间差异的研究。乙,必须明确指出在区域内部城市系统形成的长期过程。此由两个模式组织而成:中心地逐渐向周边延伸,或是原先自主的经济融入于网络中。

对史学家而言,只有中国历史的宏观区域研究方法,才能将每个时期介入经济网内"自然"事实的变动列入考量:行政网的改变只不过是一个结果。一体化适于宏观区域的空间模式。因此当施坚雅于1985年处理"中国历史的结构"时——此为其参加竞选美国亚洲研究会主席时所发表的文章的题目——他已经使用了一些建立于宏观区域模式划分的基础上所得来的历史研究成果。这一点上,施坚雅与史学家有一致的看法。

宏观区域:历史的事实

在施坚雅1985年的文章中,最令人感到惊讶的,首先是该文的结构。施坚雅的演讲从回顾一些描述中国多个区域内的发展与衰落周期的历史研究开始。"中心地"一词只在脚注里出现,而在10页讨论不同区域的经济周期后,他才提出第一个地理的论据:在此他指出9个——因为加入了赣河及扬子区而变成10个——大区的特征。于1977年出版的书中,原来所介绍的呈休眠状态的模式,由于在历史过程中不同的宏观区域轮流地上演而活跃起来,即一个宏观区域在登上系列区域间等级制度的最高峰后没落了,而让位给另一个宏观区域。

然而1977年极端精细的模式,却于1985年被简化了。致使施坚雅肯定"各个经济区域形成了,而且完完全全地包含于可由流域来界定的宏观地理模式中"(见280页)。我们因此而得出河谷经济中心理论:河谷成了经济中心,更确切而言,这些低地因为其中心化与人口稠密而享有土地最肥沃的盛名。施坚雅所谓的"传统农业社会"的"生态"过程(280页)是如此地简略,以至于作者甚至忘了提及位于中国南部的河谷低地之开发利用及其稠密的人口分布,是由于复杂的水利系统、各种稻作技术的熟习专精以及武力征伐的结果。

施坚雅在此推动了一个转变:可以证明宏观区域的存在及其自主性,不再是稍被提及的中心地的空间理论,而是套用于每个宏观区域的朝代兴替,如此宏观区域被承认为帝国经济地理的合理单位。相反地,此理论如此地强加于史学家,使其将区域的划分当成是他们分析的自然范围。

为了从历史观点上强调这些宏观区域间的盛衰,这些区域就必须拥有共同的时间性。因此朝代兴废这个惟一可能提供整体观,而又"令人肃然起敬"的框架又突然出现。为避免当时学者的短视而发展的功能性研究方法,又带领我们回到最传统的编年史学中,因此施坚雅写道:"一般而言,朝代兴废的模式机制对区域发展的盛衰产生了同步的影响"(281页)。

至于朝代兴废,施坚雅则解释为"宏观区域的发展周期的媒介"(284页)。从此,有关城市系统,或将其导入宏观区域体系内缓慢过程的研究,完满地建立起了"中国历史的结构"。此历史必须依照"套入地方及区域历史的等级制度",在中心地理论模式下予以分析(288页)。

施坚雅也主张向一些非历史学家们,明确地介绍他的研究方法所得到的成果。宏观区域:

一可使一些研究微观社会现象的学者,重新将其研究在整体结构上定位；

——给予所提出的不同研究问题较广泛的时空分析单位；

——使比较对照较为容易而又不失严密；

——将研究主体放在一个正确的程序中，而免使方法论无效之虞。

简而言之，宏观区域的地位改变了：一个诠释性的模式变成了一个历史事实。

模式不良的影响与逐渐消逝

大区域模式的成功造成了两种重要的不良影响：甲，相信宏观区域模式的非历史的恒久性，宏观区域因而失去其在功能空间的地位，而成为便于历史分析的地理架构。乙，企图将各区域地方研究并列的倾向。施坚雅鼓吹"套入地方及区域历史的等级制度"，但却令人感到他有将一个国家分解为这些一体化的功能单位——即宏观区域——的意图。

当然这种知识霸权引起一些史学家的反应与批评，这些批评主要有两方面：甲，对施坚雅几个分析论点有所异议。例如，某些学者指出：封闭的村庄团体在中国北方是正确的模式，而施坚雅却仅以四川的例子就将其全面否定。施坚雅最受批评的是他只重于宏观区域的经济自主，而忽视了区域间的重要交易。乙，对一些用以解释模糊不清的概念（如区域之间的范围界定，或每个区域内部中心与边缘的划分）的数据和统计方法的驳斥。

实际上，这些批评显示了对该模式的不满，但却未提出另一套取代的模式，特别是这些批评并未对该模式的前提提出商榷。我将讨论其中的两方面。

一方面，必须强调是透过简单的平移，将家族经营的微观经济逻辑——活动于由中心地画出的市集空间——过渡到国家级市场的宏观经济逻辑。该模式的动力在于它提出一个地方市集,与涵概此市集的经济系统之间简化而严密的关系。如此,不管在任何层次中进行的交易,其间均不存在任何性质的差异;只有经济距离决定了帝国的空间组织,在工业化前,因交通工具不够发达而益发强调其重要性。由零售逻辑建立起来的经济模式,并无法将大范围的大盘商组织列入考虑,因此也无法考量强大的商人组织和"牙人"商业经济。

另一方面,经济因素与地理因素连结起来:宏观区域不仅是在经济上一体化的区域,而是他们一体化的工具,即江河流域使每个大区域自己形成一自然区。我们可以观察到,这个特征在1977—1985年间被强化了。这样,为了阐明空间的差异性,以及确定中心和边缘的关系,每个区域形成的历史过程被列于次要地位。施坚雅不解释国家分成省、州及县的历史原因及情况之问题。换句话说,这种模式轻视国家对政治、社会、地理的理解与概念,国家仅能对社会发展的问题给予部分的答案。

我们可以用什么方式,从不同的层面来探讨这些前提假设?今天,我们是否齐集了足以对其提出质疑的条件?我将以一个改变论据的重要事实,即以中国自20世纪80年代以来的逐步开放为出发点加以讨论;中国的开放导致两个结果:一是中国学者再次回到了已经习惯于在没有他们合作下进行研究的科学团体中;二是外国学者能够重新获得实地调查的许可,而得以进入地方社会中。

在经济分析方面,许多中国学者考虑到中国市场的社会组织的历史特殊性。他们认为,今天该是在明确的社会范围界定下,对区域性经济活力的演变加以研究的时候了。例如,必须针对不同地区农业社会的经济活动,与社会的劳动组织间之多元组合进行分析;在这些历史学家眼中,这些以不同农作物生产(麦、小米及一季稻或两季稻)为基础的社会生活模式刺激手工业和商业的多样化发展,而使数百年的人口成长持续不衰。当不少学者对西方经济发展模式的世界性提出质疑时,提出这些建议的史学家们,事实上正在试图说明此一足以创造大量的、分配极其不均的财富,而又尚未达到商业资本主义,更提不上工业革命的动力之特征。由于这些学者的研究成果,如今得以超越施坚雅用以建立其"村民的社会范围"的地方市场。

这个地方市场的特殊本质到底是什么? 我们知道,某些拥有强烈地方基础的组织,能够将乡村家庭式的农业生产,进入远超过地方市场层级的交易中,甚至进入区域间的市场交易:也就是,施坚雅所强调的无活力的空间。可以说,村落及市镇能够在一系列的交易关系与宏观经济组织中扮演多种角色。自从中央政府同时允许不同层级的行政机关,直接与整体经济活动维持一些关系,此一现象在今天得到了多方的证明,特别是自从中国开放以来,使得各区域与外界的关系多元化。因此我们应该将注意力集中于这些是否造成行政与经济不同层次之间重合的经常性的过程上。

田野调查显示,正如其他社会一样,地方与市场的关系,即其与整个社会的关系,是由社会、宗教、政治等观念为媒介。每个村庄与每个市镇中,从过去到现在,一直都存在着多种组织,其中最强而有力的,是被看作具有干涉市场,甚至组织交易功能的县级行政机关。因此,市场不仅有赖于供求机制,而且各市场交易形成的经济距离,亦不足以支配地方市场。传统史籍中一再重复肯定的国家角色,并非只是为了保护中央集权制度,或短视偏见而致的结果。譬如,中央政府及其地方行政机构总是致力于抑制那些藉由独占商品或钱币,与控制货物流通来取得社会权力的"兼并者"。当国家拥有足够的能力时,即干涉谷物及丝绸市场,介入借贷系统中,并垄断如盐与茶等高利润的商品。再者,因为国家及其地方官员可以从中获取不同的利益,所以各层行政机关会产生相异的策略。

自此,施坚雅提出的由社会中经济交换所划分出的自然宏观区域空间与由国家规划出的行省之间,明显地失去其带有强烈自由主义内涵的对立力量。在施坚雅的理论及近三十年间美国的史学界中,"国家"并不占有重要地位。总之,在本文绪论中提到其评论的卡洛琳·卡迪儿,以施坚雅将文化区域的研究和不同学科所产生的理论分开,来解释其模式享有持久权威的原因。卡迪儿肯定地说,现代地理学已与宏观区域所依据的地理定位及传统区域地理的学说脱节;据她表示,当今地理学首重于社会及区域的形成过程上。然而,卡迪儿所提及的,其他可取代施氏理论的中国地区性的研究方法,不管是分析区域制度化(regional institutionalization)或是研究"地方"在社会演变中的作用,均无法为政府寻得一席之地。她的"制度化"研究方法,是从行政组织的设立而划定出的空间出发的,她并考虑到这个界线划定所引起的观念之重要性;但据其声称,这个新的区域研究,主要用于分析来自于大陆的、国家以下的、行省以下的不同等级的经济、社会及文化单位。因此,值得担心的是,如果把区域当成是可替代国家的领土单位,这个研究方向将导致人们将中国境内的新领土规划当成是次要现象,甚至认为与地理学无关。至于将"地方"视为单纯的社会互动场所——卡迪儿以行会或地方会馆为例,我们可以认为这种对史学家而言似乎并不会陌生的微观研究法,只有将"地方"视为属于不同社会团体的策略才有意义,而这些策略是针对国家或在国家结构之内发展出来的。因此,卡迪儿呼吁打破学科研究及文化区域研究之间的界限固然重要,但各学科也必须依文化区域研究所提出的问题,重新予以定义。中国同行们的研究及我们在田野中所

做的观察,使我们发现分析中国社会及其交易组织,即经济地理,
的确很难不将国家持久的作用列入考虑。

〔注 释〕

1 除了几处修改外,本文沿用笔者在 2002 年 3 月 21 日,由高等社会科
   学院(EHESS)社会地理学组,以"地理学知识的形式:区域化与地方
   志的理解"为题的讨论会中的文章。

2 参阅 Carolyn Cartier,"Origins and evolution of a geographical idea. The
   macroregion in China", *Modern China*, 28/1, 2002, p. 79 – 143 页.

3 施坚雅曾声明,此篇文章实际上是他在 1949 年匆忙离开中国时遗失
   其所有笔记的情况下而完成的。

4 侯碧曾相当出色地介绍了对施坚雅有所影响的克立斯达乐的理论,
   刊于:《Walter Christaller et la théorie des "lieux centraux": die zen-
   tralen Orte in Süddeutschland (1993)》, in B. Lepetit et C. Topalov
   (eds.), *La ville des sciences sociales*(社会科学的城市), Paris, Belin,
   2001, p. 151 – 189.

5 施坚雅,《中华帝国晚期的城市》,中华书局,2000。

附图：

（图 1）1843 年的自然区域与行省及其首府示意图

（图 3）沿河流和主要道路分布的 1893 年长江上游地区较大城市贸易体系图(经过图表化,箭头表示河流的流向)。

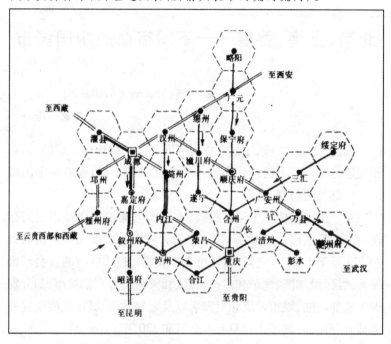

本文原载:《Le retour du marchand dans la Chine rurale》, *Etudes rurales*, no. 161－162, 2002, p. 263－271.

北京、上海、香港——不同宿命的中国城市

程若望(Thierry SANJUAN) 著

刘健 译

无论是人口规模,还是在中国空间结构中的地位,及其向东亚和发达国家所展示的现代大都市形象,北京、上海、香港在中国城市当中都可谓与众不同。

在中国城市体系中,这三座特大城市与其他省会城市之间存在一个明显断层。1999 年,这三座特大城市的城市人口规模大致在 700 万至 1000 万之间,而城市人口规模超过 400 万的省会城市仅有武汉、哈尔滨、沈阳和广州;重庆和天津虽为直辖城市,却分别因为地处内陆、城市发展相对滞后以及毗邻北京、城市发展受到一定抑制等原因,城市人口只有 640 万和 530 万。

这三座特大城市在中国沿海地区占据着主导和支配地位;改革开放以后,这里成为中国融入世界经济体系的前沿地带。作为中国发展的热点地区,这三座特大城市成为中国联系其他亚洲城市和西方城市的枢纽,向世界展示着中国的强大、中国的经济复兴、中国的新型消费方式以及中国文化和中国建筑的现代化;它们是中国最主要的增长点,也是展现未来中国发展的窗口。

但是北京、上海、香港三座城市却没有太多的共性,各自不同的历史沿革赋予它们完全不同的鲜明特点。它们曾经担负着不同的城市职能,在中国的政治进程和商业流通中发挥着不同作用,例

如国际交往对北京而言并非最重要的因素,对上海和香港而言则具有决定性意义;生活在这三座城市的中国人说着不同的地方方言,对于城市归属感、社会行为等问题有着不同的价值观念。显然,这三座沿海城市[1]在中国扮演着不同角色、发挥着不同影响。

在此,有必要对这三座城市的城市类型进行分析,借助若干标准对其加以区别,包括与国家政权的关系、国土地位、经济发展、城市化进程及其作为大城市地区在中国乃至东亚所承担的职能。

为了更好地分析现状、展望未来,首先需要回顾一下这三座城市的发展历史。从"不平等条约"下的对外开放、到民国、直至共产党执政以后的最初 30 年,这个时期的历史发展不仅奠定了北京和上海的地位,也间接地推动了香港的快速发展;特别在进入 20 世纪以后,三座城市分别树立起各自的城市形象,由此形成了当地居民对各自城市特有的期许和盼望。

此外,大都市化对这三座特大城市的类型发展也产生了影响。毫无疑问,这三座城市在中国的空间结构中占据着十分重要的主导地位,因此在考虑中国国土的组织结构时,只能遵循国土区划的原则;这也是最终形成众所周知的"三个中国"的国土区划的原因。

一　城市与国家政权

外国飞地

中国的城市结构在 20 世纪经历了深刻变动。在 1895 年至 1911 年期间,北京、上海、武汉的人口均达到了 100 万[2]。两次世界大战期间,上海的人口迅速增加,由此拉开了与其他城市之间的差距;1936 年上海人口规模接近 400 万,而北京人口规模在 1910 年以后没有明显增长,人口数量与武汉、天津和广州大体相当[3]。

此后,中日战争以及中国内战进一步加大了上海与北京之间的人口规模差距;1953 年上海人口规模已经达到 620 万,北京却只有 280 万,截至"大跃进"前夕,上海的人口比北京多出 1.7 倍(表 1)。

表 1:20 世纪北京、上海、香港的人口增长

年代	1910	1936	1953	1957	1978	1990	1999
北京	1300000[①]	1551000	2768119	4010000	8720000	10860000	12499000
上海	1289353	3727000	6204417	6900000	10982800	12833500	13131200
香港	487000[②]	988000	2126000[③]	2677000[④]	4670000	5704000	6721000

注:① 1914 年统计数据。

② 1913 年统计数据。

③ 1952 年统计数据。

④ 1956 年统计数据。

资料来源:Z. Chen, 1984, p. 70;V. F. S. Sit, 1988, p. 218;《上海统计年鉴》,1991,页 60;《北京通史》,1994,页 396;Françoise Ged, 1997, p. 109;A. Maddison, 1998, p. 185;《北京统计年鉴》,1999,页 69;《中国统计年鉴》,2000,页 350、页 793。

20 世纪 50 年代以后,中国的行政区划经过多次调整,统计计算方式也在不断变动,导致这两座行政建制城市的人口规模差距不断缩小。目前,上海市和北京市分别以 1310 万和 1250 万的人口规模成为当之无愧的特大城市,当然这其中还包括了一定数量的农业人口。

同一时期,香港的人口规模却十分有限。20 世纪 30 年代,香港英国殖民地的人口数量仅相当于上海人口数量的 1/4,北京市人口数量的 2/3,人口规模甚至不及广州。直到 1949 年共产党取得中国内战胜利,香港的人口才开始增长;其中大多数是在 20 世

纪40年代末由于中国大陆的社会变迁而涌向香港的难民,还有少量在"大跃进"之后和"文革"期间移居香港的人口。

三座城市的国土地位及其与国家政权之间的关系成为决定其各自命运的主导因素。在整个20世纪,中国政府的干预与否、干预方式以及针对不同城市所采取的不同政策,对这三座城市的经济发展及其对中国或外国企业、外国资本和邻国劳动力的吸引均产生了有利或不利的影响。

这不禁让人联想到马克斯·韦伯(Max Weber)的经典理论[4]。他认为在帝国时期的中国城市,统治机构的存在往往抑制了通过联合结为"市镇"或城市"资产阶层"的可能;这与欧洲的情况截然不同。北京作为首都城市,既无法享有上海在1949年以前作为外国租界城市所特有的自由,更不可能像香港那样,作为英国殖民地在20世纪50年代以后逐步发展成为新兴工业化城市。但是,这种情况在20世纪初期曾经一度变得模糊。例如民国时期,北京不再是国家的代表,甚至在1927年至1937年期间被南京取代而丧失了首都地位;而相反,在1990年以后上海复兴的进程中,国家发挥了十分关键的作用。由此看来在20世纪上半叶,北京因为签署战争协议、日本军队占领等政治变数,似乎遭遇了比其他城市更为不利的经历,直到1949年建立中央集权的、有计划的政治经济体制以后,似乎才重新感觉到国家政权的存在对其发展的影响。

但是,上海和香港在20世纪的成功发展并不是因为没有中国政府的干预,而是因为其作为外国飞地的特殊地位使得它们能够在一系列政治危机中始终处于受保护的状态,例如在上海的共和主义中国政治危机,在香港的共产主义中国政治危机。这种发展因素在此是具有积极意义的,西方历史学家在回顾上海的发展历史时,都明确指出了外国统治的积极作用。

领土飞地的自身职能是有限定性的。就外国飞地而言,它或者像中国人认为的那样,是从总体结构中被分离出的部分空间,以便控制其所在国家的领土以及在这些领土上生活的人民;或者像西方人认为的那样,是点状的、边缘化的定居点,以便形成对其所在国家的最终渗透,从印度沿海地区的商行到美洲、非洲的殖民城市和港口城市,莫不如此。1949年中国被统一在共产党的领导之下,香港重新审视了中国的领土构成,在中国关上了对外的大门之后接替了上海的位置。

今天,在建立上海浦东新区的过程中,再次出现了享有特权的领土飞地的情形。浦东新区是在中国政府宏观调控对外开放的背景下,由有关当局通过特殊形式的土地开发发展起来的,主要目的是容纳国外投资商及其办公机构、合资公司和各种形式的服务机构。像成立于20世纪80年代的其他经济特区一样,浦东新区将成为充满活力的发展极核;它不仅要保护当地的经济发展免受外国公司过于急剧的渗透,同时也要保证这些投资商不会因为传统城市中心——浦西的结构转变而遇到生产和社会方面的困难。

历史上,上海曾经被中央政府遗忘,而有时又是垂涎的对象,在经过中央政府多次政策调整以后,终于在20世纪的最后几年重得恩宠,从建立在"不平等条约"基础上的外国租界,脱胎换骨成为20世纪90年代的浦东新区,这无疑是其作为领土飞地的最佳宿命。

上海:被垂涎的大都市

上海不是通过简单嫁接而在长江三角洲发展起来的欧洲化城市。不可否认,它是1842年《南京条约》的产物,但当时它已经是江南商业城市网络中的重要一员。

至20世纪80年代末,除了原有的中国街区外,上海基本上是通过法国租界及其他外国租界(例如英国租界、美国租界、德国租界、俄罗斯租界、日本租界……）的建设和扩建发展起来的,与人们印象中中国城市的布局秩序和建筑特点并不吻合。但是,顺应运河水系发展起来、构成黄浦江西岸空间组织骨架的道路网络,上海特有的地块划分结构,19世纪60年代至20世纪30年代建设起来的里弄,所有这些又都反映出上海地区传统农村住宅的建筑风格和布局特点[5]。

那些享有盛誉的高楼、用作办公或住宅的大厦以及法国租界西区的别墅,大多数都建于两次世界大战期间;当时的上海正处于发展的鼎盛时期,城市的大部分地区得到重建。这些建筑无可争议地证明了现代建筑的胜利,但同时,它们也在无意之中受到了中国建筑以及各种流派的欧洲建筑的启发;例如,从建筑的装饰母题和屋顶形式中不难看出中国建筑的痕迹。其实,上海的混杂恰恰展示了一种始终建立在中国特有的统一协调基础上的国际化现代特色。

在1920年的上海租界,中国人的比重接近98%,外国人仅占2%,而且来自大约20个不同国家。然而,这座港口城市既是中国的,又是世界的。在20世纪最初10年的中期,上海经济开始快速增长,这不仅得益于萨松（Sassoon）或者卡多里（Kadoorie）等外国大企业家,同样也得益于具有相当实力的中国实业阶层。第一次世界大战爆发以后,中国企业家开始进行产业生产活动（纺织、食品……）,以取代由于战争而无法继续供应的欧洲进口产品;他们充分利用外国租界所提供的安全庇护,并且充分发挥了上海位于中国沿海中部城市和长江入海口的区位优势[6]。1949年上海成为亚洲最大的城市,占当年中国工业生产总值的比重达到25%。但是50年以后,这个比重却急剧下降到5%。

上海发展的鼎盛时期恰恰是中国政权的衰败时期,此后它一直保持着中国最大城市的地位。在整个20世纪,中国政府始终把上海视为己有，利用它来实现重树国家形象的企图，并先后两次制订了宏伟的城市发展计划。其中，20世纪20年代末期，国民党政府曾经在租界城市的西北郊初步建立起"大上海"的雏形；今天，执政当局重新采纳了在传统的租界城市之外建设具有象征意义的新上海的方案，通过开发黄浦江东岸，即浦东新区，将城市一扩为二。

在1941至1943年外国租界被撤除之前，上海的大部分地区归属外国政权管辖；当时的中国政府，即国民党政府，只负责管辖租界外围的城市地区，包括归属中国的上海旧城以及外国租界的北郊和东北郊。这些城市扩展地区对于整合上海的城市空间是必不可少的；基于这些城市建设，南京政府开始试图实施上海的城市发展计划。南京政府的"大上海"计划提出在现有城市的东北、黄浦江的下游建设新的城市中心，由呈罗马"十"字形的行政中心以及与铁路和公路系统相连通的港口组成；新城市中心完全归属中国管辖，并且足以与租界城市相抗衡。然而，中日战争的爆发使得计划实施被迫终止[7]。

在上海之外建设上海，在外国人建起的城市之外建设中国的大都市，这个发展计划由此便被束之高阁。中国共产党执政后，在最初30年里采取了反城市的政策，主张把中国的大城市从消费城市转变为生产城市；这使得上海除卫星城建设外，没有进行任何真正意义上的空间扩展，甚至包括原有工业建设和住宅建设的现代化，即使是卫星城建设也在相当程度上是失败的。相比之下，政府更加重视建设首都北京，因而对上海实施了十分不利的财政政策，这种情况一直持续到20世纪80年代末。

进入20世纪90年代，中国政府重新启动了建设新上海的计划，该计划的规模已远非30年代国民党政府制订的上海城市发展计划所能比拟；它不仅提出在黄浦江东岸尚未开发的土地上建设城市新区,而且提出对位于浦西的传统城市进行更新,从根本上重构道路系统和空间布局。这个计划的实施直接体现了中国中央政府的能力,尽管 10 年前还曾有外国专家怀疑开发浦东的可行性;浦东新区的成功发展,包括各种项目的实施以及目前的城市景象,使人们不难衡量中国中央政府在浦东新区土地开发中的有效付出,对如此巨大的变迁所引发的社会影响的掌控,以及吸引外国投资商的能力。

中央的领导者们通过做出促进上海复兴的政治决策,对保证上海城市发展计划的成功实施发挥了决定性作用,这其中有两位曾经是上海的老市长——江泽民和朱镕基。另外,这个发展计划的成功实施还得益于一场史无前例的国家和国际运动。在此进程中,传统的外国租界城市成为中国政府实施对外改革开放政策的特殊武器。根据官方的目标,在中央政府的严格调控之下,上海将借助于北京的支持,在短期内发展成为亚洲的主要大都市之一,并与香港展开竞争。

北京和香港:20 世纪的两种宿命

北京和香港作为两个极端的案例,展示了在中国的特定条件下两种截然不同的发展模式。从过去到现在,这两座大城市始终向中国社会展示着两种基本的发展选择:一种发展重视体现中国在世界的民族独立和民族力量,另一种发展则是基于参与世界经济体系的外向型发展。历史上,国外因素对北京发展的影响一度锐减;但就香港而言,与新加坡和台湾相比,它在行政管理和人文文化方面仍然缺少中华民族的特点,因此国外因素对其发展依然具有重要意义。实际上在 20 世纪后半叶,恰恰是国家政权,包括中国政府和英国政府,决定了这两座城市的命运。

北京以一种戏剧化的方式展现了中国的遭遇:日本侵略、恢复首都地位、1949 年中华人民共和国成立；此后，北京重新提出了实现国家统一这个在中国皇权时代已经延续超过 2000 年的理想。新政权最终落户在位于紫禁城西侧的中南海；共产党政权通过建立与皇家宫城之间的这种象征性联系，确立了它的合法地位。显然，北京的首要职能不是经济中心，而是凸现国家和中国政权的回归。

这种政治意愿在城市空间上也得到明显体现，从城市空间结构到由于汽车交通增长而出现的一系列问题，都是对上述特点的深刻表达。例如，新的城市建设大多采取了在旧城内见缝插建的方式，方格网状的道路系统与皇权时期的道路体系并列而置，建设天安门广场和宏伟大道，等等。在此，国家政权以两种不同的表达方式，通过城市景观得以体现。

皇家政权的合法性是建立在宇宙概念的基础上，认为皇权是大地的中心，皇帝是天与人之间的桥梁；因此皇家政权的表达方式不是直截了当、一目了然的，而是通过城墙、城门以及各种文化建筑的暗示。例如，从紫禁城、到皇城、再到内城，所有建筑无不遵循格网布局的原则，而且建筑高度不得超过、甚至不能等同皇家宫殿的高度；内城以南作为经济活动和大众生活场所的城市，虽然与皇权城市比邻而居，但实际上是被排斥在皇权城市之外的。

此外，北京的城市空间还因为政权的规定而被切割、分离。例如，北京的居住空间是以胡同为单位组织起来的；所谓胡同通常是一些正方形或长方形的街区，内部通过一系列的小街巷相互联系，街巷两侧是少有开口的高墙，偶尔有木质大门通向围绕方形院落的住宅。

直至 20 世纪 50 年代末，北京的城市发展受到前苏联模式的重要影响；但与皇家政权不同，共产党政府希望通过人们的视觉感受来体现其权力的存在，能够将其权力在城市空间中生动地表达

374

出来,以庆祝其为解放中国而进行的斗争以及斗争的最后胜利。

在毛泽东领导下的"大跃进"时期,中国的领导者们就将北京的城市规划建设列入当时的重点工程名单。长安街成为一条东西向的新轴线,在天安门广场的位置上将皇权时期的南北向传统轴线一分为二;南北向的传统轴线被重新规划,在拓宽的同时被大大延长;为了举办庆祝新政权诞生的重大仪式,建起了向外界展示强大政权的纪念碑式建筑:人民英雄纪念碑、革命历史博物馆、人民大会堂;1977年,在天安门广场中心的位置上又建起了毛泽东纪念堂。1959年,北京陆续建成了其他一些重大工程,包括北京火车站、民族饭店、民族文化宫、钓鱼台国宾馆、农展馆、工人体育场、美术馆、华侨大厦等。

当权政府既没有试图拆毁这座城市,也没有试图削弱它的中心地位,而是在古老的皇权首都的中心,不断增加新的建设。因此在本质上,北京的城市肌理并没有改变,只有城墙被逐步拆除,继而在原址上建起了一条地铁线和一条环路。同样,城市的土地区划也充分尊重了城市空间的原有秩序,在旧城以西集中建设了各大部委和行政办公机构,在旧城以东建起了使馆区(三里屯)以及主要面向外国人服务的宾馆、商店(建国门外)。

然而,像世界上其他地区一样,这种具有象征意义的城市体系并非没有其不利的一面,那些供民众欢庆的场地同样可以成为大众进行抗议示威的场所。正因为如此,这些地方总是处于警察的监控之下,而且每当有重大庆典时,当局总是小心谨慎地对每个参与者进行认真的安全检查。

与北京相比,香港可以说是一座没有国家政权的城市。20世纪,香港一直保持着外国殖民地的地位,这使它可以远离从共和主义中国到共产主义中国的一系列政治、经济和社会变故。过去,香港始终是一块封闭的飞地,甚至比上海的外国租界还要封闭;在相当长时间里,香港对中国大陆的认识基本上就是大批涌入的难民。对这些难民而言,香港就是一块领土飞地,可以在他们最终离开远赴他乡之前,为他们提供庇护和保护。

进入 20 世纪 80 年代,香港和中国大陆之间的关系开始真正改变。香港从原来的免税港口、与 1949 年以后的共产主义中国进行交流和接触的秘密地点,摇身成为向中国大陆传播信息、提供资金和产业活动的地区中心。香港的地区化发展趋势以及 1997 年的主权回归深刻改变了香港在中国空间结构中的地位和作用。

香港的成功还取决于英国殖民者在绝对自由的经济背景下赋予香港的经济地位。在英国人看来,殖民地不过是一个商业中心和交流中心,永远也不可能成为一个民族国家;因此在 20 世纪 80 年代中期之前,他们一直在香港实施注重实效的行政管理,通过加快香港对内和对外交通基础设施的现代化,制定实施宏伟的土地开发规划(卫星城建设),建设大量的公共住宅以及教育设施和医疗设施,努力为促进当地的经济繁荣创造条件。英国人关心的不是如何建立一个属于香港人自己的政治实体,而是如何确保香港的政治安全,如何为企业提供良好的创业环境,如何保持高技能低成本的劳动力供应。他们在 20 世纪 80 年代才开始启动香港的民主化进程,而且直至 1992 年彭定康(Chris Patten)执政以后才开始加快这一进程。值得注意的是,早在 1982 至 1984 年,有关香港回归的商谈就在香港居民毫不知情的情况下,在伦敦和北京这两座城市之间悄然展开[8]。

随着香港的中国人对北京政府畏惧心理的增长,公众意见变得明确起来。1989 年之后,关于香港的身份、香港的命运、建立代议制政治体系的必要性的认识开始逐渐形成。

在殖民主权移交的过程中,中英双方政府不断强调香港的经济地位,并且拒绝赋予它太多的政治色彩。因此,董建华及其领导小组在提交官方计划时,明确提出要首先确保香港的经济增长和发展,同时改善居民的物质生活条件。

虽然香港的土地主要分布在岛屿或半岛上,而且由于地形条件新界被分隔在香港岛之外,但是香港自古以来就拥有可以脱离大陆自成一体的城市空间和港口,这与上海的租界有很大不同;后者只是城市中的几个街区,必须依托相邻的其他城市街区及其与长江三角洲的联系才能生存。1964 年,香港的英国政权与广东省达成协议,同意香港本岛使用东江的部分水源,并且接受由珠江三角洲提供的农产品[9]。

这种空间自治的可能性强化了香港经济的外向型特点。香港选择发展以出口加工为主的轻工业以后,经济增长十分强劲,很快就成为亚洲最主要的经济区之一,并且迅速融入到全球经济体系之中。作为诞生于1842 年的自由经济区,香港为外国企业提供了极具吸引力的有利条件;至 20 世纪 70 年代末,香港已成为全球制造业中心之一、亚洲四大新兴工业化国家和地区之一。

此后,伴随经济结构的必要调整以及 20 世纪 80 年代中国大陆的改革开放,香港进一步强化了它作为港口枢纽和航空枢纽的职能,重视发展高附加值的产业,特别是高水平的第三产业,从传统的制造业中心逐渐蜕变为地区性的服务业中心;同时,香港也兼顾了中国大陆的经济发展,主权移交时它已成为中国大陆经济发展的结构性结点。而香港作为自由经济的首府,国家政权在这里只发挥计划管理者的作用。

二 中国复兴进程中的不同城市职能

沿海大城市——经济发展的参与者

值此 21 世纪伊始,北京、上海、香港三座城市从此归属了同一个国家政权。从政治角度看,共产主义意识形态与经济自由化和经济分散化同时并存。随着香港回归并继续实施自由经济政策——尽管在亚洲金融危机之后,自由经济因为香港政府的干预而受到一定程度的影响,加之市场经济在中国大陆的逐步发展,在这三座城市之间出现了一种奇特的功能换位现象,从而将其更加紧密地联系在一起。

中国正处于快速发展进程中,在这里到处都存在着经济发展不平衡和地区发展不平衡的现象,因此必然导致区域重构的出现;特别是20世纪90年代以来,随着政府加大了对除上海和北京以外的其他重要结点城市的发展力度,区域重构的速度不断加快。

实际上直到20世纪90年代,中国政府才冒险对大城市进行彻底的同时也是充满艰险的现代化改革。城市规划由此得以实施,同时也搞乱了历史遗存的建成空间。至今,中国城市,特别是沿海地区的大城市以及某些内陆城市如重庆,已经成为经济现代化的首善之区。

按人民币现价计算,仅在1996至1999年期间,上海的国内生产总值就增长了39%,北京增长了35%,全中国平均增长了21%;在中国的各省市当中,除了福建(增长37%)和西藏(增长63%,但国内生产总值仅为11亿元)以外,上海、北京两市的经济增长最为强劲。同期,上海也逐步扩大了与北京的差距;例如1999年,上海占全国国内生产总值的比重不超过5%,北京所占份额不足3%。这两座城市均位于中国的经济发达地区,并在其中占据主导地位;例如1999年,上海连同江苏、浙江两省占全国国内生产总值的比重达到21%,北京连同天津一市、河北一省所占的份额也达到了10%[10]。

但是世纪之交,香港及其毗邻的广东省依然是中国沿海地区最为重要的经济中心。1999年,仅广东一省占全国国内生产总值的比重就超过了 10％,当年香港投资占全国外资的比重也达到 41％;1995 年时,这个比例曾高达 53％[11]。这表明,香港始终是投资商和企业家通往中国大陆的首选途径。

从中期发展来看,这三座沿海大城市应该保持怎样的均衡关系? 香港回归,中国大陆快速发展,香港作为中国大陆和全球经济体系之间经济过滤器的作用在逐渐衰退;届时,这些因素是否会导致香港陷于平庸? 是否会使这三座主要沿海城市归为统一和重新平衡? 未来,香港、北京、上海是否不再仅仅是主导中国的最重要的沿海地区的地区性大城市,而是通过与东亚大城市网络的整合,成为国际性大城市? 各个城市的特性,例如北京的政治职能和香港的经济职能,是否会因为产业活动的多样化以及其中某座城市的实力提升而逐渐融合?

毫无疑问,21 世纪将是这三座城市激烈竞争的时代;即使中央政府在左右着北京、鼓励着上海在大陆的发展、同时控制着香港,三个城市的地方政府、地方企业以及当地居民也必须参与到激烈的竞争中去。

目前,虽然部分中国企业家(例如李嘉诚)或者中国机构(中国中信集团公司)在中国沿海地区无处不在,并且地区性的企业集团尚未形成,但地方主义和地区保护主义在中国依然十分盛行;即便有世界贸易组织的支持,要消除这些现象也是很困难的。

显然,最好的结果是三座城市建立起互补的关系;事实上,三座城市所处的地区已经在某些产业领域形成了自己的专业化特点,例如广东的家电制造业、上海的汽车制造业。就第三产业的发展来看,交通通讯是广东省的强项,而金融服务和科学研究则主要集中在上海和北方地区;如果考虑到香港的影响,华南地区有可能在金融领域与上海一争[12]。

今天,展现在人们面前的是三座城市在各自方向上的共同发展,每座城市都拥有自己的独特优势以及历史遗留或后天形成的独特特点:香港是中国对外开放的主要通道;北京既是国家首都,又是地区性城市,与华北和东北地区的其他中国城市共同面对工业转型的困境;上海则是展示未来中国现代化的窗口。即使在一定时期内城市的特性将趋于弱化,中国的现实发展也会有足够的理由,要求三座城市保持这样的职能分工。

三座城市国内生产总值的产业构成可以在一定程度上反映出各个城市的特点(表2)。

表2:1998—1999 年北京、上海、香港的国内生产总值

	国内生产总值	第一产业	第二产业	第三产业
北京(亿元,1999)	2174.46	87.48	840.23	1246.75
占国内生产总值的比重		4%	39%	57%
上海(亿元,1999)	4034.96	80.00	1953.98	2000.98
占国内生产总值的比重		2%	48%	50%
香港(亿元,1999)	11824.27	15.30	1793.90	10015.07
占国内生产总值的比重		0.1%	15%	85%

资料来源:《中国统计年鉴》,2000,页61、页800。

香港的第三产业十分发达,服务业占国内生产总值的比重高达85%;相反,工业发展却因为两方面的原因急剧萎缩。一是工业生产需要大量劳动力和生产空间,附加值不高且常常伴有污染,因此最终遭到遗弃;二是大量工业企业向珠江三角洲地区转移,目前在珠江三角洲有大约300至400万人在为香港的企业工作。同时,香港的第三产业也进行了结构重组。一方面,低回报的服务业

被转移到大陆,例如部分港口货物被分散到深圳港以及中国的其他港口;另一方面,香港对转移到大陆的服务业实施远距离管理,同时在本岛向企业提供高质量的生产服务(金融、保险、法律、咨询……)[13]。

至于北京和上海,它们十分清楚自己所面临的共同问题,特别是由于历史遗留的建成空间所引发的困难,在共产党执政最初30年的政策指导下城市急剧工业化所产生的后果,以及国有企业生产转型和社会保障消失所带来的令人生畏的挑战,等等。尽管如此,这两座城市的原有职能并未改变:在上海,工业和服务业的产出可谓等量齐观;在北京,第三产业日益显现其优势地位。

城市个性与城市工地

为了促进发展、取得国际性大都市的地位,中国大城市还有赖于向民众、经济活动的参与者、甚至国际机构展示自己的城市形象。在与其他城市的竞争中,城市形象是城市政府可以运用的宝贵武器,其个性不仅源于城市历史,更源于居民的社会行为、主观能动和热切愿望所表达的城市文化。

无论从城市自己发表或外部强加的官方言论,还是从日趋复杂的发展现实来看,我们都很难对某座城市的"城市个性"加以明确定义,也很难确定使这座城市有别于其竞争对手的那些价值观念。然而,对城市个性的考虑却是支撑各种城市发展计划的基本框架,也是支持其合法性的根本基础。北京、上海和香港,它们的最大不同在于这些城市的居民以各自不同的方式绵延生息,由此导致它们各自不同的发展进程、各自不同的城市个性以及在城市空间中留下各自不同的象征性标记,进而使这三座大城市在中国沿海地区独树一帜。

然而在这三座城市中,中国城市的独特个性却在以不同的方式衰退。

在北京，人们希望看到的是与中国政治历史休戚相关的北京人，因为在这座城市中有如此众多的遗痕每天使人都在回忆着历史；人们希望看到的是承袭了老舍笔下卑微城市居民特点的北京人，他们生活在四合院住宅的传统可以一直追溯到元代。然而在20世纪末的北京城市中心，国家的伟大工程与难以适应现代生活的传统空间比肩而立。显然，姗姗来迟的历史遗产保护政策以及以位于皇城北部的平安大街建设为代表、具有鲜明中国特点的建筑更新[14]，都直接受到了上述第一种认识的启发；尽管从城市中心到城市外围，历史遗产面对新的交通干道、办公大楼、宾馆商场的建设，仍在与之进行着艰难的抗衡。

至于上海，它的首要个性在于它是一座大城市，所谓上海人也就是一座大城市、而且是目前中国最大城市的居民。其实，这座传统租界城市的居民并非来自上海，而是来自上海周边的江苏和浙江，甚至有相当一部分来自中国的其他省份。这些人的曾祖、祖父和父辈来到城市，就像在法国人们慕名来到巴黎。因此，上海文化在具有国际化特点之前，就首先表现出大同的特点；它吸收了中国不同地区最好的饮食特产，吸引了全国最好的人才，并且为他们创造了比其他地方更好的社会交往条件。同时，上海人也希望自己是有教养的人，对文学创作、电影作品、时装以及所有新鲜事物充满兴趣。事实上，就像北京有北京大学和清华大学一样，上海也有许多著名的高等院校，例如复旦大学、华东师范学院、上海交通大学、同济大学等等。1998年，上海市政府在传统租界内为数众多的老剧院和电影院的基础上，通过组织国际竞赛，由夏邦杰设计事务所和华东建筑设计研究院共同合作，建设了具有象征意义的上海大剧院；与此同时，北京的国家大剧院还在筹建当中。建于两次世界大战期间的上海大世界，因汇集了众多的游艺厅和演出厅而在上海显赫一时；如今，上海到处都是绚烂多彩的城市照明、五光十色的餐厅、酒吧、夜总会，可谓重现了上海大世界的风采，使得上海即使在夜晚也是一座活力四射的城市。

老舍是生活在北京土地上的作家，一生描写的都是首都特有的生活氛围。而关于上海，在1949年以前最著名的小说要数茅盾的《子夜》，它描写了上海的商界生活及其在资本主义城市的堕落。今天，上海文学关注的是上海市民的生活，他们曾经是"文革"的受害者，如今必须面对新的生活节奏，面对企业或政府强加的种种难题，面对社会迁升或个性发展的梦想时时破灭的痛苦。

上海是一座文化之都，但它代表的又是哪一种文化呢？从位于黄浦江沿岸外滩上的各类保护建筑——中国银行、和平饭店、海关、汇丰银行（现为浦东银行总部），到城市道路、房屋住宅以及正在快速消失的里弄，所有这些城市景观无不带有近代（1842—1949）西方文化的痕迹。而且，上海文化中的外国印记不仅仅是有形的历史遗产，还包括对新事物、新发明和现代化的态度；这种现代化最初是在欧洲发达城市的影响下引进的，继而又受到美国城市的影响，今天则更多地受到香港或日本城市的影响。

在本质上，上海文化自称是现代的中国文化，上海市政府和当地市民希望通过彻底的城市更新来实现城市复兴。然而就像20世纪20年代那样，由于担心上海自身的可靠性，城市现代化最终变成了拆除传统城市肌理和建设新的城市街区。在此，上海文化又与古老的中国传统相吻合，即把历史遗迹的精神本质与其物质载体相分离。20世纪90年代，在浦西出现了众多的办公大厦或宾馆高楼（希尔顿、波特曼），高架高速公路由南向北（成都路）、由西向东（延安路）穿越城市或者环城而行（中山路），各类房屋建设迫使大批居民迁往城市外围，苏州河沿岸的工厂也将土地让出，用来建设集合住宅、休闲场所和公园绿地[15]。

在外滩对岸的浦东,始于陆家嘴中心商务区的世纪大道(5公里长、100米宽)成为这个广阔新区的主要干道;此外,这里还建设了新的国际机场,远期将通过地铁2号线与浦西虹桥机场相连,在长江沿岸建设了新的港口(外高桥),并且建设了金桥和高桥两个开发区。金桥开发区主要接纳没有污染的工业企业,产品涉及微电子、电子通信、家用电器、汽车等多个领域,主要供应国内消费市场。在高桥和外高桥,目前已有来自多个国家的十余家企业落户,包括惠普、IBM、飞利浦[16]。

对上海而言,目前是重修城市与其最初形象之间相互关系的最好阶段。中国政府,无论是中央政府还是城市政府,都希望把上海建设成为展示中国现代化的窗口,或者至少是展示中国大城市现代化的窗口;而且,中国领导也大力支持上海的再发展,他们只是担心为了在房地产开发、城市规划、工业和第三产业上吸引外国投资,应该如何解决那些由于缺少定期总结而变得含混不清,甚至已经成为阻碍上海、乃至整个大陆发展障碍的问题。

城市功能的现代化往往伴随着城市形象的现代化。上海市政府决定在城市景观的核心地区,利用强烈的建筑形象来展示这座大城市的复兴。作为进入上海这座港口城市的入口,外滩一线的建筑立面曾经是上海城市形象的标志;今天在它的对面,新建的东方明珠电视塔(1994)和金贸大厦(1999),又赋予上海以新的形象标志。其中,前者位于黄浦江的转折点上,是由三个球体通过线状组合而成的高塔;后者的外形设计则明显受到中国古塔,或即将成为世界最高建筑的世界国际中心的启发。

上海市政府曾计划将办公地点从外滩迁往浦东,后来又重新调整了规划,在位于浦西中心位置的人民广场上,建起了高大的市政府大楼,成为近代上海的第二高度,与上海博物馆(1994)和上海大剧院鼎足而立。人民广场所在的位置是原租界区的跑马场,它的建设象征着今天的上海已经完全取代了那座在20世纪20年代曾经被外国人管辖的城市。

此外,在原本属中国管辖的上海旧城里还建设了一个具有江南建筑风格的传统街区,这不过是为了还上海以中国特性的人为企图,显然是对城市的曲解,最终目的不外是取悦游人。

对比上海,北京却没有其他具有象征意义的发展计划。从为庆祝人民共和国成立50周年而修建的平安大街,到将作为2008年奥运会会址的亚运村,再到新的国家大剧院以及强调保留在皇权时期和20世纪50至70年代建成的象征性标志的城市规划,所有这些都不能反映新的城市个性。与上海相反,作为国家首都,北京似乎不能完全依靠自己来承担市场经济的中国的发展计划,它所拥有的财政来源、国家承诺及其对外开放的程度似乎也不允许它这样做(表3);要知道,当上海表达与香港相抗衡的发展意愿时,国家承诺在其中发挥了决定性作用。

表3:1999年北京和上海的对外开放

	外国直接投资	对外商业	进口	出口
北京(亿美元)	19.75	343.60	244.56	99.04
上海(亿美元)	28.37	386.18	198.19	188.00

资料来源:《中国统计年鉴》,2000,页601、页609。

在历史上,北京就不像上海那样,与外国模式和国际现代化保持着密切接触;很显然,这种密切接触在香港也同样存在。但另一方面,国家首都似乎在以对自己个性的肆意破坏为代价,在其原有城市肌理和古老风俗习惯的基础上,不断叠加新的现代化象征;在这方面,上海则发挥着源自其历史和城市自身形象的过滤作用。当然与上海不同,北京的职能更多地是表达中国而不仅仅是其自身。

严格地讲,香港目前所面临的挑战不是城市规划。香港是一座发达城市,主权回归的影响并不能在城市空间的尺度上直接反映出来。要看到,中国政府始终坚持要把古老的殖民地逐渐占为己有;同时也要看到,香港本岛的优势还存在于另一个空间尺度上,即与中国沿海地区竞争对手的地区抗衡,包括在中国以及在亚洲。

香港岛所面临的惟一挑战在于它的人口密集和空间狭小。如果北京、上海、香港拥有相同的城市人口规模,那么从建成空间的面积上就可以看出,香港的密度特别高,迫切需求更大的发展空间(表4)。但是很难想像,中国政府会冒险把特别行政区的范围扩大到毗邻的深圳经济特区,从而将这个经济中心推向比古老的殖民地更加不利的境地,而且违背香港中国人将自己区别于大陆中国人的吹毛求疵的意愿,要知道前者可是一个高度发达的大都市的居民。然而,城市空间的重新扩展可以扩大最近以来的工业空间区位调整的范围,加强从香港遥控大陆的服务业发展;实际上,这种情况在港口方面已然出现。

表4:1999年北京、上海、香港的城市人口及其密度

	建成空间(km^2)	城市人口	人口密度(人/km^2)
北京	488	7472000[1]	15303
上海	550	9696300[1]	17643
香港	184	6721000[2]	36527

注:[1] 不含农业人口。

[2] 全部人口。

资料来源:《中国统计年鉴》,2000,页350、页353、页793、页797。

386

三 中国空间结构中的大城市

——区域发展的参与者

中心—边缘关系的解读

在中国,北京、上海、香港均位于交通干线的起点或交点上,不仅是主要的移民目的地,更是发展中国的主要增长点。它们在政治、经济、文化等方面的地位,使其在空间组织中亦发挥着结构性作用,从沿海地区一直深入到整个国土。

三座城市相互之间保持着一定距离,承担着不同职能,在各自地区发挥着不同作用;由此可见,并不能把中国沿海地区看作是惟一的、严密的整体,以它为中心来组织中国的国土空间,同时把中部地区看作是毗邻中心、部分融合的外围,或者把中国西部看作是欠发达的、难以控制的边缘。

鉴于中国的统计以省为单位,在编制总体计划、需要区分具有明显不同特点的地区时,划分为"三个部分"(沿海、中部、西部)的做法有其自身的合理性。但是,国土区划并非是国土的空间组织;无论是对北京、上海、香港的城市类型分析,还是对其城市竞争力和区域竞争力的分析,都很容易揭示出上述宏观区划的不合理之处。毋庸置疑,中国的国土空间可以按照中心—边缘模式的原理,以这三座大城市为中心进行组织。

针对中国国土空间的中心—边缘关系,阿兰·雷诺(Alain Reynaud)[17]曾做出过解读。他认为中国国土有三个中心,即北京—天津、上海、香港—广州,这些地区中心,加之经济特区以及在其辐射范围之内的开放港口,通过融合位于中心外围的人口密集、经济发达的其他地区,在沿海地区不断延伸;处于最边缘的地区是指那些相对于沿海地区而言无法融入整体的地区,但它们同样保持着以汉人为主的中国人口密集的特点,如在远至四川的中国内陆。最后,阿兰·雷诺照例把西部人口稀少的地区(内蒙古、新疆、西藏)认为是"战略盲角"。

然而,对这三座沿海大城市的认识过于划一却使上述分析方式的合理性受到局限。事实上在中国的国土空间中,这三座城市中的任何一座都在发挥着不同作用,其辐射范围也随着所选用的判断标准的不同而变化。由于缺少对三座城市各自特点的描述,导致无法在它们之间以及在正处于发展进程中的中国主要地区之间进行功能等级划分;在城市尺度或小区域尺度上对各个城市地位的分析,也无助于清楚地认识为什么这些城市会在整个中国成为具有不同特点和不同作用的中心。

因此,要评价北京、上海、香港在中国国土空间的影响,需要以对这三座城市的功能等级分析为基础。

这三座沿海大城市在空间上有着不同的辐射范围,例如北京的辐射范围包括西藏,上海的辐射范围南至福建;而且依据不同的判断标准,三座城市在中国空间结构中所发挥的作用各不相同,例如北京是华北广大地区的政治、经济、城市中心,并且希望成为西藏自治区的民族政治中心。同时,三座城市在空间上的辐射范围既可能是连续的,也可能呈不连续的分布状态;例如香港是整个珠江三角洲地区的经济中心,但香港投资在中国内陆的分布,构成了在整个国土上呈点状分散布局的地理现象。

这些辐射区的空间范围不同、功能特点不同、空间结构不同,可以根据各自的中心以及所选用的不同标准重新划分,因此其与中心之间的距离和可达性并非是决定性的。有意思的是,香港在上海或北京的投资把这两座中国大陆城市纳入到古老殖民地的经济辐射范围之内。相反,那些所谓"盲角"可能只属于某一个辐射范围。例如,位于中国西南边境的云南是众多少数民族聚集的省份,它只属于北京这个政治中心和军事中心的辐射范围;这个在地域上十分封闭的地区面临着种种发展困难,从而使得香港的影响不断衰退,上海的影响更是小到不值一提。

类型标准与城市功能等级

以三座沿海大城市为中心来组织中国空间结构的原则是建立在三种类型标准基础上的,即政治的、经济的和文化的。

政治标准占据首要位置,因为国家希望拥有国家统一(针对最富有省份的自治意愿)、国土完整(针对新疆和西藏的汉化和独立要求)、国土安全(针对国境边缘)的政治和军事保障;特别在目前,从中央到地方,现行政权一贯强调中国的经济和社会发展,这就更有理由赋予政治标准以首要地位。

经济标准不只是指各个城市或其所在地区的国内生产总值,也不只是工业生产总值,它同时还指人员、资金、信息、知识、服务、商品的流动,暗示着在广阔的中国国土上分散中心和整合中心的存在。显然在这方面,三座沿海大城市所掌握的竞争武器是不同的。此外,经济标准还表现为国家和地方有关促进经济和对外开放的政策、向投资商提供的优惠条件以及城市规划和交通规划,例如已经成立的开发区。

1996 年重庆成为直辖市,被赋予中国内陆增长极的新职能;随着三峡大坝的建设,长江流域进行了新的规划。这些更加突出了长江流域作为中国经济发展主轴的重要地位,并将使地处长江出海口的地区中心——上海在与北京和香港的长期竞争中受益匪浅。

比较而言,文化标准更加微妙,但并非不重要,它主要表现在城市在推动改革和现代化、通过研究和教育机构对劳动力进行培训、建立城市形象、吸引外来人口等方面的能力上。城市是否具备成为国际性城市或者进行国际化进程的能力，这已经成为城市规划者手中的一张王牌，从北京到上海，城市政府对此都予以高度重视。这种能力可能仅仅表现为年轻学生掌握外语的程度以及城市为企业家、外国人和旅游者提供的基础设施服务。

在上述分类的基础上，可以根据对三座沿海大城市的功能等级划分来表述中国的国土空间，即：北京是整个国土的政治中心；香港是中国经济开放的核心；而上海则是中国大陆最大的城市和经济中心，尽管它的辐射范围可能没有遍及整个疆土。

三座沿海大城市——具有不同辐射范围的地区中心

北京的经济地位要低于上海和香港，但由于国家首都的政治地位和它在国际上的地缘政治地位，其辐射范围却最为广泛，遍及整个中国国土。它是中央政府和共产党政权的所在地，其政治和行政特点十分突出。正是在北京，中国政府制定和颁布了促进上海及浦东开发、支援内陆相对欠发达省份发展的方针政策和国土规划，2000年3月又做出了把西部经济发展纳入国土开发计划的决定。

中国中央政府强烈认为，针对过去的计划经济，所有的改革都必须是逐步进行的；而且在"社会主义市场经济"中，北京的中央政权希望以国土整合和发挥领导作用的名义，继续保留调控的权力。例如在深圳，中央政府就试图越过广东省政府实施直接的行政干预。

从地区尺度看，由北京占据主导地位的地区，主要城市包括北京、天津、唐山。其中，北京在整个地区居于首位，天津和唐山主要是工业城市。目前，这些城市共同面临着经济结构调整问题（国有企业所占份额）以及长江三角洲地区中心（上海）和华南地区中心（香港—广州）的竞争挑战。

从更大的空间尺度看，交通网络发达、经济结构雷同、缺乏竞争对手，这些因素使得北京拥有广阔的辐射范围。其中在东北地区，其辐射影响甚至远至黑龙江的边境城市，与俄罗斯远东地区的经济联系使得这些黑龙江边境城市在经济上保持着相对独立的状态；在华北地区，其辐射影响向西可至山西、向南可达河南和山东。

相对于北京，香港自视为发达的、现代化的和国际化的大都市。自古以来，它就是东亚的中心；它辐射中国大陆的基础是其应对遍布中国沿海及内陆的众多开放中心的挑战的能力。香港最直接的辐射范围是位于广东中部的河流谷地，即珠江三角洲地区。目前，香港已经成为广东省的经济要地；广州不过是广东省的政治中心，而且这也是广州相对于香港的惟一优势。为了有利于今天的香港特别行政区的发展，20年前珠江三角洲地区就开始进行空间重组、经济分工和工业迁移[18]。香港是新兴工业化地区，而广东长久以来就是中国最具活力的地区，香港—广东的中心地位因为二者之间的互补关系不断强化，甚至无需理会上海和北京地区的发展。

如果香港要将其辐射范围扩大至覆盖华南大部分地区，甚至包括海南岛，必须有一个前提条件，即这里不会出现另外一个和它同样具有整合能力的大城市，来影响那些在地域上封闭、在经济上依赖北京（例如云南、广西）或者台湾（例如福建）的地区；同时，它还必须与上海——这座位于华东地区的著名城市展开竞争。

其实，香港的发展目标是使其辐射范围遍及中国对外开放的全部国土；这个辐射范围并非是连续的空间，而是具有点状和多中心的特点，其中包括了绝大部分的中国对外开放极核，即那些依托对外开放城市和对外开放经济区发展起来的经济特区，例如在中国沿海地区向北直至华北的北京或大连，在内陆地区向西直至重庆和成都。同时,像上海或北京这样的特大城市还可以凭借当地的基础设施条件和地区中心地位,成为接替香港的后备力量。

来自香港、台湾、日本、美国、欧洲以及海外华侨的投资,或是转道香港进入大陆,或是将香港岛作为投资总部,其涉及的领域不仅包括中国城市的空间重组(道路、地铁),同时还包括各种房地产项目(商业中心、办公楼、住宅)以及合作进行企业生产和商业经营的协议。

1978 年以后,当代中国的发展在地理上是不连续的,但不乏结构性特点,香港即成为其中的主要中心;尽管目前,随着外国投资商、台湾投资商与大陆开发商之间的联系变得更加直接,加之以上海和北京为代表的中国大城市的崛起和发展,香港在中国改革开放中的独霸地位正在逐步消失。

就上海而言,它既不具备政治中心的职能,也不具备作为完全融入世界经济体系的发达城市的地位;它的优势在于其独特的地理位置以及北京政府为了抗衡华南地区的发展而鼓励中国大陆城市复兴的政治意愿——在中国大陆的城市中,上海的首要地位是毋庸置疑的。20 世纪 80 年代,广东在香港辐射影响之下的快速发展曾经在中国产生了颇具危险性的负面影响;正是鉴于此,中央政府做出了在其国土上实现南北之间平衡发展的政治决定。

尽管至今,上海仍以中国最大的城市和最重要的经济中心自居,但其辐射范围与北京和香港不相上下;其地区辐射力遍及长江三角洲以及江苏省和浙江省,并且向西延伸至武汉,未来借助于正在进行的三峡地区的开发建设,其辐射影响甚至可远及长江上游地区。这足以证明,上海作为华东地区首位城市的地位是无可争议的。但同时,上海也必须面对在地方主义思想的影响下,由于相邻城市的快速经济发展而产生的地区抗衡。例如,1979 年经由上海的出口额度占当年中国出口总额的 14%,到 1992 年这个比例已经下降到 2.3%[19]。

通过浦东新区的开发建设和中心城市的现代化将上海变成中国的窗口,这使得上海面临着诸多挑战。上海的形象及其历史向世人展示的是一座具有国际现代特色的开放城市,加之其建设中央商务区、工业区以及大型港口和空港基础设施的大胆计划,上海不应该仅仅满足于中国最大城市的称号,而是应该成为真正意义上的国际化和现代化大都市,成为 21 世纪能够打破中国地区平衡、最具活力的中国沿海地区中心。

四　结　论

在对外开放和推行市场经济的中国,尤其在最近几年,北京、上海、香港之间的竞争不断加剧,在多个领域形成了相互对立的局面。例如,它们都希望代表中国成为亚洲发达地区的中心;它们在不同地区占据着同样的主导地位,以不同方式融入到世界经济体系当中,在展示中国强大的同时,还在展示着不同地区的强大;它们都是展现中国发展的政治窗口和文化窗口,各自特点的相互比较恰恰明确说明了改革开放的中国所面临的种种矛盾。

21 世纪,这三座城市的发展应该建立在不断加强的地区化、多样化和三产化基础上;尽管其在各自地区的首要地位毋庸置疑,但它们同时也应该考虑周边其他城市的发展。从地区的角度看,它们与周边城市的经济互补联系——天津与北京,南京或武汉与上海,广州或深圳与香港——还取决于具有浓厚地方主义色彩和激烈竞争意味的发展,并且在相当大程度上还有待于重新界定。

从国际的角度看,台北或高雄以及其他东亚大城市(东京、汉城、新加坡……)与中国大城市之间的跨地区联系亦在不断加强;在中国海沿岸地区,城市之间特有的相互联系似乎暗示着所谓

"亚洲地中海"的出现。但是鉴于亚洲正在经历着深刻的结构重组,城市之间的竞争和对立还将不断增加。

从长远来看,这三座中国大城市融入亚洲的整合过程可能会导致中国沿海地区与其他内陆地区之间的割裂。我们已经看到,中国国土是如何以不同程度和不同方式分享着三座城市各自的辐射影响。毫无疑问,未来北京、上海和香港在中国大陆的经济地位和文化地位将不断得到加强,而不是继续保持地区隔离的状态;对它们来讲,这也是获取足够的力量以面对严峻的国际竞争的惟一跳板。

〔注 释〕

1　在这里,北京之所以被称为沿海城市,是因为它在中国北方沿海地区占据主导和支配地位。

2　G. W. Skinner, 1977, p. 682.

3　Z. Chen, 1984, p. 70.

4　M. Weber, 1982, p. 37 – 47.

5　F. Ged, 2000.

6　M. -C. Bergère, 1986.

7　F. Ged, 2000.

8　T. Sanjuan, 1996.

9　T. Sanjuan, 1997, p. 93.

10　《中国统计年鉴》,2000,页 53、61。

11　《中国统计年鉴》,1996,页 598。《中国统计年鉴》,2000,页 606。

12　J. -J. Boillot, N. Michelon, 2000, p. 25 – 26.

13　F. Gipouloux, 1999; F. Gipouloux, 2000.

14　T. Sanjuan, 2000, p. 135.

15　F. Ged, 2000.

16　B. Rui, 2000, p. 12 – 13.

17 A. Reynaud, 1997, p. 173 – 194.

18 T. Sanjuan, 1997.

19 F. Gipouloux, 2000, p. 6.

参考文献:

《北京统计年鉴》,北京:中国统计出版社,1999。

《北京通史》,北京:中国书店,1994,第 10 册。

BERGERE M. -C. , *L'Age d'or de la bourgeoisie chinoise 1919—1937*
　　（中国资产阶级的黄金时代 1919—1937）, Paris, Flammarion,
　　1986.

BOILLOT J. -J. , MICHELON N. , 《La nouvelle géographie économique
　　du monde chinois》（新中国经济地理）, *Perspectives chinoises*, no.
　　59, 2000, p. 14 – 26.

BURGEL G. , CHEN G. , SANJUAN T. (eds), 《 Villes chinoise 》（中
　　国城市）, *Villes en parallèle*, no. 23 – 24, 1996.

CHEN Z. , *China. Essay on Geography*（中国地理论文集）, Hong
　　Kong, Joint Publishing Co. , 1984.

GED F. , 《 Shanghai : habitat et structure urbaine 1842—1995 》（上海
　　1842—1995:城市住宅与城市结构）, Paris, thèse (EHESS),
　　1997, 2 volumes.

GED F. , *Shanghai*（上海）, Paris, Institut français d'architecture, 2000.

GENTELLE P. , 《 La ville et les pouvoirs 》（城市与政权）, *in*
　　GENTELLE P. *et al.* , *Chine* , *Japon* , *Corée*（中国、日本、朝
　　鲜）, Paris, Belin-Reclus, 1994, p. 100 – 111.

GIPOULOUX F. , 《 Hong Kong plateforme mondiale pour les services
　　à forte valeur ajoutée ?》（香港:高附加值服务业的世界平
　　台?）, *Perspectives chinoises*, no. 54, 1999, p. 105 – 107.

GIPOULOUX F. , 《 Hong Kong, Taiwan et Shanghai: plateformes logistiques rivales du corridor maritime de l'Asie de l'Est 》（香港、台湾、上海:相互竞争的东亚沿海后勤平台）, *Perspectives chinoises*, no. 62, 2000, p. 4 – 11.

HENRIOT C. , ZHENG Z. , *Atlas de Shanghai. Espaces et représentations de 1849 à nos jours*（上海图集:1849 至今的城市空间及其表达）, Paris, CNRS éditions, 1999.

LO C. P. , *Hong Kong*（香港）, Chilchester, Wiley, 1995.

MADDISON A. , *L'économie chinoise. Une perspective historique*（中国经济的历史展望）, Paris, OCDE, 1998.

REYNAUD A. , 《 L'organisation de l'espace de la Chine : l'importance des régions littorales 》（中国空间结构:沿海地区的重要性）, *in* DOMINGO J. , GAUTHIER A. , REYNAUD A. , *L'Espace Asie-Pacifique*, Bréal, 1997.

RUI B. , 《 Le développement de Pudong, symbole important de la réforme de la décennie 90 》（浦东开发:90 年代改革的重要象征）, *La Chine au présent*, 2000, p. 10 – 13.

SANJUAN T. , 《 Hong Kong et son rattachement à la Chine continentale 》（香港及其对中国大陆的依附）, *in* HOUSSEL J. -P. (ed), 《 Les quatre dragons d'Asie 》, *Historiens et géographes*, 1996, no. 355, p. 237 –254.

SANJUAN T. , *A l'Ombre de Hong Kong. Le delta de la rivière des Perles*（香港影响下的珠江三角洲）, Paris, L'Harmattan, 1997.

SANJUAN T. , *La Chine. Territoire et société*（中国:国土与社会）, Paris, Hachette, 2000.

《上海统计年鉴》,上海,中国统计出版社,1991。

SIT V. F. S. , " Hong Kong: Western Enclave on the China Coast "

（香港：中国沿海的西方飞地），in SIT V. F. S.（ed），*Chinese Cities. The Growth of the Metropolis since 1949*，Hong Kong, Oxford University Press，1988，p. 210–231.

SIT V. F. S.，*Beijing. The Nature and Planning of a Chinese Capital City*（北京：中国首都城市的特点及规划），Chichester，Wiley，1995.

SKINNER G. W.，"Introduction：Urban Development in Imperial China"（皇权时期中国城市发展简介），in SKINNER G. W.（ed），*The City in Late Imperial China*，Stanford，Stanford University Press，1977，p. 3–31.

WEBER M.，*La Ville*（城市），Paris，Aubier，1982.

YEUNG Y.-M.，SUNG Y.-M.（eds），*Shanghai. Transformation and Modernization under China's Open Policy*（上海：中国开放政策下的转变与现代化），Hong Kong，The Chinese University Press，1996.

《中国统计年鉴》，北京：中国统计出版社，1996。
《中国统计年鉴》，北京：中国统计出版社，2000。

本文原载：*Hérodote*，no. 101，2001，Paris，p. 153–179.

一体还是分割：外商投资对中国
经济发展的地区差别的影响

纪普鲁（François GIPOULOUX）　著

林惠娥（Esther LIN）　译

　　1991 年到 1997 年之间，外商在中国的投资额平均每年增加 20%。在 90 年代初外商在中国的投资额就已经超过东南亚经济联盟成员国，1996 年中国成为发展中国家当中外商投资最多的国家，超过墨西哥（281 亿美元）、印度尼西亚（179 亿美元）和马来西亚（160 亿美元）。虽然 1997 年有明显的下降，外商投资额仍然相当可观（452.8 亿美元）。

　　中外合资企业、外国公司的子公司以及国际连锁承包商从此成了中国经济景观的一部分。1996 年间，外商投资资金占中国工业不动产的 12%，占工业生产额总值的 17%[1]。在 1995 年间，12 万家中外合资公司总共雇用了 1650 万名工人，约占城市劳动总人口的 10%[2]。因此，外商投资绝非扮演着边缘角色，而是大大地促进了中国的对外贸易：1986 年中国对外贸易额的 5.6% 曾经是外商投资所带来的，10 年之后，1996 年，这个比例高达 47.3%[3]。这说明，当外商投资减少时，特别是在亚洲经济危机时，中国的外销能力将会受到影响。

　　大量的外商投资不仅为中国带来先进的科学技术和管理方法，还引进了不同于中国经济制度和企业运作的新的组织形态，因

398

而也促进了非国有企业的蓬勃发展,简而言之,它带动了经济成长。最后,外商投资在中国境内经济区域重新划分过程中也扮演了重要的角色:中国沿海地区、中部地区和西部地区之间出现了一条新的分界线。这种经济区域的分割方式也使地理经济逻辑的矛盾之处突显出来,那就是,当中国沿海地区与亚洲其他国家之间的贸易往来越来越频繁的时候,中国中部地区和西部地区,除了极少数的例外,由于经济区域的分割方式,仍然以国有企业为主,并且城市化和工业系统化不强。在这种两极化的地区经济结构下,我们首先要问的是,外商投资是靠什么来扩张的? 它会碰到什么样的阻力?

接下来的问题比较有政治性:外商投资使中国境内经济区域的分割情况更趋明显,或是相反地使经济地理分界线消失? 提出这个问题让人想起一个老问题——研究 19 世纪末的中国经济发展史的历史学家曾经在国家至上或是经济至上的看法上难以形成一致[4]:把中国发展成统一的经济市场,外商投资是中国形成统一市场的惟一力量吗? 简单地说,外商投资是否具有整合中国市场的作用? 我们也可以从相反的角度来问这个问题:外商投资是否使中国经济区域之间已经存在的差异更加显著,因而阻碍中国境内形成一个统一的市场? 换句话说,外商投资是否会导致中国分裂成几个经济大区域,或者分裂成几个由外资造成的各种不同投资国家的经济区,它们之间不太来往,并且中央政权不再有能力主导它们之间的联络网?

一 加强经济大区域的分布

外商投资是指外国资金投资在中外合资企业、中外合作企业,独资企业,外国公司的子公司以及中外合作开发的企业中。虽然外商投资在许多不同的工业生产领域里运作,但其共同的目标是出口。外商投资原本多由亚洲其他国家和地区(主要是香港、台湾地区和日本、泰国、韩国、新加坡)在中国大陆投资工业生产,例如1996年就高达80%[5],但是投资对象大多是小型企业(投资额低于3000万美元),并且不是高科技产业[6]。这也许说明了为什么将近90%的外商投资都集中在中国沿海地区[7]。外商投资不均衡分布能持久吗?我们试图从三个层面来探讨外商投资对中国经济发展的地区差别的影响:(1)它对工业生产总值的贡献;(2)它对工业投资所起的作用;(3)它对外贸的贡献。

(1)外商投资使沿海地区的工业生产总值大大地增加了(广东增加了60%以上,海南和上海增加了40%,福建则增加了33%),但外商投资给中部地区带来的工业生产总值的增长却很

(图1)1996年各省中外合资企业工业生产总值比重

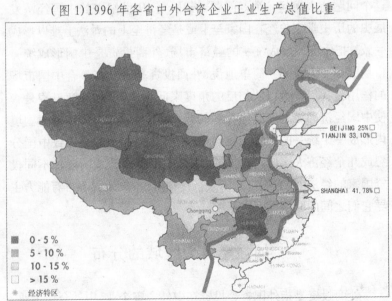

(参考资料:《中国统计年鉴》,1997。)

400

少——山西才增加了 3%,湖南 4%,西部地区更是微乎其微(新疆、青海和甘肃)(图 1),四川是惟一的例外,该省的中外合资企业的生产额已经超过 10%[8]。

(2)除了辽宁之外,沿海地区与中西部截然不同,沿海地区的中外合资企业的生产额已经超过 15%(图 2),吉林省外商投资企业的生产总值则超过了 10%。中国中部地区和西部地区却仍然停留在这个水平之下,因为安徽、江西和湖南共同组成了一道"坚硬的"分界线,使得外商投资在这些地区的工业投资额中所占的比例不到 5%。过了这分界线,湖北是惟一的例外(12%),那是由于外商投资最近进入了武汉的结果——汽车制造业,生产制造业及其他工业对港口运作所需要的设备。

(3)在这种情形之下,中国沿海地区和其他地区之间的巨大

(图 2)1996 年各省中外合资企业固定资本投资比重

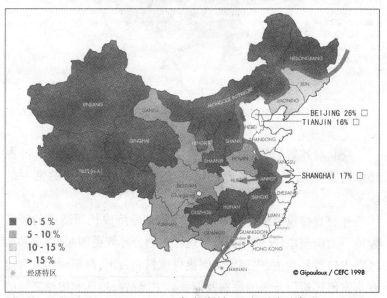

(参考资料:《中国统计年鉴》,1997。)

401

差异再一次突现出来(图3)。中国对外贸易额的30%是由中外合资企业所赚取的;天津市70%的对外贸易额是由中外合资企业创造的,这个比例在福建是60%,广东是54%,上海是53%。

(图3)1996年各省中外合资企业对外贸易比重(进出口)

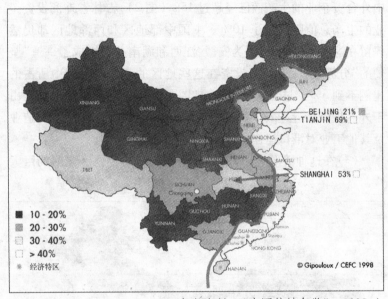

(参考资料:《中国统计年鉴》,1997。)

湖北对外贸易额中由中外合资企业创造的比例相当高(占36%),是中国内地经济发展比例类似沿海地区发展的惟一的例子[9]。

外商直接投资结合中国最近20年来经济成长所造成的经济发展不均衡现象,又使中国经济地区的划分界线更加明显:沿海地区以出口贸易为主,中部地区则提供原料和劳工,西部地区具有蕴藏丰富但还难以开采的原料及能源。中国沿海地区和内地之间的经济地理区分,受到了对外开放与经济改革的生气蓬勃的影响而突然引起人们的注意;可是,它们之间的差别不过是长久以来各个地区经济发展不平衡的结果。1984 年沿海地区开放了 14 个城市,这些开放城市基本上和鸦片战争后继外交和军事的压力下被迫对外开放的重要港口有关。

二 隐形的经济边界

上文中所列的三张图表有一个共同点:中国沿海地区和内地之间的经济界线壁垒分明。四川和湖北倒是例外,中外合资企业对四川的工业生产颇有贡献,并且中外合资企业在湖北的工业投资与对外贸易占了相当大的比例。

1. 为什么会有这样的经济边界?

根据世界银行最近对中国外商投资的地理分布所作的研究结果,得出四个决定性的因素:(1)该省居民的年度生产总值;(2)该省在工业生产上所需要的种种基础设施的发展程度;(3)该省人口的教育水平;(4)与某个港口之间的交通是否便利[10]。这张分析表可以解释为什么外商投资集中在沿海地区,尽管沿海地区的投资成本越来越高(土地、房屋、人事等等)。同时它还显示出外商在决定投资地点时,营业税或设厂花费上的优惠都扮演着次要的角色。在这个问题上,几个发展中国家都有类似的经验[11]。

不过,世界银行的调查研究方法却无法解释中国内地省份当中,外商投资分配极端不平均的现象。譬如,外商投资就是进不了安徽和江西,而外商投资在湖北和四川则不容忽视。该两省每位居民年度生产总值,以及该两省在工业生产所需要的种种基础设备上发展程度相当地紧凑,确实是两个不可忽视的重要因素。但是有两个因素反倒被忽略了:所有权制和城市化的程度。这两个因素对将来引进外商投资却扮演了决定性的角色。

（1）所有权制

为了分析两个变数——外商投资的工业生产和国有企业控制的工业生产，我们得要评估每个省份的工业生产总值中（1996年），除掉中外合资企业的生产总值之后，国有企业究竟占了多少。尽管我们所获得的印象不怎么清楚，但是整体的脉络还是清晰可循的：外商投资在地区上的分布似乎循着一条抵抗力较小的线拓展前进，抵抗力之所以减弱是因为国有企业在工业上所占的比例越来越小。也就是国有企业在什么地方对工业生产制度失去控制，外商投资就在那个地方发展并且前进。

中国中部和西部地区的工业仍然受着国有企业的控制，从20世纪60年代末到70年代中期，所谓的"第三线"工业就是在这些地区发展设厂，沿着以西宁、西安、重庆、贵阳为轴心线而陈列铺展的。这些地区以国防工业和与国防相关的研究为主，现在却成了污染最严重而且无利可图的工业区，工厂彼此间相隔甚远，除此之外，区内同时还缺乏完善的交通设施。在先前的计划中，这些地区内（陕西、贵州、云南、青海、宁夏和新疆）国有企业控制了工业生产总值的60%到80%。四川是惟一的例外（42%），而且当地的国有企业也很明显地减少了。

国有企业确实越来越受到地方政府的管辖（省级、市级、县级），中央政府对那些债务累累、管理不善并且生产力日益缩减的国有企业越来越没有控制的实权，但是，由地方人士所发起的对外商投资开放的措施却受到一种经济上的国家主义的阻挠，人们不应该忽视这一点：对许多管理阶层人士来说，使人进退两难的问题不在于维持"全民资产"或是私有化，而在于某些股份是否得保留中国主权或者可以让外商拥有，特别是那些还被视为是战略上的运作的大型和中型企业[12]。

相反地，国有企业在中国沿海地区的工业生产总值中所占的

404

比例甚低:浙江境内占 12.15%,福建境内占 21.09%,江苏境内占 22.77%,广东境内占 25%。从 1994 年起,国有企业的工业生产总值在湖北(32.27%)和山东(30.07%)境内快速下降,但在工业化历史比较悠久的地区其工业生产总值仍然相当高,例如辽宁(38.94%)、北京(64%)和上海(56.91%)。<u>上述这些地区的经济增长远不及广东、浙江、江苏和山东等四个工业重镇。</u>

最后要提的是,中国中部地区的省份如河南、湖北和山西,其境内的国有资产已经开始逐渐地缩小了(图4)。

(图4)1996 年各省国有企业工业生产总值比重

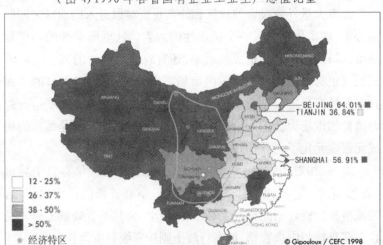

(参考资料:《中国统计年鉴》,1997。)

国有资产的优势还可以从另一方面就是对银行系统特别有破坏力的经济行为来审视:牺牲了集体的和私有的企业的财政资源,以及中外合资企业的财政资源,导致经济来源枯竭。其结果就是没有能力建立一种工业实体(尤其是分包生产工业),大多数的国有企业都是"大而全"(大型且工业规模健全)的工厂。

正是因为国有企业在管理上毫无弹性,加上地区制度的繁文缛节,无法提供给外商投资所需要的分包生产网,外商投资就往工业资产已经相当多元化的地区发展,而避开了国有企业集中的地区(中部和西部),因此使这两个经济区域之间的分界线更加明显。工业资产已经相当多元化的地区就是那些私有企业、集体企业、挂集体企业招牌的私有企业、挂国际分包招牌的私有企业或甚至家庭分散生产的私有企业已经存在的地方,诸如山东、浙江和江苏境内已经非常城市化的富裕的乡村。

(2)城市化的程度

在有大量外商投资的地区和外商投资难以进入的地区之间的划分中,城市化扮演了一个决定性的因素。这里面牵涉的不仅是城市人口的增加及其造成的后果,还有农业劳动力的减少。当外商投资也努力要满足中国国内市场需求的时候,城市人口的增加肯定是外商决定设厂地点的合理因素,因为人口增加就表示有能力消费的市场将会扩大。不过,有一点特别地重要,就是城市的构成元素多元化了,其原因来自下列三种现象:

第一,相对于省级,城市比较独立自主。1993 年有六个城市(青岛、大连、宁波、重庆[13]、厦门和深圳)享有省级的行政地位,这些城市在投资计划同意权上、公债发行上、公共基金处置上以及税收上都直接归中央管辖,但在行政上则按省级制度运作[14]。

第二,公共行政功能日益凋敝而传统上与城市互动的商业功能日益兴旺。今天,城市不再像在毛泽东时代时那样作为中央计划里的工业发展摇篮,作为社会控制体系中的最佳策略(该社会控制体系是通过警察登记居民人口、粮票管制、分配工作和社会健康保险来推行的)。改革前城市很明显地被乡村围绕着的情形,今天如果还没完全消失的话,至少已经越来越淡化了。城市与市郊之间的界限越来越模糊,并且在某种程度上,曾经是 1949 年前

中国经济发展的特点之一的"城乡延续",此时重新以"市管县"的
行政体系出现[15]。

第三,中型和小型城市越来越多(城市人口少于 20 万或者在
20 万到 50 万之间[16])。这些中小城市的工业生产都是由许多的多
元化私有企业、集体企业、中外合资企业等等组成的,各种服务项
目都重新组合过了,并且商业功能已经取代了行政功能。

仔细审查 1986 年到 1996 年城市化的进展情况(参见图 5),
城市的总数目几乎增加一倍,从 347 个增加到 640 个,这说明了三
个问题:

(图 5)200000 至 500000 人口的城市分布 (1995)

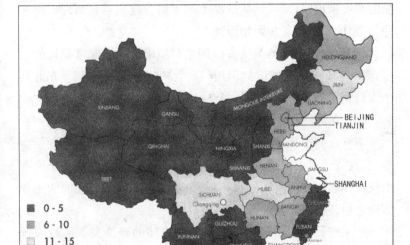

(参考资料: 中国民政部各部委,1987—1995;《中国城市统计
年鉴》,1994,1995,1996; 建设部城市规划局,1997。)

第一,整体来说,中部和西部城市化的速度很慢:云南增加了

6个新兴城市,新疆4个,内蒙古也4个。当然,这些地区内的人口原本就稀少。但有些人口比较密集的省份,像贵州(增加了7个新兴城市)或陕西(5个新兴城市),这些省份,城市化还是相当不显著的。在中部地区各省当中,江西和安徽显得特别落后,10年当中只增加了7个新兴城市。

第二,城市化最明显的省份都是农业人口减少得最快的地区,而且是在国有体制外完成工业化的地区。这些省份都位于沿海地区:广东(增加了39个新兴城市)、江苏(31个)、山东(29个)、浙江(24个)、福建(13个)和海南(6个)。福建和海南是两个非典型的例子,它们缓慢的城市化可以从地理位置来解释,也可以从历史的角度来说明,又可以从战略上来了解福建面对台湾而有所顾忌,海南的工业化起步则相当晚。

第三,中国中部的某些省份倒是对城市化采取非常积极的态度:湖北(21个新兴城市)、四川(18个)、河南(20个)以及东北两个人口稠密的省份,吉林(16个)和黑龙江(16个)。

2. 这条界线在什么地方才被跨越?

不管我们引用了哪一种研究数据(中外合资企业对工业生产、对投资或对中国的对外贸易所作的贡献),外商投资都是沿着由长江构成的东西向轴心线拓展,一旦跨过了安徽省顽固的工业防线之后,就往东北方的吉林省发展。

如果按照从东到西逐渐深入中国内陆的经济发展前景来预测,外商投资这样的移位是不是表示牵动了中国的经济成长?这是对经济发展持一种过于乐观的看法。中国是一个庞大的国家,即使当各种阻碍经济生产的绊脚石被挪开之后,经济成长也很难在中国形成统一的经济空间。事实上,不同省份和不同地区有不同的规定,注意这一点十分关键[17]。外商投资要从中国沿海地区往内陆发展的时候,遇到了强烈的保护主义的反抗。中国并不是一个统一市场,它更像包括了几个特色分明的大地区,每一个大地区都有自己的生产条件,也有自己的法规(尤其在吸引外商投资时所提供的保障)。简而言之,中国是由一组小型的市场所组合,一组有严格的规定划分的诸侯领地[18]。

这也牵涉了不同的经济逻辑。在工业政策决策上(电信或汽车工业等等)以及银行系统的改革上,中央政府的角色举足轻重,能够在某种程度上强迫各省采纳它的经济抉择。但是,在吸引外商投资、减税或免税、外汇存款等实务上,地方政府已经取得极大的自主权。

本文提出的假设是,上文中指出的那条中国经济发展的界线可能会变得牢固而无法调整,或者变得使界线的两边互不来往,原因很简单:这条界线目前所划分的经济区域彼此之间的关系还相当不合常规。当中国沿海地区的城市受外商投资之惠而更加融入国际贸易体系的时候,这些城市与亚洲其他的港口城市之间的关系,似乎比它们与中国内陆的关系还密切,并且从长期来看也更重要。换个历史背景,罗德穆非(Rhoads Murphey)曾经对19世纪末到20世纪初的中国的经济地理提出过类似的假设,指出当时的天津与外界的联系胜过它与中国内陆的联系,虽然那时候外国人还在中国经济体系的边缘徘徊("外国人仍旧是获胜机会甚微的")[19],那时期对外贸易和外商投资对中国的经济发展还没有什么重大影响力[20]。当今的情况又如何呢?

三 "亚洲地中海"对中国经济
地理的"统一还是分裂"作用

当80%的外商投资都来自亚洲地区的时候,我们不由地问,中国经济发展所造成的这条界线除了是中国内在的资本因素发展所带来的结果之外,是否还受来自海外的投资的影响。如果我们把视野从中国本土转移到东亚经济通道,我们会有很不同的看法。

当我们在东亚经济带上重新看中国的时候,上文中所提到的经济界线当然还是把中国分成两部分,显示出了两种非常不同的经济逻辑。不过,这条经济界线也将中国放入一个更国际化的经济空间,在这个空间里,亚洲各国之间的贸易往来才是经济发展的主要动力。简而言之,这条经济界线既能整合又能分割。或许应当走出中国才能看出中国大陆的经济活力,应当从"亚洲地中海"的整体区域上来探讨该地区经济发展的曲折轮廓与起伏盛衰,并且探索中国经济发展的一个主要动力焦点。

"地中海"不仅是费尔农·布后岱尔(Fernand Braudel)最出名的著作当中的一本的书名[21],它还是一个涵盖广泛的概念,使费尔农·布后岱尔得以诠释16世纪欧洲资本主义发展的动力。龙巴尔(Denis Lombard)在他有关中国南海的研究论文里把这个词运用到另一个完全不同的时空里,反倒作出了精彩的分析解说[22]。布后岱尔所持的理论是针对地中海沿岸的城市,但16世纪早已过去了,不过"地中海"概念当中有四个重点倒是值得在此提出来探讨,这些重点会帮助我们了解从佩鲁贾海峡到马六甲海峡之间的经济活力的关键。

1. Méditerranée虽然本义指地中海,但不是被定义为"一个封闭的空间"。在菲力普二世时代的地中海并不是一个封闭的空间。同样在现今东亚经济通道,"亚洲地中海"也不被定义为一个封闭的空间,这个水域通道一方面和北美互相来往,另一方面又和欧洲互通有无,这两点就是它对外开放的基本特色。东南亚经济联盟成员国,在20世纪90年代大规模地接受外国企业的海外设厂,随后中国沿海地区出现了越来越多的外商投资设厂,结果出现了一条拱形的制造工业地带,以全球性的国际市场为销售目标。

2. "亚洲地中海"是一个大熔炉,有关工业的创始、研究开发新产品的研究实验和关于企业运作的各项措施都在这里融合,所以,这是一个融合新的社会模式和新潮流的实验场所。

3. "亚洲地中海"是一个制造多元化的空间,在这个空间里,资金的流动、频繁的交易和经济运作内部设施的全面网络,产生了特殊的经济活力。这些经济活力使中国沿海地区的发展远远超过中国内陆,同时也使中国的经济地理不再按照官方非效率的计划来分布,而是依照其他的强势因素来分配。

4. "亚洲地中海"是几个不同的文化区域之间的联系,更明确地解释,就是日本海、黄海或中国南海之间的贸易交流,它极其巧妙地绕开了由非常不同的经济和社会制度所引起的障碍[23](图6)。

有了这样的视野之后,我们对经济、对空间和各国的领土,以及对国际经济关系的概念将会有一些调整。但是千万不可陷入地缘决定论的框架里,因为参与其中的各个成员比框架重要得多了。企业家们和他们的企业网,还有——也许最后一点——技术规格设定时所需要的非正式的咨询单位,像太平洋伯斯经济委员会,他们的分量都比各个政府还重要。此外,这条经济通道上的港口大城市,就是资产和服务业还有各类资讯来来往往的旋转盘之处,也要比东亚经济通道的整个轮廓重要得多了。

这条东亚经济通道给中国带来了远离中心的后果,也就是说,中国沿海地区在某个程度上被亚洲国际贸易和区域性投资"抓住"了,中国的经济空间被这条经济通道强烈吸住了,而依照中央政府无法全然控制的经济活力重新调整。这个"地中海"也决定了中国沿海地区和中国内地之间的界线,并且这条界线就成了"亚洲地中海"的西部边界,把"亚洲地中海"和亚洲内陆分开。

这条边界线大大地改变了中国沿海地区的面貌:1997年有相

（图 6）东亚经济通道

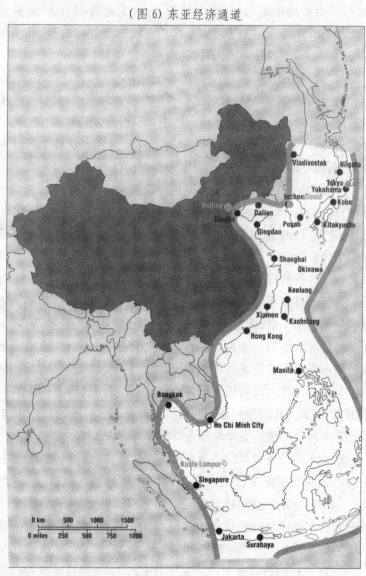

（François Gipouloux 绘）

当多的外资流入厦门,特别是预期和台湾直接通航所需的港口设备方面的投资。同时,韩国在青岛的投资也改变了山东,日本也把他们在大连的投资归入亚洲地区的国际贸易网络里。更不用说珠江三角洲的所有港口和香港之间的协同关系。

中国的外商投资对区域的经济发展有下列三方面的决定性的影响。

首先,外商投资加速了中国经济发展在地理区域上的差异。我们有理由预期外商对他们未来的投资地点,不仅仅考虑到费用问题或潜在的市场,还会循着两个左右了中国经济发展的重大因素作决定:国有资产解体的程度和城市的多元化程度,或更明确地解释城市的商业功能的恢复程度。

其次,外商投资使那条把中国分成两个截然不同的大区域的隐形界线更明显了,每一个大区域按着它特有的逻辑运作:界线的一边是交易型的区域,另一边则是自给自足型的区域,这个自给自足型的经济区域因受到国有资产的严重束缚而停滞不前。

最后,外商投资使中国沿海地区更融入国际性的承包工业系统之中,"四小龙"和日本,还有美国和欧洲的企业在某种程度上都促进了这项国际性承包工业的发展。中国沿海地区的工业很明显地以外销为生产方针:如同珠江三角洲,上海—南京—杭州所形成的金三角,还有规模小一点儿的渤海湾——日本以大连作为它间接外销的一个据点,就是一个很成功的例子。上述的例子都显示了一条拱形的制造业地区已经在东亚成形了,它以国际的市场为销售目标,例如欧洲或美国。

由此看来,"亚洲地中海"的崛起证实了现在许多外国公司所实施的投资策略:外商投资不再只是双边的资金投资(例如日本和中国双边贸易),同时是几个国家和几个地区的多边经济的重要推动力。

最后还有一个中国经济划分的问题。我们大致可从两个方面来探讨这个问题:一方面是各省的保护主义逐渐抬头,另一方面是将成为明日之星的新的宏观经济区的诞生。池超廷[24]所提出的问题——重点经济区的建设及其衰落是中国历史中的主要论题,以及施坚雅(Skinner)所提出的问题——中国各个商业中心的等级决定了每个宏观经济区内中心/边缘再生产结构[25],却被近 20 年来的经济发展推翻了。从"有益于国家的"思想出发,中国的东部地区日益繁盛,为了建设和维持中央对经济发展的控制。这样的发展趋势终于逐渐改变了原有的国家主义,自相矛盾的是,这种经济活力却与中国帝制时代推动世界化的企望接轨了,帝皇们鉴于不明确主权的逻辑观、有弹性的网络、动摇的边界等等的想法,企划在中国境外开拓以增强地理上、政治上和经济上的力量。

〔注 释〕

1 《中国统计年鉴》,1997。

2 参见王罗林,《中国外商投资报告:外商投资的行业分布》,北京:经济管理出版社,1997,页 7。

3 《中国统计年鉴》,1997,1998。

4 参见王方中,"1840—1894 年间外国资本主义侵略与中国国内市场统一初始的分界",《清史研究集》,2,1982,页 177。

5 1979 年至 1996 年间,香港、澳门、台湾、韩国、东南亚经济联盟会员国和日本就占了中国外商投资的资金储备的 83.78%,此数据之获得乃根据王罗林文(同上,页 5)。

6 目前有关这个题目的研究,王罗林的研究成果算是最全面的,参见书目同上。

7 1979 年到 1996 年间的资金储备的 86.9% 都在沿海地区(辽宁、河北、山东、江苏、浙江、福建、广东、海南和广西),9% 在中国中部地区(湖南、湖北、内蒙古、黑龙江、吉林、山西、河南、江西和安徽),4.1%

在中国西部地区9个省份(西藏、新疆、四川、宁夏、青海、甘肃、陕西、贵州和云南),参见王罗林文,同上,页6。

8　宁夏的例子(16.53％)似乎太不寻常了,本文无法把它纳入此项分析里。该省的工业生产额占全国的3％,中外合资企业的生产绝对值才4亿多一点儿美元。

9　我们对西藏的情况也可以作这样的评语,虽然该地区的外贸额有相当大的比例是由中外合资企业所赚取的(38％)——如果我们信任《中国统计年鉴》的统计数据,这个额度在全国的总额度上所占的比例还是相当小的(1.66亿欧元),相当于中国总外贸额的0.05％。此外,该省的外商投资还是难以统计的,主要是由尼泊尔和巴基斯坦的商人所控制的边界贸易。

10　Harry G. Broadman, Sun Xiaolun(孙小伦),"The Distribution of Foreign Direct Investment in China"(外资在中国的分配情形),*Policy Research Working Paper 1720*(政策研究报告1720),Washington DC,The World Bank(世界银行),1997；Tao Qu, Milford B. Green,*Chinese Foreign Direct Investment：A Subnational Perspective on Location*(中国的外商投资:因地制宜),Ashgate, Aldershot, 1997.

11　Richard Caves, *Multinational Enterprises and Economic Analysis*(跨国企业与经济分析),Cambridge, Cambridge University Press, 1982；Louis Wells, "Investment Incentives, An Unnecessary Debate"(鼓励投资:不必要的争论),*The Center on Transnational Corporations Reporter*, United Nations, 1986；Jack Mintz, "Corporate Tax Holidays and Investment"(企业免税与投资),*World Bank Economic Review*, 1990.

12　参见陈炳才,"中国不需要如此大规模的外资",《经济研究参考》,753号(1995年10月4日)。姜小娟,"加入世界贸易对国有企业的影响:冲突与对策",《经济研究参考》,1997年10月4日。

13　重庆在1995年升为直辖市,与北京、天津和上海一样,直接受中央政府管辖。

14　参见康永灿,本文原载: Kam Wing Chan, "Urbanization and Urban Instrastructure Services in the PRC"(中华人民共和国的都市化与种种都市建设服务), in Christine P. Wong (ed.), *Financing Local Governement in the People's Republic of China*, New York, Oxford University Press, 1997.

15　G. W. Skinner, "Marketing and Social Structure in Rural China"(中国乡村的社会结构与市场调查), *Journal of Asian Studies*, no. 1, 1964 ; no. 2, 1965 ; no. 3, 1965.

16　一个 12 万居民的乡镇,其中有 8 万是非农业人口的话,它就得以升格为城市。一个乡镇居民总数的 30% (15 万人)是非农业人口的话,并且工业生产额达 15 亿人民币的话,它也可以升格为城市。参见, Gu Chaolin, Qiu Youliang, Ye Sunzhan, "The Change of Designated Cities in China before and after 1949" (1949 年前后中国重点都市的变化), *China City Planning Review*, 13, 2, 1997。然而必须注意到乡镇升格为城市所牵涉的行政考量,因为一旦升格为城市之后,就能享有许多行政优待,诸如科技和经济发展特区不断增加,还有这些特区发展时所雇佣的农业人口,便是很好的例子。

17　Stanley Lubman, "Sino-American Relations and China's Struggle for the Rule of Law"(中美关系与中国争取法制), East Asian Institute, Institute Reports, Columbia University, October 1997.

18　相关的主题,特别是"诸侯经济",参见,本文原载: F. Gipouloux,《Les ambiguïtés de la décentralisation : les mutations de l'état local, nouvel acteur du capitalisme chinois》(权力地方化的暧昧:地方政府作为中国资本主义新主角的变化), *Actuel Marx*, no. 22, Paris, PUF, 1997 ; F. Gipouloux,《Vers une fragmentation du marché chinois》(渐趋分裂的中国市场), in *La Chine d'aujourd'hui et de demain*, Paris, Mazarine, 1997.

19　Rhoads Murphey, *The Outsiders* (局外人), Ann Arbor, University of Michigan Press, 1977。特别是该书的第十一章。

20 参见 Kwan Man-bun, "Mapping the Hinterland : Treaty Ports and Regional Analyses in Modern China"（内地经济地图:不平等条约的港口和现代中国的地方分析）, in Gail Hershatter, Emily Honig, Jonathan N. Lipman, Randalle Ross（eds）, *Remapping China : Fissures in Historical Terrain*, Stanford, Stanford University Press, 1997.

21 Fernand Braudel, *La Méditerranée et le monde méditerranéen à l'époque de Philippe II*（菲力浦二世时代的地中海及地中海区域）, Paris, Armand Colin, 1949。最近发表的一篇相关题目的论文,参见, Thomas Rohlen, "A 'Mediterranean' Model for Asian Regionalism: Cosmopolitan Cities and Nation States in Asia"（地中海典范用于亚洲地域性发展:亚洲的大都会与亚洲国家）, Working Paper, Asia Pacific Research Center, Stanford University, May 1995.

22 Denys Lombard et Jean Aubin, *Marchands et hommes d'affaires asiatiques dans l'Océan indien et la mer de Chine du 13e au 20e siècle*（13到20世纪中国海和印度洋的亚洲商人）, Paris, Editions de l'EHESS, 1988.

23 参见 *L'espace géographique consacré au concept de Méditerranée*（地中海观念的地理空间）, Montpellier, 1995 的特刊。

24 Chi Ch'ao-ting, *China's Key Economic Areas in Chinese History as Revealed in the Development of Public Works for Water-control*（从中国水利工程看中国历史中的关键经济区）, London, Allen & Unwin, 1936.

25 G. W. Skinner（ed.）, *The City in Late Imperial China*,（晚清的城市）, Stanford, Stanford University Press, 1976.

本文原载: *Perspectives Chinoises*, no. 46, 1998, p. 6 – 14.

当前中法两国城市规划合作

目前在中国，不可胜数的工地正在改变着城市和地区的面貌，同时也激发了有关城市规划和景观规划的国际交流。在这种情况下，有必要在本辑《法国汉学》里提供此类合作的具体案例，介绍中法两国针对建筑和城市规划的观念思考、理论探索和实践研究。此次介绍的重点是学校之间的交流，其中某些介绍是项目组织者应本刊编辑的特别要求完成的。

中法建筑文化交流的桥梁
——法国当代中国建筑观察站简介

兰德（Françoise Ged）

刘健 译

法国当代中国建筑观察站成立于1997年。它由法国文化部发起，并得到了外交部和教育部的支持，任务是发展中法两国之间在建筑、规划和景观方面的交流。观察站的工作主要面向中法建筑院校（包括法国文化部所属建筑院校，中国教育部和建设部所属建筑院校），同时也面向建筑、规划设计院所或业主，以及从事城市历史文化遗产保护的管理机构。

成立以后，观察站首先参与了中法交流项目"150名中国建筑师在法国"的实施工作，与法国驻中国大使馆配合，协助安排百余名中国青年建筑师、规划师或景观建筑师在巴黎、波尔多、里尔、里昂、蒙比利埃、南茜、南特、雷恩等城市进修学习，确保了项目的顺利进行。通过这个交流项目,中法建筑师加深了相互了解,从而为双方的合作交流创造了条件。一些法国事务所借此获得参与中国项目设计竞赛或委托设计的机会,一些中国建筑师也因此有机会在法国举办展览,例如2003年夏天在蓬皮杜中心举办的"你好,中国!"大型展览。

此外,观察站还与中国国家历史文化名城研究中心和上海同济大学建筑学院合作,以江苏省同里镇为案例,开展了关于古城城市与经济发展问题的研究。这项合作研究得到法国国家历史艺术城市与地区协会和夏约古建保护培训中心的配合,并听取了地方决策者和技术人员的意见,提出了具有创新思路的规划方案,获得了中国建设部颁发的国家级奖励和联合国教科文组织的奖励。

基于上述两项工作,观察站一方面促使越来越多的法国年轻实习生赴中国设计院工作,同时积极促成中法建筑院校之间的交流合作,例如巴黎玛拉盖建筑学院与清华大学建筑学院,南特建筑学院、凡尔塞建筑学院与同济大学建筑学院,里昂建筑学院与广东华南理工大学,巴黎拉维莱特建筑学院和清华大学建筑学院的合作,等等。

悠久的传统文化增加了中法建筑师之间的相互吸引,不同的建设项目、不同的教学方法、不同的专业实践又为所有的人——学生、教师和实践者打开了新的合作领域,使得建筑文化交流日趋丰富,而法国当代中国建筑观察站则在其中扮演着桥梁的角色。

法国动态城市基金会的中国计划

刘健

法国动态城市基金会是在法国标致雪铁龙汽车集团的赞助下,于2001年成立的非营利独立学术机构,主要致力于城市机动性的研究,研究方向涉及改善城市机动性对提升社会公平的影响、通过对机动性的干预改善城市的时间和空间的品质、深化和推广对动态城市文化和特性的认识等三个方面。

鉴于当今中国城市的迅猛发展及其在学术研究领域的重要意义,基金会自成立以来就十分重视发展与中国城市的合作,并专门制定了"中国计划",旨在开展与中国各主要城市的合作项目。

2001年10月,基金会与法中委员会共同合作,在成都举办了"城市发展、交通方式和多模式间转换"学术研讨会,来自中法两国的数十位学者和专家就城市交通问题进行了热烈讨论。会后,会议学术论文——《城市交通方式和多模式间的转换》以中法两种文字正式出版。

此后,在同济大学建筑与城市规划学院和法国当代中国建筑观察站的协助下,基金会开始在中国各主要城市举行题为"建筑,行动起来!"的巡回展览;同时配合各展览城市的具体情况,选择具有针对意义的议题,在展览期间举办中法学术研讨会。截至目前,基金会已先后于2003年4月在上海、10月在重庆,2004年3月在广州、5月在武汉成功举办了这一活动,在当地引起政府、学者以及公众的极大关注,并与上述城市建立了良好的合作关系。2004年10月,基金会的大学校际学术合作委员会将与清华大学合作,在北京共同举办"机遇与挑战——中国与全球城市的机动性研究"大型国际研讨会,届时"建筑,行动起来!"展览亦将同时举行。

鉴于法国动态城市基金会在城市机动性研究方面的丰富经验,它与中国城市的合作将对正处于快速机动化进程中的中国城市的发展产生积极的推动作用。

建筑环境与建筑实践的变迁

——巴黎马拉盖建筑学院与清华大学建筑学院的"巴黎—北京合作项目"

布鲁诺·乌贝尔(Bruno J. Hubert)

黄君艳 译

中国的现实发展为建筑和环境领域的交流提供了诸多机会。北京城市环境的急剧转变对城市建设演变的众多理论提出质疑。为了加强与中国的联系,巴黎马拉盖建筑学院项目战略系在2004年2月至6月期间,在北京进行了一项建筑项目研究,针对北京的某一特定街区,例如介于三环与四环之间、国贸立交桥以南的区域,或者位于故宫东南、长安街以南的区域,研究其城市演变进程。

此项研究是中法两国政府共同决定的"中法文化交流年"的组成部分,学生的工作成果主要包括展览和讨论两个部分,将在中法两国轮流举行。根据清华大学建筑学院的建议,巴黎马拉盖建筑学院将在2004年9月举行的首届北京建筑双年展上,展出其学生的工作成果。

通过对目前建筑实践的观察可以发现两种趋势:一方面,是理念交流和建筑模式的全球化,以及出于对地方文化、环境或功能的考虑,这种全球化趋势趋于缓和;另一方面,是建筑项目或城市项目的实施使用了尖端的数码科学技术,以及这些先进技术还在不断发展。建筑在全球化及数字化背景下的发展对建筑教育提出了新的要求。在北京开展的这项研究希望通过两方面的工作提高学生的策划能力,一是对不同环境里中国建筑的密度和形态的比较研究,二是对项目策划过程中使用的多媒体及程序语言的分析研究。针对在多次分析和反复讨论的基础上提出的项目建议,建筑师应综合考虑不确定的因素和不稳定的变数,提出灵活的实施步骤。

由来自巴黎马拉盖建筑学院和清华大学建筑学院的学生共同参与的"攀高项目"是有关北京城市发展的项目之一。项目涉及的地段是一片大面积的传统工业用地,将在拆除现有建筑以后,新建大约1.8万平方米的新建筑,以最大限度地提高土地使用密度。为了给建筑群体确定一个整体的商业化形象,开发商提议在南区采用传统的四合院建筑形式,建设商店、餐馆等服务设施,在北区建设规划限高为80米的高层建筑,以办公和住房为混合用途,即在北京已有试验的SOHO概念——办公和居住合二为一。这项计划主要迎合了部分外企及小型公司的要求,他们需要一定的面积来开展公司业务,同时也需要一定的居住面积。"攀高项目"还提出在建筑群中建设一个花园,以划分办公空间和相邻的居住空间。

在掌握了项目建设的经济状况、限制条件以及相关规定的前提下,学生们需要首先提出个人的观点,继而提出项目建设的空间组织和开发计划。在此过程中可以使学生认识到,在中国的特定条件下,某些已经经过试验的建筑模式可能是过时的或者不适宜的。应该以什么为基础来探索新的建筑模式?如何看待一般不为人所重视的变数、限制或生活方式?这些都是在巴黎—北京合作项目实施过程中,学生们提出的需要在方案过程中加以解决的问题。

上海南凤村社会住宅改造项目

让·莱昂纳(Jean Léonard)

刘健 译

南凤村位于上海环城路旁、城市中心的边缘,房屋破旧、面貌较差,并且聚集了越来越多的社会边缘人员。为了迎接 2010 年世界博览会的召开,上海市政府决定对过去的社会住宅进行更新改造,南凤村的 1500 套社会住宅是其中最具代表性的案例。

2002 年 6 月,中国当代建筑观察站组织部分法国建筑学院的负责人访问中国期间,同济大学建筑学院、凡尔赛建筑学院及南特建筑学院决定就这个项目共同展开研究。此项合作研究的目的有二:一是通过学生们对方案设计的思考和建议,确定该地区的建筑和规划原则,重新恢复该地区的社会、建筑和城市价值;二是通过中法建筑院校的共同工作,相互交流规划思想、研究方法和教学方法。

根据合作研究工作计划,凡尔赛建筑学院和南特建筑学院的部分师生首先来到上海,与同济大学建筑学院的师生一起进行参观调研。在随后的大约三个月时间里,三个建筑院校的学生在各自的学校或事务所分头工作。最后,同济大学建筑学院的部分师生赴法,与法国建筑院校的师生一起进行方案比较和评审。

学生们的设计方案基于对项目地段的解读,特别是地方文脉,以满足原有和新迁居民的居住要求。在规划设计方面,考虑到项目地段位于大都市边缘,方案提出通过环城路、水网和公共交通网,使项目地段与城市中心建立起有机联系;在土地利用方面,方案尊重了现有的土地使用情况,那些丰富的外部空间被作为优点保留下来;在建筑设计方面,方案力求实现多种建筑形式的混合,部分原有建筑被保留,部分危旧房屋被拆除并重建,通过增加入口、楼梯、走廊、阳台、平台、悬挑花园等建筑要素,一方面增加了住宅使用的灵活性,另一方面丰富了建筑外部空间。

"中国日"在巴黎拉维莱特建筑学院

邹欢

2004年4月28日,巴黎拉维莱特建筑学院举办了"中国日"活动。该活动是拉维莱特建筑学院和清华大学建筑学院交流计划中的一个项目。"中国日"活动包括学术研讨会和名为"留学法国的中国建筑学生作业"的展览。

学术研讨会为期一天,由拉维莱特建筑学院院长勒·党戴克(Le Dantec)先生致开幕词,院务委员会主席多雷(Dolle)先生主持。拉维莱特建筑学院的教师们介绍了他们的研究和教学成果,内容涉及城市和建筑(Nicolas Soulier, Christian Garnier)、风景(Arnauld Laffage)、环境(Michel Sabard, Gilles Olive)以及可持续发展等各个方面。杜鲍斯克(Dubosc)教授和埃纳(Enard)教授还介绍了他们在中国所作的设计项目。清华大学建筑学院教师栗德祥教授和邹欢先生参加了研讨会,并在会上介绍了清华大学建筑学院的教学和科研情况,引起了法国师生的浓厚兴趣。研讨会吸引了法国的建筑师、建筑系学生以及一些政府官员参加;与会者就中国目前的城市与建筑发展状况进行了热烈讨论。

会后举行了学生作业展开幕式,该展览汇集了十几位正在法国留学的中国建筑学生的毕业设计和课程设计,其中有在法国的地段,也有以中国的项目为选题的设计,在一定程度上反映出这些学生在两种文化背景影响下对于城市和建筑的思考。

"中国日"活动取得了相当的成功。根据拉维莱特建筑学院和清华大学建筑学院的合作协定,2005年将在清华大学建筑学院举办"法国日"活动。

北京可持续城市发展模式

——巴黎、罗马、北京合作研究简介

毕文德(Benoît Bichet)

刘健 译

由巴黎、罗马、北京三市合作进行的"北京可持续城市发展模式:可持续和可复制的历史遗产保护与更新研究"是欧盟"亚洲城市计划"的资助项目,目的是探讨针对特定城市历史街区的保护和更新问题,通过巴黎、罗马、北京三市地方政府的组织,由当地行政人员、专业人员、普通居民以及参与当地社会经济活动的其他人员通力合作,实现城市建设、遗产保护和社会团结综合协调发展的可能性,并建立一种具有灵活性和可复制性的城市发展模式,通过实施广泛涉及各个方面的行动计划,推动城市历史街区的自主和可持续发展。其中,可持续城市发展模式的可复制性将主要体现在导致最终研究成果的方法上,包括分析、调查、分类、部门协调等研究方法;可持续城市发展模式的有效性将主要体现在历史街区的城市、建筑和社会经济的复兴上。

该项目为期两年,主要以北京旧城的历史街区作为研究对象,并以北京什刹海地区作为典型案例。整个项目研究将在北京进行;由来自巴黎、罗马、北京三座城市的专家和学生组成的研究队伍被划分为公共空间、四合院、经济和手工业活动三个研究小组,将分别针对城市规划与公共空间、建筑与历史遗产保护、社会经济发展三个方面的问题展开合作研究。目前,为了推动项目研究的顺利进展,课题组已在北京建立了长期的管理机构。

城市规划与城市政策:中法学者的北京对话

——巴黎政治学院与清华大学建筑学院合作简介

毕文德(Benoît Bichet)

刘健 译

目前,中国正处于快速城市化进程中,速度之快、规模之大在人类历史上前所未有;与此同时,中国城市发展所面临的问题之多、困难之巨在人类历史上也同样是前所未有。

鉴于法国在城市规划管理方面的丰富经验,特别是在历史文化遗产的保护与管理、城市地区的战略规划研究以及城市设计、城市服务设施管理等方面的成功探索,巴黎政治学院与清华大学建筑学院决定就城市规划和城市政策问题促成中法学者之间的学术交流,并决定在2004年9月9日至12日期间,以"中法城市规划对话"为题,在北京联合举办学术研讨会。根据此次学术研讨会的计划,届时将有来自巴黎地区城市规划设计研究院、巴黎市城市规划设计研究院、巴黎政治学院、巴黎市城市规划部门,以及中国建设部、清华大学建筑学院、清华大学公共管理学院、北京城市规划设计研究院等单位的专家学者,针对城市化进程、区域规划、城市总体规划、城市更新、社会住宅、城市政策、城市历史遗产等议题,分别介绍各自在理论与实践领域的探索。清华大学建筑学院的学生以及北京市其他单位的专业人士亦将参加此次学术研讨会。

与此同时,为了支持双方在未来的合作研究,巴黎政治学院还决定通过赠送有关城市规划的参考资料,包括书籍、期刊、光盘等,在清华大学建筑学院成立法国城市规划资料中心。在中法学术研讨会期间,该资料中心将正式开放。

此外,双方还期望在对话交流的基础上,继续开展实质性的合作研究。在学术研讨会期间,中法学者将在北京进行实地参观调研,之后选择具体的建设项目,共同进行深入的研究探讨。

法国远东学院北京中心学术活动

"粟特人在中国——历史、考古、语言的新探索"
国际研讨会综述

林世田　全桂花　著

2004年4月22至25日,在中国国家图书馆举办了由法国远东学院(Ecole française d'Extrême-Orient)、法国科学研究中心中国文明研究组及东方与西方考古研究组(Centre National de la Recherche Scientifique)、北京大学中国古代史研究中心、中国国家图书馆善本特藏部合办的"粟特人在中国——历史、考古、语言的新探索"国际研讨会。会议由喜玛拉雅基金会赞助,戴仁(Jean-Pierre Drège)、谢和耐(Jacques Gernet)、张广达、陈力担任名誉顾问。参加这次会议的有来自中国、法国、日本、英国、德国、美国、加拿大、俄罗斯等国的80余位学者,提交了28篇论文,这些论文大体可分为萨宝与贸易、社会与聚落、宗教与艺术三个主题。

一　萨宝与贸易

史君墓是继虞弘墓、安伽墓发掘后有关粟特贵族墓葬的又一重大考古发现,西安市文物保护考古所杨军凯《西安北周史君墓石椁图像初探》详细介绍了史君墓的形制、石椁的构建及其图像,进而探讨了入华粟特人的丧葬习俗和祆教信仰,指出入华粟特人在葬俗汉化的同时,粟特文化也对汉文化传统产生了一定的影响,使之发生了一些变化。西安市文物保护考古所孙福喜和日本神户外国语大学吉田丰（Yoshida Yutaka）则分别考释了史君墓粟特文、汉文双语题铭的汉文和粟特文，孙福喜《史君墓粟特文、汉文双语题铭汉文考释》指出：墓主史君家族在昭武九姓的史国是一个很有影响的家族，他的祖父曾经担任史国萨保。史君出生在北魏孝文帝太和十七年（493），当他们迁居长安后，先在萨保府任要职，后来又被北周皇帝任命为凉州萨保。他的妻子本是康国人，出生于西平郡的鄯善，他们于公元519年结婚，他们有三个儿子。吉田丰《关于新出土粟特文·汉文双语墓志的粟特文部分》在对题铭中的粟特文拉丁转写、汉文翻译基础上，进行初步研究，认为粟特萨宝与中国萨宝一致，彻底解决了一个世纪前由伯希和提出的问题。中山大学姜伯勤《入华粟特人萨宝府身份体制与画像石纪念性艺术》认为：中国中古墓葬制度是一种受身份体制、受官品及等级制约的制度，并非手中有钱就可建立"石坟"。入华粟特人不但在丝路上通过队商贸易而获得资财，而且通过萨宝府这种体制，同时也获得了中原王朝认可的身份，由此才被允许建立各种类型的石坟。北京大学荣新江《萨保与萨薄：佛教石窟壁画中的粟特队商首领》系统收集龟兹、敦煌石窟壁画上的萨薄形象，并从萨宝与萨薄的关系角度加以论证，揭示了佛教壁画中萨薄或其所率印度商人在龟兹和敦煌地区向粟特萨宝和商人转化的过程。英国伦敦大学亚非学院辛姆斯-威廉姆斯（Nicholas Sims-Williams）《论粟特文古信札的再刊》在前人的基础上，指出粟特文"pirǒīk"来源于于阗文，意为丝绸，可见印度以及大夏对粟特商业的影响。美国斯坦福大学丁爱博（Albert Dien）《帕尔米拉的商队及商队首领》将帕尔米拉地区与中亚及中国地区的粟特人相比较，认为前者可能是一个货物中转中心，后者多是小商贩贸易，而两者的共同点是都依靠商队把他们带到目的地。日本大阪大学荒川正晴（Arakawa Masaharu)《唐代粟特商人与汉族商人》根据吐鲁番文书,指出有唐一代粟特商人与汉族商人始终保持着密切的相互提携关系。

二 社会与聚落

美国耶鲁大学韩森(Valerie Hansen)《丝绸之路对吐鲁番经济的影响》通过对吐鲁番文书的分析,认为7、8世纪丝路贸易在吐鲁番整个经济中所占的比率很少,吐鲁番大多数居民并不接触丝路商人。美国宾夕法尼亚州希彭斯堡大学斯加夫(Jonathan Skaff)《吐鲁番粟特人家庭人口结构初探》深入研究了707年崇化乡《点籍样》,认为吐鲁番一些男性粟特人通过通婚和改名而逐渐融入当地社会,而另外一些人却保留了粟特人的传统,将男孩送出去经商,吐鲁番的粟特社会既不是故乡的翻版,也没有完全融入汉族社会,而是在与其汉族邻居交往过程中沿着新的方向发展。兰州大学郑炳林《晚唐五代敦煌地区的胡姓居民与聚落》通过对晚唐五代归义军时期敦煌的粟特胡姓居民、晚唐五代敦煌地区的祆教信仰、晚唐五代敦煌的胡姓聚落、晚唐五代归义军政权对胡姓聚落的管理等相关问题的考订,证实了晚唐五代敦煌地区粟特聚落的存在,并深入探讨了敦煌妇女的宗教信仰、社会生活和婚姻状况,总结出了晚唐五代敦煌地区胡姓妇女社会生活的基本特征和地区特征。日本神户外国语大学影山悦子(Kageyama Etsuko)《粟特人在库车:从考古和图像学角度来研究》从克孜尔石窟壁画、库车地区出土的纳骨瓮及带有铸模装饰的陶器探寻粟特人在龟兹地区的蛛丝马迹。陈寅恪先生在50多年前即据《莺莺传》指出当地制造葡萄酒的传统与粟特人聚落的存在有关系,法国科学研究中心童丕(Eric Trombert)《中国北方的粟特遗存——山西的葡萄种植业》从《资治通鉴》中找出丁零翟斌从康居迁徙到山西的史料,为这一假设提供了有力的支持。俄罗斯科学院圣彼得堡东方学研究所吕尔（Pavel Lur'e）《对早期伊斯兰世界通往中国的陆路的几点诠释》指出阿拉伯人、波斯人走向中国的丝绸之路，起点是河中地区（Transoxiana），终点是长安，粟特人曾长期使用这条路进行贸易贩运，并在沿途建立了大量的移民聚落，随着粟特人商队贸易的衰落，这段丝绸之路逐渐萧条。日本筑波大学森部丰（Moribe Yutaka）《自唐后期至五代期间的粟特系武人》利用墓志研究粟特系武人在中国华北政治史上所起过的作用，指出在由叛乱军队控制的区域，粟特人的社会身份在军队毫无困难地保持着。法国高等实验研究院魏义天（Etienne de la Vaissière）《中国的粟特柘羯军》从汉文、阿拉伯文以及游牧民族军事惯例研究粟特人所拥有的柘羯军，指出安禄山和史思明曾使用柘羯军叛乱，表明了粟特人在中国毋庸置疑的地位。法国国家图书馆弗朗索瓦·蒂埃里（François Thierry）《论中国及粟特对突厥社会（公元 6 世纪到 9 世纪）货币的影响》认为：公元 6 至 7 世纪突厥汗国受中国和粟特影响，成为东西方货币文化的传播者，一方面使萨珊王朝银币深入蒙古、南西伯利亚草原，另一方面则将中国货币文化向西域直至布哈拉传播。公元 8 世纪后，突厥可汗意识到货币不仅是交换工具和价值尺度，而且是强大的宣传工具，于是开始铸造自己的货币，其货币沿袭了唐代货币的样式，而文字则采用粟特文。北京大学林梅村《小洪那海突厥可汗陵园调查记》在两次考察基础上，结合粟特文专家的研究成果，认为小洪那海粟特语碑铭立石年代当在隋开皇二十年（600）至仁寿四年（604）之间。中国社会科学院余太山《两汉魏晋南北朝正史有关早期 SOGDIANA 的记载》则系统收集了两汉魏晋南北朝正史中有关 Sogdiana 的记载，并从研究 Sogdiana 的角度作了综述。

三 宗教与艺术

法国高等实验研究院葛乐耐(Frantz Grenet)《粟特人的自画像》将粟特本土壁画与中国北方粟特首领墓葬中的浮雕和壁画进行比较,指出粟特艺术的源头很大程度上介于梦幻和现实之间的微妙平衡,故其本土壁画中的世界远离他们的真实生活,而中国的画匠则较真实地反映了粟特贵族在中国的生活,如:长途跋涉、贩葡萄酒、骑马出行、放鹰狩猎等,由此体现了粟特社会重视武士和贵族的价值,这种从萨尔马提安人(Samatian)霸权时代继承下来的观念,一直左右着粟特人的思想。加拿大独立研究者盛余韵(Angela Sheng)《从石到丝:公元500—650年前后粟特、鲜卑、汉、朝鲜与日本等各民族间丧葬艺术的转换》以3至7世纪中国境内各民族之间以及中国与境外不同文化间频繁而深入的交往为背景,探讨中国境内粟特人墓葬石雕与日本现存最早的丝绸刺绣"天寿国绣帐"之间的艺术关联。北京故宫博物院施安昌《河南沁阳北朝墓石床考——兼谈石床床座纹饰类比》以故宫博物院收藏的沁阳石床的线刻画为中心,将不同地区出土的9例石床床座加以比较,认为祆教在古代中国流行时曾经形成了成熟的图像系统,并被图案化,成为装饰纹样而风行很长时间。北京大学齐东方《何家村遗宝与粟特文化》以何家村遗宝中粟特文化风格器物为例,从仿造、改造、创新过程入手,说明文化传播的方式和融合的原因。山西省文物考古研究所张庆捷《北朝隋唐粟特的"胡腾舞"》从文献学和图像学两方面印证胡腾舞与胡旋舞之区别,并从北魏至唐代的实物资料排队分析中,考订胡腾舞的舞蹈者起初均是入华粟特人,后逐渐传播到汉族中,并广泛流传。北京大学段晴《筋斗背后的故事》从语言学角度论证胡旋与胡腾均源于同一个粟特语词汇,胡旋是意译,而胡腾是音译。筋斗一词亦源于伊朗语汇,筋斗样的翻腾动作则曾是胡腾舞的舞蹈语汇。法国国立东方语言文明研究院黎北岚(Pénélope Riboud)《祆神崇拜:中国境内的中亚聚落信仰何种宗教?》根据片治肯特、撒马尔干壁画以及粟特文汉文文献论述粟特本土以及流寓中国的粟特人所信奉的是以拜火为主的多神信仰宗教,因此仅用"祆"这样一个词来表述其宗教信仰内涵是不确切的。德国柏林大学王丁《南太后考:新疆博物馆藏吐鲁番安伽勒克出土的金光明经题记(65TIN:29)解说》根据粟特文、帕提亚语材料从音韵学角度论证新疆博物馆藏吐鲁番安伽勒克出土的《金光明经》题记所记南太后为那那女神。上海市社会科学院芮传明《东方摩尼教的实践及其演变》认为由于粟特人的传播热情,摩尼教很快从中亚传入中国内地,并盛行一时,然而由于其当初的"用功利方式布教",到后世的"为功利而布教",其动机从"高尚"而堕落至"鄙陋",导致了摩尼教最终的毁灭。美国哈佛燕京图书馆马小鹤《粟特文 t'mp'r(肉身)考》分析了吐鲁番新出土粟特文文献中 t'mp'r(肉体)、rw'nmync(灵魂的)等词语,与柏拉图的有关希腊文著作中的词语做了比较,追溯了摩尼教科普特文、汉文和伊朗语、回鹘语文献中的有关资料,揭示了摩尼教身体观的复杂性。一方面,摩尼教很可能受到柏拉图思想,特别是《蒂迈欧篇》的影响,将人的身体视为骨、筋、脉、肉、皮、怨、嗔、淫、怒、痴、贪、馋等十三种无明暗力的组合,是囚禁明性的地狱、坟墓和牢狱;另一方面,摩尼教并不忽视身体,而是教导人们征服身体,使其尽可能受明性控制。

为配合此次国际研讨会的召开,中国国家图书馆善本特藏部、北京大学中国古代史研究中心、法国科学研究中心、法国远东学院、山西文物考古研究所、陕西考古研究所、宁夏文物考古研究所、法国驻华大使馆文化处等单位在中国国家图书馆举办了"从撒马尔干到长安——粟特人在中国的文化遗迹"展览。

这次国际学术研讨会的圆满成功,展示了中国古老文明的巨大魅力,也反映了古代中外文化交流的深远而积极的影响。

"中国北方水治与社会组织"
巴黎国际学术研讨会

2004 年 6 月 21 至 23 日法国远东学院（EFEO）在其巴黎总部的会议厅（22，avenue du Président Wilson，75116，Paris）举行了"中国北方水治与社会组织"国际学术研讨会。来自中国大陆地区和台湾、法国、澳大利亚、加拿大、英国、美国、日本的学者参加了会议，其中 28 位代表提交了论文或在会议上做报告。

"中国北方水治与社会组织"研究课题是由法国远东学院（EFEO）前后两任驻北京代表：蓝克利先生和吕敏女士主持，中法学者共同参与的国际合作项目。从 1998 年开始，双方学者对陕西省泾阳、三原、蒲城地区和山西省介休、洪洞、曲沃等地区的若干个乡村进行了调查研究。考察重点是泾阳、三原的泾惠渠灌溉系统与管理，蒲城尧山圣母庙社火，介休、洪洞水利碑刻及其反映的水治与社会组织，山西四社五村的历史传统和民俗管水制度。搜集到一批文献和碑刻史料，及当地人的口述采访资料。对这些地区在历史上的用水方式、水资源管理和基层社会组织运作进行的历史学、人类学与民俗学的研究，反映出中国北方乡村基层社会通过对水资源的管理，形成了一套自发的组织和传统。透过这些基层组织的活动，使人们对中国乡村社会有了更深刻的了解。

"中国北方水治与社会组织"研究项目组成员经过三年多的

440

实地考察和文献整理,结集出版了四部成果:

1. 白尔恒、蓝克利、魏丕信主编,《沟洫佚闻杂录》
2. 吕敏、秦建明主编,《尧山圣母庙与神社》
3. 冯俊杰、黄竹三主编,《洪洞介休水利碑刻辑录》
4. 董晓平、蓝克利主编,《不灌而治》

巴黎会议就是在此研究项目的基础上进行结题式的研讨。因此按照上述四个成果的主题将 22 篇提交的论文分成 11 个单元,作者先以中文或英文介绍论文,然后进行发问和讨论,最后有一个总的讨论,请听众提出问题。

会议开幕式由法国远东学院院长傅飞岚(Franciscus Verellen)、台湾学者王秋桂、朱云翰共同主持,澳大利亚国立大学伊懋可(Mark Elvin)教授做主题报告。伊懋可教授的报告回顾了中国水利史的研究,结合中国荆州、嘉兴、洱海、巢湖、长江三峡等地区的水利与环境治理问题,对"中国北方水治与社会组织"四个学术成果做了综合评述。他提出应当从三个方面的深入研究来进一步认识现代社会:第一,考察地方社会用何种形式来组织基层的合作;第二,探讨水的管理与国家权力之间的联系;第三,从中国的经济与环境史角度观察水资源控制的情况。

接着,来自中华书局的柴剑虹介绍了《沟洫佚闻杂录》、《尧山圣母庙与神社》、《洪洞介休水利碑刻辑录》和《不灌而治》四部资料研究集的编撰情况和特点。台湾学者王秋桂作为资助方的代表、法国高等试验研究院劳格文(John Lagerwey)分别从"中国北方水治与社会组织"项目的运作、经费的支出、项目组成员各自的研究视角和研究方法、四部研究成果的学术价值等方面,进行总体评价,均给予了充分的肯定。

然后,会议进入分主题讨论。

蓝克利介绍第一卷《沟洫佚闻杂录》的资料搜集与整理,斯波义信(Shiba Yoshinobu)结合中国历代水利工程与水治规则,对此卷内容加以评述。刘翠溶的评论注意到除了可以利用各种规章探讨水利制度,利用水册以了解灌溉面积大小及受水的情形外,这些资料还透露了一些值得进一步探索的问题,如私渠、争水、水与地可以分别当卖等现象。此外,本集编者提到的当前渠道实情和污染情况,也是很值得进一步探讨;从更大的范围来说,私渠的出现涉及的是18世纪以后中国人口增加、移民活动与环境变迁的问题。

魏丕信(Pierre-Etienne Will)以《郑国渠的复兴:李仪祉,中国国际救灾委员会与泾惠渠》为题,探讨了1922—1935年间国民政府对陕西泾惠渠灌溉系统的修复与管理。

吕敏、秦建明介绍了第二卷《尧山圣母庙与神社》描述的尧山圣母庙的建造历史、碑刻群和蒲城的社火,随后范华(Patrice Fava)放映了在蒲城拍摄的当地人闹社火的场景,引起全体会议代表的兴奋。

美国加州大学伯克莱分校约翰逊(David Johnson)与加拿大麦吉尔大学东亚系丁卫国(Ken Dean)进行评述,后者还以《灌溉与个性化:区域礼仪网络和莆田平原的地方灌溉社团》比较了中国南方水信仰的仪式与民间灌溉组织系统。

针对第三卷《洪洞介休水利碑刻辑录》,福建社会科学院的杨彦杰和英国利兹大学的哈里森(Henrietta Harrison)就该书的编辑体例、编著质量和资料价值这三个方面分别予以评述。

来自北京大学的邓小南、韩茂莉、李孝聪用历史学的研究视角与理论方法,分别以《水资源控制中的社会精英与地方乡绅——以前近代洪洞为例》、《近代山陕地区的水权与管理》为题,做了更深入的探讨。他们提出:对于水资源问题的重视,在中国传统社会中,实际上主要反映在两个方面:一是对于人们心目中与"水"有关的神灵的祭祀,一是对于现实社会中水利事务的经营。前近代时期的中国北方亦不例外。从水资源的"管理"入手,使我们有机会更加具体地讨论民间社会组织的活动,有可能获得更为丰富、更为逼近社会现实的认识。

水权不同于政权,政权是国家对民众的施政体系,民众对政权的接受在很大程度上具有被迫性,从属于一个政权,成为历朝历代百姓的义务;而水权则不同,水权是干旱、半干旱地区农户获得生存权的保证,因此农户介入水利组织,参与水利管理是建立在自身利益前提之下的主动选择。中国古代水利灌溉工程分为官修和民办两类,民间水利工程在国家大型水利工程尚不能覆盖的地区始终起着重要的补充作用。民间水资源的利用和水资源的组织管理与中国民间社会组织、社会习俗有着密切的关系,发生在基层的社会组织与社会习俗具有明显的继承性,对今天的中国社会也仍然具有一定影响。水权以及与之相伴而生的社会组织是在中国北方水资源欠缺背景下形成的民间社会控制体系,这一社会控制体系是以水利工程为依托,以获得与兴修工程预付资本吻合的水资源分配为目的而建立的民间组织,由于灌溉直接决定了北方半干旱地区农业生产的前景,因此水权就是生存权、发展权,它不仅促使因之而产生的社会组织自成体系,而且杂融社会习俗、社会惯性为一体,在基层社会中占有不可忽视的地位。

董晓平、蓝克利借助第四卷《不灌而治》记录的实地采访资料,从民俗学的角度介绍山西省霍县四社五村如何在恶劣的水环境中继承历史传统,执行水利民俗制度,创造出一种特殊的自养模式。他们还注意到在当前市场化机制面前,政府的权威下降,社首与村委会班子分化。打井制造了不缺水的民俗盲点,造成了三种倾向:一是忽视水册碑刻管理的水渠的作用,松动了人与神的关系。二是不再借水,花钱买井水,松动了人与人的福利关系。三是看井人掌握了修理电机等技术,出现了占有井的欲望,松动了人与环境的和谐关系。其中有政府的导向,也有社首和村民分层选择的因素。四社五村在维护水利传统和民俗管理的情况下,只部分地接受了现代化。当地人强调古代水册碑刻的作用,提出水权与农民生存权利的关系问题,同时也给土地和粮食权利以适当的位置;强调祖先崇拜,用高尚伦理道德进行社区教育;这次中法联合调查,也提高了他们保持历史传统与坚持水利民俗管理的自信心。

最后,来自中国台湾的学者陈国栋、陈鸿图回顾了台湾的水利史研究,提出了今后研究的趋势;范毅军介绍了水利史研究利用地理信息系统(GIS)的可能性。台湾学者指出:如学科间能有所整合,则台湾水利史的研究应有更宽广的空间,如水利与环境的互动历程是相当值得探究的课题,而研究环境史的先决条件是"学会新的语言并要会问新的问题",自然科学、统计、地理、人类学、政治学等方法,不但要统合,还要能够活用各种方法。除水利与环境的互动历程外,区域间水利开发异同的比较,河川的变迁史等方向,都是值得深入研究的课题。他们表示各国及中国大陆已经累积丰硕的研究成果及概念,值得参考学习,希冀将来能有更多共同合作的机会进行比较研究,以更宏观的视野来看人与环境的互动历程。

参加会议的项目组成员名单及联系地址如下:

Fiorella Allio(CNRS):Fiorella.Allio@ up. univ-mrs. fr

Marianne Bujard(EFEO):Marianne.Bujard@ wanadoo. fr

Patrice Fava(CNRS):fava@ public3.bta. net. cn

Chai Jianhong(Zhonghua shuju):chaijianhong@ yahoo. com. cn

Deng Xiaonan(Peking University):ld@ pku. edu. cn

Dong Xiaoping(Peking Normal University):dongxpzhh@ hotmail. com

Han Maoli(Peking University):maolih@ urban. pku. edu. cn

Christian Lamouroux (EHESS): lamouroux@ehess.fr

Li Xiaocong (Peking University): lixc@pku.edu.cn

Qin Jianming (Archeology and Engineering Center of Shaanxi): qjm@sina.com

Pierre-Etienne Will (Collège de France): will@ext.jussieu.fr

与会中外学者名单及联系地址如下:

Ch'en Kuo-tung (Academia Sinica): kchen@mail.ihp.sinica.edu.tw

Ch'en Hung-t'u (Tunghua university)

Chuang Ying-chang (Academia Sinica): chuangyc@gate.sinica.edu.tw

Ken Dean (McGill): kdean2@po-box.mcgill.ca

Fan I-chun (Academia Sinica): mhfanbbc@ccvax.sinica.edu.tw

David Faure (Oxford): david.faure@oriental-institute.oxford.ac.uk

Henrietta Harrison (Leeds): chihkh@ARTS-01.NOVELL.LEEDS.AC.UK

Hsu Cho-yun (Pittsburgh University): hsusun@yahoo.com

David Johnson (Berkeley): dgjohnsn@socrates.Berkeley.EDU

John Lagerwey (EPHE): lagerwey@ccr.jussieu.fr

Liu Ts'ui-jung (Academia Sinica): ectjliu@gate.sinica.edu.tw

Claudine Salmon (CNRS): Claudine.Salmon@ehess.fr

Shiba Yoshinobu (Toyo bunko): YRP02510@nifty.ne.jp

Isabelle Thireau (CNRS): thireau@ehess.fr

Wang Ch'iu-kuei (CCK Foundation): ckwang@cckf.org.tw

Yang Yanjie (Academy of Social Sciences of Fujian): yychieck@yahoo.com.cn

马伯乐对中国历史地理学的贡献

周振鹤 著

一

马伯乐(Henry Maspero,1883—1945)是法国杰出的汉学家。他在中国研究方面的贡献,我们大体可以从戴密微(Paul Demiéville,1894—1979)所写的《马伯乐小传》[1]里看出来。这个小传是在马伯乐去世后不久写的,基本上勾勒出了他在学术上过人的成就。我们由其中可以看到,马伯乐不但对整体的中国上古史有精湛的研究,而且在中国古代的宗教、语言与法律研究方面都有开创性的成果。并且为了研究古史,他还特意做了天文资料方面的准备,其本身就是一项成功的研究。不过大概由于写作时间过于紧迫与篇幅的不足,戴密微所写这篇小传似乎还不足以将马伯乐的学术贡献全部展现在读者面前,我们还需要更加详细的马伯乐的学术传记,我不知道法国或中国有人做这个事没有,但我相信这样的工作在学术史上是很有意义的。

今天我们当然可以很自由随便地谈论著名法国汉学家的成绩了,这不能不说是一个很大的进步,因为当 1962 年,商务印书馆打算重印冯承钧先生所译法国汉学家关于西域南海史地考证的论文时,还不得不在序里说:"20 世纪初期是法国'汉学'极盛时代。

446

这些资产阶级'汉学家'利用比较丰富的语言学知识,研究我国与亚洲其他国家的历史。当然,这种研究的目的,还是直接或间接的为帝国主义的侵略政策服务的。在这些论文中,他们没有,也不可能对于古代中国与西域南海关系的历史发展,和西域南海国家在世界历史上所起的作用,提出科学性的阐述,有时甚至还臆造出舛谬的结论。"这些话显然是言不由衷的,是在当时的政治气氛下不得不说的一些表示政治立场的带保护色的话语。

而在四十年之后,我们能够对西方汉学家的功绩做一个比较合适的评价,而不必有其他的顾忌,这是学术史上的一个进步。应当说,法国汉学家在汉学研究方面的贡献是有特殊意义的。1814年12月11日由法国政府在法兰西学院设立,而由雷慕沙(Abel-Rémusat,1788—1832)主持的汉语与鞑靼—满语言与文学讲座是现代汉学产生的标志[2],这是人所共知的事实。而在此之前的所谓前汉学时代,法国的天主教传教士也是西方传教士中对汉学有突出贡献的代表。就以史学著作而言,杜赫德(Jean-Baptiste du Halde)1735年出版于巴黎的《中华帝国全志》,冯秉正(J.-F. M.-A. de Moyriac de Mailla,1669—1748)在1777—1783年间出版于巴黎的《中国通史》都是重要的里程碑。而在汉学讲座设立之后,法国更是出现了一大批著名的汉学家,雷慕沙之后的儒莲(Stanislas Julien,1797—1873)、沙畹(Edouard Chavannes,1865—1918)、伯希和(Paul Pelliot,1878—1945)、马伯乐、葛兰言(Marcel Granet,1884—1940)、戴密微都是大师级的人物。在很长的时期内,法国汉学在西方汉学界始终处于执牛耳的地位,一直到20世纪中期以后,这种局面才有所改变。在此我不想对西方汉学的发展历程做过多的评述,只想提出一个不成熟的看法,那就是我以为在1815年初汉学讲座正式开始以后的汉学界大致可以分为两个阶段。第一阶段的汉学是学习介绍型的汉学,也就是西方的汉学家通过学习中国的语言与文献，了解了中国的历史与文化，并将中国的有关文献以翻译的形式介绍给西方读者。这些翻译往往要加上一些必要的注释，如沙畹对《史记》的翻译。这种介绍还包括对中国现状的介绍，这一方面英美的汉学家做得较多。这一时期的汉学还有一个特点，那就是汉语与欧洲语言对照的双语词典与汉语语法书籍以及其他工具书[3]的编纂出版，这也是为了学习汉语文献与了解中国的需要。第二阶段的汉学则是研究型的汉学，因为新的一批汉学家在语言能力方面已经大大超越于前人，他们中许多人亲自来到东方、来到中国，对中国的语言、历史与文化的了解都比前人深刻。他们能与中国学者同步，不但用中国传统的考证手段在历史编纂学方面取得突出的成就，而且还以语言知识为武器，对中国学者不能解决的某些问题做出了解答。在法国这方面可以伯希和与马伯乐为代表，他们的研究论文与中国乾嘉时期的考证文章可以说没有实质性的分别。

这两个阶段的划分只能说是大致如此，因为在前一阶段，也有出色的研究成果，如儒莲关于语言学的论文。汉学发展这两个阶段的转换期，大致可以《通报》的创办与法国远东学院的设立之间的这段时间为标志。如果我们按年代与师承关系细分法国汉学家的谱系，似乎可以认为伯希和与马伯乐、葛兰言是第四代汉学家，由他们上溯，沙畹是第三代，儒莲[4]与巴赞[5]（Antoine Bazin，1799—1863）、毕欧[6]（Edouard Biot，1803—1850）是第二代，而雷慕沙则属于开基的第一代。雷慕沙利用天主教传教士的汉学遗产（天主教传教士并不以为自己是汉学家，但他们的确有杰出的汉学成就，限于篇幅，这里不能细说），主要是语言学方面的成果，尤其是他们所编辑的法语与汉语、满语对照词典，是语言教学的基础。第一代人与第二代人都没有到过中国，从第三代人沙畹起有来华的经历，至今中国第一历史档案馆还留有与沙畹来华有关的档案[7]。至于第四代的伯希和与马伯乐则对中国异常熟悉,无须赘述。

我本人可能对马伯乐有特别的崇敬,因为我认为他聪明过人,天赋很高,既能在很宽广的学术领域内驰骋自如,又能在某个专门课题上深入极致,解决他人无法处理的症结。不过在中国,马伯乐的知名度远不如伯希和。我查了一下中文网上的资料,马伯乐的引用率不足伯希和的十分之一,这当然因伯希和与敦煌文献的特殊因缘有关,但即使从学术角度而言,中国学者对伯希和的了解也远过于马伯乐。这也是我想谈论马伯乐的原因之一。据戴密微所编的《马伯乐著述年表》,他的著述包括论文、专著与书评在内,有180种,未出版者尚有十数种,可以说是一个多产的学者。但这些论述都分散在各种学术刊物与各种论文集中,搜集不易,似乎在法国也没有马伯乐的汉学论文集出版[8]。而且马伯乐的汉学论文译为中文的很少,冯承钧先生译了五篇[9],陆侃如也译过一篇[10]。中国人通法文者少,尤其是历史学家,难怪乎中国学人知道马伯乐的很少。最近,汉学的研究成为学术热点,有学者正在主持一本马伯乐著作的翻译文集,希望能引起中国学者对这位杰出的汉学家的注意。

马伯乐在汉学的许多领域都有成就,在《马伯乐著述年表》中,除了许多正式论文以外,他所写的书评,还关注到世界各国的汉学研究与中国学者的新著作,对许多著述发表自己的评论,例如对郭沫若的甲骨文与中国古代社会研究都有批评。另外,他对近代中国也给予注意,如对江苏南部的近代宗教也有评述。但我要强调的,主要是在历史地理学方面。由于外国学者从事中国历史地理研究者不多,很难理解其中的艰辛,即使是中国学者,若不研究这一专业,也很难领略地理考证的难度。我曾在巴黎亚洲学会图书馆里徜徉良久,翻阅过存放其中的马伯乐的手稿与他在越南所搜集的宝贵的文献,不禁令人思绪万千,因为我就像看到一个睿智的学者正在为我们这些后来者解决一个又一个难题。我今天在这里想说的一个难题就是有关中国历史地理方面的，或许可以看作是对《马伯乐小传》一个小小的补充。

马伯乐研究中国历史地理起源于他对越南历史地理的研究。众所周知，在相当长的历史时期里，越南的北部与中部地区都是中国中原王朝的直属领土，纳入郡县制的范围内。两汉时期该地区被分为交趾、九真、日南三郡。延至唐代，虽然越南中部地区已在中原王朝统治范围之外，但北部地区仍由安南都护府管辖。直到五代时期，吴权自立为王时（939），越南才获得独立（明代虽然在越南北部建立过交趾布政使司，但只是昙花一现而已）。马伯乐因为研究越南历史与地理，进而研究唐代安南都护府，更进一步接触到秦汉时期的象郡问题。在历史地理方面他的论文有以下几篇已经译为中文：《李陈胡三氏时安南国之政治地理》、《宋初越南半岛诸国考》、《唐代安南都护府疆域考》与《秦汉象郡考》。

前两篇关于越南的历史地理暂且不提，第三篇是有关唐代地理方面的，这是一篇未完成稿，很可惜。但就其整体考证规模与已完成的部分考证，可以看出他所使用的方法与中国的所谓朴学方法是一致的。马伯乐充分地掌握了中国与越南的文献资料，虽然越南方面的文献于此题目没有任何意义，但他仍说明其无用的道理。他用来作为考证的基本文献是新、旧《唐书·地理志》，《元和郡县图志》、《太平寰宇记》与《文献通考》、《续资治通鉴长编》等。在他已经考证清楚的红河平原的几个行政区划，即交州、峰州与长州及其所属县，均正确合理，基本上与谭其骧先生主编的《中国历史地图集》相一致，但还加上了一层亲切感，因为他到过这些地方。

不过，马伯乐最出彩的历史地理研究文章却是篇幅不长的论文《秦汉象郡考》，因为这篇论文基本上解决了秦汉时代一个历史地理学方面的大难题。之所以说是难题,是因为在中国古代典籍上,对秦代南方一个行政区划——象郡的地理区位,有着互相矛盾的记载,使中国学者无法判断哪一条记载真正可靠,从而据以确定秦汉时代象郡的沿革。虽然在秦代有将近五十个郡,在汉代则有一百个郡以上,一个象郡的问题似乎不是很大,但因为该郡处于重要的地理位置上,关系到两方面的问题,一是越南北部与中部是何时纳入中国的版图,是秦朝还是西汉? 一是有关海上丝绸之路——南海道的起点问题(汉代对外交通有两条主要通道,一是大家所熟悉的,通过西域的陆上丝绸之路,一是至今存在不少疑问的所谓海上丝绸之路的南海道。而据《汉书·地理志》,南海道的起点即是日南障塞。[11]日南即日南郡,按《地理志》的记载,其前身即是象郡,因此象郡的沿革对汉代对外交通中的南海道的研究至关重要)。实际上前一个问题还牵涉到现代中越关系问题[12],所以引起中外学者的特别关注。另外,在制作中国历史地图时,也要画出该郡的地域范围,如果对其沿革不清楚,地图将会出现截然不同的结果。一是将象郡画到直到越南中部,一是将其画在广东、广西之间。已经出版的旧历史地图两种画法都有,莫衷一是(参见附图1、2)。

马伯乐的这篇论文实际上是作为他的安南史研究的一部分来写的。他的安南史研究由八个题目组成,《秦汉象郡考》是其中的第四篇。论文写于1916年,其基本结论是认为秦、汉都有象郡,而象郡与日南郡无关,亦即与越南无关。但马伯乐论文发表以后,没有引起很大的注意,七年后,另一位法国学者鄂卢梭(Leonard Aurousseau, 1888—1929)著《秦代初平安南考》,提出反驳的意见,以为汉代没有象郡,秦之象郡就是汉之日南郡。翌年,马伯乐又以书评的形式对鄂卢梭的意见提出批评,坚持自己的原来的观点,这篇书评比《秦汉象郡考》几乎长了一倍。20世纪30年代以来,还有其他中外学者也对这一问题发表了意见,但基本上不出这两位法国学者的对立观点,而且在半个多世纪中,这两种观点一直未得到统一[13]。谭其骧先生根据自己的判断,在其1944年所写的《秦郡界址考》一文中,偏向于秦代象郡与越南无关的结论,但并不以为这是最后的定论,因为在50年代他所校的一本《中国历史地图集》(古代史部分)中采用的是另一种观点[14]。我的博士论文题目是《西汉政区地理》,因此非解决这个问题不可,但鉴于问题的复杂性,谭先生说,如果一时解决不了,也可以两说并存。不过我觉得两说并存不理想,就花了一段时间,将这一问题彻底梳理了一下,最终认为马伯乐的论断合乎逻辑,只要补充论证即可成定论,而鄂卢梭的考证武断随意,结论不能成立。

二

(一)关于秦汉象郡的基本情况

在清代以前,没有人对象郡问题有过深入的研究。一般人只是模糊地认为秦的象郡应该相当于西汉的日南郡。因为《汉书·地理志》日南郡下面,班固自注道:"故秦象郡,武帝元鼎六年开,更名。"但日南郡位于今越南中部(当今广平、广治二省),在西汉,其北方尚有交趾、九真两郡,象郡如果相当于日南郡,则其范围还需将交、九二郡包括在内,否则这两郡地将无所属。这样一来,象郡的领域比起一般郡来,不但过大而且形状亦很特别。到清末,杨守敬画《嬴秦郡县图》时,不能避免象郡问题,他只能按照唐代人杜佑的《通典》的想法,将象郡想像为包括西汉交趾、九真、日南三郡全部及郁林、合浦两郡部分地区的一个很大的郡[15]。到新中国成立以后,顾颉刚与章巽所编《中国历史地图集》也是这样画。谭其骧的《中国历史地图集》第二册改画象郡,基本上不包括今越南领土,但并不以为是定论,只是取了另一种历史记载而已。所以在中国史研究方面最早提起,并基本上解决象郡问题的是马伯乐,即使他没有解决这个问题,光提出问题本身,也足够说明其目光之犀利尖锐了。在秦汉历史地理方面作出过大贡献的王国维虽然写有《秦郡考》与《汉郡考》的著名考证文章,也丝毫未提象郡问题。所以在马伯乐写此文之前,无论中国还是欧洲的学者,甚至越南学者都是含糊地以为只有秦代有象郡,而这个象郡的南境到达了越南中部。其实这一看法是错误的。

现在让我们先看看关于象郡的基本记载:

《史记·秦始皇本纪》:"三十三年,发诸尝逋亡人、赘婿、贾人略取陆梁地,为桂林、象郡、南海,以谪遣戍。"但对象郡的领域范围,《史记》并没有进一步的描述。所以后人无法从简单的这一记述分析出象郡的具体沿革,只好从《汉书》去找答案。但《汉书》却有两条互相矛盾的记载,一是上述"地理志"日南郡下班固自注;二为"昭帝本纪":"元凤五年……罢象郡,分属郁林、牂柯。"按照前一条记载,象郡范围如杨图与顾图所示,直到越南中部,我们简称其为日南说。按照后一条记载,象郡只在今中国境内,地跨西汉郁林郡西部与牂柯郡东南部(即今广西西部与贵州南部地区),我们不妨称之为郁林说。这两条记载既然直接冲突,则考证之法只有两途,一是调和之,二是取一弃一。

马伯乐是主张郁林说的,也就是认为《汉书·地理志》班固自注靠不住,于是找了如下几条旁证,以证明《汉书·昭帝本纪》之记载可信:

(1)《山海经·海内东经》沅水条:"沅水出象郡镡城西,入东注江,入下隽西,合洞庭中。"

(2)同书郁水条:"郁水出象郡,而西南注南海,入须陵东南。"

(3)《汉书·高帝本纪》臣瓒注引《茂陵书》:"象郡治临尘,去长安万七千五百里。"

沉水在今湖南西部，古今同名。其源头从贵州来，下入洞庭湖中。"海内东经"的记载说明象郡部分地在今贵州。郁水今西江上游，其源头在贵州云南间，流经贵州与广西。象郡治所临尘在今广西南宁以西南，这样象郡的范围就很明确，在今广西西部与贵州南部。

但前已说过，由于《汉书·地理志》的记载一般人不敢轻易否定，所以产生出一些调和之说来。如成书于北朝的《水经注》，既要满足《汉书》的记载，又要符合郁水的流向，只能想像郁水是沿着中国海岸线流经琼州海峡、北部湾，再南流到越南中部的，这是很荒唐的。唐代杜佑《通典》也是调和的路数，其卷一八四说象郡："南越之地，今招义、南潘、普宁、陵水、南昌、定川、宁越、安南、武峨、龙水、忻城、九真、福禄、文阳、日南、承化、玉山、合浦、安乐、海康、温水、汤泉郡皆是。"而后又说："秦之象郡，今合浦郡是也，非今象郡。"自己不能自圆其说。

（二）鄂氏史料的问题

有这些前人的看法，遂造成了鄂卢梭反对马伯乐观点的基础。鄂氏搜集了七类三十四条史料，以证明《汉书·地理志》之可信，可谓洋洋大观。根据这些史料，鄂卢梭断言秦象郡即汉日南郡，秦亡，象郡即随之而逝，汉代不再有象郡问题。可惜这些史料虽多，但首先安南载籍的资料毫无意义，只是凑数（这一点连鄂文的翻译者冯承钧也指了出来），因为宋以前安南地属中国，有关的史料只有中国文献才有价值。其次，中国载籍的史料虽多，但均出一源，其源头就是《汉书·地理志》的班固自注。第三，还有一些史料均不足以证明日南说，甚至还正好相反。所以我们不必抄出这有这34条史料，只选其最重要者进行分析：

鄂卢梭之主要史料有三条：

（1）《史记·秦始皇本纪·集解》引用了韦昭注秦始皇三十三年置"桂林、象郡、南海"一事时，说象郡是"今日南"。

（2）《水经·温水注》引王隐《晋书地道记》（以下略称为《地道记》曰："（日南）郡去卢容浦口二百里，故秦象郡象林县治也。"

（3）同一《水经·温水注》又云："浦口有秦时象郡，墟域犹存。"

其实这三条史料都不是独自形成的，而是来源于《汉书·地理志》。

第一条：韦昭是三国吴人，做过太史令，参与《吴书》的撰作，并著有《汉书音义》七卷。他注《史记》的材料乃来自《汉书》，不可能有别的史料来源，亦即他不可能有比班固更原始的资料。看他注上述同一条记载的"桂林"时说，"今郁林也"，就可以知道也是据《汉书·地理志》为说，就知道究竟了。因为《汉书·地理志》在郁林郡下注曰："故秦桂林郡也。"韦昭无非是将《汉书·地理志》倒过来为《史记》做注释罢了。

第二条：王隐是晋人，其《地道记》成书于东晋，离秦代已有五百多年。象林县是汉代日南郡最南端的县，但在《地道记》以前从未有文献记载秦象郡有过象林这个属县。所以《地道记》这一记载的可靠性很令人怀疑。钱大昕说："言有出于古人而未可信者，非古人之不足信也，古人之前尚有古人，前之古人无此言，而后之古人言之，我从其前者而已矣。"[16]钱氏此话极有道理。后之古人的话其实就是层累的历史，越准确越可疑[17]。推想《地道记》象郡象林县的由来，无非因为《汉书·地理志》说，日南郡本秦象郡，而日南郡又有象林县，故象郡也就有象林县了。《地道记》凭空臆想的地方不止这一处，还有如"交趾郡赢陵，南越侯织在此"的无根据猜想。织实为南武侯，非南越侯，其封地据有关史实只能在庐江郡与南越、闽越交界处，即今赣、闽、粤交界处，不可能到越南北部。所以《地道记》关于象郡象林县的说法非但不能作为日南郡即象郡说的根据，倒过来，《地道记》之说法，只是《汉书·地理志》注释的引申演绎而已。

第三条：郦道元写《水经·温水注》又晚了《地道记》二百年，其云："浦口有秦时象郡，墟域犹存。"年代已经靠后，而记载却比《地道记》还要明确，这同样是层累的历史的特点。加之此浦口不知是何浦口（按：从《温水注》里看不出来），鄂卢梭主观以为是卢容浦口，因该浦口有西捲县，是日南郡治，可以将其视为象郡墟域。然则一，《温水注》之浦口是何浦口，尚待求证；二，日南郡治西捲是东汉之制，西汉之日南郡不一定治此，有人主张其治朱吾县；三，象郡墟域一语甚含糊，是否象郡郡治之墟域？此郡治又是何县？均不得而解。

《水经注》在地名考证与政区沿革方面错误甚多[18]，故所谓"象郡墟域"，大约亦得之某种传闻，以讹传讹，不可据为史实。故鄂氏亦只得说"此事若实"云云，不敢曰必是。退一步讲，即使我们承认秦代有象林县，那么鄂氏到底以那一个象林县为准，以《水经·温水注》本文，还是以《地道记》？前者相当于《汉书·地理志》日南郡象林县，后者相当于同郡之卢容县。因为《地道记》反映晋代地理，其时象林县已侨治在卢容县，原象林县治早已在晋的疆域之外。鄂氏不明此二县之差异，证明他心中对象林县也是模模糊糊的。

所以真能支持鄂氏的主张的其实只有一条坚强的证据，那就是《汉书·地理志》的班固自注。如果没有这条注，象郡的位置与领域本不成什么问题。但《汉书·地理志》之本注并非绝对可靠。例如注有"高帝置"的汉郡，有三分之一以上不是高帝时所置，这已为王国维《汉郡考》所揭示。注河西四郡之置年，更无一是处。

汉武帝时,广陵厉王之封域不足广陵一郡,《汉书·地理志》却误以为其兼有鄣郡之地,六安国是以九江郡地置,却误以为是衡山国后身。说明班固对《汉书·地理志》的自注不是都可以据为史实的。一般地说,如果《汉书·地理志》本注发生问题,总要与纪、传、表的记载以及其他志的记载相比较,找出致误的原由,并加以纠正。上面所说的《汉书·地理志》本注的错误就是通过比较发现的。现在既然《汉书·地理志》在日南郡下注云:"故秦象郡",与《汉书·昭帝本纪》"罢象郡,分属牂柯、郁林"之记载相矛盾,就须考证此注是否可靠的问题,而不是盲目取信于它了。一般而言,本纪往往比地理志注文可靠,这是一;《汉书·昭帝本纪》的记载有《山海经·海内东经》与《茂陵书》作旁证,显见可靠,这是二;三,如果以日南说能圆满解释象郡的沿革而不与其他史料相抵触,则《汉书·地理志》的注文亦不能断然否定,但遗憾的是,鄂氏持此说去解释岭南地区的地理沿革,虽随意曲解史料,加上许多臆想假设,仍不能得到满意的解释。相反,如果以"昭帝本纪"的记载来解释象郡沿革,则圆通无碍,顺理成章(详见下)。所以《汉书·地理志》的本注实际上是不可信的。

(三)马伯乐所据史料可信

鄂氏一方面认定自己所提史料的可靠性,另一方面否定马伯乐史料的可信度。他首先以为《山海经》是语怪之书,靠不住。其实对《山海经》应该分而治之。此书由成分不同的几部分所组成,不但各篇之间差异很大,如《五藏山经》部分就比较平实,是一部很好的地理书;而且同一篇中也并非没有差异,如《海内东经》就明显由两部分不同内容所组成。其后半部分我以为是一篇简明的秦代水经,叙述秦代主要水道的源头、流向与归宿,与前一部分内容完全不同(清人毕沅就以为这两部分不是同一篇,后半部只是

457

附于前半部分之后面而已[19]），所以其内容可以作为信史，不可抹杀其价值[20]。该部分文字所记沉水、郁水源头流向以及有关的地名都可以落到实处，并非臆说。

对《茂陵书》的记载，鄂氏亦以为靠不住。因为该文献所记象郡治所临尘距长安里数达到一万七千多里，比海南岛上的两个郡离长安还远得多（按：这两个郡离长安不过七千多里）。故鄂氏以为此临尘应在越南中部，相当于象林县，才符合里数的记载。他以为临尘应是临邑之误，临邑又是林邑之误，而林邑又是象林之误（即象林→林邑→临邑→临尘），这样臆想的地名的连环错误恐怕不可能，而且这种错误比里数的错误更离奇，我们还不如设想是数字的错误更合理些。因为《茂陵书》记载"沈黎治筰都……领二十一县"，亦是数字的错误。同时鄂氏已认为秦、汉象郡治所均为西捲县，如果承认象郡治象林县，又要费另一番证明。所以他自己也认为这样说"有些武断"。而且即使认为《茂陵书》的里数没有错误，即象林郡至长安亦不至有一万七千多里之遥。

最后，对于《汉书·昭帝本纪》的记载，鄂氏以为毫无根据，应该坚决摒除。其摒除的依据是齐召南《汉书考证》说："按此文可疑。秦置象郡，后属南越，汉破南越，即故秦象郡置日南郡，以《汉书·地理志》证之，此时无象郡名，且日南郡固未始罢也。"其实齐召南这些话全然不合逻辑，他并不是以其他材料来求证《汉书·昭帝本纪》的不可信，而是先认为《汉书·地理志》注文可靠，然后以它来否定《汉书·昭帝本纪》。如果此种考证也能成立的话，何不可以倒过来，以《汉书·昭帝本纪》为可信来否定《汉书·地理志》呢？所以鄂氏也不得不承认这种考证"不甚详明"。就一般情况而言，本纪的记载的确是比较可信的，在没有坚实旁证的情况下是不好随便摒除的，而且就《汉书·昭帝本纪》此文而言，确是可靠的。因为罢象郡并不是一个孤立事件。在武帝几十年开疆拓土消耗了大量物力、财力后,昭帝年间明显采取收缩政策,罢省一系列边郡。始元五年(前82)罢真番、临屯,以并乐浪,又罢儋耳并珠崖。元凤五年(前76)罢象郡的性质与上述三郡之罢废完全一样,乃是以精简政区的方式来减轻财政负担。因此昭帝年间罢象郡一事显然可借用数学术语来说,是一个"可能事件",不可视为子虚。

西汉时象郡的存在还可从十七初郡中得到旁证。《史记·平准书》说:"汉连兵三岁,诛羌,灭南越,番禺以西南至蜀南者置初郡十七,且以其故俗治,毋赋税。"这十七初郡的名目,《史记》未明说。《史记集解》引晋灼曰:"元鼎六年,定越地以为南海、苍梧、郁林、合浦、交趾、九真、日机、珠崖、儋耳郡;定西南夷,以为武都、牂柯、越嶲、沈黎、汶山郡;及"地理志""西南夷传"所置犍为、零陵、益州郡,凡十七也。"晋灼的看法只有一郡有误,即零陵郡。该郡是武帝分桂阳郡置,不是新开的初郡。谭其骧先生以为这一空缺应该由象郡填补[21],是正确的。另外,从《汉书·地理志》郁林郡的领域亦可看出罢象郡的可能。汉末岭南七郡的领域都较小,领县数不多,惟有郁林郡领县十二,为诸郡之冠,比南海、合浦、交趾、九真、日南等郡领县多出一倍左右,推测其于武帝初置时,无有如许之大,乃罢象郡后,多了一部分原属象郡的地方,才扩大了领域。

以上已从个别方面,独立地论证了马伯乐所举四条记载是可靠的史料,而更重要的是,通过这些史料的相互印证,可以进一步看出它们的可信程度。《汉书·昭帝本纪》说:"罢象郡,分属郁林、牂柯。"《茂陵书》则曰:"象郡治临尘",临尘于《汉书·地理志》正是郁林郡属县。《山海经·海内东经》又曰:"郁水出象郡",于《汉书·地理志》,郁水上游在郁林郡之中,证明郁林郡部分地确故属象郡所有。又曰:"沅水出象郡镡城西",则更明确了秦象郡的北界。镡城于《汉书·地理志》属武陵郡,其南则郁林,其西南则牂柯,是证象郡应跨于郁林牂柯间。三种时代相去不远的载籍,从四个不同的角度,正好互为补充,综合说明了象郡问题的真相,而且不需掺杂臆想成分,不必补充其他材料,这岂是偶然的巧合? 当然不是,这只能说明《汉书·昭帝本纪》关于象郡的记载是一件无可怀疑的的事实,我们应该相信的正是《汉书·昭帝本纪》,而不是《汉书·地理志》。也就是说马伯乐所依据的史料是可靠的。所以他证成的结论也是可靠的。鄂氏对马氏所用史料的批评是没有道理的。

三

其实问题讨论到这里已经可以结束了。马伯乐《秦汉象郡考》一文篇幅很短,只要举出有说服力的文献,再加以分析就行。但如果遇到反对意见,再加以申辩,则文章就要长了。马伯乐文章写于1916年,鄂氏的反驳写于1923年,翌年,马伯乐又对鄂卢梭的文章提出批评,登在《通报》第23卷上,其篇幅比原文长近一倍,增加了说理的内容,希望此文将来有人正式译出。我在上面已经补充了一些道理以证实马伯乐的高明。照理说,马伯乐的文章已经完成了基本论证,不必多言。但因为这个事情历来受大家太大的关注,且意见分歧太过厉害,不得不多申辩两句,以期达到愈辩愈明的程度。同时也还有一些马伯乐未解决的枝节问题需要弄清楚,所以我继续作了一些补充。

关于北向户问题。有人以为秦代疆域"南至北向户",是表明秦代南疆已达日南郡,即越南中部。这是误会。在北回归线上,夏至那一天,太阳正好在天顶,所以北回归线以南地区就会出现阳光从北面的窗子射入屋内的现象。这种现象在中原是看不到的,所以称之为北向户。岭南地区大部分在北回归线以南,所以也有这种现象产生,越到南方,这种现象越明显,但不必非到越南才有。

所以"南至北向户"只有定性的意义,不能作为定量的标准。因而鄂氏以此作为秦代南疆到达日南郡的证明,是没有道理的。而且即使在日南郡,这种现象也只有在夏至前后的一段日子里出现,并非全年皆有。所以东汉日南郡张重举计入洛阳,汉明帝特意问他日南郡是否北向视日,他并不以为然,并说云中、金城之名也不必皆有其实[22]。

关于西呕君译吁宋问题。《淮南子·人间训》载秦始皇发卒五十万与越人战,杀"西呕君译吁宋"。有人认为西呕就是《汉书·地理志》里的交趾郡西于县,证明秦军已经深入到交趾地,以此否认象郡分属郁林牂柯之说。此证并不得当。西呕即西瓯,有许多史料证明西瓯在秦代桂林郡或汉代郁林郡境内。《太平御览》引《郡国志》曰:"郁林为西瓯。"《史记·南越传》云:"桂林监居翁谕告瓯雒四十余万口降"。瓯雒即西瓯与雒二族。如果以为西吁即西瓯的话,那么合理的解释就是,很可能西瓯族从交趾地迁到桂林一带来了,而把原族名留在了原地上。这在地名学上是常见的事。徐中舒先生推测:"西于王为安阳王所驱逐以后,乃北徙于桂林瓯雒地"[23],于事理颇合。故秦军杀西呕君译吁宋完全可以在桂林地,不必非在交趾地不可。此事不能作为秦象郡即汉日南郡的证据。

关于武帝平南越置九郡问题。这是最棘手的问题,也是马伯乐未解决的问题。《史记·南越传》云:"……南越已平矣,遂为九郡。"但《史记》未明言九郡之名。《汉书·武帝纪》则作:"南海、苍梧、郁林、合浦、交趾、九真、日南、珠崖、儋耳。"既然象郡到昭帝时才罢,为何九郡中无象郡之名?马伯乐只能解释为:象郡也许在武帝建元六年(前135)开西南夷时先归属于汉,所以九郡中就不列其名。但马氏之说,于史无证,没有说服力。九郡问题历来成为汉代不存在象郡的铁证。凡主张象郡日南说者,包括鄂氏在内,无

461

不以九郡之中无象郡之名作为否定《汉书·昭帝本纪》的最强证据。其实这个证据是可以推翻的。

首先要肯定，武帝平南越所置为十郡，而不是九郡。元鼎六年（前111）所置为大陆上的八郡；第二年，元封元年渡海，在海南岛上又置二郡。那么《史记》何以讲"遂为九郡"呢？这自然有其原因。平南越置十郡后，仅隔四年，即在元封五年（前106）间，武帝就在开疆拓土版图扩大近一倍的情况下，分全国为十三刺史部，建立起一套监察区，以加强对地方的行政管理。其中除象郡外的故南越地九郡被划在交趾刺史部中。故自元封五年至征和二年（公元前91年，《史记》大约完成于此时）的十几年间，太史公习闻交趾九郡之说，而交趾又是故越地，因此越地九郡的错觉就逐步形成而至于牢不可破。这种错觉的形成很自然，而且亦非仅此一例。高帝末年十五郡亦为史公所习闻，然细数十五郡时，却误数入东郡、颍川二郡，而忘记此二郡于上年已分别益封给梁国与淮阳国。且太史公于地理事不大措意，如上面已经提到的，秦始皇二十六年分天下为三十六郡是何等大事，但《史记》于郡目全然不说，故至今对于秦郡郡目仍无定论。

如果上面的推论可以成立，则还有另一个问题，象郡入哪一个刺史部的问题？答曰：益州刺史部。扬雄《益州箴》曰："岩岩岷山，古曰梁州……义兵征暴，遂国于汉。拓开疆宇，恢梁之野，列为十二，光羡虞夏……"所谓"恢梁之野，列为十二"者乃汉武帝扩大了《禹贡》梁州的范围，列郡十二，以成益州。十二郡之目，顾颉刚先生曾数其中之十一，即：巴、蜀、汉中、广汉、犍为、牂柯、武都、汶山、沈黎、越西、益州，而后说："尚有一郡不可知，或后来有所并省。"[24]这一郡其实可知，就是象郡。由于象郡隶属益州刺史部，遂不与故越地其他九郡相提并论，故交趾九郡在太史公的印象中极为深刻，越地九郡之说，遂见于《史记·南越传》中。至班固著《汉书》时，遂据《史记》九郡之说，按图索骥，以汉末岭南七郡加上海南岛已废之二郡，成九郡之数。此后南越地九郡之说遂至不可易矣。

由此可见，九郡之说有其历史原因，并不能因此否定象郡存在于西汉的事实。要之，武帝时岭南地区实际上并存有十郡，只是由于象郡单独列于益州刺史部之中，因此十郡并提时间至多不过四年，在人们的印象中极为淡漠，故十郡之说遂不流行于世，象郡之下落亦随之不明，近人虽有以《汉书·昭帝本纪》罢象郡之说为可信者，终因无法解释九郡之中何以无象郡之名，而不能理直气壮。究其实，《平准书》所言十七初郡已隐含象郡在其中，《益州箴》十二郡亦须算上象郡才能成立，于是象郡之存在于昭帝元凤五年以前，既有《汉书·昭帝本纪》的明确记载，又合十七初郡之数，复列于益部十二郡之中，并与太史公越地九郡之说不相冲突，则至此象郡之谜可以说已得彻底解决，可进而讨论西汉象郡的领域了。

由《汉书·昭帝本纪》及《茂陵书》知象郡应有《汉书·地理志》郁林郡西半部及牂柯郡部分地区。其南界和西界南段当和《汉书·地理志》郁林郡同，与合浦、交趾、牂柯三郡为邻。西界应包括有《汉书·地理志》牂柯郡毋敛县在内，该县位于郁林郡广郁县以东北，是牂柯郡惟一可能原属象郡之地。象郡北界即毋敛县之北境，东界无确证，要当沿今广西大明山——都阳山一线。此线东西各自成一地理单元，以东为桂中岩溶丘陵与平原，适足以自成一郡，郁林郡治布山（今桂平县），即位于其中。以西为桂西山地与郁江流域平原，即为象郡领域，象郡治临尘即在郁江支流左江岸边（今崇左县）。马伯乐未指出秦汉象郡之别。其实秦象郡之领域比汉象郡要大，北面应有《汉书·地理志》之武陵郡镡城县，东南或有合浦郡之西部地（参见附图3）。

四

这篇文字本来应全面检讨马伯乐对中国历史地理的贡献,结果只谈了他对象郡的观点,未免以偏概全。但由于象郡问题最为重要,所以选择此难点进行一番剖析,以突出马伯乐的高明之处。在象郡问题上,他的贡献远在我们诸人之上,虽未全面解决,但已基本解决。而且他的研究更重要的意义是打开了我们的思路,他一反前人的"权威"见解,提出新的观点,这一方面有如中国的王国维。比马伯乐略为年长的王国维并不以历史地理的成就称名于世,但他在历史地理方面的贡献却是前人所未及的,仅只《秦郡考》与《汉郡考》二文,即足以使他在该领域里彪炳千秋,尽管这两篇文章不无可商榷之处,但其价值却在不疑处有疑,开启了一种不以传世文献为必信之新思路。马伯乐在中国历史地理上的贡献亦是如此,尽管有关文章不多,但却足以使他在这一领域据有一席重要之地位,这不是一般人所能做到的成就,有的学者尽管著作等身,却未必有一点原创性的思维,因此我们应该对他的汉学贡献有更深刻的认识。

马伯乐的研究特点是于细微处见精神,当然也有人对这样的研究不以为然,以为太琐碎,据说另一位同时代的著名法国汉学家葛兰言就有这样的看法。但就历史编纂学的本来意义而言,复原历史的本来面目是最高的追求,尽管有人认为这一点是做不到的,但历史学家们应该努力争取做到,尤其在典章制度、年代地理方面的考证复原完全能够做到(除非受到资料不足的限制)。至于人物活动,事件真相也并非不可求知,惟有人物评价与历史发展过程的阐释则可能言人人殊,尤其是对历史规律的思考追求,更是难以有一致的意见,但那已经属于历史哲学的范围,与历史编纂学本来就不一样。因此在历史编纂学方面,如马伯乐这样高明的历史学家是永远值得我们怀念的。

还有一点题外话,19、20世纪之交,历史研究受到科学主义的影响,无论在中国与在西方,这种影响都促进了历史学在实证研究方面产生出色的成果,使历史学成为一门科学的努力随处可见,因此如王国维如马伯乐如伯希和这样的学者的出现并不是偶然的。在这种情况下,中外学者之间有没有相互交流相互影响,显然是一个值得研究的课题。中国的史学研究受到西方的影响,是一般都注意到的问题,近现代是如此,即使推远了看,乾嘉时期的历史考据也是科学方法的体现,在当时也未必不受到西方的影响。如钱大昕就曾将中国学术不如西方归咎于数学的落后[25],实际上即是批评自然科学的落后影响了中国士人的思维。他自己正因为重视自然科学方面的研究,也在同时改变了史学研究的面貌。但西方学者是否受到中国学者或中国学术研究方法的影响,则至今没有人进行考察,这方面是不是也值得我们去探索一番呢?

〔注 释〕

1　原载 *Journal Asiatique*,234,1943—1945;许明龙译,载《法国汉学》第七辑,中华书局,2003。

2　与法国汉学史相比较:1837年,俄国喀山大学设立了汉语教席,1855年转到圣彼得堡。第一位汉语教授是瓦西里耶夫(Vassilii Alekseev,1818—1900)。1876年荷兰莱顿设立了汉语与文学讲席。1877年柏林成立东方语言学院。

3　如地理类、目录学(如高第爱的《中国文献书目》)方面的书。

4　儒莲继雷慕沙主持讲座达40年之久。

5　1795年设立的东方现代语言学校从1843年起开始教汉语口语,巴赞是该校第一任中文教授。

6　毕欧(Edouard Biot),原为铁路工程师,《周礼》的第一个西方译者。

虽然他是儒莲的学生,但从世代上而言,可作为第二代汉学家看待。

7 　光绪三十三年(1907)十月初六日署理法国公使藩荪纳为沙畹中国考察事给清政府外务部的感谢照会:"大法署理钦差全权大臣·头等参赞潘为照会事:照得本国博士沙畹遵奉本国政府特遣,来华考求古迹。昨已游毕回京。面称,凡经过各处,地方官均皆优加接待,百端助考,以致考究一切,无不易于措手。兹将回国之际,荷承如此照拂,心所深怀。其出力各员,虽难尽述,而特为略陈数员。如前盛京将军赵尔巽,道员彭谷孙,前山东巡抚杨士骧,及该省洋务各员,开封道员韩国钧,登封县知县王云汉,前陕西藩司冯汝骙,山西藩司宝棻,大同府知府翁斌孙,县令沈继焱等员,特请贵爵大臣,将本职深感之怀,代为转达。等语。本署大臣据此,除将该博士沙畹感谢之忱代为奉达外,查贵国政府暨外省各宪员礼谊笃厚,在本国政府实纫雅意,相应一并鸣谢。为此,照会贵爵查照为荷可也。须至照会者,右照会大清钦命总理外务部事务·和硕庆亲王。"

8 　但戴密微1973年即有汉学论文集行世。

9 　这五篇均见于《西域南海史地考证译丛》,其中除下面所提到的四篇历史地理方面的文章外,另一篇即《汉明帝感梦求经事考证》。

10 　陆侃如所译为马氏评论郭沫若的甲骨文研究与中国古代社会研究二书,载《文学年报》第2期。

11 　《汉书·地理志》篇末云:"自日南障塞、徐闻、合浦船行可五月,有都元国;又船行可四月,有邑卢没国;……自黄支船行可八月,到皮宗:船行可二月到日南象林焉。黄支之南有已程不国,汉之译使自此还矣。"

12 　1956年底中国总理周恩来访问越南时,与越南主席胡志明一起参拜了河内的二王庙,其间对胡表示道歉,说汉朝的时候,我们侵略了你们。振鹤按:二王庙所供奉者为征侧、征贰姐妹,此二人为东汉初年交趾郡农民起义领袖,其时交趾郡为东汉直属领土,二征虽受到政府军队的镇压,然似非国家之间的侵略行为。

13 　关于象郡问题的有关论文参见敬轩"本世纪以来关于秦汉古象郡

的争论"与木子"关于古象郡地望问题争论的补述",先后载于《中国史研究动态》1995 年第 4 期与第 9 期。

14 《中国历史地图集》(古代史部分),顾颉刚、章巽编,谭其骧校。地图出版社,1956。

15 杨图据杜佑而作非有特别原因,只因为唐代的杜佑离秦代比杨本人稍近而已。

16 "秦四十郡辨",载《潜研堂文集》卷一六。

17 如上海的龙华寺,起初说是三国时代所建,后来说是三国吴赤乌年间所建,最后落实为赤乌三年所建,说明越说越不可靠。

18 参见拙著《西汉政区地理》(人民出版社,1987 年)页 186。

19 参见毕沅"山海经古今本篇目考",收入《经训堂丛书》。

20 参见拙文"被忽视了的秦代《水经》",载《自然科学史研究》1986 年第 1 期。

21 《中国历史大辞典》条目之一:"十七初郡",见《中国历史大辞典通讯》,1980 年第 9—10 期。

22 参见《温水注》所引范泰《古今善言》。

23 "交州外域记"、"蜀王子安阳王史迹笺证",载《巴蜀文化》一书。

24 顾颉刚、谭其骧"关于汉武帝的十三州问题讨论",载《复旦学报》1980 年第 3 期。

25 参见拙文"历史学:在科学与人文之间?",载《复旦学报》2002 年第 5 期。

附图：

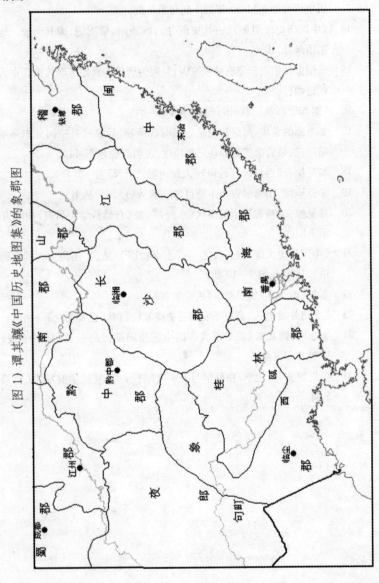

（图 1）谭其骧《中国历史地图集》的象郡图

468

（图 2）顾颉刚《中国历史地图集》的象郡图

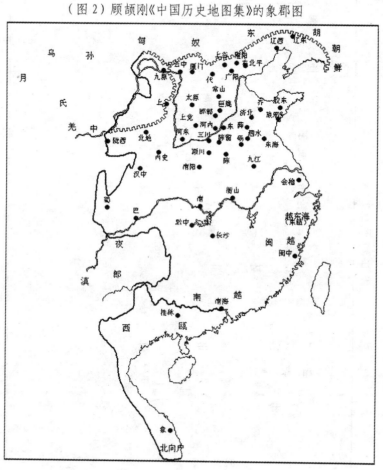

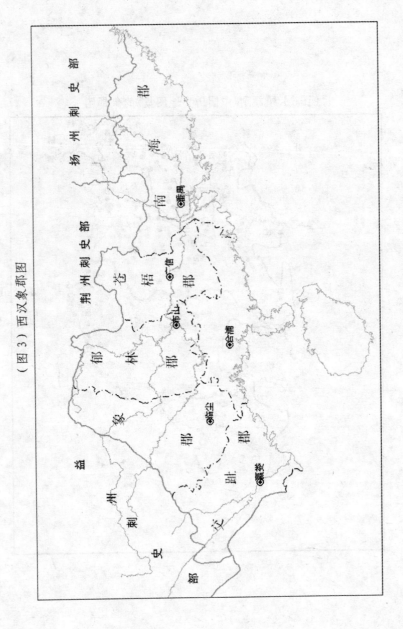

（图 3）西汉象郡图

470

（图 4）西汉交趾刺史部

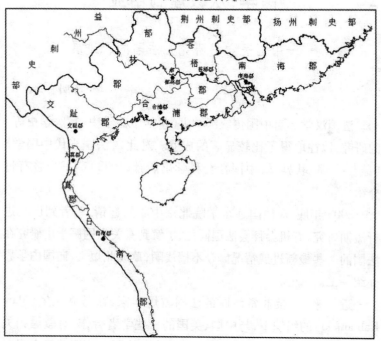

"医学:从敦煌到中亚"

——中国医学史研究在法国的新进展

陈明 著

法国汉学界对中国传统医学史(包括中医学史、藏医学史等)的研究,以往取得了比较显著的成就。对此,《法国当代中国学》(戴仁主编、耿昇译,中国社会科学出版社,1998)一书中曾有过介绍。

2003年底,应法国远东学院北京中心的邀请,笔者到巴黎进行短期研究,有机会拜会法国同仁,了解到有关中国医学史研究在法国的一些最新进展情况。今不揣浅陋,草成此短文,向国内学界介绍一二。

近年来,一批非常活跃的法国敦煌学家,在马克先生(Marc Kalinowski)的组织下,与中国、美国的一些学者合作,对敦煌相关的术数类(历日、占卜等)文献进行了综合的研究。该项目隶属于法国国家科学研究中心与法国高等实验研究院的中国文明研究组(CNRS/EPHE UMR 8583),名为"中古中国的占卜、科学与社会"(Divination,science et société dans la Chine médiévale),现已完成,其成果即马克新编的《中古中国的占卜与社会:法藏与英藏敦煌写卷的研究》(*Divination et société dans la Chine médiévale:Etude des manuscrits de Dunhuang de la Bibliothèque nationale de France et de la British Library*,Paris,Bibliothèque nationale de France,2003)一

书。正是在这一项目的影响下，法国学者对敦煌出土的中医药文献也开展了新的研究。而回顾以往的法国敦煌学界，虽然是名流辈出、名著繁多，但是相对缺乏对医学文献的关注而成果寥寥。因此，被命名为"中古中国的医学、宗教与社会"的这一新项目，依托法国深厚的敦煌学传统，不仅拓展了敦煌学的研究领域，而且对中国医学史研究的深化，无疑将起到积极的作用。

该项目是由法国国家科学研究中心（CNRS）与巴黎东方语言学院（INALCO）合作立项的，同时也是一项国际性的合作项目。其全称为"中古中国的医学、宗教与社会：以敦煌医学文献为中心"（Médecine, religion et société dans la Chine médiévale: les documents médicaux de Dunhuang）。项目的负责人是戴思博（Catherine Despeux），她既是巴黎东方语言文化学院汉学研究中心教授，也是国家科学研究中心中国文明研究组的成员。该项目于 2002 年开始实施，计划 4 年内完成。其主要内容有两点：

第一，同上述马克主持的敦煌术数类文书研究项目一样，首先要编订一部敦煌中医药文献目录。因为旧有的研究成果，比如马继兴先生主编的《敦煌古医籍考释》（江西科学技术出版社，1988）、《敦煌医药文献辑校》（江苏古籍出版社，1998）、赵健雄的《敦煌医粹》（贵州人民出版社，1991）、丛春雨主编的《敦煌中医药全书》（中医古籍出版社，1994）等，虽然曾经起到过较大的作用，但是平心而论，它们在收录文书的规模、文字的校录，乃至对文书的解说等方面，都还存在着相当大的提升空间。因此，有必要在《敦煌中医药全书》和《敦煌医药文献辑校》的基础上，重新出版一部涵盖敦煌所有中医药文献的新整理本。在敦煌中医药卷子中，法藏、英藏、俄藏居多数，而其他国家所藏的占极少数。对以前不太清楚的中国国家图书馆及其甘肃等地区所藏的卷子中，是否还杂有医药的卷子，也要进行进一步的调查。除日本私家敦煌收藏品中,或许有一二件医药写卷尚未刊布而无法利用外,新刊本拟收录现存的全部敦煌中医药文献,当然敦煌的藏医以及其他非汉语的医药文书则不在此列。研究者依托法国国家图书馆、英国图书馆及俄罗斯圣彼得堡东方研究所,直接利用原卷,这比以前中国学者没有条件查对原卷,在前述论著中只能依靠文书照片或者影印件,无疑就更可靠了一些。新刊本将包括每一件文书的编号、准确的定名、形制的描绘、详细的解题以及相关的研究书目,书后并附录主题词引得(包括药物名、病症名、其他专有名词等),但暂不包括新的录文。目前,许多卷子被分给了项目组相关的成员在整理,提要部分已经完成了相当多的分量。待全部的工作完成后,该书将结集在巴黎用法文出版。

第二,该项目在前述出土文献整理的基础上,还要进行深入的研究。在研究阶段,项目强调不仅研究相关的医学史和医学实践,而且要深入到医学与社会、宗教以及敦煌地区的相互关系之中。其研究主题主要有三个:(1)医学史和医学实践;(2)医学与宗教的以及占卜的实践;(3)医学、社会现象及其日常生活。从主题上看,此项目无疑既打破了传统的医学内史的研究框架,也不是单纯的医学外史的研究,而是一项更侧重于医学社会史的、综合性的研究。体现其研究主旨的一项具体的工作,就是即将于2004年7月1—2日在巴黎东方语言学院召开的一次学术会议。会议由戴思博主持,以便让项目组的成员以及相关的学者一起进行交流。会议的名称为"医学:从敦煌到中亚"(Médecine à Dunhuang et en Asie Centrale)。据会议日程表,此次会议将有来自法国、英国、美国和中国等地的12位学者发表论文。论文在会议讨论的基础上进行修改,再将其结集出版,作为本项目的第二部成果。

对参与这一项目的主要成员及其相关的成果,略介绍如下:

戴思博,法国汉学家,从研究道教史入手,涉及养生学、道教中的女性等问题,过渡到中国医学史的研究,并翻译中医典籍,出版过专著及编著多部,如《太极拳——长生术、武术》(*Taiji quan, art martial, technique de longue vie*, Paris, éd. Guy Trédaniel, 1981)、《古代中国的女仙——道教和女丹》(*Immortelles de la Chine ancienne. Taoïsme et alchimie féminine*, Puiseaux, éd. Pardès, 1990)、《道教中的女性》(*Woman in Daoism*, by Catherine Despeux and Livia Kohn, Cambridge, Three Pines Press, 2003)等。她还将孙思邈《千金要方》(其中有关针灸的两卷)等中医典籍译成了法文,近年则积极参与和推动敦煌医学文献的研究。

夏德安(Donald Harper),芝加哥大学东亚文明系教授兼系主任,《古代中国》(*Early China*)杂志的主编。他是著名汉学家薛爱华(Edward H. Schafer)教授的高足,主要研究长沙马王堆的出土文献,涉及中国医学史、方术史等,博士论文为《〈五十二病方〉:翻译与绪论》。出版过专著《早期的中医文献:马王堆的医学写卷》(*Early Chinese Medical Literature: The Mawangdui Medical Manuscripts*, London, Kegan Paul International, 1998)等。

方玲,目前在法兰西学院汉学研究所图书馆工作。她是道教学家施舟人(Kristofer Schipper)教授的弟子,博士论文为《中国古代医学的禁忌传统:孙思邈的〈禁经〉章之研究》(*La tradition sacrée de la médecine chinoise ancienne : étude sur le* Livre des exorcismes *de Sun Simiao* (581—682), thèse de doctorat, Ecole pratique des Hautes études, Section des sciences religieuses, 2001)。

罗维前(Vivienne Lo),任教于伦敦大学学院(UCL)维尔康医学史研究中心(Wellcome Trust Centre for the History of Medicine)。她的博士论文为《养生文化对早期中国医学理论的影响》(*The Influence of Yangsheng Culture on Early Chinese Medical Theory*, Ph. D. Dissertation, London University, 1998)。目前所主编的一部有关敦

煌医学文献研究的会议论文集即将出版。

许小丽（Elisabeth Hsü），任教于牛津大学社会与文化人类学学院，专著有《中医的传播》（*The transmission of Chinese medicine*，Cambridge，Cambridge University Press，1999）等，还主编过《中医的创新》（*Innovation in Chinese Medicine*，Cambridge，Cambridge University Press，2001）等。

英悟德（Ute Engelhardt），任教于慕尼黑大学东方研究所，并兼德国《中医学报》（*Chinesische Medizin*）的主编。她的研究范围涉及中医的气功、养生和食疗以及敦煌的本草文献。

王淑民，中国中医研究院中医文献史研究所研究员。她是《敦煌古医籍考释》和《敦煌医药文献辑校》的骨干成员。曾经应维尔康医学史研究中心的邀请，赴英拍摄及研究英藏敦煌医药写卷。她出版过专著《敦煌石窟秘藏医方——曾经散失海外的中医古方》（北京医科大学、中国协和医科大学联合出版社，1999）。

此外，还有法国远东学院的年轻汉学家华澜（Alain Arrault）、Anne-Lise Palidoni 博士以及巴黎东方语言学院的博士研究生 Sophie Campistron-Atimi 也参与了该项目的工作。

据笔者所知，今年7月的巴黎会议，原定的名称与项目的名称一致。之所以要改名为"医学：从敦煌到中亚"，乃是为下一个项目作铺垫。因为除中医文献之外，敦煌还出土了梵语、于阗语、藏语等胡语医学文献，而且在吐鲁番、龟兹等丝绸之路的重镇也有为数不少的胡语医学文献，所以，在完成敦煌的这个项目之后，戴思博教授计划延伸出新的项目，开展对中亚（西域）出土的胡语与汉语医学文书的研究。而比起前一个项目，这项研究在法国可以说是渊源有自。一直以来，法国学界对中亚出土文书的研究成果显著，其中不乏涉及到医学文书。相关研究的代表性人物应该是让·菲利奥扎（Jean Filliozat）。他曾经出任过法国远东学院的院长,本人是眼科医生,对印度医学史情有独钟。他在中亚的医学文献研究方面做出的最大贡献,就是专著《龟兹语医学与占卜文书残卷》(或译《龟兹文医药及巫术残卷》,*Fragments de textes koutchéens de médecine et de magie*, Paris, Librairie d'Amérique et d'Orient Adrien- Maisonneuve,1948)。该书释读、转写和翻译了敦煌、库车出土的一些龟兹语医药文书(内有《百医方》)和占卜文书。该书后附词汇的梵语和藏文对照以及法文译文,特别值得后世研究龟兹语医学文书者参考。季羡林先生就认为,"这部书是非常有用的。在新疆出土了不少梵语医药残卷。这对研究中国和印度以及一些古代中亚民族和国家在医药方面的交流史,是必不可少的。但是,像这样的书在法国是非常少的。"(《吐火罗文研究》,《季羡林文集》第十二卷,江西教育出版社,1998,72页)。菲利奥扎还出版过《印度的鬼神学研究》(*Etude de démonologie indi-enne：Le Kumaratantra de Ravana et les textes parallèles indiens, tibétains, chinois, cambodgien et arabe*, Paris, Société Asiatique, 1937)和《印度医学的传统理论》(*La Doctrine classique de la médecine indienne*, Paris, Imprimerie Nationale,1949)等专著。法国研究印度医学史的风气迄今没有中断过,目前还有 Francis Zim-mermann 教授等人。而在藏医学史方面,法国目前的主要人物则有菲纳德·迈耶尔(Fernand Meyer)教授。他是巴黎索邦大学(Sorbonne University)"西藏的科学与文明"研究组的负责人,同时也是法国国家科学研究中心成员,主持"喜玛拉雅环境社会与文化"研究组。他参与编辑过《西藏的医学挂图》(*Tibetan Medical Paintings：Illustrations to the Blue Beryl Treatise of Sangye Gyamtso* (1653—1705 ：*Plates and Text*), London, Harry N Abrams Inc, 1992)、《东方医学》(*Oriental Medicine：An Illustrated Guide to the Asian Arts of Healing*, London, Serindia Publications,1995)和《佛陀

477

的治疗术》(*The Buddha's Art of Healing : Tibetan Paintings Rediscovered*, New York, Rizzoli International Publications Inc. ,1998)等。

下一个项目暂拟名为"中亚的医学、宗教与社会：从上古到中古"(Médecine, religion et société en Asie Centrale)。这一项目主要针对敦煌、新疆、中亚、阿富汗、巴基斯坦等地出土的梵语、吐火罗语、藏语、回鹘语、粟特语、于阗语、叙利亚语、犍陀罗语（佉卢文）、西夏文等语言的医学文献，当然也将敦煌之外的特别是新疆吐鲁番出土的汉语医学文书纳入其中，进行整理和研究。如果能够顺利申请到一些研究基金的资助，那么，该项目就可能从 2005 年开始。其计划将是 6 至 10 年，比较长。方式同前一个项目一样，第一也是做一个文献整理本，包括做提要等；第二是在文献整理的基础上再做研究。但二者也有很不相同的地方。这是因为胡语的医学文书残卷有一个整理、辨认、转写和翻译的过程，没有完全现成的东西摆在那里，不像敦煌汉语文书可以立即拿来为我所用。所以，第一步要收集和确认用胡语所写的中亚所有出土医学文献，并对这些文书残片进行翻译和注释。这一步基本上建立在语言学进步的基础之上，也就是说，对文书的释读程度决定了后续研究的成效大小。第二步才是对这些文书进行历史学的分析研究。此项目初步拟邀请的人员有：彼诺（Georges Jean Pinault）、童丕（Eric Trombert）、戴仁（Jean-Pierre Drège）、华澜（Alain Arrault）、葛乐耐（Frantz Grenet）、菲纳德·迈耶尔（Fernand Meyer）、魏义天（Etienne de la Vaissière）、施杰我（Prods Oktor Skjærvø）、Gerd Carling、Kenneth G. Zysk、M. I. Vorobyeva-Desyatovskaya、森安孝夫、吉田丰，中方学者则有张广达、史金波、陈明。至于最后有哪些人参加，恐怕要得到正式立项时才能确定。

以往西方学者对西域的部分胡语医学文书整理与研究的成果，笔者在《敦煌西域出土胡语医学文书研究述略》(《敦煌吐鲁番

478

研究》第七卷,中华书局,2004,311—326页)一文中有所论述。除这些成果之外,就目前而言,"中亚的医学、宗教与社会:从上古到中古"项目还有一些前期的成果可资利用。

其一,Kenneth G. Zysk(任教于哥本哈根大学亚洲系)与 Gerd Carling(任教于 Lund 大学语言系),已合作启动了一个3年期的"印度传统医学在中亚"(The Indian Medical Tradition in Central Asia)项目,其内容有三点:收集和确认用印欧语言所写的所有医学文献;对这些文书和残片进行翻译和注释;对这些文书进行历史学的分析。Kenneth G. Zysk 已经出版了有关印度医学史的三部专著,目前正在对阿富汗出土的、挪威富商 Martin Schøyen 收藏品中的梵语医学残卷进行释读和研究。Gerd Carling 受教于吐火罗语研究专家彼诺(Georges Jean Pinault)门下,有志对全部的吐火罗语 B 医学文书进行整理研究。目前她已经发表了两篇论文,即《〈百医方〉的双语残片》(《Fragments bilingues du Yogasataka. Révision commentée de l'édition de Jean Filliozat》, *Tocharian and Indo-European Studies* 10, 2002, p. 37−68)和《英藏吐火罗语 B 医学写卷 IOL Toch 306 新探》("New look at the Tocharian B medical manuscript IOL Toch 306 (Stein Ch. 00316. a2) of the British Library − Oriental and India Office Collections", *Historische Sprachforschung* [*Historical Linguistics*], 116.1, 2003, p. 75−95.)虽然就两人的学术背景而言,他们以研究梵语、吐火罗语的文书为主,而不太可能完成其他语种医学文书的研究工作,但是,他们的成果是富有意义的。据笔者所知,他们的项目也将纳入"中亚的医学、宗教与社会:从上古到中古"新项目之中。

其二,笔者近3年内初步完成了"西域出土胡语医学文书研究"项目(2001年中国社科基金青年项目,编号 01CZS005),成果为书稿《胡医东来:西域出土胡语医学文书研究》(暂定名),尚待出版。笔者吸收西方学者对西域胡语医学文书现有的释读与整理成果，结合传世的汉文文献以及出土的史料，在文化交流史的背景下，对中古时期外来医学的影响进行了阐述。笔者希望在与外国同仁的交流和合作中，能进一步深化这方面的研究。

由敦煌到中亚，既是项目的扩展，更是学术范畴的扩展。相信法国汉学界这两大项目的实施，将对整个中国中古文明的研究起到积极的推动作用。